U0033959

耕莘文叢
01

耒

井廿

辛

李儀婷
陳雪鳳
凌明玉

主編

一部長達五十年的時光之書

你永遠都在　耕莘50紀念文集

照片輯一

歷年重要文學活動照片
摘選

1960年代創辦人張志宏神父（左）與小說家王文興（中）詩人余光中（右）

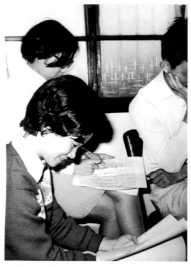

1968年的喻麗清，1966年第一屆學員，此時擔任寫作會秘書。後來出版了42本書。

1968年第三屆寫作班部份學員與師長合影，左起有張秀亞、余光中、王文興、王怡之、林海音及張志宏神父

1970年左右，創辦人張志宏神父的背影及他永遠理不清的書桌

1968年的寫作會創辦人張
志宏神父

1968年第三屆暑期班的演出，左為朱廣平，右上為郭芳贄

1968年第三屆暑期寫作班的部份學員，
前排右二為夏祖麗，後排有郭芳贄（右
二）及何志韶（右四）

1968年第三屆暑期寫作班長達兩個月後的
結業演出海報

1968年第三屆暑期寫作班結業典禮海報
及節目單中有夏祖麗的表演

1968年第三屆暑期寫作班結業演出戲劇

1975年9月將暑期班改為全年皆有活動的寫作
會之關鍵人物郭芳贇當時是執行秘書（右）

1978年詩人余光中（中）與學員合影，
前排左一為張上冠，後左五為會長陸達誠

1976年第十一屆暑期寫作班

1979年第十四屆暑期寫作班

1980年文藝營感官晨禱後的分享，陸爸（右二）左手邊為司馬中原

1980年代末的作家吳鈞堯（左一）羅位育及許悔之

1980年代耕莘青年寫作會學員聽講神情

1980年代寫作小屋中的熱情討論

1984年的文學活動，由左至右依序為馬叔禮（後）、陸爸、洛夫與楊昌年

1986年暑期寫作班海報

1988年耕莘小說選《印象河》出版發表會，左二起李順儀、洪秀貞、羅位育，右一為翁嘉銘

1989年福隆文藝營在頭城海邊進行非宗教性的感官祈禱

1990年代陳銘磻主持耕莘文藝營活動，前排左一為楊宗翰

1990年代陳銘磻主持耕莘文藝營活動，後排右三為阿盛

文學與眼睛耳朵的婚宴
──27屆耕莘暑期寫作研習班課程表 （81．7．6～81．7．25）

日期	星期	時間	課程內容	主講人
6	一	8:20~10:00	始業式、報到	
6	一	10:20~12:00	開學典禮	全體
6	一	2:00~4:00	小說及小說的故事	曹文方
7	二		台灣文學思潮的演變	茄苳
7	二		文學的想像空間	簡媜
7	二	2:00~4:00	詩的發光	白靈
8	三		散文大空的沈思者	瘂弦
8	三		創作指導（一）	四師組
9	四		散文家的感情與創作	陳映真
9	四		文學家的感情與創作	陳映真
9	四		創作指導（二）	四師組
10	五		詩歌最美時與其他	曾昭旭
10	五		文字的寫作	曾昭旭
10	五		創作指導（三）	四師組
11	六		散文大空的沈思者	愛亞
12	日		錄音文字的寫作方法及其他	陳義芝
13	一		在大自然的詩心理	劉瑞月
14	二		千年報仇讀散文	劉克襄
15	三		淡水文學快樂賞	林文義
16	四		地上藏九月永遠的山	朱天心
17	五		電影欣賞與思考	全體
18	六		少年小說寫作的發想	李潼
19	日		淡水文學快樂賞	
20	一		田調查與寫作	劉還月
21	二		宗教與心靈觀察	陸達誠
22	三		台語詩與文學	楊樹清
23	四		影像藝術與賞析	全體
24	五		大眾傳播與小眾傳播	全體
25	六		總幹事	全體

1992年暑期寫作班仍有長達三週的課程

1990年代曾成立耕莘詩黨，此為林群盛的黨員資料卡

耕莘青年寫作會八十二年度招生人數			
	社青	學生	小計
春季班	92	76	168
暑期班	19	84	103
秋季班	72	51	123
文藝創作研究班	第一期		20
	第二期		19
全年總招生人數433人			

1993年全年的寫作參加人數

耕莘青年寫作會課程表　82年3月5日～82年6月18日

※《中國哲思與文學》系列講座及其他／全體學員共同課程

日期	課程	講師
3.5(五)	始業式　迎新—相見歡	
3.23(二)	老子的批判思想	
3.30(二)	孟子談人格之美	沈清松
4.13(二)	孔子談文學	傅佩榮
4.23(五)	形上學與苦難—試讀龍樹傳與中觀哲學	曾昭旭
5.1(六)	陽明山聚佳蘭文藝營　學員450 會員600 請踴躍報名	林鎮國
5.2(日)		
5.14(五)	文學、觀照、生活	林清玄
5.25(二)	韓非思想與文學	王邦雄
6.18(五)	結業式　耕莘文學獎頒獎典禮	

※新詩組

日期	課程	講師
3.19(五)	明鏡非台—談詩的本質	向陽
3.26(五)	詩的詮釋	李瑞騰
4.9(五)	雲破月來—詩的意象與使用	向陽
4.16(五)	讀書會	黃玉鳳☆
4.30(五)	過盡千帆—談詩的技巧運作	向陽
5.7(五)	冰雪龍和風—新詩裡的人道主義	羅任玲
5.21(五)	一首詩的修改	白靈
5.28(五)	肉身氣候和詩的創作	許悔之
6.4(五)	沾花一笑—談詩的寫作與欣賞	向陽
6.11(五)	寫作門診	白靈

※編採組（課程）

日期	課程	講師
3.19(五)	田野調查要項	劉還月
3.26(五)	如何從事自然觀察	劉克襄
4.9(五)	刊物定位與風格塑造	楊樹清
4.16(五)	讀書會	高志明☆
4.30(五)	自己寫一本書	心岱
5.7(五)	專題企劃與製作	楊樹清
5.14(五)	編輯實務	李瑋
5.28(五)	新聞業務與媒體公關	楊樹清
6.4(五)	快捷編輯法	楊樹清
6.11(五)	寫作門診	陳銘磻

※散文組

日期	課程	講師
3.9(二)	散文的美學原理	亮軒
3.16(二)	開花的心‧開花的筆—散文創意與創作	陳幸蕙
4.20(二)	世界是一座百寶箱—散文素材與剪裁	陳幸蕙
4.27(二)	在施工與遊戲之間—散文肌理與結構	陳幸蕙
5.11(二)	從沉思到實踐的散文寫作過程	林文義
6.1(二)	小說體的散文	苡頻
6.8(二)	悟子圓舞曲—散文的詩情覺與私感覺	楊昌年
6.15(二)	寫作門診	楊昌年

※小說組

日期	課程	講師
3.19(五)	小說的創作經驗	朱天心
3.26(五)	村上春樹與絲井重里的夢中見—也許有夢	羅位育
4.9(五)	台灣文學氣象—小說寫作的開始	葉姿麟
4.16(五)	讀書會	田玉珏☆
4.30(五)	習作時間—時、事與人物的遊戲	葉姿麟
5.7(五)	從經驗出發—李岳男桌前沒靈感	李若男
5.21(五)	女人‧愛情與流行文學＋習作討論	葉姿麟
5.28(五)	從馬奎斯到卡爾維諾—談後設小說與新小說	葉姿麟
6.4(五)	從《寒瓦苦醫生》看兩性人物的塑造	許台英
6.11(五)	寫作門診	葉姿麟

※編劇組

日期	課程	講師
3.9(二)	戲有兩種‧兩種‧兩種……	貢敏
3.16(二)	當代的美國電影劇本創作	李安
4.20(二)	從小說改編電影的過程—竹籬中和羅生門	張昌彥
4.27(二)	暗殺觀眾與臨摹評審	翁桂穗☆
5.11(二)	電影劇本的創作經驗	小野
5.18(二)	大陸的電影與電視	貢敏
6.1(二)	大陸的戲劇與戲曲	貢敏
6.8(二)	《混蛋》—日本電視劇本解析與創作	黃英雄
6.15(二)	寫作門診	貢敏

1993年春季的講座及五種分組課程

1994年8月在文藝營「開砲」,左二起陸神父、袁瓊瓊、阿盛

1998年萬里達義文藝營活動時散文班與編採班的戶外參訪

1999年春季啟業式中歌詞家林秋離(左一)致詞。圖中有許悔之(左三)陳銘磻(左四)等

2000年3月耕莘微型報導文學獎由楊樹清臨時創辦,此照片為陳銘磻頒發結業證書予學員

2000年報導文學班班導師楊樹清邀請楊素芬來上課,右為陳銘磻

2005年台灣之顏創作得獎人與評審及長官合影

2005年第四十屆暑期寫作班方文山的演講

2008年第三屆搶救文藝營

2005年舉辦「文學社團發展與社會」學術研討會時的觀眾及展板

2009.8.24五天四夜在陽明山衛理福音園辦理的「兩岸青年學生文學營」活動結束後，青春無忌的海峽兩岸頂尖文藝青年共同合影留念

2010年第五屆高中生文學鐵人營晚會的戲劇演出,讓兩岸學生有機會合作及演出

2010年第五屆搶救文藝營

2011年第六屆搶救文藝營大合照

2012年第三屆高中生文學鐵人營分組學習

2012年第三屆高中生文學鐵人營晚會現場

2012年第三屆高中生文學鐵人營寫作馬拉松時間

2012年第三屆高中生文學鐵人營導師（左起）朱宥勳、神小風、徐嘉澤、Killer

2014年第五屆高中生文學鐵人營上兩岸學生交流上課心得

2016年第十一屆搶救文藝營學員上課情形

2016年第七屆高中文學鐵人營海報

文藝營邀請知名紀錄片導演獎周美玲分享電影創作經驗，下課時學員熱絡提問

1987年文藝營仲夏之舞，左二為羅位育，左四為蕭蕭

1989年結業式分組表演

年輕時的履彊及汪啟彊在寫作會

1982年朱西寧老師與學員合影（葉子鳥
提供．前排左二）

耕莘文學獎選出優秀寫作人才，邀沈謙（右）．
齊邦媛（中）．楊昌年（左）擔任評審

會長陸達誠神父上哲學課程

會長陸達誠神父帶領感官祈禱

楊昌年老師（右二）在寫作會及帶研究班
長三十餘年

幹訓營可選出具熱情和活力的年輕幹部

數十年累積的演講錄音帶

寫作小屋是耕莘最溫馨交流也是互批作品最激烈的場地

照片輯二

作家演講照片摘選

1972年之後的楊牧老師在耕莘：當「燈船」行過「水之湄」

1979年冬日，陸爸（前排左起）、三毛老師、凌晨、夏婉雲與學員們，那彷彿穿透時空的眼神

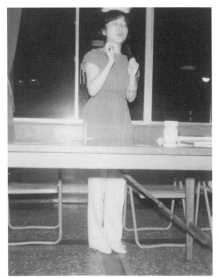

1981年仲夏夜，朱天文老師帶大家作了一個悠緩的夢

1981年冬夜，張曉風老師從她美麗的流域流向耕莘

齊邦媛老師：一生中的一天，永恆的一天

1980年三毛演講的丰姿

1982年夏天，許景淳老師嘹亮的歌聲迴盪在耕莘暑期寫作班

1984年，歷史小說家高陽老師在耕莘：記得那「梅丘生死摩耶夢」

1985年夏天，李立群、李國修、賴聲川三巨頭，笑聲不斷迴盪的耕莘大禮堂

羅門與蓉子老師：當第三自然遇見第一自然

管管老師：空空荷池之碗邊之空空

白先勇老師：當臺北人遇見孽子，那個憂患重重的年代

「詩魔」洛夫老師：當「漂木」來到超現實的源頭

「全方位才子」黃春明老師：寫作是有回聲的

愛亞老師：曾經，曾經，我們曾經

1987年溫文儒雅，令人懷念的朱西甯老師：華太平家傳的故事尚未說完

1988年6月結業式陳義芝頒獎給會員莊華堂

1988年瘂弦（中）向明（左）馬森（右）舉行座談

1988年小說家陳映真，上課時彷彿仍在沉思：啊，我的那條「山路」

1988年還記得王文興老師的《家變》，那年少的缺口

1988年夏天，「祖籍在星空」的林燿德老師走入後設世界

1988年的杜十三老師：嗯，地球在我的手中旋轉

永遠的「頑童」張大春老師：話說……
那大頭春後來

1989年美麗的胡因夢老師在耕莘：「自
性」就是"I am"！

1989年春天，「少奶殺手」李潼老師
留下燦爛的招牌笑容

1989年，張曼娟老師在靜山幹訓結業晚會
上，繁花如夢的夜晚

「平地勇士」撒可努老師穿著族人的傳
統服飾接受學員獻花。聽說他那天就這
樣穿著來耕莘在陽明山福音園辦的活動

朱天心老師：想我眷村的兄弟們啊，想我
小說創作的心情

▲ 2016年第十一屆搶救文藝營——營執行長許榮哲
◀ 2010年第五屆搶救文藝營導師李儀婷

▲ 「網路文學推手」須文蔚老師，上課必備手提
　 電腦，架勢十足！
◀ 1976年起迄今始終陪伴著寫作會無數會員一起
　 成長的會長陸達誠神父

照片輯三

出版物、劇團、紀錄片摘選

《旦兮》雜誌（1980-2002）於1992年後的面貌

1992至1994的《旦兮》合輯

1995年文壇新銳十八專輯

2000年的《旦兮》

1992年改版後的《旦兮》（90年代以前的《旦兮》，參見輯四楊樹清專文介紹）

歷年出版的文集和專書

1981年出版創辦人張志宏紀念文集第一版

1982年6月出版耕莘文集第三集，主編管家琪

1983年6月出版耕莘文集第四集

1986年出版的20週年特刊

1988年出版的耕莘小說選

1989年出版的耕莘散文選

1991年出版的耕莘詩選

1993年耕莘演講選錄十場成一文集《溫柔的世界》

1996年由光啟出版會長陸達誠神父的第二本散文集

2001年出版創辦人張志宏紀念文集第五版

2003年出版第二十四屆文學獎作品集及傑出會員作品

2004年會長陸達誠散文集候鳥之愛由輔仁大學出版

2005年出版的40週年文集

2005年陳謙主編的耕莘文叢收有追思葉紅的專輯

1984年7月出版耕莘文集
第五期

1987年1月出版耕莘文集
第七期

1995年再版的寫作會大
事紀

2009年出版會長陸達誠神父口述史

出版的文集皆由會員捐款而來

耕莘文集帳目表

	收　入	支　出
第一集（69.8）	36730（捐款、廣告）	36515
第二集（71.2）	15500（捐款、義賣）	21998
第三集（71.6）	28010（捐款、義賣）	37891
第四集（72.6）	30210（捐款）	28624

耕莘文集第四期捐款金榜

姓名	金額	姓名	金額
王筱燕	3000	劉瑞玉	500
侯邦為	1000	陳雪鳳	100
楊友創	2000	孫玉春	900
蔡心良	1000	周惠英	2000
吳綺霞	2000	陳淡芳	1000
朱權	5000	葉貴枝	30
蘇樹宗	400	龔宇生	500
張耕莘	500	白鷺	2000
柯碧月	500	謝正瑛	630
廖春美	200	張豫偉	3450
談審那	1000	李玉京	300
江寶琴	100	方敏	1000
涂長和	200		
洪友蕃	900		$30210

1985-1998年詩的聲光皆以耕莘為基地

趙天福一直是詩的聲光台柱

葉怡君、王振全演出白靈〈新詩相聲〉

①

②

③

①②③1985-1998年間詩的聲光活動加入國術、布袋戲。

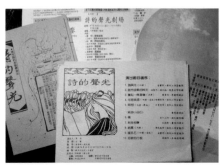

1985-1998年間詩的聲光活動的節目單。

1985年7月在新象藝術中心首度實驗詩的聲光，耕莘寫作會成員占了大半

1986年3月在國立藝術館演出三天詩的聲光，作家合影

1986年3月在國立藝術館演出三天詩的
聲光天天爆滿的盛況

1986年3月在國立藝術館演出詩的聲光作家
無名氏致詞

1996年詩的聲光在耕莘小劇場由會員葉
紅編劇並演出白靈詩作〈鐘擺〉

1992年10月在臺大視聽教育館詩的聲光演出
商禽詩作〈鴿子〉

1996年詩的聲光在耕莘小劇場的演出者
全是耕莘寫作會的成員

1996年詩的聲光在耕莘小劇場演出會員方群
的詩作改編的劇本

1996年詩的聲光在耕莘演出周鼎詩劇
〈一具空空的白〉

演出前會員李宜之幫演出者化妝

詩的聲光台柱會員趙天福的演出

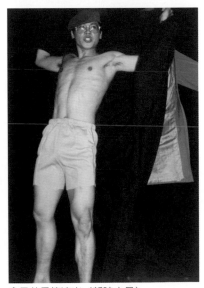

會員黃恩德演出〈新詩小品〉

詩的聲光台柱會員趙天福演飾礦工的打扮

連安琦與施纓姿等演出許常德作品
〈照相〉

詩的聲光會員趙天福演出杜十三的
〈煤〉，令人動容

會員張秀瑜演出瘂弦〈瘋婦〉

耕莘劇團（1991-2002）由寫作會成立與支援

1991-2002年寫作會次團體耕莘實驗劇團的歷年演出表

1997年3月《尋找佛洛伊德》演出

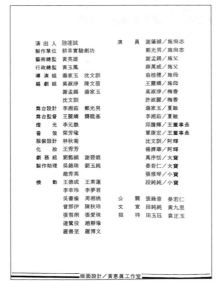

1992年4月首演《雷雨之夜》耕莘實驗劇團的演職員表，均是耕莘寫作會成員

耕莘實驗劇團的介紹海報

1992年4月會員黃英雄創立次團體
耕莘實驗劇團在國立藝術館首演
《雷雨之夜》的節目手冊

1998年3月《獅王史虣魔》演出

1997年10月《神明鬧紅燈》演出

1998年3月《獅王史虣魔》演出

1998年10月《木劍先生》演出

1999年5月《收藏、台北、1999》演出

1998年10月《木劍先生》演出

1999年5月《收藏、台北、1999》演出
後在耕莘小劇場座談

1999年10月-2000年5月巡迴演出兒童劇
《螢火蟲的燈泡不亮了》

1999年5月《收藏、台北、1999》演出海報

1999年10月-2000年5月巡迴演出兒童劇
《螢火蟲的燈泡不亮了》

2000年《台北大劈棺》演出

2001年5月-8月巡迴演出兒童劇《誰怕無
敵鐵金鋼》

2001年10月《露營》演出

2001年5月-8月巡迴演出兒童劇《誰怕無敵鐵金鋼》

耕莘實驗劇團劇照

1994年於國家劇院實驗劇場演出《幻想擊出一支全壘打》劇照

耕莘劇坊意見調查表

2006迄今已辦十一屆「葉紅女性詩獎」

2006年舉辦第一屆葉紅女性詩獎的特刊

2013年第八屆葉紅女性詩獎師大附中薪飛詩社詩與樂的表演

2015年舉辦第十屆葉紅女性詩獎的特刊

2016年第十一屆葉紅女性詩獎徵文海報

2015-2016年50週年紀錄片相關照片

80年代參加過詩組的作詞家許常德

80年代寫作會各屆總幹事一起回憶耕莘

90年代主任導師陳銘磻接受採訪一度激動落淚

紀錄片拍攝現場訪問馬叔禮老師

紀錄片拍攝過程訪問王文興老師

紀錄片拍攝過程訪問吳念真老師

紀錄片拍攝過程訪問簡媜老師

紀錄片拍攝過程訪問蔣勳老師

新世紀帶領寫作會浴火重生的許榮哲老師

紀錄片籌備中的會員餐會

紀錄片拍攝過程訪問瘂弦老師後合影

【總序一】
眾神的花園

陸達誠（耕莘青年寫作會會長）

　　多年前，聯合報副刊前主編瘂弦先生曾戲稱副刊是「眾神的花園」，此稱殊妙，聯副的作者與讀者一致叫好。

　　筆者初聞此語，立刻想到「耕莘青年寫作會」，這詞拿來形容本會再恰當不過。「眾神的花園」一語如憑虛御風般攜我們回到二千五百年前的希臘，看到的是：香氣撲鼻的萬紫千紅、纍纍碩果、藍天白雲、和煦太陽。這些描寫的確突顯了副刊的特色，眾神遨遊其間，得其所哉。耕莘寫作會何嘗不是如此，眾多的神明（老師和學生）漫步遨遊其間，樂不思蜀。耕莘寫作會與聯合報副刊的規模固然不可同日而語，但確有類似之處。

　　1963年耕莘文教院在台北溫羅汀文化區（台灣大學附近的溫州街、羅斯福路、汀州路）落成。院內除了住著在大學授課的十多位神父外，還有英美文學圖書館、心理輔導中心、原住民語言研究中心、多媒體教室、展演用的大禮堂、不少教室、中型聖堂、以及大專學生的活動場地。它很快地成為台北年輕人最愛的文化中心之一。

　　三年後（1966年），耕莘創設了兩個社團：一個是深入山區窮鄉僻壤耕耘的山地服務團，另一個即是可譽為「眾神的花園」的寫作會。兩會的創辦人是美籍張志宏神父（Rev.George Donohoe, S.J., 1921-1971）。該二團體甫成立即為耕莘帶來大批青年才俊，使原本安寧、靜態的房子充滿了喧囂嬉笑之聲，一到四層樓變得年輕活潑。隨著各種講座的開設，文學的氣氛亦變得濃厚起來。

　　為了解這個文學花園的特色，我們要稍微介紹這位創辦人。張神父創辦寫作會那年約四十五歲，在台師大英語所授課。他左眼失明，右眼弱視（看書幾乎貼鼻，他最後一次回美探親時，學了盲人點字法），聽覺味覺均欠佳。這樣一位體弱半老的人如何會有此雄心壯志，令人不可思議。

　　張神父在1971年2月寒假期間，帶了一百二十位年輕人去縱貫公路健行，因躲閃不及被一輛貨車碰撞，跌落崖谷去世。追悼大會在耕莘文教院的教堂舉行，悼念的人擠得水泄不通。筆者願意引述下面數位名作家的話來說明張神父給人留下的印象。

　　謝冰瑩女士用對話的口吻說：「張神父，您在我的心中，是世界上少有的偉大人物，您是這麼誠懇、和藹、熱情，有活力。」（《葡萄美酒香醇時：張志宏神父紀念文集》，1981，頁2）

　　朱西甯先生說：「初識張公這麼一位年逾花甲[1]的老神父，備受中國式的禮遇——那是一般西方人所短缺的一種禮賢下士的敬重，足使願為知己者死的中國士子可為之捨命的。命可以捨，尚有何不可為！我想，這十多年來，耕莘青年寫作會之令我視為己任，不計甘苦得失，盡其在我的致力奉獻，其源當自感於張公志宏神父的相知始。」（頁11）

　　張秀亞老師記得張神父如何尊師重道。她說：「為寫作班講過課的朋友都記得，課間十分鐘的休息鈴聲一響，著了中式黑綢衫的您，就會親自拿著一瓶汽水，端著一盤點心，悄悄地推開黑板旁的小門走了出來，以半眇的眼睛端詳半晌，才摸索著將瓶與盤擺在講桌上。下課後，有時講課的人已走到大門外，坐進了計程車，工作繁忙的您，卻往往滿頭汗珠的『追蹤』而至，您探首車窗，代為預付了車資，然後又將裝了鐘點費、同寫著『謝謝您』三個中文字

---

[1]　張神父去世時僅五十歲，朱西甯先生說「張公年逾花甲」，是因為寫此文時正值張神父去世十週年，冥壽六十，六十為一甲子，故可稱「年逾花甲」。

的箋紙信封，親自遞到授課者的手中，臉上又浮起那股赧然的微笑，口中囁嚅著，似乎又在說：『對不起！』」秀亞老師加了一句：「您是外國人，但在中國住久了，也和我們一樣的『尊師重道』。」（頁95-96）

難怪王文興老師也說：「張神父未指導過我宗教方面的探求。但近年來，我始終認為，在我有限的宗教探索中，張神父是給予我莫大協助的三五位人士之一。」（頁18）

張神父去世已有四十五年，今天是他創立耕莘青年寫作會50週年的大節日。五十年來，寫作會藉著多位園丁的耕耘，這個花園的確經歷過數次盛開的季節，也綻放過不少美麗的花卉和鮮甜的果實。而這個團體一直保持某種向心力，使許多參加過的學員不忍離開，因為我們一直有愛的聯繫。是愛文學、愛真理，穿透在我們中間的無形、無私、永恆的愛。

為慶祝耕莘寫作會創立五十週年，我們聯絡到從第一屆開始的學員，他們中有些是已成名的作家，有些與本會有深厚感情，一起策劃了慶祝內容。

在本會任教超過三十多年的楊昌年教授指導下，我們決定出版七本書及拍攝一部紀錄片。後者由陳雪鳳負責，聚點影視製作公司拍攝；書籍由夏婉雲擔任總主編，計有：1.凌明玉編《耕莘50散文選》、2.許榮哲編《耕莘50小說選》、3.白靈、夏婉雲編《耕莘50詩選》、4.陳謙、顏艾琳編《葉紅女性詩獎精選集（2006~2015）》、5.許春風編《二十八宿星錦繡──耕莘寫作會金慶研究班文集》、6.李儀婷、凌明玉、陳雪鳳編《你永遠都在──耕莘50紀念文集》、7.我的傳記增訂版《你是我的寶貝──陸達誠口述史》，半年過去，七書陸續成形。在編書過程中，通過e操作，把久違的候鳥一一找了回來，從他們的文章中，我們看到他們從未離開過耕莘。這次，我們的文學花園因這慶典又回到當年的

熱鬧狀況，百花齊放、百家爭鳴，從他們的文章中我們讀到諸遠方候鳥對耕莘的懷念和認同。這塊沙洲是不會人滿人患的。新的神明不斷的還在光臨：我們每年舉辦的「搶救文壇新秀再作戰」（2006年開始）及「高中生文學鐵人營」（2010年始）吸收了一批又一批的新秀。他們遲早要在文壇上大顯光芒。

感謝五十年來曾在耕莘授課的作家老師，您們的努力使這個花園繁榮滋長，生生不息。張志宏神父在的話，一定笑顏逐開，歡樂無比。五十年來在本會費心策劃過課程和活動的秘書和幹部們，也是令我難以忘懷的。您們使寫作會一直充滿朝氣，使它成為名符其實的「青年」寫作會。

感謝《文訊》雜誌的封德屏社長，為七月份《文訊》做耕莘50的專刊，使耕莘能有發聲的平台。紀州庵還空出檔期，租借優雅場地給我們。我們永遠會記得「文訊」和「耕莘」密不可分的緣份。

為這次金慶慷慨捐助的恩人，我們也不會忘記您們。您們的付出玉成了未來作家的文學生命的資糧。眾神的花園中因您們的施肥，花卉必將永遠地盛開，不停提供國人靈魂亟需的芬多精。

「眾神的花園」五十年來所以沒有解體因為其中有愛，愛是生命力和創造力的泉源，為這愛而犧牲過的人都享受著真正的幸福，相信讀者也感染這份愛的熱力。讓我們一起發揚這愛，滿懷希望地繼續向前邁進吧！

【總序二】
文學的因緣與際會

白靈（詩人／1975年參加寫作會）

筆下二三稿紙，胸中十萬燈火

很少人會再記得，在台北的城南，紅綠燈繁忙的兩條路交叉口，曾站起一棟十幾層的大樓，十幾年後地牛翻了個身，轉瞬它又從地表消失。它曾是花園，旁邊大路更早之前是一群日式建築和蟬聲鳴叫的巷弄，現在上頭是停車場，下方是日夜車流穿梭的地下四線通道。

這棟樓的地下二樓，曾被整修為一座小劇場，演了近十年的舞台劇，間雜幾次詩的聲光，許多人的演員夢、導演夢從那裡沒來由萌發，把汗和淚都揉雜在裡頭。與劇場息息相關的是這棟樓的地上第四層，那是一間可容納百餘人的大教室，最靠近交叉路口的那方，一長條黑板，兩邊是褐色粘貼板，左邊寫著「在心靈的天空／放想像的風箏」，右邊寫著「筆下二三稿紙／胸中十萬燈火」。

這間大教室，除了暑期，通常白天人少，夜晚人多。入了黃昏，一棟白日堅實穩固的大廈轉瞬間會像一柱鏤空的大燈籠，開始向這城市散發出它的光華。更多的大廈更多的大燈籠被感染，不，被點燃了，於是或強或弱或高或低的幾百萬盞燈，這裡百簇那裏千團，整座城，在極短的時間內，就由城南這棟樓開始，像星雲般爆出無數的光芒來。

這棟樓曾存在過，現在不在了，像一盞、十盞、百盞、千盞

曾在這裏點亮過的燈，實質的還是心靈的，現在不在了，那他們的光芒就此消失了嗎？還是去了我們現在看不見的地方，還在繼續地前進？

　　那座小劇場、那間大教室都曾是耕莘青年寫作會的一部份，現在的確都不在了，但寫作會卻要在它們消失了十三、四年後，慶祝創會五十週年。而且深深感覺：十萬燈火正在一個團體裡默默發光，即使別人看不見。

沒有人能夠完整記憶這個團體

　　與大多數的台灣文學團體最不同的是，這是1966年由美籍耶穌會士張志宏神父創立的純民間寫作團體。關於張神父如使徒般犧牲奉獻的服務精神，都記載在已經印行第五版的《葡萄美酒香醇時──張志宏神父紀念文集》中，那種「不為什麼」的服務熱誠歷經鄭聖沖神父、到現在已擔任會長逾四十載的陸達誠神父，均不曾流失。他們只談文論藝、偶而說說哲學，宗教情懷從不口傳，乃是透過身體力行、心及履即及的實踐方式，無形中成了這個團體最堅定的精神支撐。

　　進入寫作會的成員一開始都不是作家，只有少數後來成為作家。大多數都在學生時代成為會裡的學員，有的機緣來了，成為幹事或輔導員，有的待了幾學期後成為總幹事或重要幹部，有的勤於筆耕，成了講師或指導老師，待得更久的乾脆留下來當秘書，不走的成了理事、常務理事、理事長。後來理事會解散，2002年寫作會隸屬基金會，老會員乃成立志工團，繼續志工到現在的不在少數。有百分之九十幾的成員始終是「純粹」的文學愛好者，卻可能是醫生、工程師、廣告人、美工設計者、記者、出版人、畫家、護士、老師、演員、律師、警察、推廣有機食材者……，這並不妨礙他們

繼續信自己原來的宗教、繼續自由貢獻心力、繼續偶然或經常當志工、繼續為某個活動或文集自掏腰包或幫忙募款，而且僅出現在團拜或紀念會上。

只因每個人對這個寫作團體都或多或少留下了一些記憶，聽了幾堂課、演了幾場戲、交了一兩個知心朋友，際會各自不同，像會裡常比喻的，這是一片自由的「文學候鳥灘」，有些晨光或夜光在灘上強烈反射，刺人眼睛，偶而看到自己泥灘上留下幾隻不成形的爪痕，不覺會心一笑，日後想起，雖是片段，也足回味良久。

沒有人能夠完整記憶這個團體五十年的點點滴滴。佇足河邊再久，有誰能看清聽清一條河的流動呢？又如何較比今昔河灘究竟多了多少隻蟹或泥鰍？何況這是一條不曾停歇、心靈互動頻繁的時間之河。雖然上中下游都曾駐足過人，其後也都消失了，後來的人憑著過去留下的片言隻字、幾張照片、幾本文集，也不可能完整記載它的晨昏或夜晚，何況是曾經陽光強烈或雷雨大作過的午後？

一切都是紀錄片起的頭

寫作會三十週年、四十週年也都辦過大型活動，但均不曾像這回這麼大規模。只因一個在法國一個在台灣的女性會員，臉書（FB）上偶然相遇，說起耕莘往事就揪了心。在台灣的那位乃揪了團去看陸神父，一年多前即大談特談如何過五十。然後臺灣兩個「熱心過頭」只偶而寫作的老會員陳雪鳳（廣告公司顧問）、楊友信（工程師／志工團團長）硬是將一部到現在經費都尚無著落的一小時紀錄片推上火線，一股腦兒就先開了鏡，動員邀請一大批多年曾來耕莘演講的老師、會內培養的作家、歷年秘書、總幹事，調閱存檔的無數照片、影片、旦兮雜誌、文集，包括詩的聲光（1985-1998）、耕莘實驗劇團（1992-2002）的各種檔案，全部想辦法要塞

進紀錄片裡，塞不了的就整理成口述稿、出成紀念文集。

之後規模越弄越大，還要在紀州庵辦大型特展（7月14~31日）、北中南巡迴演講、研討會、紀錄片放映會；同時要出版七本耕莘文叢，包括《耕莘50小說選》、《耕莘50散文選》、《耕莘50詩選》、《二十八宿星錦繡——耕莘寫作會金慶研究班文集》、《你永遠都在——耕莘50紀念文集》、《葉紅女性詩獎精選集（2006~2015）》、《你是我的寶貝——陸達誠神父口述史》等，本來還有第八本《耕莘文學候鳥灘》，為數百期型式不一之旦兮雜誌的選文，但因牽扯到一百多位老會員的同意權，只得延後。所有這一切，其實也只像天底下的任何美事，憑任何一人，都無法獨立完成，是一群文學人，不論他／她是不是作家，齊奉心力的結果。

從耕莘文集到耕莘文叢

最早出現「耕莘文叢」這四字是1988年由光啟出版社出版的短篇小說選《印象河》，及1989年的散文選《等在季節裡的容顏》，依序編號為文叢一及二。但1991年的《耕莘詩選》以寫作會名義出版，並未編為文叢三。三本選集的主編均由會長陸達誠神父掛名。再一次出現則是2005年出版的「耕莘文學叢刊」：《台灣之顏》、及《那一年流蘇開得正美》，分別標為文學叢刊一及二，前者為耕莘四十週年紀念而刊行，後者大半收入楊昌年老師所開創作研究班之學員優秀作品，另三分之一為葉紅的紀念追思文集。

在上述這些文叢刊行之前則曾出版過七集的「耕莘文集」，陸神父在上述兩本文叢的序文中即提及1981年8月由當時寫作會總幹事洪友崙策劃創刊的《志宏文集》，第二期起改稱《耕莘文集》（1982年2月），前後共出版了七期。每期收有詩、散文、小說、評論、人物專訪等會員作品。值得注意的是，所有文集的收支帳目均會擇時

公佈，比如第四期的末頁即公佈了一至四期的收入（分別是36,730／15,500／28,010／30,210元）及支出表（分別是36,515／21,998／37,801／28,624元），收入主項為捐款及義賣，四期大致收支平衡。此期並公佈了第四期的「捐款金榜」，有二十六位會員共捐了30,210元。由此可以想見一個寫作團體自主運作之不易（台灣迄今仍不准以人名如「耕莘」申請立案為文學團體，因此無法自行申請公部門任何經費）、及會員長期支撐這個團體的力量是何等強大。

這些文集主要是會員、會友、與授課老師之間的交流刊物，其性質一如1980年開始的寫作會刊物《旦兮》雜誌，雖然《旦兮》先後出現過週刊、月刊、雙月刊、季刊等不同階段，報紙型、雜誌型等迥異的面貌，前前後後、大大小小出刊了二百多期。《耕莘文集》與《旦兮》出版時也寄送圖書館、作家、出版社，但畢竟不是上架正式發行有販賣行為的刊物，一直要等到「耕莘文叢」之名出現為止。

1988年小說選《印象河》收有十一位會員及張大春、東年兩位授課作家的十八篇作品，會員作品均經此兩位作家的審核方得入選。《印象河》作者群在此次2016年出版的《耕莘50小說選》（許榮哲主編）中仍重複入選的則僅有羅位育、莊華堂等二位，其餘新加入的林黛嫚、王幼華、凌明玉、楊麗玲、姜天陸、徐正雄、許榮哲、李儀婷、鄭順聰、許正平等是九〇年代前後至新舊世紀交接時期崛起的作者，而黃崇凱、朱宥勳、Killer、神小風、林佑軒、李奕樵、徐嘉澤等則是近十年優異、活力十足的文壇新星。

1989年散文選《等在季節裡的容顏》收有三十八位會員的四十八篇作品，作品均經簡媜、陳幸蕙兩位授課作家的審核方得入選。其作者群在此次出版的《耕莘50散文選》（凌明玉主編）仍重複入選的僅有喻麗清、翁嘉銘、周玉山、羅位育、白靈、夏婉雲、陸達誠等七位，代換率極大。新加入則往前推可至1966至1970年前後幾

期的寫作班成員蔣勳、夏祖麗、傅佩榮、沈清松、高大鵬，至1980
年的楊樹清、1990年後的林群盛、陳謙，之後就是前面提過的小說
作者群，再就是新世紀才新起的一大批作者群，如許亞歷、陳栢
青、王姵旋、李翎瑋……等。

　　1991年《耕莘詩選》收有四十八位會員的七十四篇作品，其作
者群在此次2016年出版的《耕莘50詩選》（白靈、夏婉雲主編）仍
重複入選的有羅任玲、方群、白家華、林群盛、洪秀貞、白靈、夏
婉雲等七位。新加入則往前推可至喻麗清、高大鵬、靈歌、方明，
八〇年代出現的許常德、莊華堂、葉子鳥、陳雪鳳，九〇年代後的
方文山、陳謙、顧蕙倩、葉紅、邵霖、楊宗翰等，其餘就是新世紀
才新起的一批作者群，如許春風、王姿雯、游淑如、洪崇德、朱
天……等。而三十一位詩人中女性高達十七位，超過半數，為迄今
任何兩性並陳的詩選集所僅見，也預見了女性寫詩人日漸增長的趨
勢已非常明朗，這不過是第一道強光。

　　1988年由莊華堂策劃「小說創作研究班」（成員有邱妙津、姜
天陸、楊麗玲等）開始運作，「研究」二字正式與創作掛勾。加上
其後陳銘磻老師策劃十期的「編採研究班」（後三期改稱「研習
班」）、寫作會主導至少七期的「文藝創作研究班」、及「散文創
作研究班」、「歌詞創作研究班」等，「研究班」儼然成了耕莘培
育作家的搖籃。楊昌年老師自1994年起即指定優秀研究班學員參與
「作家班」，此後他開設了各種不同文類的創作研究班，以迄2011
年為止，可謂勞苦功高。此回耕莘文叢重要的結集之一是《二十八
宿星錦繡——耕莘寫作會金慶研究班文集》（許春風主編），此集
收有楊昌年老師歷年所開各項文學研究班中，特別優秀的二十八位
會員的作品，也是楊老師多年在耕莘辛苦耕耘的一個總呈現。其實
早在1995年4月寫作會會訊《旦兮》雜誌新三卷三期就做過一個專
題「文壇新銳十八」，為「十八青年創作之跡也，六男十二女采

姿各異的彙集」（見楊老師〈「十八集」序〉一文）。在2016年的
《二十八宿星錦繡》中則僅餘鍾正道、凌明玉、楊宗翰、於（俞）
淑雯四位，正見出進出耕莘的文藝青年追尋文學夢的真多如過江之
鯽，能堅持不懈者著實是少數。而此集中的作者群卻至少有楊麗
玲、羅位育、羅任玲、林黛嫚、莊華堂、凌明玉、許春風、於淑
雯、朱天、夏婉雲、蕭正儀、楊宗翰等十二位的作品被收入前述小
說、新詩、散文選集中，份量極重，表現甚為突出，其餘作者雖未
收入，也均極有可觀。

　　《你永遠都在——耕莘50紀念文集》（李儀婷、凌明玉、陳雪
鳳主編）是此回五十週年的重頭戲，共分六輯，前兩輯收入紀錄片
口述稿的原因是因在影片中受時間所限，每人只能扼要選剪幾句話
而無法暢所欲言，故當初拍攝的聚點影視公司，先找人做成逐字
稿，約十四萬多字，經許春風、黃惠真、黃九思等老會員多次一刪
再刪，現在則不足六萬字。包括王義興、瘂弦、司馬中原、將勳
（第一期寫作班成員）、吳念真、馬叔禮（八〇年代擔任主任導師
約七年）、簡媜、陳銘磻（九〇年代擔任指導老師、主任導師約十
餘年）、方文山（1998年參加歌詞創作班）、許常德（1983年參加
詩組）……等作家口述稿，以及陸神父、郭芳贊、黃英雄、許榮
哲、楊友信、莊華堂、陳謙、凌明玉、陳雪鳳、朱宥勳、歷任總幹
事……等互動頻繁之寫作會重要成員的口述稿，唯實因人數太多，
不得不消減，最後共輯錄了十九位。其餘有早期成員如夏祖麗、趙
可式、朱廣平、傅佩榮……等的回憶，和中生代、新世代作家均各
為一輯，白日凌明玉帶領多年的婦女寫作班成員也另作一輯，再加
上多年精彩的各式活動照片、寫作會五十年大事記、近六年文學獎
得獎作品紀錄等，真的是琳瑯滿目，詳細地記載了耕莘過去的點滴
和輝光。即使如此，它也無以呈現寫作會五十年真實的全貌。
　　最後兩冊文叢是《葉紅女性詩獎精選集（2006~2015）》（陳

謙、顏艾琳主編）和《你是我的寶貝——陸達誠神父口述史》
（Killer編撰），前者是自2006年迄2015年舉辦了十年的「葉紅女性
詩獎」得獎作品的精選，其形式和內涵所呈現女性詩特質，絕對迥
異於男性詩人，足供世界另一半人口重予審視和反省。後者是寫作
會大家長陸達誠神父口述史的增補修訂版，原書名《誤闖台灣藝文
海域的神父》（2009），此回以「你是我的寶貝」重新命名，此與
世俗情愛或父母子女親情無涉，而是更精神意義、完全無我、出於
近乎宗教情懷的一種人對人的關照和親近，這正是自當年創辦人張
志宏神父所承繼下來的一種情操和付出。

結語

　　近十年，耕莘的青年寫作者人數激增，光這六年，獲得全台各
大文學獎的作品超過一百六十件（可參看《你永遠都在——耕莘50
紀念文集》的附錄〈近六年（2010-2015）文學獎得獎紀錄〉），
七年級八年級許多重要作者都曾涉足耕莘。這是小說家許榮哲、李
儀婷伉儷與時俱進、經營網路、月月批鬥會、透過寒假十一屆「搶
救文壇新秀再作戰文藝營」及暑期六屆「高中生文學鐵人營」的辛
勤引領，耕莘文教基金會在背後默默支持，乃能培養出無數戰鬥力
十足的新人，積累出驚人的輝煌戰果。而榮哲說：「沒有耕莘，如
夢一場」，他說的，絕不只他一人，而是一大票人。然而寫作會所
以能走上五十載文學之火的傳承之路，卻是從一位一眼近瞎一眼弱
視的耶穌會士偶然的文學之夢開始的。

　　常常穿梭百花園中的人，心中也會自開一朵花，坐在千萬盞燈
火裡獲得溫暖的人，心底理應也自燃了一盞燈，「人不耕莘枉少年」
（楊宗翰），指的就是一群浸染了一些文學氣息、走出耕莘後，自開
了一朵花、自點了一盞燈之人，不論他／她寫作或不寫作。

【本集序】
向未來打聲招呼

朱宥勳主筆、李儀婷修訂

不知不覺間，我們就成為了文學史上常常提到的那種「文學團體」。

身為一個寫作者、同時又曾有一段學術之夢的人，我確實常常在下筆為文的時候想著：如果以後的我，成為一個值得被研究的作家，學者們會如何描述我？他們會依據什麼樣的資料？——除了公開發表的文章之外，他們會煞有其事地分析我的臉書嗎？會找到我的BBS個版或部落格嗎？從那之中，會催生出什麼我從未設想過的論點嗎？

就這麼想著想著，某一天，我卻突然強烈地意識到：無論我自己這輩子能否到達這樣的高度，「耕莘青年寫作會」早已成為研究文學的學者，絕對繞不過去的巨大存在了。

在過去的十年內，無論就產出的作家數量、還是影響過的讀者的數量，耕莘寫作會應該都能毫無愧色地說，我們是台灣「現象級」的存在。我們的規模遠超過台灣文學史上絕大多數的文學社團，這當然得歸功於耕莘文教基金會近十年來的行政支持（包括前任執行長區慶浩，以及前後兩位秘書欣純及偉茵），以及榮哲、儀婷的擘畫所奠下的基礎，才能讓從我們開始以降的十多屆耕莘青年寫作會幹事會保持活動力。這樣的條件，回頭看來，是台灣文學史上極其少有的豐饒。這也印證了文學社會學的論述：只要環境是好的，人才自然會源源而出。

　　當我意識到這件事的時候，我們好像就已經不小心變成一支文學圈裡的黃金艦隊，像是美國職棒洋基隊那樣的「邪惡帝國」了。我們的陣容一字排開，幾乎就是這個世代的國家代表隊等級。

　　因此，這本《耕莘紀念文集》，就變得不只具有抒情、保存我們個人記憶的功能而已了。多年以後，也許臉書早已覆滅（別說以後，現在你就很難搜尋到一週以前的貼文了），BBS也完全沉沒（那甚至是一個必須依靠外掛程式才能搜尋的世界……），就連現在還沒開始流行的社交媒體都被時間沖毀了，只要圖書館裡還保留著這本紀念文集，「耕莘青年寫作會」這一支二十一世紀初期的黃金艦隊，就還能留下一點桅杆、舵輪與羅盤的殘片。

　　屆時，他們將從這些殘片當中，重新把我們寫出來。就好像重新於虛空之中，讓我們再次降生一樣。

　　就好像我們是小說裡的人物一樣。

　　當然，或許他們詮釋的版本，會跟我們現在所理解的不一樣。如果我們與這個未來的版本對望，應該會有一種微妙的恍惚感和歧異感。但這沒關係，我們都是寫小說的人，我們從來不害怕恍惚與歧異。我們樂意看到恍惚與歧異，所有讀者對文本進行的再詮釋版本，都是我們筆下作品的孿生物、都是艦隊裡素未謀面但又如此熟悉的，走失復返的艦艇。

　　請容我有些三八地，向未來可能的學者們打聲招呼：嗨，你們好。不管你是基於什麼原因來到這裡的，很高興你找到我們了。

目次

輯一　一條寧靜肅穆的路──50週年紀錄片實錄I

輯二　台灣文壇奇蹟──50週年紀錄片實錄 II

輯三　那段美好的歲月──早期會員的耕莘緣

輯四　沒有耕莘，如夢一場──中生代作家的耕莘緣

輯　一

一條寧靜肅穆的路
──50週年紀錄片實錄 I

背對老師的時候才是創作的開
始。耕莘對我來講應該是沒有
老師盯在那邊、沒有規律、可
以自由發揮的，透過很多不同
老師的經驗，可以讓你帶來一
些啟發的地方。

──吳念真

我跟台灣第一個民間寫作班的因緣

王文興口述╱許春風、黃惠真記錄整理

回憶耕莘最早的時候

　　我可能是寫作會創辦的時候就來了，第一、二期也都來過。張志宏神父是一位愛爾蘭神父，我會到寫作會是因為早先跟張神父的來往。有一次，他要我參加他的山地服務團——就是從那裡開始的。我很高興地到竹東的秀巒尖石教堂那邊去，參觀了一個禮拜的時間。張神父是非常和氣的人。當時我不清楚原來他眼睛一直不好，他居然還能在這樣的情況下，待人那麼和氣，工作這樣賣力，成立了服務隊，後來又成立了寫作班，實在不容易。後來聽說他不幸的消息，我非常的難過。

　　開始的時候，寫作班不是一個龐大的組織。只限於暑假而已。當年在課堂上講什麼題目我也不太記得，總之跟小說有關係就是了。當年這裡有一位我很敬佩的老師，就是張秀亞教授，她是輔仁大學的教授，也是散文名家。我記得學生時代，讀到她翻譯法國天主教作家弗朗索瓦・莫里亞克的長篇小說，覺得翻譯的文筆太好了！我跟張教授本就有點往來，當年寫作會也有張教授的課，能跟她一起上課自是非常的榮幸。

　　還有王敬弘神父，現在也不在了。王神父當年雖然跟寫作班、服務隊沒有什麼關係，可是因為他住在耕莘，跟我私交原很好，是我中學的學長，高我大概三班，所以一直保持來往。此外還有一位，跟王神父很要好的，就是陸達誠神父。他剛來台灣不久，來後

就非常受學生歡迎，一直是青年的導師。我也常在寫作班碰到他，這都是四、五十年前的事了。

　　事實上在寫作會之前，我跟耕莘文教院已經有一些往來。因為我在台大外文系念書時，我們的老師有一半是神父跟修女，像Father Foley傅良圃神父、Father Thornton's陶雅各神父、Father O'Hara郝繼隆神父，都是外文系的老師跟我後來的同事。跟他們往來的另外一個原因是我也很喜歡耕莘的圖書館，一到圖書館就時常會碰到這些也是老師、也是同事的神父，是這個原因我才認識張神父。

台灣第一個民間寫作班

　　當時的文學環境，大體來講就是兩條路。一條是官方主打的，比較教條式、範圍比較狹隘一點；另外一條是很多學校的教員和學生會聯合起來，走相反的一條，爭取比較自由的文學；這條路的開路先鋒，應該是《文學雜誌》，創辦人就是我的外文系老師夏濟安。在《文學雜誌》之外，還有其他例如《筆匯》、《現代文學》，都是走同樣的路線。耕莘文教寫作會是比較偏向民間的，可以說是台灣民間第一個寫作會，能夠維持到現在，我也覺得不容易。

　　文藝協會的寫作班也許是之後才有，後來很多報社副刊，或文學雜誌辦的文藝營，也等於一種簡單的寫作班；他們都是模仿耕莘的一些組織。這樣看來，耕莘有很大的貢獻，他替民間的文學帶出一條路來，跟官方的寫作班有很大的不同。

掀起鄉土文學論戰

　　詳細的情形我不太記得，大概是有人批評了西方文學和現代文學的走向，認為這個不符合於現實。而我個人，以及跟我想法相同

的人認為，現代文學或者西方文學的走向是符合於世界潮流的，是不容許隨便反對和推翻的，這個看法不同以後，可能大家會把耕莘的鄉土文學演講看成是論戰的一個重點。那次演講確實因為是熱門話題，讓可以容納300人左右的耕莘大禮堂完全客滿，講完後的討論不只熱烈，甚至激烈。當時設備沒有現在這麼進步，沒有錄影的過程，否則今天就可以看得到當年的熱烈盛況。

　　這次聽說耕莘寫作會要慶祝50周年，不但覺得很驚訝，也很高興！這可能是台灣唯一存在50年的寫作會，又是一個跟官方無關、很自由的寫作會。這是很了不起的成就，我非常期待這個寫作會可以長遠維持下去。

兩個自由的文學園地

　　耕莘寫作會之所以是比較自由的文學園地，我相信是因為教會的介入和影響，畢竟政府不太願意跟外來的、國外的一些組織有什麼不愉快，所以多半對國外組織的一些活動比較容忍、比較有耐性。當年有一個跟耕莘寫作會相似的文化機構，就是美國新聞處的圖書館。他們跟耕莘一樣，常常舉辦文學演講，只是沒有寫作班。有一點不同的是，他們只偏重英美、西洋文學的演講，像那樣一個地方，就和耕莘自由的氣息幾乎完全相同。

張志宏神父成立寫作會

　　張神父起初跟我講耕莘要成立寫作會的時候，我相當驚訝，也很贊成。張神父並沒有教授文學課程，所以他未必把它看成純粹文學的活動，而是像山地服務，是一種服務社會的活動。他為什麼跟我提起呢？因為他曉得我在國外（愛奧華大學）念過創作班，他可

能認為耕莘寫作班和國外寫作班應該很類似，所以他才跟我商量這件事。張神父成立寫作班為台灣服務的熱誠和熱情，恐怕更高於為了推動文學的熱情。

至於張神父為什麼除了山地服務還要成立寫作班？我想這是傅良圃（Fred Foley）神父的關係。傅神父是台大外文系教文學的台柱教授，和我關係也很密切，以前是我老師，後來是我同事。我寫第一本長篇小說的時候，怕將來出版之前手稿會遺失，想留兩份手稿，也就是，須要一份拷貝。當年還沒有複印機的發明，是傅神父幫了我的忙。他是業餘的攝影家，有很多好的器材。他將我的手稿拿去照相，把底片交給我，就是說，一頁一張底片，如果有兩百頁，就交給我兩百張底片。傅神父對文學非常熱心，一定給了張神父許多幫忙和鼓勵。這是寫作會能成立的另外一個原因。

給寫作會的兩個建議

現在台灣文學的氣氛確實比50年前濃厚、自由很多。各大學的文學課程，中文也好，西洋文學也好，已經相當完備健全，所以耕莘寫作會如果還要再推進發展文學這一塊領域，就不必和各大學的文學課程重複，更應該向創作的方向進行，不必再有一般課程的提供，而是純粹寫作的練習，即實際創作的學習；再來一條路，就是寫作會要考慮到這50年下來，尤其科技方面，影像藝術越來越發達，寫作可以不只是筆桿的寫作，也可以是攝影機的寫作，那麼電視電影甚至手機種種的拍攝，都可以給「寫作」一個放寬、廣泛的定義，這樣可以符合時代的潮流，走向以後的道路。

當年的台北就像小長安

瘂弦口述／許春風、黃惠真記錄整理

台灣文學藝術的萌芽期

　　大概1960年代初期，那是台灣文學藝術的萌芽期，很多新的想法、新的創作、新的人物，通通都出現了。那個時候培養、激盪這種風氣的，有兩個機構，一個是耕莘文教院的寫作會，一個是救國團的復興文藝營。復興有兩個營隊，暑假的是文藝營，冬天是編研會（編輯人研習會），就是學校的校刊、系刊、院刊主編，一起討論如何編一本好的雜誌，都是偏重文藝方面。六〇年代初期我認識張神父，也是他把我找進耕莘來，他說：「你的文藝營辦得滿好的，你也到這來跟我們講點課……」我很感動，就答應了。

　　他瘦瘦的，關心孩子們，我們中國講「傳道、授業、解惑」，他都做到了，傳文學之道最熱心，每個孩子寫作方面的發展，哪個作品他有意見，他都記得清清楚楚。我在聖經上看到很多聖哲、聖徒，那都是聖經上的人物，如果在人間，我看到的人物就是張神父。張志宏，我永遠記得這個名字。聽說後來他跟著年輕人到橫貫公路去旅行，一位女生揹不動行李，他替她揹，但因為他的視力不太好滑到山澗裡去，就犧牲了。我覺得他是我們耕莘寫作會最重要的人物、開山的人物，大家一提到他都充滿了懷念。

聯合副刊與耕莘像是一家人

　　我記得耕莘有一個刊物叫《旦兮》，《旦兮》的內容常常在我們《聯合報》副刊「文壇消息」裡出現，好像一家人一樣，有什麼事我們一定報導。文學的新聞不容易在新聞版上出現，副刊留一個小小的方塊，經常有活動，看到的人也很多。副刊當時也有一種「運動性」，辦了很多活動。比如我們辦了一個「午餐俱樂部」──午餐文學的聚會，你買一張飯票就可以跟白先勇一起吃午飯，吃了午飯還聽白先勇講文學，哪有這麼便宜的事？所以大家都來，每次一個主題，半個月前先宣布書名，然後大家都準備，比如《紅樓夢》，大家都把紅樓夢讀完，到時候有共同話題，這些都常在耕莘辦，好像我們是同一個單位一樣。

　　那是一個非常重要的時代，一個走向世界、走向純文學的一種嘗試，大家都懷著共同的夢，後來出現很多人才，聽過我們課的年輕人，若干年後有些都變成大師了。所以像蔣勳他們，當時也來過耕莘，現在都變成很重要的人。

台灣繼承了五四的火把

　　所以那是個啟蒙的時代，現在想起來滿有價值的，而且那個時代非常純潔，我買愛國獎券都看四下無人才去買，為什麼？因為詩人還買愛國獎券太丟人了。我記得法國作家紀德有一篇小說，男孩子親一親女孩子，女孩子說：「請你不要汙辱我們的愛情」，連吻都認為是骯髒的，純潔到那種程度，都是受了純文學的影響。我們從那裡出發，後來掀起很大的時代，在台灣辦了很多活動、很多雜誌，文藝雜誌的相激相盪之下，使得台灣成為世界華人文學的中

心。那個時候大陸還在亂中，他們的文學差不多是停頓狀，我們台灣就好像繼承了五四的火把，熊熊的燃燒起來，使得台灣成為一個重要的文學據點。

當時的台北就好像小長安一樣，很多文人到暑假的時候都回來了，在外國見一次面、碰到一個人很難，到台北來說：「你也來了，他也來了。」好像當年的長安，好像大雁塔下面很多詩人要登塔望遠，平常在國外不容易見到，到了小長安，好像誰都在那裡，是個聖地一樣。現在台北文藝蓬勃的情況，都是那個時候奠定的基礎。

第一次接觸柏格曼電影的地方

蔣勳口述／許春風、黃惠真記錄整理

一直很感謝耕莘

　　回憶到1966年，我還在讀大學，現在的年輕人可能很難理解那個時代台灣的資源非常非常少，後來1976年我從歐洲回來，台灣有文學獎、各種公部門的贊助、比賽。我一直很感謝在更早的時候，出現「耕莘文教院寫作會」，我覺得它是一個信仰。

　　中學的時候，我就在民生路的蓬萊堂受洗，我是天主教徒，那個時候吉朝芳神父、孫神父，他們帶著我們讀聖經（比較古典的一些訓練），我非常感謝，因為後來到歐洲讀書，幾乎美術史的重要背景都是聖經。所以有時候別人問我，他喜歡美術史想到歐洲讀美術史，應該先讀哪一本書？我就笑一笑想，好像聖經很重要，因為如果你聖經不熟讀，走進羅浮宮，大部分的畫你都不知道它的故事背景。

　　到大學的時候，接觸到耕莘文教院，它給我的感受跟蓬萊堂很不同。比如說，走進去我看到的耶穌神像，是一個非常現代的作品，我說的現代是指，跟我想像中，天主教所有的建築，或者是聖壇的設計形態都不太一樣，我接觸到的神父，張志宏神父、陸達誠神父他們那時候都很年輕，他們大部分時間也不穿著神父的衣服，你就會覺得有一種自由，有一種開闊。現在隔了將近半世紀，那個時候我20歲，剛提到的這些神父其實沒有比我大很多，可是我們真的是從他們那邊學到好多好多東西，我想，學到的是一種開放的自

由思想。我們通常對宗教會有一個誤解，覺得它有很多戒律、很多很嚴格的教條，可是在耕莘文教院我沒有感覺到那種東西，它非常地開放、非常地自由。當然我自己後來對耶穌會這個系統，有更多瞭解，它跟很多教派其實不太一樣，他們以個人很專業的知識去奉獻給上帝，跟我們一般講到的比較保守的宗教體系也不太相同，當時張志宏神父就在這個地方創辦了寫作會。

我們是愛文學寫作的，可是那個年代寫作這件事情沒有太多園地可以發表，也不太像現在的年輕人寫作，有文學獎可以參加，當然得文學獎是一件很快樂的事，甚至出版可以有版稅、有稿費。但那時候很簡單、很單純，寫作好像是自己內心世界某一個孤獨或者苦悶的時候跟自己的對話。當時幾位神父就帶領我們這些年輕人慢慢走向這條路去，張志宏神父後來在太魯閣碰到山難去世了，對那時候的我發生了很大的撞擊。很感謝一個從遠地來的神父，那麼熱心地帶領著我們年輕人去接觸到所有文學藝術，以及創作的部分。

與柏格曼電影的初相遇

回想起來，每一次到耕莘文教院，這裡的建築、這裡的氛圍、剛才提到的現代的設計——聖壇跟耶穌聖像，其實都把我帶到了另外一個不同的藝術領域、美學領域。我今天用美學來看，覺得它沒有被傳統的宗教綁住，甚至我想到一件事情，現在覺得好驚訝，因為當時台灣很封閉也很保守，歐洲比較前衛的電影根本看不到，記得有一次，有一位神父從歐洲帶了Ingmar Bergman的電影《處女之泉》在耕莘文教院播放給年輕人看，那是我第一次接觸柏格曼的電影，後來變成我非常喜歡的一個大導演，可是現在還是想不通，為什麼會在耕莘文教院，一個我們認為宗教的地方，放了一個當時台灣院線根本不可能上映的《處女之泉》。

　　其實那時候我也看得似懂非懂，因為裡面有很多複雜的哲學辯證的東西，以我當時的接觸來講，還沒有辦法深入去瞭解，可是我覺得這個種子種下去非常重要。我1972年到巴黎，第一年我幾乎整天泡在巴黎的電影圖書館，因為很想知道柏格曼還有什麼其他電影，看了《第七封印》，然後知道《第七封印》跟《啟示錄》的關係這麼深，那麼也真正瞭解到，原來歐洲一直到當代，這種重要的藝術創作者，其實都跟基督教聖經的淵源是這麼這麼深的。

　　所以我想，特別是事隔了五十年回頭來想這件事情，我對耕莘文教院對寫作會真的有非常非常大的感謝，我覺得在一個比較封閉的環境，有人幫你打開一扇一扇的窗，雖然那時候剛打開的時候，你探頭看一看，可能還不知道窗外的世界是什麼樣子，可是至少窗打開了。幫助我後來在歐洲的四年當中，可以從這樣窗口的視野，這個vision，去看很多東西，所以我一直覺得這是自己在成長的過程裡面影響我最大的一個事件。

　　我很高興看到陸達誠神父已經80歲，當年，他旁邊常有人說陸神父好帥，現在想，他真的比我們大概只大12歲、13歲，就是很年輕，已經在世界上接觸到很多新的知識，然後把這些新的知識帶回來給台灣年輕一代的朋友，所以我們真的覺得非常非常幸運，可以在那樣的一個環境，受到這麼大的一個陶養。

沒有限制的寫作會

　　最近因為重新回憶耕莘寫作會，所以上網翻閱看看寫作會所有的歷史，看到21世紀以後，2010、2011、2012，我認識的年輕作家幾乎都在裡面，像我最近很熟的黃崇凱，他寫的小說非常非常異類，很大膽、很叛逆，可是他也在耕莘寫作會裡，我覺得很有趣。有時候我會覺得寫作會容納的寫作的人，好像比很多團體鼓勵的很

八股的文學還要廣闊，這個是我覺得非常難得的，所以我很希望有人也許可以把寫作會這個精神再做更多的整理，為什麼一個來自於宗教引發出來的寫作會，它給年輕人的整個寫作方向是這麼寬的，它幾乎沒有給年輕創作者任何限制。

我們那個年代被限制的情況，是現在年輕人很難想像的，我考大學的時後，國文作文題目是「告大陸苦難同胞的一封信」，舉這個例子大家就知道，寫作這個東西其實是被政策綁住了，所以在那樣的情況下，寫作其實是無法真正自由，有時候自己跟自己很內在、很孤獨的心靈在對話的時候也很害怕，甚至不敢發表，因為覺得這個東西是不是不合國策，好像拿筆要去寫東西一定要寫一個很偉大的一個什麼思想，可是耕莘寫作會始終沒有被這個威權的東西框下去，今天回想起來真是不得了的一件事，因為他在五十年前，為很多封閉環境裡，心靈渴望自由的這些文學創作者、藝術創作者打開了一個廣闊的天地。

所以耕莘寫作會50週年，我應該對帶領這個寫作會很多的朋友，很多很多的致敬，它真的在這個半世紀當中，培養出這個島嶼這麼多愛好寫作的朋友。

在耕莘34年（1977-2011）的點滴

楊昌年口述／許春風、黃惠真記錄整理

在耕莘授課從戲劇開始

有兩個原因，一個是我的宗教情懷。我是天主教徒，1962年到1972年在台中靜宜文理學院（天主教學校）教書，在教學的十年中，我們辦了一種活動，叫做「基督活力運動」，希望把教友們的熱忱、服務、犧牲的精神再凝聚起來，我參加這個運動，被他們選為全國總會的主任，當然是全力以赴去做，因此1973年回到師大，1977年，基於宗教情懷，所以到耕莘來服務。這是第一個原因。

第二個原因是跟我的志業有關係。我是做文學教學、文學創作和文學研究的，我大概是做得最早的，1973年回到師大的時候，開現代文學的課，大家就笑話我，說我的課是丟在地上都沒有人要撿，因為那個時候開現代文學的課非常非常稀少，那我怎麼弄呢？我很認真很認真的，不是光講理論、做法就算數，我要求每個學生要「練」，你是詩歌、散文、小說、還是戲劇，你要「練」，「練」了之後我要改，改了之後要公開評估，如果很好的話介紹他發表，這麼一來當然很實用，所以我們新文學系列的權威、顯學性就從此建立。我在師大前後一共14年，14年把現代詩、現代散文、現代小說、現代戲劇、文學批評，新文學史這個系列的課程通通開完成了。

我到耕莘應當是1977年的事情。記得最早是到那裡演講，講愛爾蘭劇作家辛約翰的《海上騎士》，就是騎馬到海上去的人，大概

學戲劇的人都知道,然後又在耕莘劇團講戲劇、在暑期的戲劇組做導師,因為當時我正好是中國電視公司的編劇,也是師大話劇社的指導老師,同時在師大的國文系開了戲劇選修的課,是這樣子配合起來的。

在耕莘34年很愉快

從1977年到2011年在耕莘34年,開始只是講演、帶暑期班的團隊、寫作會的團隊如此而已,後來我到韓國去做客座,回來的時候,白靈打電話來:「哎呀!老師你趕快來啊!你替我們開專業的課程,三個月一期的,要上12堂課……」

我為什麼要去呢?我想我有一種戰國時代廉頗思用趙人的那種感覺,因為那一年我到韓國去,好慘啊!我感覺完全格格不入,那群學生是我怎麼努力也沒用的,所以我很想回到台灣來,教我自己願意教的、習慣的、熟悉的這些學生。所以就從那個時候起,三個月一期的這種課程,開了15次之多,包括古典小說、散文、近代文學,最重要的是小說的創作和研究。把兩岸的、最新的、創作中非常優秀的拿來賞析,這算是我在耕莘最具體、最徹底的一種貢獻,所以在耕莘40周年時,他們給我「導師特別貢獻獎」。

我覺得耕莘非常非常地熱鬧,就是白靈講的「很好玩」,怎麼很好玩呢?學員跟我在師大教的學生是不一樣的,我們沒有利害關係,他愛來就來、不來拉倒;師大不行喔,學生非來不可,不來的話你就過不了關。所以耕莘學員,沒有這個利害關係那就很過癮了,我要想盡辦法讓我的課程很精彩他才會留下來,這個挑戰很強,我這個人喜歡有點壓力、有挑戰感。學員的作品跟學生不一樣,學員是社會人士,所以他們的題材比較豐富,看起來、改起來很過癮,然後把他推薦出去發表,大家再一起來切磋,那是很愉快

的事情。還有學員們對我的回饋，給我的一種親切感，這是我在耕莘覺得很愉快的原因。

　　另一個我好喜歡耕莘的原因是它不是政府辦的，也不是一般報刊雜誌辦的，它是個宗教人辦的，所以我們真的要捧一捧陸神父的場。這個神父真了不起，他沒有一般神父的固執，陸神父可愛、非常溫和、非常謙虛，還有他會尊重別人，所以我覺得這人好像是神父裡面的奇葩，我當然願意來付出，甚至於有的時候覺得，如果我楊某人在耕莘做得不夠，我好像有點對不起陸達誠這種感覺。還有個原因，去參加耕莘的人真是好了不起，像白靈，我好佩服，白靈全力在那裡支持，我常問他說你那麼起勁幹嘛，他說很好玩啊，像陳銘磻、黃英雄、郭芳贊、楊友信、黃九思，這好多人投入的原因不是偶然的耶，他們這種精神熱情的灌注，是其他的──政府辦的還是民間辦的──沒辦法比，人的條件最重要，當時在最盛的時候，是有這群人在那邊熱情地付出。

印象深刻的學員

　　最早的時候我到耕莘來，就把師大一些很優秀的學生帶到這邊，有一個叫羅位育，他後來在耕莘主辦暑期班。以前在一女中，已經退休了，也是一個相當不錯的作家；還有張春榮，現在是北教大的教授；還有梁錦潮，那是一流的，可是他「叛變」跑去做生意了，現在在馬來西亞。

　　而在耕莘帶的人，有一個叫做林黛嫚，她是台北市立女師專的，他們這一群人跟著我到耕莘來。我把林黛嫚的作品介紹到《中華日報》，就發表出來了，她的題目叫〈也是閒愁〉，後來林黛嫚變成相當知名的一個作家，她出的第一本書就叫做《也是閒愁》，現在還在我的書架上面。另一個叫凌明玉，你們應該很清楚的，也

是在這邊得獎的。我們出色的人相當相當多，比如說有個叫楊宗翰，現在是淡江大學的助理教授，非常幹練；還有跟著我很久的是許春風，她是首獎詩人；夏婉雲也不錯，她的博士是在我手上完成的。另外，有一個叫鍾正道，現在是東吳大學中文系系主任。我師大的學生，也是耕莘的學生。早年的像莊華堂、葉紅、楊麗玲、蕭正儀，這些表現得都相當好，尤其到了後期，後期的人越來越多，比方說吳易芹，東吳外文系的，小說創作一流，實在是不錯。許芳慈小說寫得不錯，公費留美，半年前取得教育哲學博士；最近又發現一個，那就是曹堤，她是北京大學翻譯所畢業，寫的東西真是一流，還有一個小學老師叫朱隆興，他專門研究日本推理小說的小川未明。

帶領學生的方法

以前我有個呆板的想法，總覺得創作要從短小的開始，那就先做詩，然後連起來就變成散文，如果設計個衝突那就變成小說，如果能夠互文的話那就變成戲劇，後來曉得不對。我在師大有一個學生，詩寫得不錯，散文不行、小說不行，那不就完了嗎？奇怪，他的戲劇得了當年大專戲劇獎的第一名，在師大演出。這讓我了解到每個學生都不一樣，我們做教師的千萬不要有自己的成見，你只是負責去幫忙他，你不是他，所以要了解他的動能在哪裡，他的發展方向在哪裡，幫忙他，讓他出頭。這一點很重要，有些做教師的，常常以他自己的意思去鎔造學生，這是絕大的錯誤，不可以，你要曉得這個學習的過程是他為主，我來協助他，而不是去限制他。

我的前提是帶著一些學生，最重要的是看他的作品，曉得他的性向，曉得他的能量在哪裡，要對他個別輔導，鼓勵他去發展，這樣很快的他就會有所成就了。

耕莘與我在台灣

吳念真口述／許春風、黃惠真記錄整理

我上課都在講故事

我常常不記得自己的年紀了，滿久的，應該是在民國七十幾年，那時候為什麼去上課也不知道，因為我是個很怕上課的人。當時好像是馬叔禮找我說，耕莘有個寫作班，讓我去上課。我本來是說不要，那時候覺得自己沒什麼資格跟別人上課，但是提到耕莘，就覺得應該報答一下。

我大學的時候，大一、大二民國65、66、67年常常跑耕莘，因為它有些活動，像一些紀錄片，就跑去看。我記得有一年跟一個朋友去看一個紀錄片，在門口哭到不行，因為它拍的是二次大戰時猶太人被德國人殘害的場景，那時候是禮拜天下午去看，還下雨，看完電影出來，濛濛的那種感覺印象很深刻。對耕莘還滿多記憶的，找我的時候就說OK啊，曾經從那邊得到什麼好處應該回饋一下，就去了。

其實我去那邊上課並不覺得是一個老師，即便到現在為止，寫作對我來說都還是一種學習，所以那時候上課其實也沒有章法，也不知道怎麼上，通常我會跟學生談的東西是說，為什麼我會寫那篇小說，或者小說會促使我想去寫的動機是什麼。所以我記得我上課都在講故事，都在講我最近聽到一個什麼東西很想寫，有人曾經寫過一個，沒有寫出來的部分是什麼。

我記得有次我在那邊上課的時候講到，以前在台北念補校，同

班有個同學住恒春，那我們就問他為什麼到台北念補校，他說家裡狀況有些問題，他講他們家本來是種洋蔥，中（指台灣）美聯合軍演的時候就把它炸得亂七八糟。那個故事很好笑，有些黑色喜劇，全村為了得到補償就想拿美軍東西來賣。他爸爸本身還不要，媽媽就在旁邊罵說別人都在做你為什麼不做，他爸爸很生氣就跟叔叔去偷，偷了兩大箱東西回來，結果一打開發現是美軍的屍體。其實蠻慘烈，但是因為在上課的時候這樣講，講的很有組織，後來那個故事就講給很多人聽，沒想到有一年竟然拿去拍電影，那是後面的事了。

要有宗教家的胸懷

我其實很清楚，耕莘基本上有一些宗教氣息，很多東西都是利他的，辦這個寫作班就是讓很多喜歡的人進來。其他地方的一些班很多都有商業目的吧。所以在耕莘上課感覺比較自然一點，不是受雇於誰，只是覺得好玩，就認識一些很喜歡寫作的人，也許你比較有經驗一點點，就把你的經驗跟大家共享。我從來都不覺得是去教什麼。

我覺得50年本身已經非常重要了，50年一個人會老，50歲應該有足夠的智慧，再來你想改變什麼也很難。應該這樣想，50年內有多少人走進那個教室裏面，多少人可以在這個教室裏得到一些啟發，不管你到時候有沒有寫作，即便你沒有寫作但你對文學有愛好，你已經認識了這個社會很廣大的一群對文藝有興趣的人。我覺得這個部分就已經很重要了。你想想看，會想去寫作班上課的人，一定知道寫作這件事對他是有趣的，他才會去。這可能比大學文學系強，大學有些文學系都是莫名其妙考上去念，念到一半就已經閃避了。這應該是非常志同道合的一群人在這個地方，說不定這群人

就是創造台灣後來買書的讀者、寫作的作者、甚至跟出版業有關的很多人，說不定都跟這個團體有關。即便他什麼都沒有，但是在透過薰陶後，知道自己對文學的喜好，不管你在什麼樣的生活狀態，至少從文字得到安慰和啟發。

寫作面應該拉寬

就像我之前上課常常跟大家講的，閱讀不只是閱讀文字，聆聽一個人的故事也是閱讀。現在其實在傳媒上，文字也好、影像也好，包含了非常多。我覺得台灣現在好像每個人都是創作家，臉書一打開每個人都在發表意見，或是寫一些生活上的感歎，好壞都有。我覺得寫作這件事情應該把面拉開一點點，除了寫小說、散文、詩之外，還有劇本、舞台劇劇本這些東西，你把面拉開了之後，你能嘗試的東西就多了。所有的包括影音的東西，任何創作都是從文字開始，因為每個人要把腦袋裡的東西跟別人去講，都是要透過文字表達，所以我覺得這方面可以把它拉得更寬。

現在因為年輕人能夠接觸到的文藝創作太雜，腦袋裡有點散音，容易跳離的東西太多了。其實這幾年來，我們這些老先生們的憂慮就是，真正能創作能寫東西的人，能夠看到很閃爍、明亮的才華，比較少了。不像古早時代，你可以看到隱約有才華才智的人。就像我最近在講，每次報紙講台灣影視怎麼樣，我覺得台灣都還沒有看到很棒的編劇，你怎麼可以期待什麼樣的電視戲劇、電影出來？所以我覺得這方面應該加強。當然教育的東西我們也不能盡力批判它，比如台灣其實在學校教育過程中，你怎樣欣賞一個文學作品，怎樣表達自己心中的某些感想，在學校裏面好像永遠沒教好。耕莘好像可以把那些有心於這方面的人，在他們離開學校之後，做另外一次傳達。

　　像我最近很傷感，連續幾年每次看到考高中的作文，那些教授認為滿級分的放在報紙上給大家看，我覺得很痛，如果那些教授覺得這是滿級分的，我覺得這教授有問題，學校教的也有問題，因為你沒有教一個人用他的文字寫他的心，只是用文字寫他認為符合大人需求的東西，我認為真的不是這樣。侯孝賢最近有寫一句話，很多人覺得有道理——「背對觀眾的時候，才是創作的開始。」這句話其實可以給學生，背對老師的時候才是創作的開始。耕莘對我來講應該是沒有老師盯在那邊、沒有規律、可以自由發揮的。透過很多不同老師的經驗，可以讓你帶來一些啟發的地方，這部分比較寶貴。

　　耕莘早期的很多活動，我都印象深刻，那時候去看電影、看紀錄片，還有一次賴聲川從國外回來教了藝術學院第一屆，然後第一屆學生的舞台劇（編按：《我們都是這樣長大的》1983年）是在耕莘禮堂上演的，我記得有陳慕義、蕭艾他們演的，滿感動。不像以前舞台劇都看《大漢中興》，這次看到一群小朋友在演，真的在現場哭出來，因為他們是共同創作嘛，那時候賴聲川讓他們想一句你最常跟爸爸、媽媽講的話，再想一句爸爸、媽媽最想跟你講的話，然後他們就把這些組合起來，經過整理，裏面有一段很簡單，一群學生一排坐在那裡，就把那些話穿插變成有情感有劇情的。記得有個媽媽跟學生講說：「兒子啊，你去哪裡都不知道，起碼打個電話回來，這樣死了我們比較好收屍嘛！」媽媽會跟孩子這樣講：「媽媽沒錢。」還有爸爸最常講：「轉台！」一直到最後忽然間，有個人很蒼涼地說：「爸晚安，媽晚安。」這時候覺得很感動。

　　那時候覺得很棒，這些生活的東西是可以經過篩選、組合變成類似戲劇的方式演出，那感覺也是在耕莘有的。看很多東西會哭好像都是在耕莘，很奇怪。有宗教會感覺比較神聖啦！

耕莘50年紀錄片

我覺得要辦50年，真的要有一些宗教家的胸懷，我覺得這個很重要。耕莘一直持續在工作著，其實在台灣，除了有宗教情懷的人很難支撐。即便很多基金會做一做，他可能就去衡量效益問題，可能就在一個階段終止了。

台灣這麼小的地方，這麼多的人，這麼多的資訊，常常這個東西掩蓋那個。現在台灣訊息太多，人們只知道皮毛，真正能令人感動的事情，你必須要告訴別人，曾經在過去50年有一群人做了什麼事，你必須要讓別人知道，瞭解也好，被感動到也好，讓另外一群人知道原來有這樣的地方，我覺得是必須的。以前我跟很多宗教的慈善團體，醫院也好，教養院也好，他們都把自己委身在很偏僻的地方，非常辛苦地在做這些事。我們最近因為有些需要去跟某些企業家募款，他們跟我們說謝謝，他們想要回饋這個社會但是不知道從什麼樣的途徑。所以我覺得一樣，耕莘做過什麼事情，耕莘過去50年跟台灣有什麼連結，必須要讓大家知道。

八十年代的耕莘及《旦兮》雜誌

馬叔禮口述／許春風、黃九思記錄整理

在耕莘待了近七年

在我來耕莘之前，最主要我是在辦《三三集刊》，那是因為在大學時代，認識一位文友叫朱天文，父親是朱西寧，母親是劉慕沙，妹妹叫朱天心。我們讀大學的時代，正好是民歌剛剛開始，你看我們現在才剛辦民歌四十週年。那時候台灣剛剛崛起鄉土文學，當時的鄉土文學跟民歌，以台大、淡江最主要。那時候我和朱天文、丁亞民在淡江大學，那麼台大呢是唐諾、朱天心，還有後來很有名的教授林端。

因為民歌和鄉土文學的這個氣氛，當時我們也是喜歡文學藝術。我第一個畢業，因為比他們年紀大，之後就在朱西寧老師的幫助下辦了《三三集刊》，這可以說當時很多優秀年輕人寫作的環境，也是第一屆聯合報文學獎、中國時報文學獎開始的年代。因為我們辦《三三集刊》很辛苦，稿費都發不出，怎麼辦呢？那時候就有一群《三三集刊》的作者投聯合報、中國時報第一屆文學獎，很多都得獎，因為獎金高，一方面使文章發表，另一方面也有號召力。所以我們廣邀剛開始寫作的年輕人，像小野、吳念真、張大春。有一次是朱西寧老師來耕莘文教院演講，我陪他來，就認識了陸神父。陸神父看我對文學藝術有興趣，那時候又年輕，就問我要不要來耕莘服務。我離開《三三集刊》後就來耕莘寫作會。耕莘文教院背景是天主教耶穌會的團體，天主教會在台灣很多，有幾十年

的發展，對台灣醫學的貢獻很大，很多天主教會團體辦醫院，尤其在原住民地區。但是辦文學藝術這方面，必須要在台北人文薈萃的環境，據我所知，耕莘在當時以民間社團辦的課程是最受矚目的。我來的時候早就有耕莘寫作會，我受陸神父的要求在耕莘待了將近七年的時間，大概請過四百位老師，辦過六百場演講。寫作會就跟學校上課一樣，有上下學期，可以連貫，中間有個暑期班，所以一年有三個班。每期招生都很熱烈，可以針對各大專院校喜歡文學的學生、對文學戲劇有興趣的學生自由參加，年齡不限，社會大眾也可以來參加。我們大概一個暑假，一個月的課程就邀請了四十位老師，開課內容很廣泛。各大專院校都有中文系、歷史系，但中文系偏重在古典、經書的部分，現代創作的老師較少；歷史系有歷史，但現代文學的探討也少，因此我們補足了各大專院校文學院的不足，一是所學內容的不足，二是師資的不足。例如台大當時有林文月教授，她是中文系，日文也很好，有方瑜、吳宏一教授，有文學院院長葉慶炳先生，他們都是學術界、國學界的權威。政大有文學院院長羅宗濤，成大有黃永武，師大有楊昌年教授。如果你到耕莘來，大概可以接觸到全台最著名的教授，課程內容最簡單的叫做經史子集，或叫文史哲藝，每年還要構思一個特色，那時候來參加的人很多，幾乎是大家在大學讀書的時代開始對文學有一定啟蒙了，所以也培養了很多年輕優秀的作家，像《印刻雜誌》的編輯初安民，後來管家琪寫兒童文學（現在在大陸）；像編劇黃英雄。那時候教課的內容五花八門，一年有一個特色，我拿海報來做個介紹：

　　這是第二十屆，民國74年的海報，有小說、詩歌、戲劇、散文。邀請老師，現代文學有趙玲玲（她是東吳大學第一位國家哲學女博士）、管管詩人、林清玄、司馬中原、楊昌年……現代文藝週像黃凡、辛鬱、賴聲川，賴那時剛回國不久，他在耕莘文教院把《荷珠配》改編成《荷珠新配》一炮而紅，我看了之後覺得這個人

是個人才，就邀請他來開課。因為後來他們又推出了一個轟動一時的《那一夜我們說相聲》系列，所以接著邀請了李國修、李立群、金世傑、賴聲川。當時散文很有名的像張曉風、愛亞。經典詩詞部分有方瑜、羅宗濤、席慕蓉，然後王更生教授教我們吟詩，非常好聽。經典小說週有康來新（中央大學的教授、紅樓夢的專家）。然後這邊是張健、王文興（台大的教授）。鄭明娳是師大的教授，魏子雲是戲劇專家，李殿魁是文化大學知名戲劇教授。國劇說唱藝術有郭小莊、吳建宏、徐璐，著名的京劇演員我們都請來了。相聲界的魏龍豪，說唱藝術有張天玉，王永蘭、王永梅姐妹，王振全、白原……差不多一個月的課就把國內最著名的各方面人才都約來了，學生們很喜歡上這個課，建立了很好的師生友誼，在學校裡可能老師和學生不會有那麼多接觸，但是他們來參加一個月，跟老師下課後會聊天，甚至一起吃飯，很多活動，那時候我規定一個月要看三場戲。為什麼耕莘寫作會是以現代文學創作？現代文學裡的基礎是什麼？如果沒有文化基礎，你的創作只有技巧。那時可以說是耕莘寫作會的高峰，第一，老師陣容最多，第二，課程開的面向最廣，第三，學生參加人數最多。這些大專院校的學生回去以後，通常都喜歡辦現代文學的文學社，他們就邀請很多同學來參加，耕莘的師資也能提供給各大專院校的文學社，當時耕莘寫作會在全台灣是有非常大影響力的，也有非常大的貢獻。

　　我一直注重的，第一個就是傳統和現代要合在一起，也就是說不能讓一個課程只注重現代文學，例如電影週、戲劇週、小說週、新聞寫作週，但是國學基礎要好。所以我也邀請了很多人開國學方面的課程，這些老師不一定有現代創作的經驗，但他可以提供我們國學上的營養和土壤，讓很多同學對國學有興趣。同時大專院校不可能一個學校有這麼多有名的師資，但耕莘寫作會可以提供各大專院校在辦課程的時候很多可以考慮的師資──演講、辦活動的師

資。所以那時是一個很興旺的文學年代，很多優秀的作家都從這裡出來，第一屆有蔣勳先生。耕莘雖然是一個天主教會的團體，但陸神父請我來，態度很好，沒有任何限制，完全給我自由的空間，既有大度也有眼光，這是非常好的。耕莘的神父大部分都很有學問，因此他們也很開放、包容，當時就形成了一種很好的文學環境和氣氛。

教會沒有限制課程安排

簡單來講，第一個要包容，第二個要提升。包容和提升是一體的。提升一個人的生命可以看得遠、看得廣；包容要海納百川，讓各種各樣的文化系統都可以進來，這就是我當時辦課程的構想和基本原則。剛好耕莘背後是天主教會，天主教會的神父跟中華文化的歷史也有淵源，從明代開始下來，像利瑪竇、徐光啟，他們都很有學問又很有見識，同時也有很大的胸襟，天主教會雖然是一個宗教團體，但是他並沒有你到了我這裡來要信天主教的約束，因此來的人都很自由，我辦課程也沒有受到教會的限制。有一次宗教週，我邀請了佛教、回教、基督教、天主教的人士，各種宗教如何面對人世，解決人生困境，思考這個宗教安定人心的力量是什麼、基本哲學觀念是什麼，讓各個來學習的人同時可以面對許許多多的宗教。而我們在天主教會的團體辦這個課程，沒有任何人來給我干預，這就是一種度量、一種包容的力量，同時還要有提升，提升人的境界、思想、眼光。所以孔子說「登東山而小魯，登泰山而小天下」，你看到的今天的花草樹木、漂亮的風景，可能是今天的，可是你要知道所有樹木紮根在土壤裡，它是經過46億年地球所累積的能量才能開出今天的花，所以你不能只羨慕花，而不在乎土壤。如果土壤不乾淨，種子再好也沒有用。比土壤更重要的是雨水、空氣

要乾淨，所以如果有乾淨的空氣、土壤、水源，這時候要有好的種子，這個種子埋進去一定可以開花結果。因此我們希望開創一個比較健康的環境，讓這個環境裏沒有污染，又有好的種子在這裡發芽，這就是我要構思的地方。

文化與創作並行

耕莘寫作會跟其他的文藝社團到底有哪些不同呢？第一，我覺得它在包容力上，至少在我在的時候，這種包容力，文史哲藝，不分宗教，不分民族文化，都有一種融合。這種包容力可能是一般的文藝社團比較少有。第二，西洋的文學有寫實主義、浪漫主義、現代主義、後現代主義、會有一個範疇，通常，現在流行浪漫主義的時候，浪漫主義最好，古典主義排開了。可是在我的觀念裡，主義只是一個範疇，而我們要打破範疇，所以我不搞主義。當時鄉土文學一定要寫本土的，不寫本土的就不行，我問說司馬中原的本土是大陸的鄉土，朱西寧本土是大陸的鄉土，白先勇的本土是因為他在都市裡長大在上海、在台北，黃春明他是鄉下長大的，他的本土當然就是鄉土，所以我們那個時候希望打破任何界限，不要有一個主義去規定一個範疇，去搞一種文學上的意識形態。政治上的意識形態是不好，同樣，文學上的意識形態也不好。在我那七年當中，我不喜歡有這種情況，因此我希望，不要有任何主義，我們都尊重任何的文學主張，我們都希望瞭解任何的文學主張，這是我辦課基本的原則。另外是任何環境都要講攻和守的問題，比如所有的球類都有攻守，攻敵然後要防守，如果你善於攻不善於守，攻雖然厲害，可以使得你防守減少壓力，沒有攻擊力，防守力就不夠，壓力重。可是你善於攻不善於守的結果最後你可能輸掉，如果你守得很好，一個球都不漏，你至少不至於輸。文化也是一樣，我們一方面要繼

承以前的，要守住好的東西。有些東西在文化上不值得守，例如女孩子的裹小腳，這不合於人道。我們歷史上也有隨地吐痰的文化，這種不值得。但是任何一個民族都有它文化上值得守的地方，很多人聽到保守就覺得不好，可是在我們社會裡，如果一個東西守不住，它完了。

　　現在強調文化創意，創意含得太多，文化的繼承含得太少，因為創意是今天的，可是文化不能速成的，我們現在的高中到大學，國文程度一代比一代弱，大家不寫文言文、不讀文言文、不寫書法，那年輕人講出來的語言俗不可耐；你看我們中國的語言、語彙為什麼這麼豐富？「一曝十寒」、「劍及履及」、「念茲在茲」，這些都是詩的語言所以精煉啊！「白首偕老」這種豐富的文化性，在我們今天的年代沒有，你一直強調創意，那就像一個海洋，我們每一年有十幾次颱風，可是呢，那千里的颱風，那麼大的風浪，它從哪裡來？簡單來說，就是太平洋的海水夠深夠廣、太陽夠大，才能造成這個颱風，你不能只羨慕颱風這個風勢，而不要太陽、海洋。所以我覺得，耕莘寫作會，在那個年代我們辦的時候，是文化跟創作並行，也就是說要豐富大家的文化涵養來創作，否則你只有技巧，然後搞一些文學狹小的主義，今天罵這個、明天罵那個，那就格局太小，這就是我當時的一個想法，也把它實踐出來，我希望能夠影響到今天台灣的文壇、各大專院校的文學院，能夠不要那麼過分狹小，一旦狹小就容易有排他性。

耕莘是很有愛心的團體

　　在學校裡面尤其是現在，老師跟學生很少在講課以後往來。可是我們中國幾千年來都強調師生關係，就是老師跟學生要常常能夠吃吃飯、聊聊天，甚至生活在一起。所以那個時候我們辦了很多文

藝營,移出耕莘到很好的環境去辦寫作會,夜晚大家可以住在一起,可以很長時間聊天。耕莘寫作會好像一個家庭,因為有一些核心,這些核心就像陸神父,或者像耕莘文教院的院長,大家在這個圈裡,耕莘就打破各種局限,第一個沒有我學什麼的範疇,第二個是沒有年齡的範疇,所以年輕、年紀大都可以來,我也曾經遇到過年紀很大的,然後也都非常和諧,辦事情的時候大家有志一同一起工作,這是寫作會很不容易的一種風氣。

　　整體來講,耕莘是一個很有愛心的團體。我想整個人類,不管什麼宗教、不管什麼國家、不分種族,人所追求的,只用一個字來表達,幾乎都是「愛」這個字。比如說天主教、基督教他也強調神愛世人。一個「愛」,「大愛」。比如孔子講「人」,老子講「慈悲」,其實都是「愛」。在耕莘為什麼和諧?簡單講就是背後推動的人。這些神父都是有愛心的,就是想要幫助別人,然後讓人家成長,會比較沒有私心。這些神父對人親切,比如有一位老神父周弘道神父,他年紀很大了,很瘦很瘦。有一天我正在講課很冷的時候,他就遞給我一杯很溫暖的茶,然後說:「馬老師啊!你休息一下,很冷啊,來喝一點水。」這一位神父他是雙博士,曾經代表我們台灣在羅馬,等於是駐羅馬教廷的其中一個主管,他特別喜歡聽我講《老子》。那一年過年時,我聽說他生病了,在耕莘醫院,我就去看他。他瘦骨嶙峋,一看到我興奮得不得了:「哎呀!你怎麼來了!今天過年不要來啊!」就覺得神父平常愛人、幫助人,可是他不喜歡打擾人,老神父充滿了愛心,可是孤孤單單一個人躺在醫院裡面過年。類似這種事情很多。

《旦兮》代表永恆

　　《旦兮》這個刊物最早是我們寫作會為了集結大家創作的作品

（而且也報導很多耕莘的活動）辦的一個刊物。很小的一個刊物但很溫暖。《旦兮》這個名稱是我從《尚書》「旦復旦兮」，把它簡稱為《旦兮》。因為太陽每天從地平線升起；天上最亮的三個，一個太陽、一個月亮、一個星星，可是月亮因為太陽光反光才會有月亮，因此天上最重要的一個星辰就是太陽，在地球上所有的萬物如果沒有太陽就沒法存在；太陽每天固定從東方升起西方落下，所以《旦兮》就代表永恆的意思。「復」這個字是《易經》裡的「復」卦，比如我們人身體生病，只要能夠康復，他又可以繼續下去，所以《易經》「七日來復」就是復卦，「復」的意思就是「往復」。自然界最大的一個規則叫做循環法則，太陽每天東方升起西方落下，第二天又升起落下，它就是「一天」；那月亮繞地球轉一圈是一個月；電子繞著原子核轉，才會有所謂的原子。簡單來講，如果沒有循環就沒有萬物，中國叫「旦復旦兮」，那我就簡化叫《旦兮》。上海有一個復旦大學，復旦大學的校友在台灣辦了一個復旦高中，我弟弟跟我弟妹在復旦中學教書。我離開耕莘二十幾年，有一天，我在中正紀念堂（我每一年在中正紀念堂有十二場公益演講）講千古文壇十二顆巨星，就是中國文學上最偉大的十二個詩人的詩跟故事。因為講了這個以後，周大觀文教基金會來找我（周大觀是一個小孩子，他的父親在他死後辦了一個周大觀基金會）說：「馬老師，你每一年辦這個公益演講十二場很了不起。」他說：「我每一年要推一個代表今年度的文化人，你代表一個叫做文化導師。」他說要給我一個文化導師獎，那請誰來頒獎呢？就是單國璽樞機主教，我覺得很奧妙，我離開耕莘二十幾年，耕莘寫作會是天主教，天主教最高的單國璽主教（那個時候已經得癌症）結果在哪裡頒獎呢？在復旦中學，我去了以後跟我弟弟講：「你看，你在復旦中學。我當初辦了一個《旦兮》雜誌，是從「旦復旦兮」而來，是耕莘寫作會辦這個《旦兮》，現在離開後二十五年，天主教樞機

主教善國璽神父來頒我這個文化導師獎，又剛好在復旦中學。」
「說不定我明年會到復旦大學演講喔！」當時只是隨便一句話，沒
想到我真的第二年到復旦大學哲學研究所演講。好像我跟《旦兮》
很有緣份，這是很有趣的。我過去辦《三三集刊》，「三三」並
不是我取的題目，我這一輩子唯一取的一個雜誌的題目就叫《旦
兮》，這麼一段因緣也很寶貴。

　　《旦兮》當時邀稿有很多人。我們分小說組、散文組、新詩
組、戲劇組，有些時候還有國際組、說唱藝術組、新聞組，還有鄉
土文學……辦了各種各樣的組，要出刊的時候，詩組負責詩，小
說組負責小說，然後大家集結作品，所以沒有辦法說哪一個人負責
哪一個，但是也有編輯人，比如說我、莊華堂，還有很多人，那是
大家的。

〈雪泥鴻爪〉的典故

　　蘇東坡跟他的弟弟是四川人，兩個人從小感情很好從來沒有
分開過，蘇東坡21歲得進士，他弟弟19歲得進士，第一次封官的時
候，蘇東坡跟他弟弟要分開，他弟弟寫了一首詩給他，他依依不捨
就回一首詩：「人生到處知何似，恰似飛鴻踏雪泥；泥上偶然留指
爪，鴻飛那復計東西。老僧已死成新塔，壞壁無由見舊題；往日崎
嶇還記否，路長人困蹇驢嘶。」鼓勵他弟弟，他說我們讀了那麼多
書，今天要做官了，做官的時候你調到這裡、我調到那裡，一定會
分開，可是我們要像飛鴻一樣，充滿了豪情壯志，飛鴻偶爾停留的
地方，留下一個鴻爪，不要一直留戀那個地方，所以就飛鴻踏雪
泥。因為他弟弟寫詩問他：「記得嗎？我們從四川出來，曾經住在
一個老和尚的寺廟裡，我們兩個人在寺廟裡題的詩，現在那首詩還
在不在？」所以他在這首詩裡說「老僧已死成新塔」，說當年住

在這裡的那個老和尚已經死了，埋到新塔裡了。「壞壁無由見舊題」，我們偶爾題在上面的詩現在已經牆壁壞了沒有辦法再看到，所以就留下了一個雪泥鴻爪。今日來講，那雪泥鴻爪就是大家的一些文學印記，偶爾的心得把它寫下來，彼此可以互相了解寫作朋友的心情，或者發生了某一件事情，因此《旦兮》中的這個單元就叫〈雪泥鴻爪〉。

（本文為節錄稿）

一條寧靜、肅穆、沒有掌聲的路

簡媜口述／許春風、黃惠真記錄整理

耕莘是我第一個黃金10年

　　我接觸耕莘寫作班是在民國75年，那一年對我人生來講非常重要，因為我出版了第二本書，從民國75年到民國84年，將近10年當中，我幾乎每年都擔任耕莘寫作會的課程講師。民國84年我結婚了，婚姻是我跟寫作班之間最大的阻礙，換言之我跟耕莘的緣分中斷了20年。現在回想，這10年，可以說是在我寫作生涯的第一個黃金10年。

　　很榮幸的，在耕莘寫作會跟很多喜愛寫作的年輕學生或朋友，共同有了切磋琢磨的機會，民國76年對台灣社會發展來講也是很重要的一年，因為那一年解嚴，所以這10年當中我觀察到非常關鍵、非常不同的兩個氛圍，一個是在解嚴之前的社會氛圍，一個是解嚴之後社會開始整個爆發出來的那個活力，而解嚴前那種長期壓抑的氛圍，跟解嚴後爆發出來的活力，同時展現在文學活動上。

　　我們回顧這10年當中崛起的年輕作家，他們在寫作方面的追求跟在文學方面所展現出來的企圖心，確實是跟他們前一輩，甚至前兩輩的作家與師長是完全不一樣的，從社會發展的架構上來看耕莘，可以得到一個結論：耕莘寫作會不只栽培了年輕優秀的文學新生代，同時也完整地記錄了，台灣社會在發展過程中，展現在文學層面的面貌。

耕莘像一盞明燈，給了他們一個可能

　　我在寫作會上課大部分是晚上，是屬於例行性的課程，暑假時候的文藝營跟寫作班固然也有參與，但我的印象比較沒那麼深刻。印象深刻的是好多年輕朋友，他們在放學之後，或者辛苦了一天下班之後，還要舟車勞頓換好幾班車，風雨無阻到寫作會來上課，那個熱忱是現代年輕學生們不能想像的，那個時候的資源或者是交通狀況，跟現在都是無法相類比的，那種在夜間燃燒的對於文學的熱情，對我來講印象極深。那當中，很多學員是在校學生，於是就有一個問題值得我們去思考，為什麼在忙了一天的課程之後，他還願意晚上的時間來耕莘上寫作班的課呢？

　　我想在體制內的中文系跟耕莘（如果算是體制外的藝文團體跟寫作課程）最大的不同在於，中文系有每個年級階段必須要去接受，或去學習的課程。在當年學院裡，中文系或文學院對於現代創作是比較忽略的，課程大部分以古典為主，這些對於寫作有熱情的年輕孩子，他在學校中沒辦法找到一群志同道合的朋友，或者沒有足以來傳授他現代文學變貌或寫作技巧總總課程，在這樣的情況下，耕莘就像一盞明燈，給了他們另一種可能性。在我的觀察中，耕莘確實彌補了中文系教育的不足，對於創作充滿熱情與飢渴的孩子，耕莘提供了營養和機會。

「寫作門診」滿足學員追夢的渴望

　　我在耕莘上課，當然知道還有詩、小說或其他的組別，但我較熟悉的是散文組。在耕莘除了授課外有一個特色是實際創作，我記得他們有「寫作門診」的安排跟設置，真正會來耕莘的是真的熱愛

寫作，對於創作、對於文學有非凡夢想的，他想要的不只是聽課，他真正想要尋求一個可能性，要知道自己能不能寫，寫了之後能不能成長與進步，所以耕莘滿足了他這方面的渴望。

　　課程安排當中有些老師是以學術為主，有些老師是以創作為主，學員各取所需。因為我是以創作為主，當時又是在媒體、雜誌工作，每次下課幾乎回不了家，為什麼叫回不了家？因為學員們就會把握機會，好像有問不完的問題，非常渴望的、非常熱切的想要知道一些寫作的技巧，或者希望你能不能給他的作品一些忠告、一些提醒，表現出來的那種企圖心跟積極度，讓我印象非常深刻。這個也可能是耕莘這麼多年來在我們寫作這一條路上，能夠不斷培養新秀的重要原因。在課程的安排，事實上是兼容並蓄，照顧到了課程的傳授，同時也滿足了學員們對於寫作技巧的追求。

耕莘是台灣之光

　　對於默默在台灣這塊土地上，堅持自己的理念而走下去的，不管是個人或團體，我都非常非常的崇拜跟尊敬，我覺得那才是台灣之光，耕莘是台灣之光，50年不是一件容易的事情，就一個推動藝文的團體，政府或社會並沒有給予太多的資源跟注目的情況之下，默默走了50年，這本身就形成一種經典、一種典範。我覺得耕莘一直用一種寧靜，而且肅穆的態度，在走一條沒有掌聲的路。台灣的進步需要有這樣的一群人，需要有這樣的團體，他把鎂光燈、把掌聲置之度外，完全是以理念作為導航，肅穆地為這個理念而前行，耕莘做到了。

　　我雖然跟耕莘的結緣是上課，可是現在回想，在這10年當中，與其說我去上課，還不如說我很幸運在年輕的時候，耕莘他反饋給我一種精神，其實不是我去耕莘上課，是耕莘給我上了特別的一課。

陸爸，是最崇高的稱謂

　　如果你經過羅斯福路你就會記起耕莘文教院，你進了耕莘文教院你就知道寫作班，你到了寫作班你就會看到陸神父，他在我的記憶當中，在整個城市的地圖跟關鍵位子上是這樣的一個連結，雖然我跟他沒有非常深入的接觸或是閒聊，但是他在我心目中，已經形成很難磨滅的一種非常非常美好的印象。我記得大家都叫他陸爸，剛開始的時候我還以為他真的是一個爸爸，後來知道他是神父，所以很快我就知道叫他陸爸，是年輕的這一輩或者是學生們對他的最崇高的一個稱謂；在他身上我會想起馬偕博士說的一句話，他說「寧願燃盡、不願朽壞」，寧願我這一生燃燒殆盡化為灰燼，我也不願意白白的荒廢在一旁，任其朽壞，我覺得這是一種宗教家的精神，這個精神在陸爸身上同樣顯現，這種種印象到後來都內化成我們精神上的引導，一個長輩，一個默默付出的陸爸，給我們的引導。他給我的就是這麼美好、這麼溫馨的印象。

文字創作之外

方文山口述／許春風、黃惠真記錄整理

1998年歌詞創作班

大概是15年前，有一個歌詞創作班，記得有武雄、林秋離、還有范俊逸這些老師。那時候我在桃園，加入唱片公司約一年多，看到報紙登的寫作營訊息，我以前學歌詞都是自學，怎麼會有一個寫作班教歌詞創作呢？我想去增強一些創作技巧，就滿有興趣的參加了。（編按：1998年第三十三屆耕莘暑期寫作班「歌詞創作組」）

像溫馨小家庭

那個班師資滿好的，武雄老師主要是寫台語歌，而且寫得很好，林秋離老師也是一直都有作品發表。雖然當初自學、投稿、加入憲哥（吳宗憲）的公司，實際上課我覺得對於歌詞創作，不管是方法、形式都有幫助。

耕莘比較像小家庭、比較溫馨，像小班制。師生容易打成一片，直到現在和那些老師，還有副班主任陳謙老師，都一直有聯絡。

創作應與時俱進

耕莘寫作會已經辦了50年了，我覺得持續辦是好事，一方面是承傳，有這麼好的傳統不宜中斷，沒有一個寫作會可以辦到50年。

但因為現在是網路世代，可能要增加一些網路上的創作班吧！電影、影像、繪圖、軟體或是線上遊戲這種，甚至貼圖，我覺得不妨寫作之外，順應這個時代增加一些寫作以外的進修，不僅限於文字。

從工程師變成全職的文化工作者

莊華堂口述／許春風、黃惠真記錄整理

從讀者到作者的過程

我在1983年的時候參加寫作會，那時候大概二十六、七歲，不知道要做什麼，那個年代，文學氣氛是很濃厚的，我看司馬中原或者黃春明這些人的小說，就想也試著來寫小說，一直不得其門而入，耕莘文教院有一個寫作會，我就報名了小說組。接著幾年很幸運碰到兩個很好的老師，一個是學院最好的老師楊昌年，一個是小說大師司馬中原，他們兩個人分別在小說組教了兩三個學期，那時候我當小說組的組長，所以我算是楊老師跟司馬的門生，然後就一直跟著兩位老師學習很多年，慢慢的就累積了小說的寫作技巧、對文學的認識，所以逐漸從一個文學的閱讀者、愛好者、學習者，變成了小說家。

耕莘改變我的一生

寫作會改變我的一生，從一個對文學懵懵懂懂的青年，進入寫作會擔任幹部之後，開始摸索怎樣去認識文學、寫好小說。我從一個工程顧問公司的製圖或設計工程師，變成全職的文化工作者或是作家，這樣的過程，主要是參加耕莘的階段，讓我對自己的未來有一種新的期許和可能，我想耕莘很多人都是這樣的。

當你進到這樣的文學花園、一個文學候鳥灘之後，你就會逐漸

去學習兩個，一個是我們前面的學長或者同好，怎樣在文學天地裡面經營；還有一個是那個年代，80年代到90年代耕莘有大量的重量級作家、文學評論者，那就像一顆寫作的明燈一樣，給我們指示、我們需要努力的方向。

我覺得耕莘跟其他的文學團體不一樣，除了它是一個文學社團之外，重要的是它有家的感覺。我們這文學家族裡面，不管你寫詩、寫散文、寫小說，或者你根本不寫作，你都是這其中的一員，然後你在這邊付出過某些心血，或者甚至做過一些雜事，你對耕莘有了家的歸屬感之後，就會成為耕莘的一員。然後在陸爸的羽翼下，變成很特殊很特殊的家族的一份子。

耕莘培養人才的機制

過去十幾年碰到老會員的時候，往往會聽到他們的埋怨，那個埋怨就是說，進入21世紀後整個耕莘給人的感覺不一樣了，當然這樣子問題的複雜性很多，但我會比較用平常心去看待，為什麼？因為整個世代不一樣了。

還是有些遺憾是，過去我們那個年代的那種文學氛圍淡了轉了，包括我們人與人之間的關係，或者學員跟老師，或者學長帶著學弟妹這樣的關係慢慢慢慢的淡了，所以我會特別去懷念那個年代的耕莘，不同世代的這些老候鳥、中候鳥、小候鳥們，怎樣沐浴在那樣的文學情境裡。

十幾年廿年整個社會形態改變之後，像我們這個年代的人會重新去回顧、珍惜那個年代，屬於我們文學大家族的耕莘。

耕莘的運作我認為主要幾點，一個是歷來總幹事結合而成的幹事群，一代一代帶出一些新的幹部出來，一代一代傳承下去。然後這又牽扯到第二點，老會員制度，我特別肯定洪友崙、楊友信、陳

養國80年代中期的時候，創造了長青會，又組成了耕莘寫作會的理事會，然後建立了永久會員這個制度，是讓這個團體在前一個世紀末期能夠造成文學上的重要目標之一。

另外是耕莘在不同年代都會陸陸續續培養很多的作家，詩人、散文家、報導文學的，甚至作詞人，或像翁嘉銘這樣的樂評家、詩評家，不同的人才耕莘能培養出來，跟耕莘這一個家的感覺、老會員制度，和學長帶學弟妹這樣的傳統，我認為是有關係的。

一般人以為耕莘是一個宗教團體，因為他是天主教耶穌會的。不過大家不要忘了耕莘的一樓有一個大禮堂，那個大禮堂是戒嚴時期很多重要的自由民主發表演講或者聚會的地方；耕莘寫作會當時主持課程的馬叔禮雖然他本身是比較屬於傳統文學出來的人，他是三三集團的大哥，不過那時候他除了邀請很多重量級的學者、作家、詩人來講課，還有一個特色是，有不同的報導文學家，有國際的、有心理學的，這些不同的重要人士來了耕莘之後造成了某些影響，可以讓耕莘培養出的人在思想上、在觀念上比較有開放性的思想，然後也促成了耕莘很自由很開放式的一個文學傳統的風氣。

「流過汗」是我一直在耕莘的原因

楊友信（志工團團長）口述
／許春風、黃惠真記錄整理

參加寫作會的因緣

　　我是民國67年成大畢業，接著考取台大環境工程研究所到台北讀書。我從高中時期，就對文學、繪畫、音樂都有興趣，大學時就延續對文學的興趣，既然回到了台北，也許是看到海報，知道耕莘有這樣一個青年寫作的活動，就報名參加。67年底參加耕莘寫作會，68年初接了總幹事，69年畢業去當兵，離開耕莘一陣子。回來以後，陸陸續續就一直「出沒」在耕莘，延續到現在。我算是陪伴陸神父的時間比較多，在寫作會時間比較長一點。

耕莘讓我成為presentation好手

　　我在高中的時候是一個很自閉的人，一方面是我家庭教育的影響，另一方面，高中時代可能也是比較敏感的時期，擔心穿著怎麼樣、臉上有沒有青春痘等等，造成一些比較內向個性的發展，到了大學以後已經體認自己要做些改變，可是確實不太容易。到耕莘來接了總幹事，就要面對所有會員，而且大部分會員都是女生，女孩子畢竟對文學藝術的愛好比男生強，所以那時候強迫自己面對上台的機會，因此有了些改變。不過我體認到耕莘對我的幫助是去當兵以後，莫名其妙經常得到一些保防演講或其他演講比賽的冠軍。這

才發現，耕莘對我的訓練和影響其實是很大的。

之後，我從事工程顧問業一直到現在。我們工程顧問業就是常常要去比圖，要做簡報。後來我在這行，認識我的人都知道我是一個presentation好手，我想如果沒有耕莘的訓練機會，也許不會有今天這樣的我。我想很多東西都是相互的，我一直認為，真正的成長應該不是很容易取得的，要經過流汗，經過一些挫折，而正好耕莘有這樣一個特色，它是一個社團屬性很強的單位，不像一般補習班在很多事情上都有一個基本規章，或是一個程序作法；在這邊，它常常是沒有效率的、沒有章法的，因此常常事倍功半，你難免就會有一些挫折。但是在耕莘你總是會找到志同道合的朋友，總是有無限的機會與包容，在這樣的過程中，得到成長必然會特別印象深刻，特別珍惜它！所以我對耕莘一直有所懷念。

陸神父是我生命裡很重要的一個人物，他帶我們的時候很年輕，不斷在這方面投入，他的智慧對我來講吸引力很大，我們一直喊他陸爸，可是我覺得他更像一位母親，他常常就像母親對子女毫無限制的愛。

還有，我也在耕莘找到我的另一半，哈哈，因為那時候她是當總幹事的副總幹事嘛！

從不擔心寫作會的未來

民國67年、68年對我們這些文藝青年來講，寫作會是談感性的地方，另外，寫作會提供很多機會與包容，讓我們這些年輕的小朋友去玩，我們要想一個開幕式，討論一個事情，或討論一部電影……那時候幾乎每天晚上都靠在我們那個寫作小屋聊個沒完。現在不一樣了，年輕人外務很多，你要每天把這些人聚集在一起也不容易。你問我對耕莘的期許怎麼樣？其實我一直沒什麼期許，因為

我在寫作會的時間很長，了解寫作會經歷了很多階段，像馬叔禮老師、黃英雄老師、陳銘磻、黃玉鳳……，每個階段的主軸都不太一樣，馬叔禮老師比較喜歡講一些國學的詩詞、《易經》，讓我們又回到國學的世界；陳銘磻在的時候，就比較偏向課外活動、報導文學、田野調查或生態之旅。每個階段提供不同的養分，讓我們每個人自取所需，你要成長成什麼樣子，就看你自己。

寫作會50周年了，每一階段的起起伏伏難免感覺會差異很大，當然這與當時主導帶的人是誰有關，如果他某方面很強，可能就很旺；若是現在帶的人比較差一點，就比較弱一點。在這麼長的時間，陸神父有時候會有「怎麼辦呢怎麼辦呢？現在人又少了」的憂慮。可是我是一直不太擔心這個，我認為江山代有才人出，根本沒有什麼可擔心的。到谷底的時候，一定會再往上走，一定會有人出來嘛。我始終認為一個家庭的成功與否不是看它富或窮，而是看它養出了幾個博士，而寫作會一直儲蓄著這樣的養分，無條件的等著你來取，更因為我們一直有一個像母親一樣全心無私呵護我們的陸爸。今天，許榮哲來帶，可能變成電影、遊戲、桌遊這些，有人就說你搞這個，這叫文學嗎？每個階段不管怎麼弄，總有些人都會有意見啦，然而你怎麼知道它們不是正帶來更新鮮、更肥沃的養分呢？

我喜歡用比較廣義的方式去看文學，不要界定那麼狹窄。所以在耕莘我們也玩過報導文學、歌詞寫作，還有「詩的聲光」，我們把詩的純寫作方式用立體的方式呈現，這都是很多元的。多元的養分，成長了各式各樣的奇葩，所以我一直不擔心寫作會的未來，因為它本身就有一個很紮實的基礎，它要怎麼去發展都可以，它有無限的可能，就看怎麼去玩而已。

在寫作會得到的成長

　　以前在每一期的寫作會活動，我們都會辦一些幹訓營，帶一些新進的幹部，或做一些活動讓他們了解寫作會，也告訴他們後續的活動要怎麼推動。那個時候，大家在寫作會都叫我楊大哥，後來有人問我說：「楊大哥，為什麼你都沒有離開寫作會，一直留在這？」這個問題我也有想過，陸神父講過很重要的一句話：「沒有在寫作會流過汗的，是不太容易回來的。能夠一直留在寫作會，或者回來的，都是曾經在寫作會流過汗的。」如果我們去讀一個社會大學，去參加一個補習班的演講，可能結業後就走了，他不會說需要你留下來。可是你在這個寫作會就不一樣，它主要是有社團性，就是你常常要在裡面花很多的力氣才會得到一些東西，可是你得到這些東西之後就會很珍惜它。　我相信一定會有人投入，他也一定會跟我一樣，感覺在寫作會好累，可是終於得到的果實是很好很美的，所以他會因為這些果實留在寫作會。

陸神父是寫作會精神領袖

　　陸神父也是我留在寫作會很大的因素，他現在81歲，我希望他能一直保持身體健康、快樂。因為我知道他生過大病、發生重大車禍意外、身體不是很好，但他始終保持長者的慈心與童稚的純真善良，常讓我很感動；加上他的智慧通理，我常覺得他的頭上有著天使的光環。他的個性其實很「婆婆媽媽」，常常寫作會有什麼事情他就好擔心，嘮嘮叨叨的，所以我一直留在寫作會就是希望能夠幫他分擔一些，讓他盡量少煩惱。譬如以前，沒有基金會的時候，我

們財務是要自己去募款，當然比較緊張。他常常要自己寫信去國外募款，或去跟老會員募款，那時候我就希望在財務方面能去支持他。現在有基金會以後，其他方面我也盡我所能去協助，希望他能夠健健康康、快快樂樂繼續帶我們，他真的是寫作會的精神導師、精神領袖，希望他一直待在寫作會會員身邊。

天上掉下來的一部紀錄片
──耕莘青年寫作會五十週年紀錄片拍攝過程

陳雪鳳

陸爸，我回來了

1981，那個幾乎有一半的大學生都是文青的年代，剛上大學，我就加入耕莘青年寫作會。在這裡，我得到寫作的啟蒙，找到志同道合的好友，留下最美好的青春。進入社會後，忙於事業，和寫作會疏離了二十多年，但始終惦記在心。

2014年夏天，遠在法國當修女的應芝苓老會友，在臉書找到我，立刻邀我加入耕莘文學候鳥灘粉絲團。隔幾天就看到有人在上面貼文祝陸爸生日快樂！看到陸爸二字，我的心就糾在一起，我竟然十多年沒去探望他了。於是我貼文：我現在想去看陸爸，有人想同行嗎？洪友崙立刻答應。我們去輔大為陸爸慶生，他很高興，也談到寫作會快五十年了，談到經歷艱困又如何再救起。離去前，陸爸對我說：「雪鳳啊！妳再回來一起救耕莘吧！」

我還有什麼不能做的？！

陸爸的話一直盤旋在我心中，也不斷地回想起，自己在寫作會那段美好時光。我想著，如果要找更多人回來救耕莘，就要先喚醒他對耕莘的美好記憶，如果拍一支耕莘五十年的紀錄片，就能讓每

個年代的會員，在片中找到自己在耕莘的美好時光。於是，我找來很多耕莘老友，把拍紀錄片的想法告訴他們，大家都非常的認同和贊許。以我創作廣告影片二十多年的經驗，我知道這要耗費很多時間和心力，品質也要好，才能流傳長久。我找專業製作公司估價，果然要兩百多萬，錢要從哪裡來？我不得不有點遲疑。這時，楊友信，這位在耕莘當四十年志工的大哥，拍胸脯對我說：「拍片是你的事，費用是我的事，趕快去做。」我認識楊大哥三十幾年了，他是一位絕對值得信賴的人，有他的支持和保證，我還有什麼不能做的呢？

天上掉下來的人好多

紀錄片不能只有舊照片、舊資料，還要有人現身說法才生動，我開始規劃要訪問五十年來和寫作會淵源深厚的老師，以及曾經在這裡付出心力，成就光榮的會員和工作人員。老師們都很知名，但有的年事已高深居簡出，有的散居海外，有的行程滿檔，聯繫就要煞費苦心，大費周章。幸運地，我有三大貴人相助：人人敬重的會長陸神父、和文學界來往密切的白靈老師、對寫作會來龍去脈最清楚的夏婉雲姐姐。在他們三人鍥而不捨的努力追蹤聯絡下，感動了許許多多老師，挺身為寫作會做見證。這其中有太多令人感動的點點滴滴……

陸爸不死心，換了三個信箱、發了五封信，才聯絡上第一屆會員的蔣勳老師，隱居在池上的他，為感念陸爸而現身。旅居加拿大的瘂弦老師，前年回國。白靈老師就邀他入鏡，沒想到因機器出錯沒拍好，第二年他回國又再來重拍，他卻沒有絲毫不悅，現場依然談笑風生，讓大家好不愉快。

吳念真老師雖然只來耕莘講過幾堂課，淵源不深，但他認為這

麼好的團體應該大力推廣,特來助陣。

　　感情豐富的陳銘磻老師,想起在耕莘的日子,幾度哽咽拍不下去;口才無礙、學識淵博的馬叔禮老師,一講二個小時不中斷;年事已高的司馬中原老師,依然溫文儒雅、出口成章;簡媜老師很認真的事先把講稿都準備好,沒有NG,一氣呵成;楊昌年老師幽默風趣,逗得每位工作人員笑呵呵;白靈老師要幫忙聯絡,又要被訪問,還要訪問別人⋯⋯

　　接著是老中青三代會員的拍攝,因為人數眾多,我利用假日,訪問也只訂每人半小時,還是有些人請不來,有些人答應又無故缺席,面對比不上老師們積極熱情的會員,我氣餒又失落。好在陸爸三不五時就打電話來鼓勵我,甚至說我是天上掉下來給耕莘的禮物。我實在擔當不起,因為我做得還不夠多、不夠好,一定要做下去。也慢慢釋懷,每個人愛耕莘的方式不同,不一定要用拍紀錄片證明。天上已經掉下夠多人,和我一起完成夢想,當然要興高采烈地繼續做下去。

關關難過關關過

　　拍了一年,人物訪問終於告一段落,接下來是最複雜,也是我最無能為力的工作:五十年來舊照片和舊資料的收集整理。因為我有近二十年遠離寫作會,照片中很多人、很多事我都不知道。這時候,我背後那隻推手,楊友信又出手了,他一樣拍拍胸脯說:「你不在怎麼會知道,通通讓我來整理。」也因為長期不在,擔心我寫的腳本有疏失,只好再硬著頭皮請白靈老師再幫我看看,他也是一口答應,鉅細靡遺的幫我修正了很多地方。另一方面,因為影片長度所限,老師們的訪問只能取其精華,白靈老師提議,應該把完整的訪談整理成文字刊出,表達對被訪者的敬意,也讓大家都能看到

全部的精彩內容。這又要花好大的功夫，此時天上又飛來一位天使許春風，扛下這份重責，花了好幾個月，把老師訪談整理成一篇篇流利文章。在這過程中，我真正體會到，什麼叫「關關難過關關過」，因為每一關都有人幫我把關啊！

原來記錄的價值，不在結果而在過程

拍了近二年，紀錄片已接近完成，也陸陸續續有很多人看到片段，有讚許也有批評指教。片子永遠可以更好，但很多時間點已錯過，很多事來不及再來一次。我沒有期待它能多完美，也沒設定要多少掌聲，因為最大的意義是在過程，我找到那麼多愛耕莘的人，錄下那麼多肯定寫作會的見證，這足以證明，耕莘青年寫作會有永遠存在的能量和價值。從無到有只是一個念頭，從一個人的想法到一大群人的努力只是一個呼喚，製作這支紀錄片讓我深深領悟，只要無所為而為，就一定會從天掉下很多人跟你一起作為。這真是天上掉下來的紀錄片啊！

輯 二

台灣文壇奇蹟
——50週年紀錄片實錄 II

跟漫畫結合、跟電影結
合、跟桌遊結合，年輕人
喜歡的東西，都可以跟文
學作一個非常好的連結；
我們要給他們文學的東
西，但我們跟他們之間有
一個鴻溝，我們藉由他們
感興趣的東西，把文學偷
渡給他們。

——許榮哲

寫作會是我整個生命

陸達誠神父口述／許春風、黃九思記錄整理

我是製作人而非導演

　　我來耕莘接下寫作會工作的那個時候，還沒有成立基金會，基金會是我到任後大約十三、四年以後成立的。起初我請白靈幫忙排課，還有楊昌年老師在我們這裡教書三十多年，後來馬叔禮也是非常能幹、口才非常好，他也幫忙設計課程，持續了六、七年。馬叔禮離開寫作會以後，繼任的陳銘磻老師也幫我們的忙。所以我這位會長只是製作人，而不是導演，因為我並非文學專業出身，所以我很注意聽取專家的話，有新的構思、新的計畫、新的發想，我都樂意接受。

　　馬叔禮是淡江大學中文系畢業，他記憶力非常好，口才也非常好。他與朱西甯老師合辦《三三集刊》，刊物有很多年輕人投稿，包括來自香港、馬來西亞的僑生，後來很多成為名作家。從這個時候開始，寫作會的學生有了導師。馬叔禮都是自己一個人思考課程，包括暑假那一個月、春季班、秋季班，所有的演講等等。電台主持節目的、討論文藝的，他也會請過來，把寫《不歸路》的廖輝英也請過來，我們透過馬老師設計的課程認識很多作家。有一次有位老師臨時有事不能來，馬老師他在那裡想一想以後，就代替那個老師講了兩小時的課，他沒有準備喔，內容是俄國作家得諾貝爾獎的索忍尼辛，手上沒有資料的他居然能夠滔滔不絕，完全靠他平時閱讀累積的印象，可以知道他的能力多強。

玉鳳（詩人葉紅）使寫作會運作非常穩定

　　馬叔禮老師離職以後，來了一個很強的秘書黃玉鳳，她參加寫
作會以後就開始寫詩、寫散文、寫小說，被大陸一位作家認為是台
灣當代十個女詩人之一，是非常好的助手、合作者，所以我也是很
感激。可惜她的先生要到大陸發展，就離開了我們的單位，後來
更可惜的是在大陸去世了。我們在耕莘辦追思會，我張開眼睛看見
的每個人都在哭。她在的時候，會同新來的學員做朋友，問寫了什
麼文章、要不要幫你發表，他們同她關係密切，有這樣的人在寫作
會，使我們的運作非常穩定。

　　她離開了以後，報名人數又慢慢的下滑，暑假有時竟只有20個
人報名，我很心慌，就在想：「寫作會該不會要關掉吧？」這時候
許榮哲、李儀婷他們來接手了，碰！又是高峰。所以黃玉鳳做秘書
一個高峰，許榮哲又一個高峰。那陳銘磻呢，他在救國團工作過很
久，他懂年輕人、很容易來往、沒有架子、話都直說、對學生的情
感也很多；不過後來他在新竹山上有一些自己的計畫，他到那個階
段就離開了。

寫作會已經變成真正的寫作會

　　11年來搶救文壇新秀文藝營每一次都是爆滿，所以我們已經有
把握了，只要是好的時機、好的課程，公告一放上網路很快就報名
額滿了，第一屆、第二屆出來的人非常強，後來他們就幫忙做總幹
事、幹部、晚會主持人，都是非常的活潑快樂，所以三天兩夜結束
以後很多學生都喜歡這個團體。有問卷調查，如果學員有機會繼續
留在寫作會，要不要？百分之八十會說：「要。」

　　我在寫作會停留40年，我覺得這個寫作會已經變成真正的寫作會，每一個人都想要寫，不寫的慢慢離開了，會繼續寫的就留下來，所以現在是名副其實的耕莘青年寫作會。有些年紀大的成員還是保持年輕的精神，跟年輕人打成一片，像楊友信、白靈都是啊。洪友崙也是一個很有能力的總幹事，是他開始叫我「陸爸」，我聽到「陸爸」的時候也覺得很高興。

　　我對寫作會會員的情感就是很特殊，所以他們可以把它看成一個家，早期文藝營所有的報名表都匯集到我這裡，看看學員來自什麼學校、幾年級、什麼系、地址、電話、宗教信仰等等，這些名字我會看好幾次，慢慢認識他們，兩個禮拜以後就認識不少人。其實我的記性不好，但就是用這個方法來記得他們。

我希望寫作會制度化

　　暑假有很多單位辦文藝營，像印刻、聯副，我們的「搶救」營隊辦在寒假，來了很多人而且很滿意，回去以後介紹給同學，於是明年又很多人來，現在開放到中學生就可以參加，不一定要念大專的，內容很活潑，邀請得獎的作家、電影的製作或者導演給我們上課，林正盛先生也有來講過，劉梓潔這個《父後七日》也叫座，晚上還有演戲，很成功，讓學生對耕莘的向心力很大。這幾年暑假的時候辦鐵人營，在陽明山，只有兩天一夜，之後可以參加批鬥會，一個月兩次在耕莘寫作小屋，批鬥會裡的作品，送出去的得獎率非常高，創作與友愛的氣氛很好，我現在覺得沒有什麼低潮了，並且許榮哲很有把握帶他們，有成果，常常獲得小說首獎、散文首獎，非常吸引人家參加。所以我感覺很好，希望寫作會能夠制度化，將來產生會長的方式、任期多少年，有沒有些酬勞……等等，這些問題需要討論，通過了以後，將來比照辦理，我就安心退休了。

寫作會是我整個生命

　　從前我們出版一個刊物叫《旦兮》，最後幾頁是「雪泥鴻爪」，創刊的時候有幾個編輯去問會員能否寫幾篇文章，到最後幾乎都是我寫的。我會看三份到四份報紙，把學員在報紙上寫的文章或消息全部記下來，只要是我認識的名字，都寫下來刊登在《旦兮》裡。

　　對於這樣費心思的事情，我相信後繼的會長應該不容易找到「蕭規曹隨」的了，所以要有個小組去好好思考，寫作會應當要怎麼發展下去；至少文藝營可以發展，許榮哲一定可以帶下去，再帶十年我認為沒有問題，因為他培養了幾個很強的助手，也是作家啦，能文能武，我相信搶救文藝營，可以辦很久。將來如果有好的方法選出會長，都要明訂期限，像我這從耶穌會派來的，也沒有人把我換下來，所以做了40年。

　　寫作會是我整個生命，像我喉嚨壞掉開刀，像我到醫院去換髖關節，那麼多的人來看我，我也不能說不要來看我，在醫院裡邊你逃不掉，白天晚上都躺在床上；這不是交換式的關係，是整個生命完全接受的關係，所以我覺得沒有遺憾，現在每一天在這個聖堂、聖母面前，表達我心裡的這句話就是「主，你為何對我這麼好」。所以我把寫作會的人事物，同我信仰天主教願意度過的奉獻生活、同天主跟我的親密關係、同我很多很多的朋友合成一體，我永遠不會放棄這個團體，因為我是它的一部分。

不虛此行

司馬中原口述／許春風、黃九思紀錄整理

念念不忘耕莘緣

因為當時我對洪神父非常景仰，他帶著學生到處去看、去觀賞，而且在途中，告訴他們寫作同生活的關係。他比較單純，我在救國團其他的單位，都問時代怎麼樣、社會怎麼樣，我並沒有那麼多時間多方面去教育他們，所以覺得耕莘文教院的這種教育，最適合我心裡，以有限的生命，面對無限的天地去教育孩子們，所以一拍即合我就去了。

去了寫作會以後，孩子們都非常努力、非常聰明一點就通，我心裡很舒服。後來換了幾個神父，到了陸達誠神父，陸先生有個好處，他不說一大堆的天主啊、天父啊那一些大道理，他只是在做人的立場，告訴你怎麼行得端坐得正、心存善念，面對無限的天地，有探索的餘地。我跟陸神父又是深交已久，就捨不得離開那裡了。

經過幾十年，我老了，陸神父也老了，我就離開了，離開以後，我對在那裡服務的那一段時期，始終放在我的心裡，念念不忘，現在這些孩子們都大了，有的是有名的作家、醫生，有的做了醫院的院長了，在社會各階層都有很卓越的成就，就覺得我在教育方面下了工夫，得到應該得到的成果，心裡非常快樂！不虛此生、不虛此行。

耕莘寫作會的特點

這個團體非常單純，寫作就是寫作，就是面對寫作，你怎麼運用你的筆跟心連在一起，透過你的情真、意志、境界高遠來發表你的文章去感動別人，如此單純，在別的地方就比較複雜一點，複雜就不好教了。

耕莘文教院的目標非常專一而單純，神父們也不多講話，只是告訴孩子們生命是有限的，宇宙是無限的，我們要用什麼樣虛謙的態度、容納萬物的態度去探索它，去做深度的生命表達，能夠感動人心，是寫作最重要的一部分。

所知的耕莘神父們

張志宏神父，他是活動教學的方式，他講到哪裡就做到哪裡，就把孩子帶到哪裡，這種方式是我最贊許的，不是在書本上低著頭好像考試一樣，書本的知識跟生活的知識若不能夠連起來，就不是活的知識，所以我對張志宏神父的領導方式很上心。他眼睛看不見，又帶著學生去那些危險的地方，最後他掉下山崖去世。我寫了紀念的文章，心裡還是很難受，我就流著淚到中橫，照樣的走過，在他掉下去的中橫公路流連了一天的時間，然後又寫一篇文章紀念他。

後來換成陸達誠神父，他比較少講話，他不講很多大道理，他就是跟孩子們處得好，以他的笑容、他的真誠去面對小孩，讓孩子們長大，現在一個一個在多方面都有傑出的成就，是我感覺到最大的欣慰。江山代有才人出，各領風騷五百年，這些神父們的壽命到了，就可以離開，但是他的精神沒有離開我們。所以我們的精神是

一貫的、是一致的,所以我還活著要繼續為耕莘開拓園地,我們還
要努力下去,要使得更多繼起的才人,有出頭的機會。

台灣文壇奇蹟

白靈口述／許春風、黃九思記錄整理

耕莘是我的文學之家

我1975年9月進入耕莘青年寫作會。本來耕莘只有暑期寫作班，可是那年九月，耕莘開始有晚間秋季跟春季兩個班，我就參加這個活動。剛開始是學員，然後變成輔導員，變成指導老師，最後變成排課的值年理事。因為這樣的關係，所以跟耕莘有將近40年的糾葛，這麼漫長的時間。

我在1976年當輔導員，暑假帶學員帶了一整個月，感受非常深刻；因為跟學員建立很親切的關係，跟其他輔導員、老師都建立非常好的關係，所以對耕莘的情感就能夠融入。

我在1978年就當了耕莘暑期寫作班的班主任，那時候才27歲，所以很多作家都不太認識我，後來想這樣不行，一堆作家都不認識我，可以當班主任嗎？就更加努力創作，從那以後耕莘就像我的文學之家。

1985年開始辦「詩的聲光」

馬叔禮接寫作會排課程的總導師時，我就擔任詩組的指導老師。從那時候寫作會就進入一個高峰期。那一年，有三次很大型的活動，暑期可能有一百多人，春秋兩季人數也挺多的，相當熱鬧。我印象最深刻的是1985年時，我開始辦「詩的聲光」，就是從耕莘

開始的，裡面全部都是寫作會的成員。為什麼會辦「詩的聲光」？因為耕莘有一位趙天福先生，他在台上跟幾個人用布袋戲朗誦表演向陽的〈搬布袋戲的姐夫〉台語詩，表演得非常生動，引起我對詩搬上舞台的一個興趣跟熱情。我就號召了整個寫作會，會燈光的啦、會舞蹈的啦、會唱歌的啦、會表演的啦，全部參與這個「詩的聲光」。耕莘在那個時候，走入一個相當蓬勃的狀況，很多來自各行各業的這些高手都進入了，包括像世新、台大、師大、政大、輔仁的學員，很多人都參與這個「詩的聲光」，那完全是因為耕莘的支持，「詩的聲光」前前後後一直辦到1998年，長達13年，裡面半數以上的成員都來自耕莘。

後來進入第二個高峰期，是陳銘磻的時候，報導文學受到重視；到黃英雄的時代，葉紅（就是黃玉鳳）進入耕莘積極參與，把很多老師找回來，耕莘又開始進入一個最旺盛的時候。算是另外一個高峰，那個時候辦了耕莘劇團，劇場就在十幾層大樓地下室二樓，把一個空無的地下室，變成一個非常熱鬧的耕莘小劇場。

劇團起來的時候，《旦兮》雜誌就變成更重要的一個刊物，因為劇團的演出訊息、劇本、演員的感受或者心得，都會登在《旦兮》雜誌裡。所以《旦兮》的內容從一開始單張式，變成一本式，最後又會變成精裝式，這樣一個過程，就可以看出耕莘從慘澹經營到有一個規模出來。

後來因為一些因素，接近千禧年時，大樓因地震拆了，小劇場沒了，耕莘又開始往下走，一直到2006年許榮哲接文學總監，耕莘又走入了另一個新的高潮，年輕人大量地進來，他把一些新手都培養起來。

從弱勢到超強的時代

　　耕莘青年寫作會從來不會排拒文學的愛好者參與，而且變成志工，長期奉獻，使寫作會能夠維持長期的活動。比如說，剛開始大樓蓋起來寫作會要搬進去，裡面空空如也，什麼都沒有，連飲水機、辦公室桌椅都沒有，所有東西都要寫作會的會員掏錢，一點一滴捐出來，最後捐了50萬，才把寫作會在四樓的場地全部弄起來。

　　這些活動讓我印象最深刻的，其實是，每一年三次的文藝營會帶到台灣的各個地方，比如說我們去過嶺頭山莊、福音園、聖本篤、金山、貢寮，童軍訓練中心……非常多三天兩夜或兩天一夜的文藝營，這些活動主要出力的總幹事和輔導員都是耕莘的會員，從來不是去外聘一些著名的作家演講，只有分組指導老師是請作家來參與，這樣一個活動可以多到七八十個，甚至一百多個人參與。那時候台灣對文藝團體的補助非常少，除了少數的學費以外，很多都需要靠捐款，共同把活動撐住，點點滴滴，眾志成城。文藝營在人數太少的時候就應該卡掉，可是它從來沒有斷過，即使少到只有二三十個，也是持續維持住。所以我覺得在文學是一個弱勢的時代，在耕莘卻進入到一個「文學從來沒有這麼強」的漫長過程裡，耕莘寫作會對台灣文學讀者的培養、作家的培養，都盡了非常大的努力。

耕莘是人才匯聚的地方

　　在耕莘我曾經碰到一個學生，她寫詩從來沒有改過一個字，她一筆一筆寫下來就是他的原稿，她的初稿也是他的終稿，我們寫作都不是這個樣子，一改再改……改到十幾次才成局，她完全不用改

就寫成了，所以給你很大的刺激。我們會發現耕莘出出沒沒了許多人，天分都很高，我在耕莘做了13年的「詩的聲光」，也碰到非常多攝影很厲害的人、表演厲害的人、相聲厲害的人、說唱厲害的人、舞蹈厲害的人，各式各樣人才都有，耕莘的包容量絕對不是只有文學這一塊，而是包含文藝所有各個方面，所以我就把這些人試著做一些集合，讓他們有發展的空間，而且經常是沒有任何報酬的，就是一個便當，甚麼都沒有，然後他們願意來排練啦、彩排啦、最後到演出，演完就散了，然後下一次再來演出，所以耕莘是一個大家都願意投注，回報好像也不是很重要，可以在最年輕的時候玩得興高采烈，很有青春活力的一個團體跟地方。有一些年輕人留下來，熱情的他就會參與寫作會的幹事，然後變成輔導員、總幹事或者變成準作家，最後變成作家，或只是變成一個文學的喜好者，而且這個喜好可以維持幾十年，都願意待在耕莘。

文藝營的感官祈禱

　　以前耕莘每次文藝營的清晨都有一場感官祈禱，都由陸達誠神父熱心的帶領，會用他的話讓學員閉起眼睛，用你的耳朵去聽周圍的聲響，用你的手去觸摸前面的小草，用你的手去觸摸他發給你的不知道是什麼東西的食品，然後再讓你用嘴巴去品嘗那個東西，可是因為你沒有打開眼睛，只能憑你的感覺，然後再用你的手去觸摸周圍的人，感覺他手的溫暖或者冰冷；神父透過這樣一個秩序性的，而且有節奏的，說話很緩慢又很溫柔這樣一個過程，你會感覺原來你這些五官，平常都沒有真正好好的去運用它，這些本能其實可以帶給我們心靈一些感受。最後會請學員做一些分享，有些是新參與的學員、有些曾經參與過的學員，都會講出他們的感覺，你會發現同樣的一個場地，每個人講的都不一樣；有些人聽到的聲音跟

你不一樣,有些人觸覺到的東西也跟你不一樣,你會覺得好像不同時空過程,竟然都在講同一個時間裡發生的事情。就表示說,很多尋常的事物我們都太容易去輕忽它,而透過分享不同人的感受,讓一件事情變得豐富起來。

陸達誠神父是寫作會的奇蹟,寫作會是台灣文壇的奇蹟

另外,陸神父到戶外演講時,擴音器是自己提的,麥克風是自己架的,文宣品的郵票是自己貼的,課桌椅也是他排的,我們看到一個比我們年紀大十幾二十歲的人在做這些事,那你會做什麼?當然是參與,當然是身體力行。他是用他的行動來帶領我們,因為透過觀察,知道他在做什麼,然後我們就學習他做什麼,我們知道這個行動是有意義的,是會讓你自己高興的,因為你發自內心一起去做一件事情,而且是對這個團體有共同的好處,然後去參與。

只要對文學敏感的人(腦波跟人家不一樣),就會感受到陸神父他所做的,代表的是什麼意思,那你就會共融加入。所以陸達誠神父是寫作會的一個奇蹟,而寫作會又是台灣文壇的奇蹟,寫作會可以產生這麼多的文學愛好者跟創作者,就是因為對文學的堅持跟喜好,所以文學不死,靠的也不是什麼奇蹟,而是一個精神,就是永不罷休的精神。

從耕莘薰陶出服務熱忱

夏婉雲口述／許春風、黃九思記錄整理

耕莘寫作會的祕書工作

民國65年，我二十五歲參加第十一屆暑期寫作班，民國66、67年繼續參加寫作會活動，68年1月接郭芳贄的祕書，白日繼續教書，晚上去寫作會上班。這一年我們最重要的工作有兩個：一是第十四屆暑假辦文藝營，那時候的文藝營為期一個月，而且是早上演講、下午研討、晚上還有節目。第二個平常也有寫作會的課程，所以我們是有點忙，也很有意義。

我覺得祕書要有一個很敏銳的鼻子，要嗅出文壇的脈動，當時文壇注重的是何事，我們就要抓住民眾跟年輕人心理，想法請他們回到寫作會來、到大禮堂來參加活動。因此那個時候，首先我做的事情就是抓住鄉土文學的尾巴，辦了一些重要的演講活動，第二個，當時很注重報導文學，最有名的就是中時人間副刊的高信疆，我們請他座談，請了很多有名的人來談報導文學，那很轟動，坐了滿地上都是人；我們又請三毛來演講，那時候三毛非常夯，連講台旁邊都坐了人，還有我們辦三毛跟凌晨的對談也非常吸引年輕人，那個年代台北有這麼大的一個禮堂實屬難得，寫作會就辦了很多台灣很重要的文壇活動。那個時空背景，沒有像現在有這麼多大大小小的活動場所，小型的規模在紫藤廬，大型的活動全部都在耕莘。

寫作會的祕書，一定要是寫作人，比較知道文壇的一些狀況，第二他又是一個文藝行政者，所以他要能耐得住煩、耐得住瑣碎，

第三個他的特色一定要上上下下的人際關係好，對上他能夠應付的很好、不得罪人，對下他又能夠對於學員、對於晚輩，要安撫他們、要有關愛的眼光，這三個特色是很重要的。

40年來一直在這兒

我本來參加過耕莘暑假班，平常也一直在會裡活動，原來的祕書郭芳贄先生到輔大去了，所以陸神父就請我來接，因為對這環境滿熟悉，自自然然的就接上手了。只做了一年的祕書是因為我要生小娃娃了，晚上下班要撫育小孩，不能再兼耕莘祕書工作。

我為什麼40年來都一直在這兒呢？耕莘有兩大吸盤，其一：我們都很年輕就進來，大家很單純，友誼非常純厚，可以延續40年。其二：大家都是喜愛寫作的人，本來就不以利益取向，也不像生意人那麼功利，我就像大部分人一樣，都會留在耕莘，幫寫作會作事。

寫作會像天上的繁星

我覺得耕莘讓我更認識自己。我知道從中薰陶出我的服務熱忱，到現在我已經是六十多歲的人了，還可以非常有勁地教書，對學生充滿了愛心跟熱忱。再來一點是，我在耕莘文教基金會的董事也作了十幾年，都會想怎麼樣在各個神父之間能夠折衝我自己，既不要太偏袒寫作會，又能夠站在董事會的身份來看事情，所以這些在在的學習，都是寫作會的薰陶。

我希望寫作會，各個年齡層的人都各盡職責，如果你是資深會員，你就溫柔敦厚、發揮愛心，好好的帶著年輕會員，而年輕會員互相取暖、相濡以沫，在裡面激勵、成長、交朋友、充實自己的寫

作能力。所以各盡本分、發揮已長很重要，我希望我們的寫作會像天上的繁星，永遠閃耀不已。

我喜歡這種牧師娘的角色

寫作會最低迷的時候，真的招不到三十個人，這麼低迷的狀況大家都很著急，都一直在思考，用什麼方式能夠救救寫作會，我們用的方式就是辦婦女寫作班，白天開班，晚上也開班。在各個社大也開不好寫作班的時候，我們這麼努力，暑期班人數還是從一百多人變成只有二、三十個人，真是大勢所趨啊！

不過沒影響大家的感情和互相陪伴，我一直就是一個大姐姐的角色，比較溫婉，比較和藹可親。常幫著白靈把事情推動出來，我也滿喜歡自己是這樣的一個角色，好比是牧師要有牧師娘的旁襯？我喜歡做這種牧師娘的角色。

舉例來說，私人的事情我也很雞婆，楊友信跟他女兒相處之道會跟我談，我就會出意見，或是他跟他兒子相處碰到的瓶頸，我說我願意做你們中間的調和者。我這種管事又溫婉的個性，也很適合做祕書。在做祕書期間有一例，1979年諾貝爾文學獎宣佈是希臘詩人奧德修斯・俟裡蒂斯得到，聯合報就打電話來問我說，耕莘圖書室藏著很多外文書，能否找那個作者的英文書，而整個台灣都沒有翻譯他的書，就請我幫忙借，那時候管圖書館的神父說：「你六點來找我，對不起！這是我下班的私人時間，我雖在圖書室，但我不開圖書室給你找書。」那時候我想聯合報副刊非常急，他們要搶得機先，報導這全球新聞的資料，我就說：「神父！雖然現在是您的下班時間，這是歐洲人的做事方式，可是您今天不在母國，你來到我們台灣，中國人做事就是積極，你能否入境隨俗？你又是好心的神父，我今天也是不達目標絕不甘休，你可不可以幫忙？幫我找到

這個文學獎得主的詩。」後來他居然說：「好吧，因為你是晚上上班，你白天沒有辦法來。」我說對啊，我白天在教書。「這一次就特別通融，雖然我是堅持五點以後不工作的。」結果他就被我這種外軟內硬的個性感化，讓我進到密閉悶熱的圖書室，在排排書架上，幫我把得主二三本詩集找出來，還熱心指出重要的評介文章在哪兒，聯合報立即派人來取書，我知道這是幫大忙，因為兩大報的副刊非常競爭，第二天聯副做出整版報導，斗大的人像相片、三四首得主的詩歌和生動評介，我暗中幫忙聯副搶到機先，內心很得意，套句現代話說：「台灣和世界接軌了。」而中國大陸彼時剛過文化大革命的10年浩劫，自然亦無報導，那年我28歲，除了聯副，我們和人間副刊也維持良好關係，辦過多次論壇。

和副刊、雜誌的40年合作

這都是敏銳的文學鼻子，我們唯有跟這些媒體合作良好，耕莘有任何活動，他們都願意幫我們登，當社長不叫副刊登宣傳的時候，他們也會拐彎抹角幫我們發出訊息，如平常沒有幫著他們一點，跟他們弄好關係的話，別人不會幫忙。比如說，那個時候的副刊就不太喜歡登某某在辦什麼為期一個月的文學營，請你們打幾號電話聯絡等。聯合報他們願意發出一個不像是新聞的稿子出來，就幫我們寫得非常不像廣告的訊息，這種關係連著維持40年，從瘂弦到陳義芝，還有現在的宇文正小姐，都跟我們關係良好。我們除了跟報社關係好，跟雜誌也要打好關係，逢年過節我們都會寫卡片給他們，或是請他們來聚聚吃個飯，這不管是耕莘董事或者會長或是祕書都會做的事情。

帶領耕莘飛越公元2000年

陳銘磻口述／許春風、黃九思紀錄整理

到耕莘當學員或當講師皆是榮耀

在我的寫作過程裡，一心嚮往著耕莘寫作會，因為在我還沒進入寫作會之前，其實早有耳聞，好像喜歡寫作的人一定要踏入耕莘寫作班，才能夠成為堂堂正正的寫作人。就是能夠有機會到耕莘去當學員也好，或者去當教師也好，其實是一件無上榮耀的事情。

在耕莘做各種報導文學具體的實驗

耕莘是一個了不起的寫作班，在我看來是台灣第一個正式的文學寫作組織。

既然他們有開啟編輯採訪班的觀念，以及叫我把報導文學引進去，那應該是一個可以放手把報導文學具體化的一個場所。所以當我進去開了報導文學班，就不只是把當代最精彩的報導文學作家邀請到耕莘上課，最重要的是耕莘這樣一個大環境，它可以讓你做各種實驗，我的實驗就是，把這些學員帶到戶外，文學不是坐在房子裡面而已，詩、小說、散文你可能在房子裡面寫，可是報導文學必須要去實踐所謂的田野調查。所以在耕莘開報導文學寫作班得益於有很多的機會，

在寫作會擔任非常重要的主任導師

　　在耕莘最快樂的也是我這一輩子最難忘懷的，是在寫作會擔任非常重要的主任導師的工作，負責全年度整個寫作會的文藝活動，以及各種寫作班開不開的決定。所以我除了平常夜間的寫作班以外，也要負責暑假耕莘重頭戲，就是橫跨一個月時間的文藝活動。我過去所知道的寫作會的文藝營，其實都是乖乖牌的，上課、下課，聽許多大作家、大文豪來寫作會上暑期寫作班。

　　當年的風光我也看到了，可是時代一直在改變，尤其是我去接主任導師開始執行的階段，其實這種文學或寫作班在台灣正逐漸沒落，我有這個責任，把報名人口越來越少的耕莘寫作會，再把它的光芒拉回來。

　　我要把傳統的耕莘寫作班、暑期班，那種很文學、很文雅的氣氛，加一點點熱鬧進去，用嘉年華的觀念去處理它。不僅邀請很多名作家、漫畫家來上課，在文藝營最後一個晚上我們會設計一個「依依難捨之夜」。有幾次找了一位社交舞老師，帶領大家跳吉魯巴、拉丁舞、恰恰，跳完舞之後，就來一個感性之夜，每個人手上拿一支蠟燭，在燭光中請各組導師講出感性的話，突然之間，感性的、話別的語言，對學生來講衝擊非常之大。我要創造所謂的三溫暖的文學，一下讓你熱、一下讓你冷、然後一下子要你不曉得怎麼辦，眼淚就自然掉下來了。希望透過這個文藝之夜，讓大家能夠去感受流眼淚的滋味，能夠因為感動而掉眼淚。

　　在那十幾年，我做得非常快樂，因為沒有人干涉你、沒有人會反對你，讓你儘量去做，反正最後的目的是要把耕莘的光榮再找回來。還有兩個人是我在耕莘非常開心的合作夥伴，羅位育是小說組的老師，許悔之是詩組的老師，每一年我幾乎都找他們，他們是最

好的暑期班班導師，對我的協助非常多，讓我記憶猶新可愛的文學人。

兒童寫作班跟現有的成人班並行

耕莘既然是扮演著傳承文學寫作以及閱讀的一個非常重要的場所，如果我們能夠從基礎開始做起，我覺得會更好。所謂的基礎就是，從更年輕的、喜歡閱讀的，或者可能比較文氣的小朋友開始訓練他們寫作。因為現在小朋友心智的發展非常快速，如果可以從兒童寫作班（不是作文班喔）開始招生起，同時跟現有的成人班並進、並行，這樣的耕莘未來就會更順暢，就不會為了每一年要招生好辛苦、好辛苦喔！

帶領耕莘飛越公元2000年

在這十來年的過程裡，最重要就是讓耕莘的光芒、光輝通通又回來，我努力去做了，事實上也達成了任務。我覺得差不多是該走的時候。這是我一直的人生態度，櫻花在最美的時候掉下來，絕對不會在枯萎的時候掉下來，我告訴自己在最美麗的時候要離開。就選擇了1995年到1996年那兩年，跟神父講過好多次，可是神父不讓我這樣子做，所以他每一次的開學典禮就先下手為強，都會跟學生講：「陳老師要帶領我們超越、飛越」，一開始是講超越，後來講說飛越，「飛越公元2000年」。所以我拖到大概公元2001年才走，因為事實上已經有其他的規劃，就是我剛剛也提到了，去做一些兒童寫作班之類的，我就離開了耕莘。

我往前看的力量多半來自於神父

陸神父非常可愛，他是一個很會安慰別人的人，他安慰不是用語言，而用他的笑容，我印象中他跟我講最多的就是他一直謝謝我，帶耕莘離開那個很困頓的「個位數」的年代。我其實也知道在寫作會的背後還有一些我不知道的力量，我把那一股莫名的力量當作是一個向上推動我的、往前看的力量。

我往前看的力量多半來自於神父，我在耕莘的這十幾年當中，招生上也有壓力，可是每次我們很緊張的時候，這個很可愛的神父都會跑出來，然後用很簡單的幾句話告訴你說「不要緊張」、「時間還早嘛」、「天主會來的」，就是老天爺其實會來幫助我們的。神父的那幾句話，除了是我們的定心丸以外，隔兩三天之後，奇怪，就有人來報名了，達到我們預期的數字喔。

我想陸神父不只是在我們招生的時候用他的力量來協助、鼓舞我們，包括我們在為人處事上，他鼓舞著我們向前以及向上，陸神父會推我們一把，而且他的力量真的是大。這是很了不起的，在耕莘能夠去感受到陸神父的這一股偉大的力量，是我這輩子沒有見過的，神來一筆的力量。

把耕莘帶上國家劇院

黃英雄口述／許春風、黃九思記錄整理

陸神父說：「他是上帝派來的」

人生大概每十年會有一個階段。80年代那時候我在寫劇本，就是在各電視臺寫劇本，寫得很累的時候，希望可以去吸取一點點養分。就興起了一個聽演講的念頭，所以就到耕莘寫作會，就這樣的一種機緣。

去了之後發覺那個環境還相當不錯，它的課程設計其實是多樣化的。雖然有的演講裡面不是你所需要的，但我一向抱持著一種原則，一演講當中，只要有一兩句話對你有所影響、對你有一點點吸引力的，我就覺得不虛此行。

那時候交通非常困難，我現在回想起來還是心有餘悸。好像是木柵線剛剛蓋吧，有一天下雨、堵車，我去到耕莘的時候算了一下時間，一個鐘頭又45分鐘，才到那個地方。照理說這樣會讓很多人打退堂鼓，可是我覺得那個地方越來越吸引我，剛好馬叔禮也常常在那裡講課，所以我也聽過馬老師很多的課。我覺得耕莘有一種很奇特的力量，後來因為神父的一句話，我慢慢就進到寫作會裏面來；我記得很清楚，那一天在耕莘文教院前面，陸神父、我，還有傅佩榮。神父介紹我說「這位叫做黃英雄」，我們兩個就握握手，神父加了一句，他說「他是上帝派來的」。這句話到現在為止還是很感動，也影響了我，願意用十年的時間來付出，其實不止十年哪，要不是發生了921大地震，這棟大樓拆掉了，我還是會在耕莘

劇團無盡的付出。

我告訴劇團的人，兩年內帶你們上國家劇院

　　耕莘劇團其實不是我把它帶起來的，原本耕莘曾有個劇團，那是台灣第一個實驗劇團。那時候包括李國修、劉靜敏，這些老前輩通通是在這裡耕耘的。那為什麼我會去重組劇團？因為我曾經到地下室二樓去看，發現有人在跳土風舞，我覺得怎麼那麼大的地方只有人在跳土風舞，就去問執行長「這個地方能不能蓋劇場？」他說「沒錢」，我說「我來找啊！」。我們第一次去向文建會申請的時候，我記得申請63萬就很高興。那個節光器我們才買12個迴路而已，燈我記得是20盞，鋪了地板，然後很高興就演了第一齣戲。演完了以後，大家覺得意猶未盡，是不是可以再更上一層樓？後來又向文建會申請，獲得兩百多萬的補助，又再添購劇場的設備，有了這個劇場以後我才有膽量去做劇團，那個時候我用寫作會的名義再延展出耕莘劇團，所以我始終有一個原則，就是跟文學有關，一定是從文學的創作改編過來的。

　　我們第一年做耕莘藝術季的時候，非常轟動，來自台灣各地十個劇團，幾乎都是爆滿。後來我們就開始有一個目標，那時候我告訴劇團的人，兩年內帶你們上國家劇院。果然，就按照自己設定的目標，我寫了一個叫《四次元的劇本》，隔年就入選國家劇院了。演出的時候非常困擾，因為那個地方需要很龐大付出，比如舞臺設計等等。也真巧，以前學校裏一個老師同事叫孟振中，他剛從美國回來，就為我們《四次元的劇本》設計舞臺，這個作品在當時非常轟動，我們的票時常通通賣完。

　　第二年，再度用我自己一篇在聯合報得獎的小說《幻想擊出一支全壘打》，這個劇本照樣入選國家劇院連續兩年。

　　那個地震來得很快、去得很快，我們失去得也很快。那個大樓被拆掉我很訝異。劇團喪失了根據地，再經營會有困難。寫作會之前我認為經營得很好，劇團也經營得很好，我們的演員大多數來自寫作會，當時我希望寫作會的成員，跟耕莘劇團的團員，是相輔相成的，寫作會的血脈能夠更加發揚光大。

心靈上的另一個高峰

　　如果說有什麼難忘的事情，我要講一件事情。那一年我們去聖本篤，神父也去了，所有的人都有房間住，剩下神父跟我沒有房間住，我說：「神父，我們等下睡哪裡啊？」神父說：「沒關係，我有安排。」藝文夜談結束之後，我們兩個往裏面走，神父跟我講那是避靜的地方。進去有一間小房間，有兩張床，神父都很客氣呀，他說：「你可以先選一張。」我就選了靠窗的。那天晚上，是我一輩子也沒辦法忘懷的一個晚上，我躺下來，那天是滿月，那個月亮這麼大，就在窗戶旁邊，外面是相思樹林，那時候深深地想，這麼美的地方，將來我一定要買一棟房子在這邊住。後來當然我真的有買。我買的地方在小坪頂，看下去剛好可以看到聖本篤，我的願望有達成。

　　我過了一個難忘的夜晚，第二天早上，神父說外面有一個小教堂：「我要進去祈禱，你呢？自由，你要進來可以，不進來也可以。」我跟神父說：「我選擇不進去，原因是我不想打擾你祈禱。」所以我想，那天也是我生命當中在心靈上有所獲得的另外一個高峰。

與耕莘結下不解之緣

90年代那個時候，我覺得寫作會在一般文學之外，應該另闢一個小眾文學，所以我就先主持一個「劇本班」。這個劇本班已經開了二十幾年，而且班班客滿，因為每個人心中都有他的故事，如果從這個角度再反觀寫作會，到底能不能有新的契機？也就是說，第八藝術當中有更多元素溶進寫作會來。如果有一個天才或是對這方面很有興趣的人突然冒出來，就讓寫作會起很大的變化。

80年代我之所以不願意去拍片，而是去寫劇本，是因為我聽李行老師說了一段話，他拍《風從哪裡來》的時候：「那天，馬突然像瘋狂一樣狂奔過來。攝影師、導演、助理，所有人通通跑進去，往那個洞裡面跳。」他說：「我們那一天差點被馬踏死，編劇只在家裡寫了四個字，叫做『萬馬奔騰』。」那時候覺得這很有趣，那編劇只要在家裡寫「萬馬奔騰」，就能賺錢，所以我要選編劇。

我80年代以前，只有寫劇本，很少上去講課。後來擔任耕莘祕書長、理事長，就設計了一個課程，自己去講課。事後我才知道神父一直在門外聽，我講完以後，陸神父衝進來握著我的手，說「成功了、成功了」，我到現在還是沒辦法忘記那個情景。也因為這樣讓我起了很大的改變。講課不是為了賺鐘點費，而是應該要有所付出。我剛才講，90年代我開始知道付出的重要性，所以差不多七年了，禮拜六一直在啟明分館為視障者講電影，而且全程錄音，現在已經錄了四百多部，沒有人給我錢，而且我自己一個禮拜要掏四千塊錢去買公播版，我的目標是講一千部。

耕莘跟我是不可分割的，幾十年下來，一方面一直去開編劇課，一方面去教太極拳，我是大陸陳家溝太極拳的第十九代弟子，我的老師教我的時候從來沒有收學費，所以我也在這個領域付出非

常非常之多。耕莘最早的執行長葉衛民，他們一個「霞天計畫」，
為老人安排一個禮拜要有一次的運動。隨著年齡越來越增長，現在
覺得這個運動很吃力，可是我沒有辦法說NO，所以我還是每個禮
拜固定去教，就跟耕莘結下了不解之緣。

耕莘是玉鳳姐快樂的場域

陳謙口述／許春風、黃九思記錄整理

對寫作會抱有一種熱忱

　　耕莘這個團體是一個很特殊的團體，像我在耕莘寫作會服務二十年的，可能還是小咖，白靈老師大概已經服務四十年了。我們服務的人員事實上都是義工的性質，是不支薪水的，基本上就是對寫作會抱有一種熱忱，或者是熱情，也是一種奉獻吧！所以排課時也希望我們有更好的、更豐碩的一些文學課程，帶給新一代的學子。

我們常把耕莘比喻為候鳥灘

　　談到寫作會，其實我們都會想到幾個人物，第一個當然是陸爸，因為他是我們的精神象徵，很多人會回去看看其實都是因為陸爸的關係。除了陸爸之外，我們也知道有一位叫玉鳳姐，我們常把耕莘比喻為一種候鳥灘，每一個學員其實翅膀硬了都會飛出去，但偶爾都會飛回來，飛回來的基地可能是陸爸，或者在那個年代可能就是找找玉鳳。玉鳳跟陸爸有非常相近的特質，就是他們都非常有親和力，對每個人有包容的態度，也樂於跟你討論文學。所以我們經常會回到耕莘去看一看，基本上它是非常有向心力的一個基地。2004年，因為玉鳳姐個人因素，她離開了我們。而我們在2006年創立了葉紅女性詩獎，到目前為止已經進入了第十屆，前前後後也吸納了四千多篇的來稿，這個紀錄在華人文學界是輝煌的。葉紅詩獎

是華人地區唯一的女性詩獎，非常具有意義，特別是在女性文學，
或者是女性詩學研究的主題上面。

關於玉鳳姐及其作品

玉鳳姐是一個活動型的人，就是她的腦筋裏面常常有一些新的
活動要舉辦，像讀書會、研討會，在那時寫作小屋裏面，幾乎每週
都有兩到三個小時的研討會。每次探討的主題都不同，有時候是女
性主題，有時候是都市文學，她都會邀請到不同的講者，在正常課
程之外用講座的方式做一些補充。那時候我也辦了很多詩與現實的
對話，邀請創世紀詩社的詩人來寫作小屋進行一些交談，當然這些
交談都是義務性的，很多學員到現場參與，除了正式學員之外，還
提供社會人士來免費參與，也是希望吸納更多元的學員，雖然沒有
明顯的成效，不過相關的活動真的辦了不少。

《1950世代女詩人書寫研究》是我辦的研討會論文集，這個研
討會所要呈現的是，葉紅在1950年代重要的位置。寫作對玉鳳姐來
說是一種療癒，她的作品有很大療癒的特質，基本上是清理自己憂
鬱的情緒，她透過文字來抒發。我們看到的字眼是非常的苦澀，或
非常的艱澀。有些部分還是曖昧不明的，某種程度上都是她本身現
象的反射。比如她有一首詩叫〈憂鬱的舞步說〉，我們知道玉鳳姐
本身是喜歡跳舞的，她是文化大學舞蹈系，她就連快樂跳舞的時候
舞步都非常憂鬱，我們就可以看得出她的作品其實是一種苦悶的象
徵，透過她的作品敘述她生活的一些近況，跟讀者做進一步的溝
通，基本上玉鳳姐的作品有非常濃厚的憂鬱因子，這個部分在50年
代女詩人裏面是非常少見的。

我覺得她在耕莘的時候，很想要發揮她的影響力，她最想做的
第一步，是用她的作品來影響她的讀者。雖然她在世的時候並沒有

看到這麼多豐碩的成果。可是我們藉由這十屆葉紅詩獎的舉辦，我們已經發揮到非常大的影響力了。我們在今年耕莘50，或在葉紅詩獎10週年的時候，也計畫擴大舉辦這個獎項，甚至再舉辦一次研討會，出版論文選集，繼續把這份影響的力量保存下來。我們也想要繼續傳播愛，散播我們的理想。我想這也是玉鳳姐所希望的。

耕莘是她非常快樂的場域

　　玉鳳姐在這邊工作的這幾年，我相信是她人生的精華時期；她在耕莘得到很多，她從兩個家庭裏走出來，在這裏得到真正的快樂；透過文字她發出了理想和想法，所以耕莘是她非常快樂的場域，她在裏面盡情舞蹈、做自己，她也享受自己所做的。她在寫作會擔任祕書，雖然祕書的薪水並不多，都是下午兩點上班，晚上十點才下班，很辛苦，但是她能在這裡非常好地抒發。在這個場域裏，得到了家庭所不能帶給她的快樂，因為文字上的一些滿足，同儕的一些激勵。她也在寫詩的過程裏，得到了例如白靈老師、陸爸的一些鼓勵和支持，所以她的作品源源不絕，創作力十分旺盛。還有一些活動的舉辦，也讓她找到了一些成就感。

生源不足曾經是最大的問題

　　其實寫作會曾經有幾次比較嚴重的危機，都在於招生不足，當初那個環境，不只是我們耕莘，那時候還有一個中國青年寫作會，他們也把寫作班全部收掉。在我們對面的中國文藝協會，他們也同時面臨這樣的一個狀況。為甚麼招生不足？因為當時純文學已經面臨到很嚴重的挑戰，而且那時候因為我們辦的文學營，還是比較傳統的，堅持開詩、小說、散文、劇本四組。兩年後，採納了陳銘磻

老師的一些意見，才把一些應用文學的課程加進來，在招生上才有
明顯的改善。那時候的做法就是開設由陳銘磻老師擘劃的編採班、
兒童營，還有耕莘到目前為止持續最久的黃英雄的編劇班，他的編
劇班我們都知道是實用性的，我當初第一個參加耕莘的班別也是劇
本班，因為我在詩、小說、散文的部分其實都有自學，可是編劇可
能還要一些格式上面的問題需要經營、討論的。所以我覺得純文學
之外，結合一些應用文學，應該是今後耕莘可以考慮的方向。

心靈的居所

　　我覺得，文學是心靈的居所，我在想，讓寫作會也是這些候鳥
們心靈的居所，希望大家不但可以常常回來，而且雖然你是候鳥，
不過，每次回來你都可以帶來一些比較新鮮的、或者是比較豐厚的
養分回來。

很多人跟你一樣傻傻的在寫作

凌明玉口述／許春風、黃九思記錄整理

耕莘離我家很近

我在84年的時候來到耕莘寫作會，是因為我在家裡很無聊，我先生說台北有一個耕莘寫作會離我們家很近，好像在找工作一樣，就是要離家近，所以我就來耕莘上課了。

那時候晚上的寫作班，同時開了兩班，我記得是散文班跟小說班，我上的第一個寫作班是白靈老師跟羅位育老師合開的，他們兩個是雙導師。那時候的祕書是玉鳳姐，我去報名的時候，玉鳳姐就從她的抽屜拿出一張自由時報副刊，就跟我講說：「我知道妳喔，妳看左邊是妳的小說，右邊是我的詩。」所以我跟玉鳳姐第一次見面就非常戲劇化。

神通廣大的玉鳳姐

其實我上寫作班的資歷並沒有很長，大概只上了兩期，兩期之後玉鳳姐就問我：要不要來當輔導員？我記得我第一次當輔導員是平路老師的課，也是女性文學為主，後來玉鳳姐在編排課程的時候，都會詢問一些我的意見，因為我當輔導員可能跟同學有比較近的接觸，就會問說什麼樣的課程是同學比較想要參與的？想要聽哪一些老師上課？我記得那時候她也問我個人，我就說我想要聽蔡康永上課、聽劉克襄老師，還有雷驤老師，我不知道玉鳳姐是怎麼樣

神通廣大去邀請到蔡康永,總之下一期的授課老師就是蔡康永,那
一期我當然也是輔導員,我還記著他那時候應該是從美國剛念完電
影回來,他戴了一頂棒球帽出現在寫作會的辦公室,我進去看一眼
就出來尖叫,沒想到真的就是蔡康永老師,那時跟在她身邊大概會
知道她做事情的果決俐落,她想要做什麼事情都會盡力去達成。

一支青春的隊伍

　　後來我在外面遇到很多作家他們都會很興奮地說,你知道嗎?
念大學的時侯我也上過耕莘寫作班,然後打開話匣子就開始一直說
個不停。我覺得耕莘這個藝文團體彷彿擔任了一種寫作的啟蒙角
色,讓很多喜歡寫作的年輕朋友,他們甚至不知道寫作在他們生命
中的意義是什麼,懵懵懂懂來到了耕莘,接觸了很多作家、課程,
確定了他未來想要往寫作的道路前進,而且發現寫作是他最喜歡的
一件事,乃至於後來我在外面有些場合,比如說文學獎評審的場
合,遇到一些同輩作家或是年輕作家,很興奮跟我講說他曾經上過
耕莘的課,就會讓我覺得好像是一支青春的隊伍,都是從耕莘出
發,然後擴散到各個地方去。

　　我們的導師都是陪伴制的,無論是寫作班或是文藝營,都會讓
學生感覺到,寫作並不是一件很寂寞的事情,因為有很多人跟你一
樣傻傻的在做這件事情,我覺得光這一些,無論是青春的啟蒙,或
是說讓你感覺到文學並不寂寞,都是耕莘跟其他寫作團體最大的
差異。

　　後來我們也跟輔大合作,他們覺得我們耕莘的課開得真好,就
想要我們也一樣到那邊去開課。甚至還有新竹教育大學,他們也希
望從耕莘已經開的課程挑幾堂去他們那邊開。

　　像我在Facebook上宣傳耕莘的寫作課程,就常常會有一些年輕

朋友他曾經在耕莘上過課，可是他現在到他的家鄉，或是別的地方工作，他還是非常想要上這個課，就會留言說為什麼你們不到台南、高雄、台中去開這樣子。所以我覺得耕莘的寫作課程在整個文學發展上面佔了一個非常重要的影響，就是不只學生在這邊上過課而已，他可能會把在這邊得到的那一種，有人理解他創作這件事、支持他想要繼續創作，然後一直到他離開耕莘，還是念念不忘，還是會想要再去接觸這個文學課程，我覺得這是很難得的。

至少要留住耕莘的寫作班

其實到現在都還是在義務排課，從我接觸耕莘的課程以來，非營利組織就是有很多義務性質的工作，我常開玩笑說，我進入耕莘的時候耕莘開始走下坡了，不過因為有跟玉鳳姐重疊到幾年，那幾年經常看她聲嘶力竭在爭取寫作會未來要往哪裡去，然後想要做到她心目中想要的那一個方向，後來當然是有很多客觀的條件不允許，玉鳳姐移民上海之前有跟我長談過，她希望至少要留住耕莘的寫作班，我當初答應了玉鳳姐把寫作班留住，可是我沒有能力再去做文藝營那一塊，還好後來我們的天才許榮哲進來了，我就鬆了一口氣，現在已經開始走上坡，榮哲進來之後他負責文藝營的部分，我就繼續維持寫作班，本來一開始只能維持一個班，就是玉鳳姐之前做的婦女寫作班，後來我把它改名為女性書寫研習班，現在行有餘力，還可以在晚上開一個常態的文學導航班，現在這兩個班的招生都非常好，都有突破30個人，這在台北的寫作團體裡是很少見的。

陸爸是那一把聖火

　　耕莘是雅典奧運創始國的話，陸爸就是那一把聖火，無論今年是他80歲、90歲、100歲，他永遠會照亮黑暗中的光，會讓文學的種子一直一直傳下去，所以他不要想退休。陸爸是一個很可愛的長輩，記得我當了輔導員的時候，陸爸發現我家在中和，中和再過去就是板橋、新莊，他要回輔大有順路，其實我覺得不太順還是要繞一下，但那時候是晚上的課程，他就會說：哎呀，明玉我載妳回去好了。我那時候很年輕二十幾歲，有一種很天真的想法，有人要載我回去太好了，他就常常載我回去。

　　關於陸爸專車接送，我再講一個小小的插曲，前兩天我們去耕莘開會就是為了出書的時間表，本來是我要載陸爸去白靈老師家，後來又改在耕莘所以我就失去了回報接送的機會，因為我一直想說有一天我也要接送他，陸爸也一直在等那一天，我應該直接開去輔大，然後說陸爸你要去哪裡我載你去，不過我是一個非常路痴，每次要去哪裡都要研究很久，所以我覺得就是因為陸爸溫暖的舉動也會影響到很多人，我們沒有辦法做到像他一樣好，可是就覺得他是一個非常可愛的老人家，既然他都這麼努力為耕莘做這些事，那我們怎麼可以輕言說要退出呢？想到陸爸就會又一直傻傻地在耕莘做下去。

天才，成群結隊而來

許榮哲口述／許春風、黃九思記錄整理

震毀後的重生

1999年921大地震之後耕莘的大樓拆了一半，這地震彷彿是一個隱喻，耕莘就在那一刻不只是房子倒了，整個課程、整個情境就跟著地震一起倒了。

當時耕莘沒落有一個原因，就是他們針對台大、師大附近去招生，我說不可以這樣招生，要對全台灣所有地方去招生，我們就把廣告寄到全國去，然後耕莘辦活動的時候，都是騎著摩托車到台北市、新北市所有的圖書館去放DM，不只辦營隊，那時候還辦了諾貝爾文學獎的課程，就是無論如何要把這個課程開起來，因為如果只有10個人開不起來，但15個就開得起來囉，所以也許你跑了50家圖書館，但多招了5個人，就是會開跟不會開的差別。那個時候大家都覺得是文學沒落了，可是現在我們搶救文藝營辦兩三屆之後，每次的營隊都是200個人，而且200個人是營隊開始前一個月就會全部額滿。

要把學員變成講師

所以現在耕莘的活動非常厲害，我們以前請很多有名的作家來講課，可是我改變了策略，就是我們要全力培養自己的明星，我們以前需要很好的講師來吸引學生，現在我們想要把這些學員變成講

師。我們「搶救」辦了十屆，當這些學員到了第三屆開始得獎了、開始出書了，出第一本書的時候，我們就強迫他們登上舞台，我們在大概搶救第四屆的時候，就開始辦文學鐵人營。我們把這些很優秀的學員已經得獎、出書的找來訓練，受訓完之後就強迫他們上舞台，鐵人營每年都收到100個人，鐵人營結束之後，又有些學員出書了，可以當講師但沒有機會，所以又在耕莘辦了大眾小說的課程、新詩的課程。每個課程我都會在新人要上課之前先講課給我聽，像我們去年辦的新詩課程，我也會覺得有點驚慌，因為這一次他們派出來的講師居然只有18歲，我本來就說要培養年輕人，但是我還是有點難以說服我自己，這個只有18歲你要如何去教30歲、40歲、50歲還有60歲的學員？可是你要相信他們，因為這個人不是亂數選出來的，是他們票選出來，已經做過一次審核了，你只是再做第二次審核，當時我勉強接受，但心中有疙瘩，可是課程結束之後一兩個月，我就看到這個18歲的年輕人，得了台積電的新詩首獎。就是說，一而再、再而三地印證我的想法是對的，在他們看起來還很弱的時候，一定要讓他們登上舞台，那樣才會變強。

　　這個概念也引起了很多的批評，覺得你們好像都在搞自己的團體，跟這些老作家、老的成員產生了一個距離，我可以理解這種心情，可是我覺得如果沒有自己人的話，別的作家來上課，上完就走了，可是我許榮哲來這邊上課，不管我去外面上多少課程，耕莘都是對我最重要的。所以現在這些年輕的講師們，你叫他不用錢回來上課，他都會回來，因為他就從這邊出來的，他第一個課程在這邊、第一次上台在這邊、第一次得到掌聲也在這邊，這件事情太重要了，像我所有的經驗都在耕莘得到，所以無論如何我會用盡全力去回饋這個團體，這是我自己的經驗所造成的一個價值，而這個價值在這10年裡面被落實了。

對我最重要的，一個是夥伴關係，一個是傳承關係

寫作相對而言其實是孤單的，可是如果你在寫作的路上有些朋友，你會發現這個世界上不是只有你一個人在寫作，那個夥伴關係其實是很重要的。有點像熱血的漫畫一樣，就是說夥伴關係永遠是推著你往前走非常重要的關鍵，而且在耕莘我的夥伴不只是我的同輩，我還有上面的夥伴，像白靈老師、陸爸一樣。陸爸會當面給你很多溫暖跟擁抱，但白靈的方式是，他會告訴別人榮哲非常棒，我就是從別人口中聽到很多話，都是白靈老師告訴他、他告訴我的，我很少看到這種人格特質，就是會去別的地方間接讚賞一個人，我覺得白靈就是非常奇特的長者風範，所以我不只有得到一個夥伴關係，重要的是，一個長者的示範。

藉由他們感興趣的東西，把文學偷渡給他們

耕莘這幾年也開始更多的可能性，這些參加營隊的人、現在我們的工作夥伴年紀都非常小，我自己常跟他們接觸，希望從他們得到更多的養分，去改變文學的體質。既然是一個營隊、一個課程，必須要跟年輕人接軌，來的最多百分之55是高中生，百分之35是大學生，然後百分之10才是社會人士，所以課程基本上還是必須跟高中生產生一種關係，所以有嚴肅的課程，也有非常有趣的課程。我們跟漫畫結合、跟電影結合、跟桌遊結合，年輕人喜歡的東西，都可以跟文學作一個非常好的連結；我們要給他們文學的東西，但我們跟他們之間有一個鴻溝，我們藉由他們感興趣的東西，把文學偷渡給他們，這是我們工作人員在設計活動時的一些想法。

今年我們也辦了第一次的「微電影拍攝工作坊」，我們去找了

我一個學生，我請他幫我找六個即興劇的演員來，就是在這三天裡學員寫的劇本，就讓這六個演員來實地拍攝，對我們而言每一件事情都可以嘗試。

我們在結訓的時候也辦過寫信給彼此、寫信給誰或寫給自己的活動，這個不特別，很多人都做過了，但你要把這封寫給自己的信，拿給在營隊裏面認識的一個朋友，然後請他一年之後幫你寄回去。為什麼要這樣做？因為我們要讓你知道，你和另外一個人都有牽掛，我們能讓你們保持牽掛一年以上，你會記得他應該會幫你寄回來吧，最後萬一他沒有幫你寄回來，你們的牽掛就是一輩子的，可能是一種恨或怨的情懷。

文學就是我們的證人

我跟我太太是因為參加小說比賽、得獎，在頒獎典禮認識的，一起來耕莘幫忙，後來又在耕莘結婚，我們當然也找了很多場地，看了很多地方，最後才決定在耕莘辦。然後我們想了一個魔術的概念，我跟我太太在主持，特地戴上貓女的眼鏡，穿上奇怪的服裝。在主持的時候說，我們先來看去關島結婚的影片，但這是個障眼法，在播影片的時候，我們兩個就分別下去，她到四樓去化妝，我到另外一邊去騎馬，我們去租了一種馬叫諸葛馬，很大的馬，但你只要用腳去夾的時候，馬就會慢慢往前走。我們找了兩個夥伴穿我們的衣服帶貓女的眼鏡站上講臺，所以我們彷彿沒有離開，那個影片大概播了十分鐘，結尾就是我們兩個人手牽手要走紅地毯的畫面，這個畫面出來的時候，我們兩個已經在大門口stand by了，spotlight打到那邊去，然後音樂就響起來，所有人都往這邊看，我就牽著儀婷坐著馬慢慢騎進來……就是一個綜藝咖嘛，你不斷在想像這些畫面，給你的觀眾什麼樣的驚奇，結婚完之後遇到一位神

父，他跟我們說：「你們那天的婚禮是我在台灣參加過最有趣的婚禮。」其實對我而言就是玩耍啦，很多事情你把它玩得很有趣，就會產生它自己的意義、價值，因為我們是在耕莘結婚的，那彷彿文學就是我們的證人，這裡面有一個非常有趣的脈絡。

只要一個好人才，就有可能拯救耕莘

　　其實我們辦第一次「搶救文壇新秀再作戰文藝營」的時候，來了一百多個人。我心中有一個想法就是說，只要招收到一個好的人才，這個人就有可能拯救耕莘。所以在辦營隊的時候我們都做一件事情，要從這一百個人裡面吸收十個人，這十個也許是寫作能力很好的人，把他找過來，變成我們的夥伴，所以營隊一結束，我們就把這些很棒的人找過來，幫他們辦一個迎新，變成夥伴關係。

　　後來辦了一個「書的文藝營」，一開始的概念是以「書」為核心的營隊，在這過程中我們做了一個非常殘忍的統計調查表，我們這些年輕的講師，搭配一群很有名的作家，結束之後我們看調查表，結果讓我們非常震驚，就是這些年輕的講師整個受歡迎度比那些作家還高，當然這些上場的人都經過訓練，或是做過一些預演，做過一些調整。所以我們的想像確實沒有錯，你只要做得很好，就會得到一些不錯的回應。大概第四屆左右，我們正式辦鐵人營，然後一路辦下來，已經來到第六屆了。

　　耕莘作為一個非常重要的寫作團體，我覺得更重要是培養一群人在這裡面一起得到認同。我那一年來的時候是一個孤獨的天才，我希望你們現在是一群天才，因為你們是成群結隊而來，就會產生一個非常巨大的群聚效應。他們現在做了很多很有趣的事情，比我們當時做得更勇敢、更跨一大步。

為這個城市的每個心靈種樹

許常德口述／許春風記錄整理

　　耕莘一開始就給我一個很特別的質感,是這個名字讓我想走進去看看。但我相信耕莘這個質感,不是耕莘這兩個字造成的,而是你們長期累積的一個氛圍,要不然我可能到門口就離開了。

　　我覺得耕莘最棒的一個感覺,是他有一種環境讓創作的人在那邊心定一下。這種氣氛,就是最大的力量,再多都不好了。

　　喜歡創作的人都是非常敏感且驕傲的,如果你在這個氣氛裡面,會有一種我要承擔責任的一種理想……不會去花心思對抗某些事情。

　　其實耕莘文學創作班中,最大的功能就是:為這個城市,為每個人的心靈種樹。因為只有樹可以讓生命有機會呼吸,轉換一種現實跟不現實的一種空間。不然人會很悶,就是在大家無處可躲的時候找到一個地方!

　　在那裡,我碰到一座燈塔:白靈。他帶我去了很多地方,包括草根詩社,為我在海報型的草根詩刊上登了整版的詩,另一面則是杜十三的畫。後來辦了詩的聲光,把我的詩搬上舞台,給了我極大的鼓勵和信心。我寫了很多的詩,走入流行音樂界,也寫了一千首歌詞,即使後來因為太忙沒有時間寫歌詞,就把很多詩拿出來賣,居然都賣掉耶。舉個例子,我有首台語歌詞,其實是一首詩,剛好成了母親節的廣告,叫〈魚尾紋的魚〉:

媽媽的目睭邊有一尾魚

歡喜的時候他就跳來跳去

媽媽的目眉頂也有一尾魚

憂愁的時候他就游來游去

那尾歡喜的魚　那尾憂愁的魚

不時住在媽媽的面內底

那尾憂愁的魚　那尾歡喜的魚

有時也會游來阮的心裡面

　　因此，現在已經是：網路上說的一句話，就可以影響人的一個時代，這完全是詩的時代！我以前寫歌詞，最怕歌詞是無聊的、直白的，所以我就大量運用我以前寫詩的方式，比如說我有一次用木心很經典的一行詩叫做「一天到晚游泳的魚」拿來當歌名，填了歌詞給張雨生唱，還很紅呢！

　　那時候詩對我來講，對唱片圈來講很好用，因為他們感覺有一種氣質進來，也會覺得人轉換文句組織之後可以療癒心靈。因為一個人其實很難直接聽道理，可是你用的形容詞其實都有療癒效果，形容詞代表了我們對一個人的關心體貼跟包容，都可以在歌詞裡呈現，而人很容易被這種包容感動，所以這是我那時候最常用的。

　　所以寫歌詞磨練了我很多，教我很多東西，讓我有機會好好去關心別人。因為有效就會常做，就是這樣。所以說「利他」這件事情，一直是我覺得最有用的效果，如果把我們的很多經驗整合起來，然後透過耕莘這個招牌，可以想辦法主動做出很多事情。

這是一座人才庫

朱宥勳口述／許春風、黃九思記錄整理

剛進耕莘寫作會的時候是高三，跑去榮哲老師他們辦的搶救文壇新秀再作戰第一屆。那時我跟一般人想法一樣，看到耕莘兩個字，會跟醫院聯想，但最後完全不是這樣，進來之後就發現很好玩。我們當時等於聚集了一群各式各樣背景的人，包括寫純文學的、寫言情小說的、寫詩的，就集中在一個地方，包括甚至那之前都沒有寫作過的人。

這個寫作會幾乎由我高三開始，貫穿整個大學時代。大學我在新竹念書，一個月至少會上來兩三次，就為了耕莘。有時候我家人還會笑說，你乾脆就在耕莘放睡袋好了不回家。我真的會在寫作小屋待很長的時間，那時候對我比較重大的影響是，寫作這件事情，當很多人跟你一起做，感覺是愉快的，當然你寫的時候還是一個人自己寫。

那時候耕莘寫作會的朋友有MSN，列表登在網路上面。比如四月二十號有個文學獎要截稿，大家十八號、十九號時就互相窺視說：寫多少了？才寫五千字喔？我才寫兩千字？說真的你只是講一講、抱怨一下說寫不完啊！雖然跟真正的寫作沒有太大的關係，因為你就只能自己寫，可是到半夜三四點左右，你打開MSN，看到寫作會有一半的人訊號燈都亮著。背後可能還有一排字，看到他的句子一直在換，想說這是不是剛剛他寫的小說裡面的句子啊什麼的。那種感覺其實很特別。生活中可能沒有同學知道你在做什麼，不能理解這件事，可是永遠就有一群人都知道，我們是一起的，那感覺就很好。

　　另外在05、06年進來的那個初期，榮哲老師他們已為寫作會奠定了一個滿良好的風氣，就是我們之間的批評是很直率的，我們每隔一陣子不管是公開聚集的活動還是私下討論，都是很直接的。不能接受這種批評方式的人，慢慢也會淡出耕莘的活動，但最後留下的並且願意堅持到最後的多半都很有所得。因為很難會有十幾二十幾個人會告訴你他的意見，而且意見每個人還不一樣，你可以從中去做修正，你會知道哪一種人會讀出什麼樣的東西。

　　其實我覺得在耕莘的好處是：我們不是教條的團體，我們並沒有一個事情要怎麼做的那種很僵硬的限制，大家都是你帶著你喜歡的想法來，在這邊學到了一些東西，這些東西可能是寫作上的、或不是寫作上的，是其他工作上的。然後你那個熱情沒有滅的話，在耕莘所受過的經驗跟訓練，會讓我們在外面很自然而然找到一個節點去展開。

　　我一開始以為我們只是培育作家的一個團體，我們培育作家，培育文學講師，幹事會的成員來來去去活躍參與者可能都將近百人，這些人其實最後不會都成為寫作者，但我們無意中在這邊培育了一群努力推廣文藝的行政人才。這群行政人才會在有限資源下發揮最大戰力，是很強的單兵，多年營隊已經歷練到可能從報帳到帶小隊員、到活動企劃、到實際執行整個RUN完，都沒有問題。

　　我還記得榮哲那時候在第四屆、第五屆提過一個概念叫「一個人的文藝營」。其實這個概念到最後有很大的影響，我們已經看到了比我小幾屆更年輕的，或現在二十出頭、二十五歲上下，他們在做什麼呢，他們在做工作坊。比如說我現在開個工作坊做小說創作，週末辦一天，下禮拜我辦詩的工作坊辦一天。他們的工作坊非常厲害的地方是，因為他們有非常強大的宣傳經驗跟選題能力，各種非常細緻的能力。使再冷門的題目，都有辦法收到五十人，每一次五十人招滿回本，工作人員有薪資、講師有薪資、場地費付得出

來，他們有一個很穩定的商業模式。有一些很冷門怎麼可能辦得成的題目，比如說他們辦過文本分析、文學理論，他們在幕後居中成為行政的橋接，他們有辦法找到講師，連講師都懷疑這可以辦嗎？他們就是有辦法招到人。

　　未來如果我們要進行文學推廣的話，這些經驗是非常可貴的戰力，他們有非常多細緻的眉角，工作上的流程，這是非常珍貴的，很適合現在很零碎、機動性很高的時代，只需要兩三人就能完成一個活動。是耕莘讓他們成為有團體戰力的。

　　耕莘給我們很多磨練的機會，我記得我進來後的第二年、第三年我們辦了營隊，那時候榮哲想要試試看我們最大的可能性有多大，所以我們做了件很瘋狂的事，我們只用了12個工作人員，在陽明山上辦了200個學員的營隊，回來大家都虛脫了。你會感受到那個工作節奏的速度，跟耕莘的人合作會很愉快，因為我們都很習慣那個節奏、那個速度。

　　耕莘的幾個同學很喜歡寫詩、很喜歡讀詩，他們就去組了一個「每天為你讀一首詩」的粉絲專頁。我一開始還不知道，他們就自己跑出去了，然後弄到紅了。我就想這群人是誰，看那裡面寫的東西好像有點眼熟，然後才發現他們就是幾個耕莘的人再外加幾個他們認識的文友，然後組成一個團體20人左右的一個編輯團隊，每天在網上介紹一首詩，然後寫一些簡單的賞析。本來詩是一個很冷門的文類，沒有人要讀，很弱這樣子，但事實上在網路上他超紅的，有兩三萬個粉絲。所以說有些契機可能不是表面上我們在市場看到那樣，網路可以讓本來不曾存在的契機浮現，只要你找到正確方式。

　　前輩作家多半很有才華很能寫，但對於面對讀者、面對群眾、去組織這部分可能不是這麼擅長，事實上也不應該由他們來推廣自己。所以理論上來說一個健全的體制，寫作的去寫作，其他有個支

持系統在幫他，所以我才會講耕莘有個可貴的地方，就是我們後來培養出來的人其實都有這樣的能力去做這樣的支持系統。

　　接下來我有個很重要的任務，我希望我可以用一些方式把這些人推薦出去，我常常推薦耕莘的作家給別人，哪裡有在找人演講，我們就把耕莘的作家抓過去。但也許可以去做的事，是推薦耕莘活動的人才出去，像今年下半年活動就可能抓一些耕莘有經驗的幹部出去，幫一些地方的文學館推廣文學、辦活動。我們可以去做經驗分享，幫他們做內部的管理訓練，我想去把這個體系連結起來。

　　世上有人才，世上也有需求，只欠缺一個橋而已。

輯 三

那段美好的歲月
——早期會員的耕莘緣

他（創辦人張志宏神父）的辦公室門庭若市，永遠有學生找他。擔任過他秘書的喻麗清形容得最貼切：「他有一杯水，必先問遍身邊所有的人，真的沒有人口渴，他才肯喝。他有一塊餅，必先知道旁人不想吃了，他才肯吃。」

——夏祖麗

夏祖麗

作者簡介

　　曾任《婦女雜誌》編輯，純文學出版社總編輯，與母親林海音女士面對面工作十年。1986年遷居澳洲墨爾本，任台灣民生報駐澳撰述。近年遷居美國北加州。寫作範圍包括散文、兒童文學、報導文學、傳記寫作，出版有二十餘本書。曾獲中國文藝協會文藝獎（1992《異鄉人‧異鄉情》）、圖書金鼎獎（1995《海角天涯赤子情》）聯合報讀書人年度最佳書籍（2000《從城南走來——林海音傳》、2003《蒼茫暮色裏的趕路人——何凡傳》）、世界福州十邑會冰心文學獎首獎（2010《林海音傳》）。

耕莘與我

　　半個世紀以前的台北，是個安靜清爽的城市，漫漫長夏聽得到蟬聲，連續第二屆、第三屆的暑假，我坐在城南耕莘寫作會的教室裏聽課。課堂裏名師雲集，余光中、王文興、白先勇、張秀亞、林海音、琦君……，想不透一位到台灣沒幾年的「半瞎半聾」外國神父，怎麼能把當時頂尖的學者作家都請來擔任主力老師。課程安排紮實豐富，開風氣之先。老師們受到創辦人張志宏神父誠懇無私的感召，傾囊而出。學員飽嚐文學的豐華，沉醉其中，捨不得下課。那兩個充實豐盈的夏天，成為我此生永恆的記憶。

耕莘歲月長

　　1960年代的台北是個簡約的城市，文化活動不多，那時沒有華山藝文特區，沒有松菸文創，沒有二十四小時不打烊的誠品書店，更沒有辦大型藝文表演的國父紀念館、中正紀念堂。當時辦活動多集中在城中的中山堂、城東的國際學舍。

　　1963年，位於城南的耕莘文教院落成，常舉辦各類藝文活動，台北市民從此多了一個文化去處。家住城南，離耕莘不算遠，遇上有興趣參加的藝文場合，我和母親早早就吃過晚飯趕過去。活動結束我們信步返家，邊走邊分享剛才的所見所聞。走累了，餓了，在南昌街夜市吃盤炒米粉配上撒了香菜末的牛肉清湯，感覺這個夜晚過得很充實，有個耕莘文教院真好！那是那個時代的小確幸。

　　記得有次耕莘舉辦新詩發表會，我和母親坐在台下聆聽詩人們朗誦作品。我注意到右前方走道邊坐著一位優雅女士，後來她走過來跟母親打招呼，母親給我介紹，原來是台大中文系的林文月老師，那是我第一次見到文月，此後多年，我們交往亦師亦友。

　　人生多變，在耕莘初識那晚，我們三人誰也沒料到，三十五年後我在母親重病中完成她的傳記《從城南走來——林海音傳》，由天下文化出版，為書寫序的，就是與我們母女相交多年的林文月教授。

＊

　　1967年的暑假，我唸大二，報名參加了第二屆耕莘青年寫作會，從此由耕莘的台下觀眾變成實際參與者。

　　寫作會師資陣容堅強，余光中、王文興、張秀亞、白先勇、林

海音、謝冰瑩、琦君、王藍、顏元叔等，都是當年重要的作家及學者。老師們受到寫作會創辦人張志宏神父（Rov. George Donahoe）誠懇無私的感召，傾囊而授，學員受益匪淺。張神父是美國人，卻徹底實踐中國傳統尊師重道的精神，每位老師下課，他都親自送到門口。相對的老師們也非常尊重他，喜歡他。

　　一個多月的課程紮實豐富，記得王文興教授一連幾天講解古希臘傳說Oedipus（伊迪帕斯）英文劇本。那戲劇性的對白，一字字從他低沉有磁性的嗓子裏吐出，抑揚頓挫，頗為生動，至今印象深刻。

　　當時由伊莉莎白泰勒、李察波頓主演，根據同名舞台劇改編的電影「Who's afraid of Virginia Woolf？」（電影名台灣譯為「靈慾春宵」）正在上演，這部只有四個演員，一個室內場景的黑白片，揭示美國上流社會知識分子的虛偽和醜行，探討道德的標準和界限，引起社會熱烈討論，得到五項奧斯卡金像獎，也為伊莉莎白泰勒贏得第二座最佳女主角獎。

　　當時台灣的國際資訊沒有那麼發達，但母親注意到這件事，找人把這齣當紅的舞台劇譯成中文，在她創辦的「純文學月刊」上一次刊出。

　　王文興老師找來英文劇本，在寫作會班上教授。「靈」劇讀起來辛苦，劇中人物神經過敏，喜怒無常，加上喋喋不休，排山倒海而來的英文對白，把讀者壓得透不過氣來。王文興為了激勵大家的閱讀的興趣，他在課堂上一行行大聲的唸，一段段耐心的分析，先苦後甘，幾堂課教下來，給我們這批來自各公私立大專院校不同科系的學生，開啟了一扇西方文學的視窗。

　　這也使我深深體會到，好老師不將就學生的程度，好老師提升學生的水準，縱使要費更多心力。

　　現在回想當年寫作會安排的課程及內容，不輸當時大學文學系所，甚至更活潑多元。寫作會的同學何其有幸，在那個年代能與世

界文壇接軌，同步閱讀名著。

次年暑假，神父透過協助他甚多的祕書朱廣平轉達，鼓勵我再參加一屆，並希望我擔任班長。神父關心每一個學員，叫得出每個人的名字，但對我更多一份期望，我欣然接受。現在回想，當時年輕沒經驗，恐怕未能分擔神父的重擔。如果沒記錯，當時副班長是郭芳贇。

記得有一次和張神父聊天，他提到，西方國家有些著名作家去世後，家屬常把遺留文物捐贈出來，回饋社會。這種事現在聽來沒什麼稀奇，但在半個世紀前保守的東方社會，是個新觀念。那時代沒有「保存文化資產」的概念，更沒聽說過「文化財」、「公共財」這類名詞。但神父的一番話，深深印在我的腦海裏。

2001、2002年母親、父親相繼在台北去世，母親林海音是作家、資深編輯，也是成功的出版家。父親何凡（夏承楹）在聯合報寫了三十年「玻璃墊上」專欄，也是成功的報人，辦國語日報四十年。他們身後留下龐大的文物，我們花了兩年的時間，整理出近三千件，捐贈國立臺灣文學館，這批捐贈被視為1949年以來，台灣非常珍貴的文化資產。我在捐贈典禮上致詞說：「這批文物不屬於我們及我們的子女後代，它是整個社會的公共財。」

2009年夏天，台文館在籌備兩年後，以七個房間設計展出我們捐贈的文物，展出時間將近一年，非常成功。後來部分又移借紀州庵展出。

我想張神父如在世，會笑得像個天真孩子般的對我說：「Julie，做得好！」

前幾年在洛杉磯和寫作會同學于德蘭相聚，她提及近年陸續捐贈了她母親張秀亞的文物給海峽兩岸文學館。

*

　　張志宏神父是1964年從菲律賓調來台灣，兩年後在耕莘文教院創設青年寫作會及青年山地服務團。那年他45歲，正值壯年，但看起來卻比實際年齡老。嚴重眼疾造成視力衰退，動作也顯得遲緩。加上體質過敏，經常感冒。冬天到了，他的口袋裏永遠有條大白手帕，不時拿出來擦著紅腫不通的鼻子。

　　他戲稱自己「半瞎半聾」，他常說：「我看不清你們的臉，卻看清你們的靈魂」。他的辦公室門庭若市，永遠有學生找他。擔任過他祕書的喻麗清形容得最貼切：「他有一杯水，必先問遍身邊所有的人，真的沒有人口渴，他才肯喝。他有一塊餅，必先知道旁人不想吃了，他才肯吃」。

　　神父白天的工作做不完，只好挪到晚上做。有幾次我在圖書館耽到很晚，離去時經過二樓辦公室，其他神父都熄燈離開了，只有他還在一盞燈下工作，因為弱視，鼻尖都快觸碰到鍵盤了。叮叮咚咚的敲打鍵盤聲，在無人的長廊迴旋，特別寂寞。他的桌上有堆積如山的文件書籍，找樣東西都得折騰一番，每次他都像個做錯事的小孩，紅著臉說：「有一天我要把桌子好好整理！」但永遠沒有等到那一天。

　　後來他因眼疾回美國開刀，耶誕節他來信說，手術不成功，醫生說他將來可能會失明。更令他失望的是，在美國的募款不理想，他原希望多募點錢幫助台灣的山地孩子及寫作青年。看著他一行行越寫越歪的英文字，很難過。過幾天，我收到姐姐祖美自美國的來信說，她和龔明璐（寫作會第一屆會員）送張神父去密西根機場，看著他獨自離去的蹣跚背影，不禁流下眼淚。

　　殊不知，那次張神父回台灣，就再也回不去美國了。

　　1971年寒假，張神父帶領一百多位學生健行橫貫公路，不幸被一輛貨車撞落立霧溪畔山谷，結束短短四十九年生命。

　　二月中旬一個晴朗的早晨，我們大家把神父送上彰化靜山，永息。

　　朱秉欣神父用「活得苦，死得慘」形容張神父的一生。他一生在精神上及肉體上吃足了苦頭。1946年到中國大陸傳教，因反共立場，被驅逐出境，後來到菲律賓宿霧教書十年。1964年來到台灣，手創青年寫作會及青年山地服務團，成績卓然。沒想到在台僅短短六年就撒手人寰，留下許多未竟的理想。

　　多年來，寫作會在學有專精的陸達誠神父領導下，學弟學妹們積極熱心參與，培養出一代代寫作人，令人感動的是薪火相傳，如今竟堂堂邁入第五十年，張神父地下有知，當感安慰。

＊

　　近年我們從居住多年的墨爾本遷居舊金山，想到張神父是1921年在舊金山出生的，我對這座美麗城市，感到份外親切。

　　站在神父的家鄉海邊，迎著海風，遙望太平洋彼岸他長眠的彰化靜山。我想，當年18歲的少年George Donohoe，在關上舊金山的家門，踏入耶穌會修道院的那一刻，是怎樣刻骨銘心的許下誓言！他那份無私奉獻的大愛，覆照在他接觸的每個人身上，直到永遠、永遠。

趙可式

作者簡介

　　美國Case Western Reserve University腫瘤護理碩士、安寧療護、生命末期照護博士，現職成大醫學院名譽教授，專長臨終病人照顧、疼痛控制、生命醫學倫理。曾受聘行政院跨部會癌症防治委員會委員、行政院衛生署顧問，推動台灣末期臨終病人之安寧療護。民國100年獲選為「台灣女人精彩100」──獲稱號「台灣安寧療護之母」，建立台灣安寧療護的服務模式、教育課程、制度及政策，推動台灣醫護人員生生死觀及生死教育、推動台灣社會民眾的健康生死觀及生死教育。

期許耕莘青年寫作會在網路世代
重新創造當年「文藝復興」盛事

　　1966年，美籍耶穌會士張志宏神父以將近眼盲的情況創立了「耕莘青年暑期寫作班」，日後擴展成「耕莘青年寫作會」，以及「耕莘山地服務團」。這兩個社團都成為我生命中的烙印，不僅在大學時代培養了「全人教育」，更啟發了基本的寫作能力及服務人群的志願。永遠不會忘記在寫作會中聆聽當代大師朱西甯老師及張秀亞老師等大文學家的風範，他們經歷了亂世與殘酷的戰爭洗煉，那種大時代兒女的文氣與洞察力，真令人著迷。那時沒有電視，更沒有網路與手機，參加寫作會的青年學子，將之當成學習之外，還是一種娛樂，浸淫在文學領域中，潛移默化地改變了人的一生。

　　奇怪的是中文不大好的美國籍神父，如何請得動這麼多名師來授課，教導的卻是一群默默無聞的毛頭小子？現在回憶，應該是被張志宏神父的理想感召，及他的熱誠感動吧！

　　「耕莘文教院」的創辦理念就是在「文」與「教」，只是如何落實理念才要費心思考，但更需要的是這個落實的「人」！他的洞燭機先、人格魅力、無私奉獻、識時達變、夙夜不懈、這些特質才是成功的要件。但是從天主教的觀點而言，一位終生奉獻的神父，千里迢迢來到異鄉異國，是為了答覆天主的呼召，成就基督交付的使命，而成功的定義就是完成了這個呼召與使命！

　　那麼，在慶祝「耕莘青年寫作會」50年金慶的現在，我們到底要做什麼呢？張志宏神父若是還健在世上，他對時代的脈動與訊號要如何答覆呢？現代人已經很少讀書了，人人一支或數支手機，埋

首在網路世界，不知所從！甚至各校的圖書館訂書買書也愈來愈少，而改訂網路版。閱覽室內門可羅雀，與我的大學時代要搶位子真不可同日而語。我在大學及研究所教書多年，看著時代的演變，現在的學生寫讀書報告，大多數是用「剪貼簿」，從網路上剪剪貼貼就完成一份厚厚的報告了！年輕人對一條八卦新聞可以「按讚」數萬次，但對高水準的文學創作反應卻寂寥無幾。在這樣的世代中，如何接續「耕莘青年寫作會」原來的理想與使命呢？

　　45年前張志宏神父帶領大學生教友徒步走台灣中部橫貫公路途中，閃避來車被一輛行進中的運材車掃到，掉到立霧溪底，安息主懷。當時我在立霧溪畔為張神父做CPR急救一個多小時，眼看著已經回生乏術，在淚眼迷茫中，望著立霧溪的潺潺流水，腦中不斷地重複一個意念：「倒下一個，又站起來一個」！我確信那是來自天主的啟示，卻不知真正的意義為何？後來耶穌會派遣鄭聖冲神父接替輔導寫作會，鄭神父生病後，再由陸達誠神父來接替主管寫作會輔導業務。的確是「倒下一個，又站起來一個」，但是在50年後的今天，我們到底要如何在這個網路世界中，分辨時代脈動而再次像當年一樣，培養這個世代的青年呢？

　　寫作會當年所培養的作品種類繁多，分成小說、詩歌、散文、戲劇、新聞和哲學等六類課程，學員並分成六組活動。記得當年在寫作會中，眾位老師都非常反對利用文學作為匡時濟俗的工具，我也同意文學的目的就是她本身，不能是工具。然而不可否認的是，上述這六類的創作，會深深地影響人們的思考、言語、行為、生活等，進而影響社會、國家、甚至世界。因此在歡慶「耕莘青年寫作會」50年金慶之時，盼望「耶穌會的長上」、「耕莘文教院的神父們」、「寫作會的輔導神師」、「關心寫作會的會員們」，以及老、新朋友，能在這個網路世代重新創造當年「文藝復興」盛事！

傅佩榮

作者簡介

　　傅佩榮，祖籍上海，輔仁大學哲學系畢業，臺灣大學哲學系碩士，美國耶魯大學宗教系博士。曾任臺灣大學哲學系教授兼系主任及所長、比利時魯汶大學、荷蘭萊頓大學講座教授、《哲學與文化》月刊主編、黎明文化公司總編輯、《哲學》雜誌總編輯等。現任臺灣大學哲學系教授。

耕莘與我

　　在寫作班聽了幾位名家的課，我想只要翻查當時的課表，就知道老師們的大名了。我印象較深的有司馬中原與瘂弦，以及最年輕的喻麗清。真正讓我難以忘記的是我也參加了由班主任張志宏神父所帶領的中橫健行隊。開始幾天，大家盡情唱歌歡笑，就像一般大學生的旅遊氣氛，後來張神父不幸遇難，被一輛卡車後面伸長的竹子掃到背包，以致摔落深谷而蒙主寵召。回程路上大家沉默無語，多次不自覺流下淚來。我自此沒有再登過山，也很少與寫作班的同學聯絡。

——寫於2016.03.21

我的寫作經驗

大學一年級（民國五十八年）的七月，我參加耕莘文教院主辦的暑假寫作班。我沒有寫日記的習慣，許多細節十分模糊。我聽過幾位名作家的課，這些老師應該不難從寫作班的資料中找到。課程結束時，照例有各種主題的寫作比賽。我不會寫小說、詩詞，散文也乏善可陳，只好參加翻譯組，結果好像還得到了名次。

大概這就是所謂的機緣。我是藉著翻譯才學會寫作的。大學三年級暑假時，輔大哲學系的張振東主任與國立編譯館簽約，要翻譯一套由美國華盛頓大學瑞達（M.Rader）教授主編的哲學教材。張主任問我有沒有興趣翻譯其中有關「宗教哲學」的部分。我不知天高地厚，就答應要試試看。然後，整個暑假我都住在父親所服務的觀音燈塔，每天十小時進行這項工作。

這本《宗教哲學》的內容是選錄歷代的經典之作，再由瑞達教授綜合評論。原作者包括：安瑟姆、多瑪斯、巴斯卡、休謨、費爾巴哈、詹姆斯、史太斯、孟泰格等。這些選文以英文編成，現在我要將它譯成中文。我採用最原始的辦法，把較長的句子寫在白紙上，詳細分析其句型，推敲其意義，再寫成平鋪直敘的中文。這樣的中文離「信」都還有段距離，更談不上「達」與「雅」了。我花不少時間琢磨每一句中文，目標是讓人「直接」讀懂它的意思。

兩個月之後，我完成了十萬字的翻譯。開學之後我交上譯文，沒想到出了個意外。張主任說：「很抱歉，我把同一本書交給胡神父翻譯了。」他承認他弄錯了，所以願意賠償我原定稿費的三成。原先說好每千字一百元，於是他付了我三千元，但同意我自行出版這本譯文。這本譯文後來成為我所出版的第一本書，書名是《從上

帝到人》。

　　我譯過西方哲學家的原典，文筆因而被訓練成擅長說理。經由這樣的訓練，我開始習慣「由翻譯學習西方哲學」。受益最大的有兩本書，一是英國學者柯普斯頓（F.Copleston）所寫的《西洋哲學史》卷一「希臘與羅馬」。我譯了這本三十多萬字的書，後來在耶魯大學參加博士班學科考試，才有辦法在「西洋哲學史」一科順利過關。另一本是影響我最深的書，德國學者雅士培（K.Jaspers）所寫的《四大聖哲》，介紹「蘇格拉底、佛陀、孔子、耶穌」。經由翻譯的過程，我認識了四大聖哲的人格特質與殊異之處，心中常有不滅的明燈。

　　有一段時間，翻譯成為我的謀生資具，雖然辛苦卻也甘之如飴。總計我的譯文大概超過二百萬字。翻譯使我對理解英文有了長足的進步，也使我對寫作有了一定的信心。1984年我念完書回國之後，一直在台大哲學系教書。除了教學與研究之外，幾乎所有時間都投入了寫作與演講。以寫作來說，最多的時候曾同時為四家報紙與五家雜誌寫固定的專欄，幾乎每天都要寫一篇文章。那是我四十歲前後的日子，寫作成為習慣，只要想個題目即可援筆立就。我深感幸運的是，我的各項工作，從研究、教學，到演講與寫作，全都環繞類似的題材，有如五行之相生，循環而不息。

　　2000年以後，我的研究領域集中在傳統國學上，我還是沿用自己的老辦法，先認真學習各家各派的詮釋，再將這些古代經典譯成通順可讀的白話文。以《論語》為例，我參考的中外注解大約四百家，知道其中每一個字的多種解釋，然後才敢判斷如何算是正確的意思。

　　總之，綜合四十多年的寫作經驗，我的心得是：先要有自己的想法，這個想法說出來可以讓人聽懂，然後下筆為文自然水到渠成。（寫於2016年2月10日）

朱廣平

作者簡介

　　政大中文系畢業，美國俄亥俄州立大學東亞語文研究所碩士。曾任教於俄亥俄州州立大學、麻省慧燈大學、洛杉磯鳴遠中文學校、蘭利老人中心、中心健保公司。耕莘寫作班第一屆學員、第二任祕書。結業時，獲翻譯獎第一名、散文獎第四名。曾任華視電影院、中華書局大英百科全書、洛杉磯電話翻譯公司翻譯。業餘愛好舞蹈，曾自洛杉磯領隊訪台參加百年國慶，在台北小巨蛋表演「牛仔返鄉慶百年」節目。

感謝第一屆寫作會的美好歲月

1966年7月，耕莘文教院「暑期青年寫作研習班」在臺北成立了！五十年飄然而過，它激勵了無數青年的人生。

我當時仍在政大中文系就讀，是一名憧憬浩瀚文海的學生。經小學同學邀約，一起報名，踏入了仰之彌高的文藝殿堂。

耕莘「寫作研習會」的創辦人是美籍的張志宏神父（Rev. George Donohoe）。他是異鄉人，卻把一生奉獻給他摯愛的台灣。張神父除了以虔誠的信仰及靈修感動有心人皈依天主教，並且熱衷教育，認定新聞報導、文字創作及翻譯的力量！他巨大信念的不朽，就是創立了耕莘文教院「青年寫作研習會」，他極有魄力地把當時首屈一指的學者與作家們集合在一起，為莘莘學子開闢了遼闊燦爛的文藝園地。

張神父和藹可親，雖有嚴重視力障礙，卻事事躬親，尊重老師，愛護學生。可嘆他卻於1971年2月，帶領學生們在橫貫公路健行時，被卡車所運木材擊落山谷，在四十九歲英年，離開了人間。他那純真質樸的綿綿大愛，深深的震撼、感動、點亮了每一位認識他的人的心燈！令人永遠感恩、懷念……。

早期在「寫作研習會」講學的老師們包括王文興、王藍、王怡之、白先勇、司馬中原、朱白水、朱西寧、余光中、沈櫻、宋海屏、林海音、孫如陵、張秀亞、瘂弦、顏元叔、謝冰瑩……等著名作家。他們把文藝各領域的學識、經驗、心得濃縮，將耀眼的結晶活現在耕莘文教院的課堂裏，學生是多麼有福啊！當時的高材生呂大明、喻麗清、夏祖麗、于德蘭……，都是我在寫作會認識的朋友。身為寫作會的學生，後來被賦予副主席和執行祕書的責任、畢

業後並專職張神父的助理，我好幸運能有機會近距離領會神長、師
長和作家們的風範。

那三年確實是我生命中的黃金歲月！同學們除了在教室裏朗朗
吟和，振筆疾書；清風明月下，也交流了螢火青春的歡笑友誼！朱
昆槐、何志韶，郭芳贄、尤淑雅、宋思羽、龔明璐、龔安麗、林婉
如、嚴小玲、周笑梅，朱開芬、魏巍、林雪、朱似馨、劉馨、曹毓
煜、李鐵民、修利生、谷鳴遠修士、每一位年輕的笑臉一一在我眼
前浮現，數十年來，我常會想起那段大家在一起的美好時光。而當
時也是寫作班同學的曹參和我在耕莘相識，之後在美國聖保羅市結
婚，相知、相惜，至今已四十五年了，我們的女兒卻是在婚後十五
年才如獲至寶的出生呢！

初抵明尼蘇達州時，耕莘結識、也深深敬愛張神父的好友李文
瑞、鄭嘉斌對我極為照顧，非常感恩。可惜失聯多年，真希望能重
續前緣！

張神父另一影響深遠的壯舉是創辦了造福台灣原著民的山地
服務隊。他親自帶領熱心洋溢的滿修士和學生們爬山越嶺，深入山
區，傳播愛心、希望和光明。獻上自己的生命，彰顯了基督的犧
牲、愛與喜樂！

張神父在耕莘的辦公室總是門庭若市、歡樂盈盈。他能發掘每
人的長處，給予讚美。他鼓勵的眼神和笑容關注到每位男女老少的
心靈深處！

張秀亞恩師曾指出：「如果以充滿愛的眼光來看世界，則芳
草無處不萋萋……。如果以善心去接近人們，自會很容易發現出人
們的長處與優點，而不由得發出衷心的讚美，同時心中也洋溢著真
誠的快樂！」這就是張志宏神父雖短暫卻光輝生命的寫照！而神父
指導我主編，與寫作班數名同學合作翻譯，並由光啟出版社出版的
《調整心弦》確實是人生追尋心靈和諧的一本指南。

　　我離台來美後，取得俄亥俄州立大學東亞語文系碩士學位，教書多年，出版了幾本翻譯，並曾參與了華視電影院、中華書局《大英百科全書》和洛杉磯電話翻譯公司等翻譯工作。多年來，在台灣、中國或美國奔波，都沒離開過翻譯與教職崗位。

　　時光荏苒數十載，欣迎寫作會五十年慶！似乎依然近如昨日，而當時二十歲的青年，如今都已屆古稀之年了，願舊日同窗們互期珍重，也期待有緣的相見歡。真誠感謝耕莘第一屆寫作班對我們大家的培育，也謝謝並恭賀後起之秀們的成果及對寫作班的完美傳承。祝願張志宏神父的英靈欣慰！寫作會永遠長存！

于德蘭

作者簡介

　　自幼喜寫作、繪畫。初二開始投稿,她「永懷大伯父」(于斌樞機)一文刊於中央副刊,後選入《中副選集》及《中副五十年精選集》中。其油畫、水墨畫曾在美國多所圖書館及南加州寶爾博物館展出。

　　於國內就讀輔仁大學主修文學,七十年代出國留學在歐、美攻讀社研所及東亞研究。曾編輯《甜蜜的星光》、《典型常在》及散文小說合集《愛的叮嚀》等書。目前進行編輯母親《張秀亞教授信仰文集》。

美麗的傳承
──賀耕莘青年寫作會金慶

　　記得我在高中時代有幾次跟隨我母親張秀亞去耕莘文教院，當時母親是應寫作會創辦人張志宏神父之邀談寫作會教課事宜。當我踏上寧靜清幽的文教院階梯，看到迎面而來的張神父，他臉上流露出由內心發出的誠摯表情，令我印象極為深刻。

　　當年神父請來寫作班教授的老師都是國內一時之選，說是名家如雲真的一點也不誇張。為什麼當時會吸引那麼多最優秀的老師心悅誠服地來授課？我想與張神父那謙遜、謙遜再謙遜的良善神情及誠懇心意有很大的關係，每人心中都受到感動……。

　　張神父那一雙弱視的雙眼，仍恭敬地為講課老師侍茶奉水。我記得每當我母親上完課走到門口，張神父一定跟隨而至打開計程車門，等老師躬身上車坐定後，雙手奉上寫著「謝謝您」的信箋，口中不斷地說：「謝謝您，張老師。」恭送至車子離去……，他對每位寫作班的授課老師都同樣的敬重。中國的「尊師重道」之精神，在這一位天主教美籍傳教士身上已發揮到淋漓盡致，令人感佩！

　　我大一暑假時報名參加了耕莘青年寫作班。我必須坦承上了大學後，因沒有了升學壓力，像隻自由小鳥兒感到心情放鬆，常和校中同學你來我往的活動很多。記得寫作班有一門課是宋海屏老師教的，他要求每人在結業前要交出十四篇作文。暑假快結束了，我趕緊先趕出一篇交給老師，想不到宋老師閱後竟告訴我這一篇寫得很好，可以抵十四篇，並給班上傳閱。我得到很大的鼓勵，後來我將那篇〈萍聚〉寄至中央日報副刊，中副孫如陵主編（他也曾在寫作會教過）很快地回信告訴我：「即將刊出，讓社會大眾有傳閱的機

會。」神父、老師、長輩已給我先上了一課真正的「愛的教育」，令我高興之餘又為自己的疏懶慚愧不已……。

張志宏神父知道如何地鼓勵他的得意門生。作家喻麗清曾在文章中述說當年和張神父聽道理之事，也提到她繼續寫作的路是秀亞代母帶她走上去的。她在〈想念代母〉（註：此文我收錄至我編的《甜蜜的星光》書中，光啟出版。）一文中寫道：「我是半路出來的，又唸科學，考的是醫學院。所以聽道聽了二年，一點也信不進去。但是，有一天，聽張神父說今年這一班聽道理的教友有福了，因為是張秀亞老師當代母的。我一聽張秀亞當代母，立刻就跟神父說：『那我可不可以今年也領洗呢！』」由此可見張神父非常智慧地在信仰和寫作上正確的引領他的愛徒們。

大家都不會或忘，在1971年張志宏神父帶領學生縱貫公路健行，竟被一輛貨車撞掃下山谷……。當時我已出國，當我讀到我母親張秀亞女士追憶神父的一篇文章，在神父追思禮上，她寫：「……那些年輕大學生的歌聲……『我愛那美麗的百合花，山谷中的百合花……』張神父，那些可愛的大孩子們，因為知道這是您生前最喜歡的一支讚歌——頌揚耶穌基督的歌，所以他們不惜竭盡力氣，迴旋不停的唱，……到後來，他們聲音都嘶啞了，女孩子們更滿臉是淚珠凝成的百合花瓣，但仍一遍一遍的唱著，……」讀著讀著我想到當時彌撒情景，想著仁愛的張神父，我尚未讀完已止不住的淚如雨下……。天主的安排真是無限奇特，張神父這位天主的忠僕，在大自然中全然的獻出了自己，他以他的生命為基督的大愛做了最好的詮釋，令人驚嘆亦難以忘懷……。

時間在身邊流過，寫作會的朋友們再見面時亦常懷念以前美好的日子。祖麗每次來南加州探訪，我們的談話範圍總是離不開長輩作家間的文學情誼及寫作生活。出國數十年後在洛杉磯又遇到廣平，她仍是輕聲細語的充滿文藝氣息，一如當年做張神父祕書時之

神態。思羽也常有見面聚談機會。可喜的是很多寫作會朋友至今仍筆耕不輟……。

　　欣聞寫作會已屆五十年金慶，驚嘆時光之飛逝，在這五十個璀璨年華中，寫作會培植了許多文藝人才，這種文字教化人心的無形力量，在社會各層面均發揮很大的影響力。很慶幸的，而今寫作會帶領人陸達誠神父不但有高深的文學造詣且著作頗多，他亦為國內文藝界所熟知，且愛護青年。相信張神父天上有知定感安慰，深慶後繼得人。

　　祝福我們青年寫作會繼續蓬勃發展，枝繁葉茂，綿遠流長，發揚文學之愛，寫作會將有無數個五十年……，傳承世世代代，永不止息。

陸達誠

作者簡介

陸達誠神父，耶穌會士，1935年生，在上海法租界長大，家中信天主教有五、六代。中學時天主教受迫害，看前輩英勇榜樣，萌生奉獻之心。讀二年震旦大學文學課程後休學，養病二年再去澳門。後在香港、台灣、菲律賓、法國修道及求學。1976年自法返台，負責耕莘青年寫作會的會務，並在輔大、政大、東吳等校教哲學三十餘年。退休後靜居輔大博敏神學院，從事法國哲學的翻譯工作。繼續與愛好文學的青年為友。

耕莘與我

1976年我自法國返台，離開了本島六年，有些陌生，但在耕莘文教院四樓天台花園裏受到了盛大的歡迎。這是我第一次接觸寫作會，是耶穌會中華省省會長朱蒙泉神父委派我到此單位工作。我不是作家，在法國研究的是當代歐洲哲學中的存在主義。雖然它與文學有些關係，因為尼采、齊克果、沙特、卡繆、卡夫卡、馬賽爾等都有文學作品，但對純文學創作這一領域，我是外行。所以2009年耕莘文教基金會出版的身為耶穌會士的口述歷史，我將它命名為《誤闖台灣藝文海域的神父》。

　　我進入文學天地是誤打誤撞來的。40年過去了，我一點都不後悔，因為藉著與同學一起聽文學課，閱看一些文學作品，我也開始寫散文，出版了《似曾相識的面容》和《候鳥之愛》兩本散文集。40年來我接觸到很多作家，他們把自己的寫作經驗毫無保留地傳授給同學，使本會寫作人才輩出，使本會或可以「眾神的花園」一名冠之。我們雖沒有成「神」，但我們都是神疼愛的子女，寫作也是參與神的創工，使神的創造偉業向前推進一步。

指「陸」為馬談「邊緣信友」

　　第十二屆暑期耕莘青年寫作班再過三天將唱驪歌，這是我第一次參加這類活動，名義上還是主持人，事實中都是耕莘文教院文教祕書郭芳贄先生策劃。他本人參加第三屆，而本屆已是第十二屆，每晨四節課，由兩位老師主講，下午有分組活動，討論作品、籃球比賽、參觀報社、電視公司……，晚上有座談會或排戲等活動。

　　本屆班友共一百廿人左右，來自全國各大專學校，其中不乏五專三專的，有位五專一年級的同學小得可愛，當時曾懷疑是否她走錯了地方。老師中不乏知名度極高的作家，記者、導演、教授，如余光中、司馬中原、朱西寧、張曉風、段彩華、姚一葦、朱炎、高信疆、魯稚子、洛夫等。我也教四小時，題目為「馬賽爾存在哲學與文學的關係」。慢慢地，有人把我與馬氏聯在一起，甚至有一次有人叫我：「馬神父」，引得哄堂大笑。

　　因此寫作會編輯的本期「文教通訊」，新聞組一組員以「指陸為馬」來作介紹我的一篇訪問專文。請恕我也以此種題目來略談與非教友交往的粗淺見解。

　　去夏離法前收到林道古神父信，要我接受耕莘文教工作及寫作班。我幾乎未加考慮就接受了。因為我覺得這類機會使我與教會邊緣之非信友同胞接觸。耕莘文教院辦的活動所吸引的學生或社會人士大部分是非教友，而來演講或主持節目之學人專家，大部分亦為非教友，因此這是一個向教外開放的宗教「機關」，是個處於教會邊緣的一座文化活動中心，基本上與本堂或純為天主教學生活動而設立的中心有所不同。

　　這就使我想起馬賽爾在他四十歲時皈依天主教後常自稱為「邊

緣信友」的事實。他願意不站在教會官方神學或哲學的立場，向教會外的知識份子解釋他所獲得的最深邃的生命美感，解釋的方式和詞彙要易於使門外人了解與接受，但其內容卻是顛撲不破的永恆真理。由於對教會外非信友知識份子的關愛，他寧願於在這兩個世界的中間，而不願向教會的中心過份認同，這是一個冒險的地域，當時會受到教會當局監察，但這是教會的門，許多外人只藉這門窗而見到內涵，也能自由地進出一下。

　　他是哲學家，所以他不會以教義著手及結束他的反省；由於當了四十年的教外人，因此他很體會外面大千世界真面目和真正需要。由於在兩個世界的中間，他就處身於教會的邊緣，為了一面受到教會母親神性光輝的照耀和滋養，一面把生活過的啟示用人性層次的語言向局外述說。可能這類的述說為教友也是迫切需要的，因為今日教會與外界世界已不能截分為二，教友國家的教友很多名實不符，而傳教區之教友根本沒有一個絕緣的教會地域使自己苟安。

　　是哲學家，所以要看，要想，要發現問題，要發明方式，使自己所信所活的喜訊能成為周圍世界之光耀，使更多人活得更真實，更充實，更友愛，更幸福。邊緣信友實際上一點不邊緣，是最積極的信教者，只是他站立的方位有所不同，因此他講話的方式也有所不同，難怪馬賽爾贏得大部分神學家的友情，教會當局雖未對他表示對馬利旦那種的感激，但必不乏賞識他者，其功績讓後代歷史家來衡量吧！

　　一年來到耕莘文教院演講者或主持或參加活動的知識份子為數不少，與他們的交往不算深刻，互授名片，對飲一杯，片刻，但這片刻之交往有時說不定能留下一個今後來往的基礎，彼此的同情與尊敬，對對方所學的興趣和讚譽，真誠無偽的態度，或能使外人更進一步窺察到這個深不可測古老宗教的內涵，而體驗一些這個宗教的人性面，多少留下一些善意的印象。「教會在現代世界」憲章所

昭示的不是這種精神嗎？

　　但只有人際接觸還是不夠的，我們需要更多的兄弟姊妹以這種開放的神修來準備自己且實際去體現「邊緣信友」的志向，要在更深的層次藉文學、哲學等創作來批判、分析教外思想及社會現狀，以激發邊緣外的人士靠向門窗的興趣，這個工作也不難。可以以少以小開始，如何作，讓我們與聖神合作而嘗試去創造吧！

　　（轉載民國66年8月15日「輔大神學院校友通訊」）

郭芳贄

作者簡介

　　天主教教友。國際新聞工作者。政大東語系學士、土耳其國立安卡拉大學文學碩士。耕莘文教院文教活動祕書兼寫作會祕書、天主教輔仁大學講師兼公關室祕書。政大東語系兼任講師。中央通訊社駐土耳其（7年）和駐泰國特派員（17年）。

　　現任：天主教亞洲通訊社（天亞社）台灣地區特派員（志工）。

耕莘青年寫作會如何誕生

　　嬰兒需要母親懷胎十月才呱呱地出生，耕莘青年寫作會卻經過十年在耕莘文教院裡孕育才真正長大成人。

　　民國55年，美籍耶穌會士張志宏神父接受了台大外文系教授王文興等英美文學學者建議，利用耕莘文教院三樓圖書館豐富的英美文學圖書，在暑期開闢了一個學習寫作的園地——耕莘青年暑期寫作班，以導讀優美文學作品、培育英中翻譯的青年為主。時間長達兩個月，上午上課，報名學子約有四、五十位。

　　民國57年暑假，我就報名參加了第三屆，學員們選出班長夏祖麗，她是專欄作家何凡和「純文學月刊」創辦人林海音夫婦的女兒。張神父祕書朱廣平的辦公室在三、四樓梯間小房間，成為結業後學員們相聚的寫作小屋。從此，我與這個天主教唯一文學青年社團結下長達半世紀的姻緣。

　　在民國60年暑假期間張神父帶領大學生教友徒步走台灣中部橫貫公路途中，閃避來車被一輛行進中的運材車掃到，掉到立霧溪底，安息主懷。耶穌會接著任命鄭聖沖神父接替輔導寫作班，並聘請台大中文系畢業的何志韶為祕書，暑期寫作班加入不少中國文學課程，暑假寫作班開始轉變。

　　當時，我剛自預官退伍，鄭神父是我大學時期的神師，邀請我來耕莘文教院推廣文教活動，一年後我赴土耳其進修。民國64年暑假取得碩士學位，結束土耳其留學生涯，鄭神父再聘我回到耕莘，不只接掌原有的文教活動，並接寫作班業務，因何祕書去創業——開設印刷公司，我再度與寫作會結緣。

　　上任後，因第十屆暑期寫作班剛結束，學員們都回到各自校園

裡，我都不認得。為使培育寫作人才能在開學期間繼續，與鄭神父溝通後，64年9月「寫作會秋季招收新會員」海報，出現在耕莘文教院一樓大廳外，也印製宣傳單寄發給鄰近大學文學和外語學系辦公室助教，並請張貼。會員條件是大學水準和作品一則而已。

接著，65年1月正式訂名為「耕莘青年寫作會」。使用「寫作會」不用台灣文壇常用的「文藝」或「作家」名稱，就是要顯現這個文藝社團是鼓勵人人寫作，發現並開發個人天賦寫作潛能。

寫作的作品包含很廣，長或短篇小說，古詩、新詩，散文，兒童文學，戲劇，歌劇，歌仔戲，舞台劇，話劇，街頭短劇，電視劇等，甚至報導文學、新聞稿和專欄，廣告文稿等都是寫作的作品。

為此，耕莘青年暑期寫作班自第十一屆起進行了大改革，分成小說、詩歌、散文、戲劇、新聞和哲學等六類課程，學員並分成六組課外活動，還有輔導員指導。早上四小時課程，下午是分組討論和活動，長達一個月。

耕莘青年寫作會經過十年孕育終於誕生。

到了65年9月，耶穌會派任陸達誠神父來接替鄭神父主管的寫作班輔導業務。

陸神父是我的舊識和老友，自初中時他還是陸修士時期起，在土耳其留學期間，他正在法國巴黎大學攻讀哲學博士學位，我們仍是知友般的來往互助。加上鄭神父告訴他，寫作班沒有太多業務，不會影響他在大學的教學工作。於是，陸爸安心地誤闖台灣文學海域了！

如今已是五十週年，其間遭遇多次陸爸稱謂「文藝復興」，長江後浪推前浪下湧起了新海浪，轉動著台灣文壇，寫作會就脫胎換骨地更加茁壯。

談衛那（Venus）

作者簡介

　　談衛那女士，英文名: Venus，江蘇武進（常州）人，1938年出生在貴陽，重慶成長，十歲來台。畢業於臺北師範學院特教系，從事教育事業三十多年，是一個教育作家，業餘在台北耕莘文教院的寫作班進修學習文學創作。1988年，從教育界退休，1992年移居加拿大，關心世界和平以及未來人類的走向，更加熱心海外教育文化的傳承與發揚。

　　談衛那已出版過教育文化圖書十九部，其中人生哲學書籍三部。並由公共電視以及國立資料館錄製了教育輔導影集二十一卷。曾榮獲過中國語文獎章，國家圖書金鼎獎、 全國科學教育特優獎以及小說《 宏宏的甩竿》曾獲得耕莘寫作會的文學創作獎。

創作，是我攀登的人生高峯

一向以「創作」為生命之最愛的我，過去一直對經典文學很隔閡與排斥，很難與聖人的思想起共鳴。

近年來我卻有了一點兒改變，我感覺自己對古代經典文化的文字讀少了，站在這些頗具深奧絕妙經文之前，自己就像幼兒園的孩子般無明，跟古代的聖賢人似乎有著很遠的距離。

如今老了，心，逐漸有了渴望，除了繼續我的創作，同時也開始關注起經典文學來了。

例如：二十年前我創作並出版了兩部書：其中《領導與哲人》是融合了中西哲人的思想並創設鋪排成一系列的八座高峰。在《人生幾何!？》書中，我也提供了如何化解人生命的八個難題之鑰，請點看網頁：

《領導與哲人》http://www.videal.org/0-index/02/main.htm

《人生幾何!？》http://www.videal.org／N／main.htm

十四年前我回台灣曾試著淺譯了佛學之根本——《心經》與《金剛經》：

《心經》直譯玄那居士譯：http://tieba.baidu.com/f?kz=631402927

《金剛經今譯》玄那居士譯：http://tieba.baidu.com/f?kz=621536641

五年前，我依據《易經》中六十四卦的陰陽爻之變化來解讀64卦的卦辭，我以心理輔導者的角度創作了六十四首詩籤，用它來做心理輔導的依據，更讓人讀懂易經的絕妙。近年來我也嘗試用詩體的形式，融合進一些自己的創思，將老子的《道德經》重新整理、

解讀、分類排序。

一年前我用詩體創作了一部《Venus的神話》。

現在我已貼出《佛說四十二章經》的白話淺譯：http://tieba.baidu.com/p/4424574987

同時繼續在理解並消化著《楞嚴經》。

我一直不知疲倦又很無知的用極淺顯的語句來解讀經典，想用不按牌理出牌的思考去突破古人的思想玄奧，有意要打通古今人的～心，要從傳統裡走出來，最大的目的還是想用讀經與譯經來提升自我的哲學境界，同時又能幫助他人初步認識經典或是能分享給有緣的人。

首先，我願分享我在網上的「真如書屋貼吧」上，貼出《佛說四十二章經》之後，真如貼吧的吧主──如如女士給我的一段迴響：

> 加拿大華人談衛那女士年過古稀，仍然不輟筆耕，不知辛苦。
>
> 現在，大多數人熱衷於玩微信、經營微商的時候，她，仍然堅守在百度網站的「真如書屋如如貼吧」裡，繼續灑種、耕耘、與文友們互動交流；十年來，她在貼吧發表的宏篇巨著可真不計其數……就像她最近一篇《佛說42章經》的釋文，真是圖文並茂，從語言、思維、標點、配圖等方面看，這篇釋文彌足珍貴。
>
> 這可真是讓我受教受益，可見妳的淺譯工夫已經接近爐火純青的地步，妳真是為我們創了一項了不起的工程，從妳這篇淺譯所下的工夫，就可以看出妳不僅寶刀未老，而且更愈發閃閃發亮了，真值得我們向妳學習，我已把這篇譯文轉貼到微信朋友圈了，這是我看到過最通俗易懂的佛經釋語。

　　事實上我一直是用這樣的解讀方式來學習認知古人的經典，總想藉此提升自己的思想境界。回想我一向是堅持要走創作之路的人，一走就走了近六十年，未曾停過，一路上給了我最多的鼓舞與最大動力讓我持續向上追尋的正是台北耕莘青年寫作會，這一塊溫馨的淨土。

　　從1975年開始，我與這個文學團體就結上了永續不散之緣，我可是寫作會的第一個永久會員。當年我從高雄搬到台北，堅持進耕莘寫作會去學習寫作，一學就是二十年，聆聽過無數名作家跟文化人的演講，得到過許多指導老師的指引與教誨，交往過許多志同道合的青年作家與知音朋友，在我出版的每本書裡，幾乎都留有名師給我的愛與肯定。

　　我因聆聽到我們陸爸爸會長講述西洋哲學而得到啟蒙，才引領我踏進西洋哲學的殿堂；因馬叔禮導師的賞識，大力推薦我去伊甸幫助殘障青年培養寫作的能力；在楊昌年教授的小說創作班裡，讓我學會了寫長篇小說的技巧，大師們在我出版的書中都留下了證言。在在展現出耕莘青年寫作會一直在發揚不朽的大愛與創新精神。

　　自從1992年全家移民加拿大之後，在異國就像進入缺水的荒漠之中，每次回來台北，我都未曾放棄過那間令我深感溫暖又刻有動人記憶的「寫作小屋」，讓我能繼續的參與並分享著耕莘的高檔次讀書會，直到今日，小屋仍繼續在牽引並滋養著我創作的靈魂。

　　耕莘寫作會就像我與慈母連結一體的臍帶，它始終纏繞在我創作的心版上，是我永遠感恩不盡卻割不斷的一份情，這份情就如同是永難忘懷、且眷戀不已的初戀情人！

　　現在我就用此文，獻上我衷心的感恩之情，並作為慶賀耕莘青年寫作會的50周年紀念。

楊秀娟

作者簡介

　　浙江省人，國防醫學院畢業，從事護理教學多年，對文學充滿了憧憬，「道南橋下」為早期全國徵文比賽之季軍作品，此後散文、小說與新詩皆寫作不輟，深受文藝界之肯定。民國八十年出版《愛戀》、民國八十五年出版《道情》，九十二年出版《為贈玫瑰》，《為贈玫瑰》包括了一系列旅居加拿大與生命教育關懷系列作品，而「小詩之作」以及「星語呢喃」更是作者嘔心之作。

耕莘與我

　　欣逢迎接耕莘寫作會五十週年金慶，我們祝賀耕莘寫作會永遠是開枝展葉而文藝碩果綿綿的園地！語云「凡走過的必留下痕跡」，為了發揚熱心於中國文化、倫理的張志宏神父，歌頌其大愛的精神永恆不朽！葡萄美酒但願能夠建議將「耕莘寫作會」與「加華寫作會」在陸神父、瘂弦先生與學員談衛那姐等華人作家們……共築交流之平台上生生不息，因為釀葡萄酒的艱辛是耕耘者所付出的代價，亦是我們所祈禱之薪傳。

祝賀耕莘寫作會五十週年慶有感

　　從台北市總圖書館的書架上，我發現了陸神父所編纂的《葡萄美酒香醇時》這本書，深讀之後油然昇起對張志宏神父的悼念與不捨，雖然張神父祇帶領耕莘寫作會五年之久，但須回憶於民國六十年二月十五日這一個晴天的霹靂啊！因那日張神父在他率領健行隊徒步旅行時，不幸在花蓮被立霧溪畔的運木卡車，撞落溪谷而驟然喪生，他犧牲了自己，而其大愛精神卻如燈塔上的光芒。

　　如今耕莘寫作會在陸神父與多位師長的帶領下，已是桃李滿天下，已不受到時空、疆界的限制了，因為她是遊子們心靈永遠的「娘家」，每年耕莘寫作會春節團拜之時，無論學員們是從何方歸來，祇要能從陸神父手裡接過那象徵祝福的百元小紅包時，學子們漂泊的心安穩了！

　　自己是於三十多年之前進入耕莘寫作會的，所以談衛那老師就算是學姐了，在散文比賽中我們都得過優勝的名次。記得當時授課的有楊昌年教授、白靈、馬叔禮先生，並指導我們寫作。而當年聯副主編瘂弦先生、名作家三毛小姐等……也常來耕莘寫作會演講，記得當年偌大的禮堂被熱愛文藝的聽眾，擠滿到水洩不通。

　　記得自己那幾年除了習作之外，得陪伴孩子們在台北專心讀書，這實在是當年升學壓力很大，家住花東地區的家長們都不願意孩子輸在起跑點……感激彼時常受到陸神父的關照，有一段歲月，為了學以致用，就進入了耕莘護校任教，並帶領護生去醫院作臨床護理實習的教學。

　　自此談姐與我以文會友，她還曾經是我女兒一涵的小學的自然科老師呢！後來我們倆不但是先後到達了溫哥華，在溫哥華的「加

華寫作協會」重逢了,「他鄉遇故知」,實在是喜上眉梢。

　　我們也巧遇前聯副主編瘂弦先生,如今也旅居溫哥華,「加華寫作協會」裡受到敬重,也經常在唐人街的文化中心,舉行文學的講座。加上溫哥華當地名兒童文學家阿濃先生的寫作導引,他勉勵我在「松鶴天地」的園地,投稿而有所進步。而洛夫先生與韓牧先生也經常舉辦華人之文化活動......這往往令我會有某種「行旅文學」的錯覺,那就是雖然在多元的溫哥華生活,但也依然猶在「耕莘寫作會」學習,這種況味也多少撫慰了那幾年遠離「娘家」的鄉愁。

　　因此從民國八十五年起,自己所能獻給「娘家」耕莘寫作會的成績單就是每隔五至七年就出版一本文集;從《愛戀》、《道情》到《為贈玫瑰》,將凡已刊登發表過的文稿匯集成書,其文旨皆以愛心並包涵了真、善、美的人性光明面為標竿自勉。憶及謝強先生願為第一本《愛戀》文集寫序,誠然惠予我極大的鼓勵。

　　記得在溫哥華UBC大學裡,隨著「加華寫作協會」的文友們,一起擠進偌大的集會廳去聽龍應台之演講;講題是「一九四九大江大海」,雖然在場多是中老年之華人,他們經過了顛沛流離與生離死別,演講中她放映了一段對於瘂弦先生「隱忍不言的傷」有關少年離鄉時的訪問......「那一天,我永遠不會忘記,出南陽城時,我媽媽烙了一些油餅,塞我背包上,就是在棉被、鞋子的上面,然後我們就要開拔了,我沒有回頭看母親......我就走了,是獨子的我竟然沒有回頭喔!那時候還沒想到「訣別」的意義是何啊!說到此時,銀髮瘂弦的盈盈的淚痕給我極深刻的印象。

　　欣逢迎接耕莘寫作會五十週年金慶,我們祝賀耕莘寫作會永遠是開枝展葉而文藝碩果綿綿的園地!

靈歌

作者簡介

　　靈歌，本名林智敏，1951年生。吹鼓吹詩論壇版主及同仁，野薑花詩刊副社長，創世紀、乾坤詩刊同仁，曾獲洪建全兒童文學獎。作品選入《2015台灣詩選》（二魚文化）、《小詩，隨身帖》、《水墨無為畫本》、《台灣現代詩手抄本》（張默主編）、《書註》張騰蛟編著。著有《漂流的透明書》、《夢在飛翔》、《雪色森林》、《靈歌短詩選（中英對照）》等詩集。

耕莘與我

　　民國64年時，我24歲，剛退伍不久，對於文學懷報熱情，也參加耕莘青年寫作會。當時迷上現代詩，並在藍星詩刊和中華文藝月刊發表詩作。我白天工作，晚上唸書，之後因為創業，而停止現代詩創作。直到三年前確定今年底退休，才重返詩壇，努力讀寫。這三年每年寫三百多首詩，只為了追回昔日的乾旱，讓詩筆重新濕潤，且無限蔓延。

點燃熄滅的火柴
──憶四十一年前進入耕莘前後的日子

民國63年（1974）10月我自海軍退伍，當時因能源危機而經濟大蕭條，幸好高中讀機工科，還是找到設計製圖的工作。

64年4月5日老蔣總統過世，我卻想著，白天有了工作，晚上何不準備報考當時大學聯招的文科（乙組），為自己當兵時，喚醒從小就喜愛的文學圓夢？於是開始買了教科書自習。暑假時，並報名耕莘寫作會暑期班。

雖然時間很短，現在記憶已然模糊，但從未上過文學課程的我，在這段短短的接觸裡，卻開啟我文學的視野。

當兵時練習寫散文，也在「青年戰士報」刊登過。後來又買了覃子豪老師的《詩的解剖》、《詩的表現方法》研讀，並買了楊喚、瘂弦、余光中、鄭愁予、葉珊、洛夫……等人的詩集研讀。有些詩作讀得懂，並很喜歡，有些超現實的詩則一知半解。之後，第一首詩在《秋水詩刊》第七期（1975年七月一日出刊）發表，隔年開始在藍星詩刊發表，並在當時的《中華文藝月刊》，入選張默老師主編的「新銳的聲音」專輯，和白靈、渡也、苦苓……等老師同期，還記得那首詩〈悲歌〉。

這也是耕莘寫作班的啟蒙和鼓勵。後來，並在中央日報發表兒童詩，並獲得「洪建全兒童文學獎」佳作。

1979年，和一位高工同學出來創業，做的是自己工作的本行，生產銷售各類自動控制器材，晚上還就讀世界新專三專編採科（現在的世新大學）。也因此停筆十一年。之後加入秋水詩刊同仁，但工作忙碌，每年只在秋水發表八首詩，已是詩壇逃兵。

　　直到2011年和股東談好，2016年9月我年滿65歲將退休。才又開始重返詩壇，努力讀寫，並在2011年12月的創世紀詩雜誌發表四首詩。從此，我抓住所有下班後的時間，瘋狂讀寫，2012年和2013年共寫了將近四百首詩，2014年7月出版第三本詩集《漂流的透明書》，翻轉昔日的明朗抒情。並在這一年1月加入野薑花詩社，三月受邀接任副社長，負責對外邀稿與製做部分專輯。我同時提出擴大版面，大舉對外邀稿，讓野薑花走出高雄旗山的地區詩刊，推薦給台灣詩壇。自己規劃退休後，全心讀書寫詩，贊助詩壇詩刊，為詩壇奉獻。

　　一個長達三十七年的企業人（受雇的四年多不算），在退休前後，重返詩壇，參與辦詩刊，大量發表詩作，參與各項詩壇活動，明年詩社將舉辦大額獎金的野薑花新詩獎。不能不回溯到年輕時，進入耕莘寫作會的種子，時時等待，而今發芽，散發芬芳。

夏婉雲

作者簡介

　　夏婉雲，祖籍湖北，生長於花蓮，花蓮師專、台灣師大國文系、台東大學兒童文學研究所碩士、淡江中文系博士。曾任耕莘寫作會秘書，現任輔大、淡大等校兼任助理教授、兒童文學學會常務監事。曾獲金鼎獎、洪建全兒童文學獎童詩獎第一名、楊喚兒童文學童詩獎、入選「1945年以來台灣兒童文學100」、文建會兒歌百首優等獎、台灣省兒童文學創作獎童話佳作、台北文學獎、花蓮文學獎二屆（散文、小說）、鐘肇政文學獎（新詩）等。著有《大冠鷲的呼喚》、《穿紅背心的野鴨》、《愛吃雞腿的國王》、《坐在雲端的鵝》、《文字詩的悄悄話》、《ㄅㄆㄇ園地》，及《文字小拼盤》、《快樂玩文字》等童詩、童話、兒歌、散文集及研究著作共14本。

耕莘與我

　　民國65年，清嫩的我參加一個月的暑期寫作班。接著晚上繼續在寫作會出沒，67年師大畢業，十一月和白靈結縭，68年1月接郭芳贄的秘書，白日繼續教書，晚上去寫作會上班並主持十四屆暑期寫作班，69年1月外子出國深造，我2月生產，辭寫作會秘書職。由馬叔禮師及陳銘磻師陸續接任，他們希

望只做導師，不管行政瑣事，至此寫作會由秘書制改為導師制。又91年我遴選為耕莘基金會董事，代表寫作會在會內發聲。

在耕莘出入屈指四十年矣，見有才華者、奉獻者陸續加入，致使寫作會風雨中仍踞文壇一隅、永續培育新苗。承蒙會長不棄，今年推薦我作耕莘50年七本書總主編：編81歲的陸爸傳記，知悉神父的成長，知悉神父的風範；編《二十八宿星錦繡──研究班紀念文集》知悉楊昌年老師為什麼把每人當寶貝；編紀念文集時看遍18歲至73歲人在耕莘的成長及感恩；編散文集時看到人的生命糾葛；編詩選集時看到人心靈的起漲，何其幸哉！

青春如煙消逝，如果把50年文學青年都串連起來，變成一條延長線，結成記錄片和文選，那麼渾灑的青春串珠成鍊，它永遠不會消失。

青春是一條會延長的線
——從喻麗清到神小風

　　青春是一條線，雨絲一樣，轉彎即逝。但如果有個地方，可以把每個人的青春都串連起來，結成項鍊，那麼當青春在天空渾灑後，就不會消失，**轉啊轉**的有天會轉一串長珍珠項鍊，每個人的青春都佔了一個位置，延長了前人的、後人的。從喻麗清的青春到許榮哲、玉吐的青春，就這樣在耕莘轉啊轉的，已轉了五十年。

　　蔣勳、喻麗清是耕莘第一屆、夏祖麗是第二屆、傅佩榮是第三屆。玉吐是今年傑出會員獎的得獎人，他們相隔五十年。今年團拜時，二十五歲的玉吐上台發表得獎感言：「我在這片土地上隻身行走了很久，其實不知道要去哪裡，直到參加營隊，進入寫作會，我才發現有人在叫我，等我走進來。它要許諾我，給我此生一直渴求的事物。」團拜後，我特別走去讚美她能大膽吐真言。事後得知她是臺大法律所學生，已考上律師，法律是她所愛，聰穎又美麗，真是得天恩寵，而心靈卻無所依伴。

　　心靈無所依伴豈止是她，幾乎是每個年輕人的寫照，從她身上，我看到25歲的我，也對自己沒信心，也悄悄走進耕莘寫作會，尋尋覓覓。

　　寫作會文藝總監許榮哲亦如此感念耕莘，他說：「我在耕莘得到第一個文學獎，第一次擔任文學講師，第一次組織文學營隊……我真的如願變成另一個人。我幾乎可以這樣說，世界沒有耕莘，世界依然轉動；許榮哲沒有耕莘，許榮哲如夢一場。」

　　而第一代老會員又如何說？七十一歲的喻麗清目前重病，我跟她邀稿，她躺在病床上還來信說：「可惜我現在不能寫作了。」而

她已是出版四十二本書的人，她是我們耕莘的前輩，年輕時曾參加第三屆暑期寫作班，也想找寫作朋友相依伴吧！後來長年在美，一度回台，會裡還請她擔任暑期寫作班的散文組導師。為了週年慶，她病中還告訴我，當年作導師弟妹們寫給她的卡片至今留存。因著週年慶向一屆、二屆、第三屆邀稿，她們同屆的學員熱切地跟我聯結起來，有朱廣平、夏祖麗、于德蘭、沈清松……七十多歲的人互相打氣鼓舞，這是一條綿綿、溫厚的青春線。

朱廣平大學畢業後，留下接祕書，她紀念文回憶道：「那三年確實是我的黃金歲月，同學們除了在教室裏朗朗吟和，振筆疾書；清風明月下，交流瑩火青春，朱昆槐、何志韶、郭芳贊、谷鳴遠修士、每一位年輕的笑臉都在我眼前浮現。」

難道只有同屆的連成線嗎？寫作班變寫作會之後，把前後期寫作班的會員全連成線，我參加的70年代寫作會真是熱鬧的年代。

熱鬧中有一個特別的老友叫應芝芩。

應芝芩讀藝專時，不太走學校後門，一天無意中走入、一抬頭看見寫作班招生海報，進入耕莘原為寫作而來，卻被文教院宗教的氣氛感動、一種愛的磁石吸引，羞赧的她後來受陸神父之託接任總幹事，整個人生有所轉向。在市立國樂團拉琴七年半，卻捨棄大提琴，加入天主教修女會，我一路看她變修女，她說：「在耕莘無形的自我給予的愛中找到天主。」如今芝芩一直待在法國作修女。

更神奇的是50週年能有紀錄片，居然是靠遠在法國的修女牽線，冥冥中是她把陳雪鳳找回耕莘的。

陳雪鳳老會員進入職場，忙於事業，和寫作會疏離二十多年。102年應芝芩在臉書上成立「耕莘文學候鳥灘」粉絲團，她在H神父的FB上找到雪鳳，邀她加入文學候鳥灘。隔幾天看到有人在上面貼文祝陸爸生日快樂！看到陸爸二字，十多年沒見了，她的心揪起來。立刻跑去輔大為陸爸慶生，陸爸對她說：「雪鳳，你再回來

一起救耕莘吧！」

　　她想：「先喚醒大家對耕莘的記憶吧！如果拍一支耕莘五十年的紀錄片，就能讓每個年代的會員，在片中找到自己的青春。」她以創作廣告影片二十多年的經驗，主導了拍片。

　　從巴黎到台灣，這條線牽牽繞繞何止繞行千里萬里，老中青會員心血相連，眾志成城，一年後，天上就掉下來一部影片，外加七本系列書集。

　　耕莘這條線牽牽繞繞幾十年，牽到許榮哲、李儀婷是關鍵時刻，現年41歲的他倆十年前青春正盛、極會收攬年輕人。儀婷對孩子溫暖真誠、榮哲善長經營組織戰，深悉新世代心理，結合了科技媒介、FB粉絲團，助長了蛛網般的網絡聯線。

　　現代是高中生就參加鐵人營，大學再參加搶救文壇新秀文藝營，循序讓優秀寫手進幹事會、作品批鬥會。台大外文系、台大台文所的林巧棠說：「這是我見過最瘋狂的營隊——從台上老師到身旁小隊輔，每一雙眼睛裡都閃著熱切的光芒，急著想告訴你文學的豐富、想分享他熱愛的作家。本來我不相信自己能寫。直到我認識了夥伴，幾次營隊就像催化劑，讓感情迅速昇溫。」曾獲時報散文首獎的她，喜歡榮哲在臉書上說：「你們寫下的每一個句子，都黃金般延展了自己與耕莘的夢。」我想到陸爸當年鼓勵榮哲：「好好寫，將來在台上講課的就是你。」

　　如果十年為一期，第一個十年是蔣勳、喻麗清代表，第二個十年是周玉山、白靈代表，第三個十年是許榮哲、李儀婷，第四個十年是朱宥勳、黃崇凱、神小風、Killer代表。如今，高中鐵人營的講師已是第四代接手了，而非榮哲、儀婷；十年來台灣所有的文學大獎，皆是耕莘培養土所出。

　　耕莘這條線牽牽繞繞五十年，雖然每人的熱血青春都如煙消逝，而青春真的是一條線，耕莘寫作會把每個人的青春都串連起

來，它總亮起一盞文學的光，等待成群翩翩嘎響的候鳥飛來停歇。在年輕異常脆弱的冬夜，寫作會讓人感染到芬芳、吸收了一生難得的養分，遂構築日後錯綜的人生。

　　記憶怎能一筆勾消，如果記憶漸漸乾燥、漸漸風化，人生還剩什麼？

　　從喻麗清到神小風，青春在耕莘轉啊轉的，已轉了五十年，每一線段的背後都映射出那個時代的風雨，青春真是一條會延長的線。

輯　四

沒有耕莘，如夢一場
——中生代作家的耕莘緣

書寫，滋養了我的心靈與生活，也幫我養大孩子、房子，還養了一片小小的土地在山居鹿小村，我在這裡，學做村婦、耕讀、書畫後半生。不必懷疑，這一切的最初，正是源起於你，從耕莘開始。

——楊麗玲

楊樹清

作者簡介

　　楊樹清，祖籍湖南，1962年生於金門。報導文學作家，現任金門燕南書院院長。出版有報導文學《金門島嶼邊緣》、《天堂之路》、《消失的戰地》，散文《少年組曲》、《渡》、《番薯王》，小說《小記者獨白》、《愛情實驗》、《阿背》等計三十五種個人著作，並總編輯《金門學叢刊》三輯三十冊、編撰一輯10冊《金門鄉訊人物誌》。文化出版成績，曾敲響三座金鼎獎:金鼎獎雜誌公共服務團體獎、金鼎獎圖書主編獎及金鼎獎推薦優良圖書獎、文學創作榮獲多項重要文學獎、梁實秋文學獎散文獎首獎、中國時報文學獎報導文學評審獎及聯合報文學獎報導文學首獎等，再以投入報導文學創作，發掘新題材、開拓新視野的成就於2003年五四文藝節，獲頒中國文藝協會報導文學創作文藝獎章。

耕莘與我──文學的候鳥

　　青衫年代。1980年2月26日，大雨滂沱的晚上，我來到臺北市辛亥路的耕莘文教院一樓大廳，「三毛談寫作生活」。一場演講，把我拉進了耕莘青年寫作會，擔任東坡組(散文組)組長，並且主編油印出版的《冬波文訊》及八開一

張的《東坡快報》，報導寫作會活動訊息。

　　1980年7月3日，第十五屆耕莘暑期寫作研習班登場，我是散文組輔導員，班主任馬叔禮老師要延續寫作會的《東坡快報》型式，指示我成立快報小組並主編由他命名的《旦兮快報》，報導寫作班動態。

　　離開許多年以後，1993年在文學老友、班主任陳銘磻呼喚下，重返耕莘，任春季班、暑期班編採組指導老師，又領學員辦了份對開一大張的《耕莘時報》；2000年出任報導文學班班導師，並舉辦「耕莘微型報導文學獎」。

　　我曾在《耕莘時報》的《耕莘人語》專欄，寫了篇〈從旦兮到耕莘時報的兩段情:兼述我與耕莘不解的候鳥之愛〉，是的，一隻難以落定的候鳥，歸去來兮，在耕莘的天空，找到了文學的鄉愁。

耕莘，一九八〇
——從寫作小屋到《東坡》、《旦兮》快報的
一段文學記憶

三毛演講，大雨中走進耕莘

　　我的耕莘記憶，氣味與畫面，一直停留在1980年。那氣味，無法飄離，那畫面，一再映現。

　　青衫年代。2月26日，大雨滂沱的晚上，我來到臺北市辛亥路的耕莘文教院一樓大廳，「三毛談寫作生活」，雨很大，人很多，人潮把演講廳塞得水洩不通，我被推擠到門外一個邊角，只能透過擴音器聽演講。

　　「今天能請到三毛小姐來為我們演講，雨下得這麼大這麼急，仍然阻擋不了各位的熱情，想來，也是一個溫柔的夜」，主持人低沉，但富有磁性的聲音忽高忽低，忽遠忽近，穿到門外。只見在我旁邊的兩位女生交頭接耳，未論三毛，先說起陸神父，「正介紹三毛的人，是耕莘很帥氣的陸神父啦！」

　　接續是三毛更低沉、感性的演講之聲。

　　「我的寫作生活是我的愛情生活，我的人生觀就是我的愛情觀」。

　　談撒哈拉，談荷西，談寫作生活，一場九十分鐘的演講下來，我就只記得這段話。

東坡快報，在寫作小屋響起

「三毛熱」的80年代，我並不是三毛的粉絲，閱讀書單，三毛的書可有可無。會去聽三毛的演講，應是出自好奇，加上文友，也是耕莘寫作會會員的談衛那一再催促別錯過這場演講，流浪的三毛只陸神父請得動短暫駐足。

三毛的演講之後，同年3月7日，在談衛那、林伯勳的引薦下，我再一次踏進耕莘文教院，走入了耕莘青年寫作會，終於近距離看到了年輕、溫文，卻稱自己「已45歲」的寫作會會長陸達誠神父，以及久聞其名，人稱「馬三哥」，來自《三三集刊》的寫作會導師馬叔禮，面對來耕莘習藝者，他說，「不一定要做文學創作者，能夠當欣賞者也很可觀」。

來不及或不欲填寫入會資料卡。已發表四百篇文章，擁有一本厚厚作品剪貼簿的我，何需再入會習作？卻自此被視為寫作會的一員；分組課程中，3月16日在花園新城烤肉之旅中，還被談衛那、林伯勳、方明、甘靜然、陳素映、應芝苓、陳芝靜、林美芳、張玉英、韋玉倩、李清娥等組員推為「東坡組組長」，不到一個月時間，為連繫、凝聚會員情感，在復辦《金門文藝》的同鄉好友顏國民支援下，既有的《冬波文訊》外，4月3日，刻鋼版、油印，創刊了報紙型的《東坡快報》。歷多次搬遷，保存的《東坡快報》遍尋不著，剪貼本只覓得一篇發表在1980年4月《冬波文訊》的〈雪泥鴻爪〉的小品，記敘了我與耕莘寫作會東坡組最初的情緣。

《東坡快報》的故事，活動與版面內容，多發生耕莘四樓的寫作小屋、教室、會議室或同棟樓的一樓莘友廳，二樓文藝廳，演講、授課教室內。已嶄露頭角的服裝設計師陳三貴拔刀相助設計活動海報，但一出手就把作家慕植「我們來談三毛」的海報誤寫成

「我們來討三毛」，那天是愚人節，《東坡》正待發刊。

東坡組會員、東坡群士與《東坡快報》的發行、活動基地，就在二、三坪大的寫作小屋內。舖設榻榻米，席地而座，請來吳念真談小說創作，小說家為臺北護專的廖純瑜深刻提問所驚；畫家梁丹丰過路耕莘，也被拉入小屋，畫金門、話金門，無端撥弄了五歲離鄉的黃德全的鄉情之絃；趙滋蕃來談「半上下流社會」，濃重的廣東鄉音，會員多如同鴨子聽雷，卻也拋出幾句大家都聽懂的有力，「經驗就是藝術，藝術就是經驗」，「凡用生命換來的就叫傑作」；陳三貴請好友趙喬來分享人體藝術模特兒生涯，陸神父也在座，「社會如果有異樣眼光也是過程所必經。我自己工作至今，經過了許多心理過程，不能對自己沒有信心，相信最大的障礙還是自己」；從作家轉編導的張毅也到了耕莘，來談《源》，關於小說和電影。

1980年4月，一個月內，耕莘寫作小屋就排滿了一連串課程，來了這麼多作家臉譜，生出了這麼多文學之音。作家在耕莘，日常，生活的一部份。不動又流動的小屋，朱西甯、朱天心、丁亞民也是常客，5月5日，朱天心與我在小屋談她的小說家父親朱西甯的60萬長篇《八二三注》，作家未親臨戰場的揮寫，有讚譽，也有質疑，我們討論出一個結果，托爾斯泰的鉅著《戰爭與和平》不也如此?6月20日，東坡群士在小屋策畫了一場小型座談，「由『八二三』砲戰談到『八二三注』」，我主持，邀來馬叔禮、朱天文、林端等作家，與楊友信、蔡明吟、金祥哲、蔡明裕、劉宗偉等會員天馬行空對話，朱西甯未能出席，但提供5月16日在耕莘談創作經驗的文字記錄，他說，「我深深體會到生命經驗和性情的真實是中國現代小說的性質」。

耕莘就是一所走動式的現代文學院或者寫作大學。一樓演講廳，可以聽見林懷民的雲門舞話、朱西甯的創作經驗，甚至年輕的

新聞局長宋楚瑜的「談現階段我們社會中的基督教問題」，敏感的演講內容也很文學。從一樓再走到四樓寫作小屋，又是滿滿的文學聲音，有三毛作品討論會，也有跨越教派的宗教討論會，或者辦剪貼展、請小野來包水餃。空間小，但多了交流、取暖的貼切。院內活動之外，我也多次與「東坡」群士走出戶外，在世新的陳嘉珍、戴明玥帶路下，我們走進中和景新街的巷弄內訪談到音樂教授戴洪軒，也赴約延平南路的實踐堂聽「中國音樂欣賞會」；周末，到中華路國軍文藝活動中心二樓音樂廳作不速之客，與詩人喝下午茶。這原是詩人們聚會的秘密基地，卻被我們誤入了。4月26日這一天，見到了羊令野、彭邦楨、于還素、大荒、洛夫、張默、向明、沈甸（張拓蕪）等一票詩人，羊令野一看到我，問起張丰。他剛收到就讀政大的耕莘學員張丰寄來一首小詩，題為〈情人節獻詩〉，詩的語言、情境都到味了。說著張丰，又見三毛，她輕盈上樓，不驚動詩人，點了壺茶，安靜地在張拓蕪一旁坐定，想來，他是來探老友張拓蕪的。一杯菊花茶的代價，三、五耕莘人，換來詩的星期六。而小屋裡、大城內的文學脈動，藝文片羽，全被記錄在一周一刊或數刊，機動出刊的《東坡快報》上。

旦兮快報，驚爆索忍尼辛

春天過後，夏天來了。

1980年7月3日，第十五屆耕莘暑期寫作研習班登場。班主任是馬叔禮，計分小說、戲劇、新詩、散文等四個小組，四個組，又以天、地、人、王為組別，各組導師、輔導員，小說組：朱西甯、陳義華，戲劇：魏子雲、魏惠娟，新詩：羅青、蕭承龍(蕭無忌)，散文：管管、楊樹清。

為期一個月的暑期寫作班，內容多元，名家盡出，有詩人洛

夫、瘂弦、高信疆、季野、管管、羅青、許丕昌,有作家琦君、朱
西甯、段彩華、司馬中原、魏子雲、馬叔禮,有參與青年作家自由
座談的小野、謝材俊、陳琪、朱天文、吳念真、慕植、袁瓊瓊、朱
天心、丁亞民、林端、蔣曉雲、吳戎榕,有學者張夢機、曾昭旭、
鄔昆如、楊昌年,有媒體人吳東權、黃年、張熙華、張至璋,也安
排了政壇之士的演講,陳履安「談歐美日的選舉」,曹伯一「鄧小
平的四化與三通」。課程中又劃出「戲劇週」,邀請劉玉麟、周金
福、凌晨、侯佑宗、哈元璋、柯慶明、賴萬居、曾永義、王小明、
馬維勝、邱坤良、汪其楣、張永祥等來傳授中國戲劇、地方戲曲、
表演藝術、廣播節目、編劇等。文學界內與界外,有洛夫的「詩的
語言和意象」,琦君的「古典文學欣賞與散文創作」,朱西甯的
「小說的感性層面」,還有詩人瘂弦在「早期的中國新詩」授課
外,也以「植物園,百花齊放」形喻他文學與文化兼容的副刊多
元編輯風格,另有小說家化身媒體人的吳東權以「電視的傳播功
能」、時事評論好手黃年以「深度報導」傳授新聞文學。

　　我擔任輔導員的散文組,兼具新聞組性質,別稱「人組」,此
一設計,出自班主任馬叔禮,寫作班尚未出現新聞或採編組之前,
在報導文學風起雲湧的年代,或許他希望在散文組導入報導文學精
神、功能,囑我延續寫作會的《東坡快報》,在寫作班開辦另一
份油印報紙型刊物,他親自取名《旦兮快報》,「旦兮」語出《尚
書》:「卿雲爛兮,糾縵縵兮,日月光華,旦復旦兮。」

　　伴隨寫作班而生的《旦兮快報》,隔天出報一次。印象深刻的
一期是,獨家披露諾貝爾文學獎得主,蘇俄流亡作家索忍尼辛將受
邀訪台,此一訊息,是我輾轉從耕莘的柯蘭溪神父處探知美國參議
員高華德正促成索忍尼辛來台,立即請就讀政大外交系的《旦兮快
報》記者陳美玲去追蹤採訪。見刊後,引起院內不小的騷動,馬叔
禮老師叫住我,「索忍尼辛訪台演講的消息非同小可,一切尚在秘

密邀請安排中，你這一曝光，就怕誤了大事，恐怕也違反了新聞報導基本原則。」

　　小刊物大獨家。遲至一年後，10月16日，索忍尼辛終於訪台，但具名邀訪的，不是耕莘文教院，而是吳三連基金會，這一回，換成臺北《中國時報》打破新聞同業未抵台前不予報導的協商，率先獨家披露索氏來台訊息，迫使各媒體發表〈聯合聲明〉譴責中時。來台後，1982年10月25日，索忍尼辛在臺北中山堂做了場演講：「給自由中國」。

　　索忍尼辛的報導之外，當時的國際社會正爆發全球矚目的伊朗人質危機事件。自1979年伊朗爆發伊斯蘭革命後，11月4日起，美國駐伊朗大使館被占領，66名美國外交官和平民被扣留為人質，遲遲未獲釋放。我以《旦兮快報》主辦之名，請來有私交，曾任駐菲律賓、伊朗武官，又獲選為世界駐美武官團團長，時任陸軍情報學校校長、身分有點敏感的將軍作家公孫嬿（查顯琳），7月10日到耕莘文教院二樓視聽室主講「熱門話題伊朗」，非寫作班正式課程，公孫嬿的風采和熟知中東風土、政情，第一手的資料，第一手的分析，吸引了數百學員和外來聽眾，整個演講會也像一場模擬記者會，發問不斷，大大打開了學員的國際新聞視野。而伊朗人質事件，持續了444天，直到1981年1月20日，才宣告落幕。公孫先生已遠，他當年的「熱門話題伊朗」，永留耕莘歷史迴廊。

　　《旦兮快報》的記者與版面，在暑期寫作班也見證了「鐘鼓三年」：《三三集刊》發刊三周年紀念茶會，以及7月16日，由我主持的「青年作家自由座談」，袁瓊瓊與朱天心的對談，袁瓊瓊大爆也在座的詩人老公管管的料，全場笑聲不斷。馬叔禮、朱天文、朱天心、謝材俊、丁亞民、蔣曉雲、古威威，一顆顆文壇耀眼的新星已然升起，在「三三」，也在「耕莘」的文學星空交會，互放光芒。同期寫作班學員臉譜中的李惠綿、李素馨、林月惠、黃宜敏等

人都拿到了博士學位，許多年以後，有了也成了作家或當上學者；輔導員中，詩組的蕭承龍問世了《無忌詩集》，小說組的留美的機械工程博士、教授陳義華出版了《東坡驚夢》；學員中，就讀台大中文系的李惠綿，後來拿到了文學博士學位，以《用手走路的人》獲中興文藝獎散文獎，時就讀成大中文系的韓國僑生初安民（現任印刻文學生活誌總編輯），以一首56行詩作〈板門店〉勇奪耕莘寫作班新詩競賽首獎，獲得來授課的詩人主編瘂弦青睞，同年12月27日在聯合報副刊發表此詩作，從此邁向詩壇。耕莘寫作會會員中，有獲台大詩獎、出版《瀟洒江湖》的詩人方明，以《愛心箭》獲金鼎獎的談衛那，寫出《我那賭徒阿爸》的小說家楊索。

　　走出寫作班教室，經溫曼英牽線，我們去找「中國的亨利魯斯」。7月8日，我帶領《旦兮》的一群，走訪南京東路，由張任飛先生創辦的台灣最具規模雜誌家族：《綜合月刊》、《婦女雜誌》、《小讀者》、《現代企業管理月刊》。正派經營，發揮巨大影響力，也培養出黃年、金惟純、翁台生、王力行、溫曼英等一批批優秀新聞人、編輯人，被譽為「中國的亨利魯斯」的張任飛，殷切地站在門口迎賓，並親自為旦兮人傳遞其辦刊物的精神、理念，並沿著旗下所屬每家雜誌行進，無私介紹各刊的企畫、採訪、發行、廣告實務，乃至生存之道。從每一個標點符號到一字一句，他都力求精準無誤，張任飛先生唯一的堅持，是生前的意志也是唯一的遺願，「把雜誌辦好！」

陸神父來信，失去你就像失去了許多

　　「望著手中的蠟燭，它的光和熱是我們熱愛文藝的表現，它的熄滅不是黯淡，而是我們力量的擴張。」
　　1980年7月31日，第十五屆耕莘寫作研習班，畫下句點。惜別

晚會，散文組的學員，上台點燃一支支蠟燭唱詩，來自台南家專的「小媒人」邱鈴惠望著手中的蠟燭寫下「我們力量的擴張」；《旦兮快報》的小記者雷源遠、黎雪美、簡淑美、張葆弘、藍以正等人則是合力站上舞台演了齣話劇：《快報行動》。蠟燭、歌聲、回眸、淚光……，才十七八歲年華的「小媒人」抱著我一直哭；台大國貿系的張葆弘遞給我一張卡片，密密麻麻書寫著耕莘、旦兮一月記，又在我的筆記本寫下「風帶走一片蘭芳，雲遮蔽了赤心，但是風帶不走，雲遮不住的，卻叫人給埋了……」。

惜別晚會不算結束，在「植物詩人」輔導員蕭無忌的引領下，8月1日去爬觀音山，2日到南海路南海學園聽牟宗三關於「中國文化的斷續問題」演講，4日到聯合報副刊拜訪詩人瘂弦，5日登竹東五指山，與蕭無忌、黃學琰、陳月華、黃宜敏、彭道輯、楊惠玲、李素馨、雷源遠、黎雪美，夜宿觀音寺，無忌有詩，「拇指溪打開話匣／在一座 沒了山僧的廟／你我醉笑成／滿屋晃動的菩薩 迴龍」。

下山之後，我回了金門，去了澎湖。

「樹清：失去你就像失去了許多……！但是你說五年後還回來，好，等你回來……」，1982年聖誕節前夕，人在漁翁島的我，收到陸神父捎來一張賀卡。

我告別了耕莘，但留下了《旦兮》。

1980，耕莘，化作了我的鄉愁，永遠的，文學的鄉愁。

跋：寫作會50年，尋找東坡快報

發出了〈耕莘，一九八〇〉文字檔後，原以為書寫耕莘與我的任務完成了，主編耕莘寫作會50年紀念文集的老耕莘人、詩人白靈兄立即來了封電子信。耕莘寫作會50年，白靈要我再聚焦那份油印刊物，從《東坡快報》到《旦兮快報》，這讓我又繼續進入找尋未

了的耕莘記憶。

　　《東坡快報》是一張約8開大版面，從1980年4月3日創刊出版到5月28日止，共出版了八期，針對寫作會會員發行，7月馬叔禮老師指示改為《旦兮快報》對暑期寫作班學員發行而結束。因歷多次搬遷，原有完整保存檔全都已散佚。《旦兮快報》創刊於暑期寫作班開幕第二天，即7月4日，兩天出一期，至7月25日止，實際出版期數，經陸達誠神父1992年12月在《旦兮》新一卷第一期撰述〈卷頭語：旦兮的沿革〉文中統計，共出了十三期。《東坡快報》確是《旦兮》的前身，馬叔禮老師就是看到《東坡快報》，要我在1980年耕莘第十五屆暑期寫作班擔任散文組輔導員兼成立快報小組時，轉化成《旦兮快報》再出刊，《旦兮》也出自馬老師命名，語出《尚書》：「卿雲爛兮，糾縵縵兮，月月光華，旦復旦兮。」快報油印出刊了10多期後，暑期寫作班結束，同年10月3日去快報，改為《旦兮一週》之名再交由寫作會針對會員重新創刊發行，版面約八開正反二頁大小，秘書處主編，1988年元旦《旦兮》正式登記為雜誌社，再改版為16開本的耕莘寫作會會刊，發行人為王敬弘神父。

　　離開耕莘十四年後，1993年我應邀回耕莘擔任寫作會82年度春季班編採組指導老師，再以顧問身分(顧問尚有楊再平、陳銘磻)協助創辦《耕莘時報》，創刊日6月18日，對開一大張四版，正式印刷出版，發行者耕莘寫作會，發行人陸達誠，社長高志明，主編陳素貞、徐玉樺、陳詩燕，發行人陸達誠並在創刊號撰述〈耕莘這個團體〉代發刊詞，同年，接續我再任耕莘寫作會82年度暑期班班副主任(班主任為陳銘磻)及編採組指導老師，7月17日，《耕莘時報》出版第二期，發行人陸達誠，顧問楊樹清、楊再平、陳銘磻、白靈，名譽社長高志明，社長林秋秀，總編輯陳曉楓，該期有個重要專訪，六年任期結束，王敬弘神父七月底就要卸任耕莘文教院院

長，張君怡以〈用心經營耕莘的人〉報導王神父改變耕莘一些作法
的心路轉折，我也在該期撰述的《耕莘人語》專欄以〈從旦兮到耕
莘時報的兩段情：兼述我與耕莘不解的候鳥之愛〉，此文交代了我
在耕莘辦刊物的歷程。

再次感謝老耕莘人白靈老師為記錄會史的辛苦奔走，點滴投
入。凡走過的，必留痕跡，讓我們為耕莘青年寫作會走過五十年寫
歷史，也補綴台灣文學教育史空白的一小角。

1980年4月，楊樹清任耕莘青年寫作會東坡組組長，主編
《冬波文訊》、《東坡快報》，在《冬波文訊》發表〈雪
泥鴻爪〉一文。

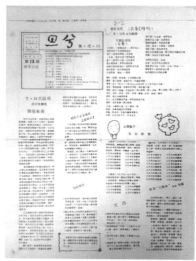

1988年《旦兮》第十三期

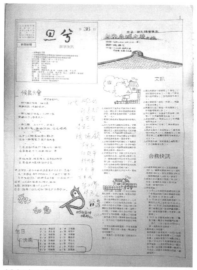

1989年《旦兮》第三十六期

為耕莘守著門的「陸爸爸」──寫作會會長陸達誠神父，1982年12月20日寄給老會員楊樹清的聖誕卡片。

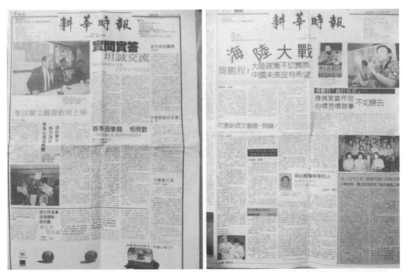

1993年楊樹清重返耕莘任寫作會編採組指導老師，6月18日偕學員創辦《耕莘時報》。

▲洪雅純（前排左），在耕莘報導文學班，進行九二一震後的「文學治療」。

轉型中的耕莘青年寫作會，2000年開辦文學賞析創作班及歌詞賞析創作班，並舉辦微型報導文學獎。

莊華堂

作者簡介

桃園縣新屋人，客籍小說家、戲劇、紀錄片導演、地方文史工作者。曾得南投縣、臺北縣小說首獎，吳濁流學獎、巫永福文學獎和國家文學館長篇小說金典獎。著有短篇小說集《土地公廟》、《大水柴》、《尋找戴雨農將軍》，長篇歷史小說《吳大老》、《巴賽風雲》、《慾望草原》、《水鄉》……等。1983年進入耕莘寫作會，師從楊昌年、司馬中原……等研習小說創作，1987年得第五屆耕莘文學獎小說和散文首獎，1988年得中央日報文學獎小說首獎，同時得第一屆耕莘寫作會傑出會員獎，受陸爸之託承辦小說創作高級班。

耕莘與我

我於1983年進入耕莘寫作會，師從魏子雲、楊昌年、司馬中原等名師等研習小說創作，1984年開始舉辦耕莘文學獎，我都參加沒得獎，然後兩屆先後得散文獎第三、小說獎第二名，直到1988年得第六屆耕莘文學獎小說和散文首獎，1989年得中央日報文學獎小說首獎，同時得第一屆耕莘寫作會傑出會員獎，在白靈推荐和陸爸委託承辦小說創作高級班，與姜天陸、李順儀、楊

寶山、楊麗玲、邱妙津、張友漁、張啓疆、阿道巴辣夫……等20幾位文青，經過3學期的長期課程活動，是耕莘第一次的寫作進階班，後來這一班的多名成員，成為小說家、報導作家和兒童文學作家。從文學啓蒙、當任志工幹部，耕莘是我文學養成教育，以及民間社團經驗的冶煉爐。

如煙消逝的青春
──記邱妙津與小說高級班

　　1995年的夏天，我正在後山的花東縱谷繼續我的田野行程，突然接到姜天陸從台南打來的電話，一時之間我的心情如從炎夏降到南北極地──姜跟我說，邱妙津在巴黎自殺了。

　　此後二十年的時間，我的記憶一直停駐於那年夏天，妙津於巴黎臥軌自殺。

　　那天晚間我在岩灣山上，望著台東平原的萬家燈火，那個胡適的父親曾經擔任州知事的東部大城，沿著台九線往卑南的公路上，有一個阿美族的大部落叫做馬蘭，日治時期完成的東幹線，在那裡設一站叫做「馬蘭驛」。我聽過南王的普優馬朋友，說過一則關於那個部落的故事，以及那首淒涼又美麗的「馬蘭情歌」。

　　阿美族母語歌詞是這樣唱：

> Inaaw hay ya amaaw, sololen kako ina
> 父母親大人呀！請同意我倆的婚事
> Matini similicayay ko wawa no tao to tireng ako ina
> 我倆情投意合，愛情已深山長水流永不移
> Ano caay kamo pisolol to tireng ako ina
> 我倆親事若未能蒙許
> Omaan say ko pinang ko nika patay makinotolo toloan no kasoling
> 我將躺在鐵軌上，讓火車截成三段。

鄉下長大的都會小說家

其實，妙津自我了結，和這個愛情故事沒有任何關係，但是過去那些年，我卻固執地寧願這樣相信，妙津是這樣離開我們的。

我第一次看到邱妙津，是在中央日報文學獎的頒獎會上，1988那一年我跟姜天陸去領獎，我領小說佳作，姜領第二名。在頒獎台上我們站成一排，領頭獎的居然是一個模樣像是國中生的小女生，那一年妙津念台大心理學系二年級，站在中等身材的姜天陸旁邊，剛好差一個頭高。

領完獎之後，我跟那個小女生的父母聊天，他們特地從彰化縣的員林北上，是鄉下人家，操台語口音，可是妙津那篇得獎小說〈囚徒〉，卻是屬於都會的心理小說。八年後我到員林、社頭拍公視紀錄片集「台灣福佬客」，發現許多劉、張、詹姓人家，都是廣東省饒平籍的客家人，邱姓則是客家姓氏，可能邱妙津也是客家人的後裔。

然而我從來沒有聽過，邱妙津說過一句台語，何況是客家話，從妙津的思維與談吐，儼然是一個都會長大的孩子。

一年後，寫作會會長陸神父募得五萬元，經過詩人學長白靈推薦，由我開辦「小說創作研究班」。我擔任召集人，姜任副手，找來包括我們在內的20人，成為這一班的基本成員，大部份是近三四年來寫作會培養出來的新一代寫手，包括楊麗玲、歐陽柏燕、蕭正儀、李順儀、楊佳蓉、胡翠屏、胡春生，還有阿美族人阿道‧巴辣夫，以及後來改寫少年小說及童話的張友漁。會外的部分參加人有張啟疆、楊寶山、張溪南和曾月卿等人，另外我特別請邱妙津參加，成為這一班最年輕的學員。

她總是一個人獨來獨往

　　由於高級班成員個個頭角崢嶸，素質整齊，幾年之間有七八人陸續得到文學獎，甚至出版小說集，進一步成為小說家，算是耕莘的天下第一班，我們都習慣的稱為「小說高級班」。

　　這個班每週上一次課，每次兩個半小時，一般都是選擇於週六晚間上課。課程從1989的年初開始，原定進行8個月的課程，後來考量小說家的培養不可能短期達成，後來一再延長為三個學期。由於小說創作牽涉到的問題較為複雜，所以課程規劃不同於寫作會的課程，講師的邀請煞費苦心，除了眾多的學者作家之外，還包括多位各領域的專業者。曾經來這個班授課的老師相當多，初期以林燿

朱西寧與天下第一班（1989，莊華堂提供）
小說高級班邀請朱西寧老師來班授課。朱老師談吐悠雅，自然展露一代宗師的風範。

德為主，重量級學者有齊邦媛、呂正惠、李元貞、蔡源煌、楊昌年，知名作家包括朱西寧、陳映真、劉春城，副刊主編許振江、林文義，人類學家劉其偉、胡台麗，心理學家王溢嘉，演員孫越、胡茵夢，民謠歌手楊祖珺，還有客籍音樂家邱晨，民俗音樂家簡上仁等人。此外，小說創作與作品討論是本班的重點課程，每個月都舉辦一次學員小說作品會診，邀請文學評論家和小說家兩位當會診師，曾經擔任本班的會診老師，就記憶所及包括朱西寧、施淑女、馬森、鄭明娳、楊昌年、王德威、季季、陳雨航、詹宏志、吳念真、東年、黃凡、李喬、彭瑞金、馮青、林燿德、簡媜等多位老師。

課程結束幾年之後，班上的主要成員曾經聚會，回憶那一年半期間的點點滴滴，發生過許多有趣的事情，大家共同的感覺是，對於邱妙津的印象都相當模糊，記不起來那段期間妙津說過什麼話？做過哪些事情？

最後我的結論是，邱妙津似乎沒有朋友，她總是一個人獨來獨往。

她缺乏的是台灣本土的養份

我們每一學期會安排兩次戶外學習或訪問課程，包括攀登玉山和八通關大草原，特別請鳥人劉克襄同行；原住民部落接觸，我們透過劉其偉的協助，去過排灣族的老七佳部落，睡在廢墟的石板屋；還有當年在蘭嶼當醫師的田雅哥幫忙，安排到蘭嶼接觸雅美族人。還曾經遠征到高雄，在白馬的嚮導下耳濡目染後勁地區煉油廠的污染實況，回來還請大家分工寫文章，在劉克襄主編的自立早報副刊做專輯報導。還有一項是拜訪多位台灣前輩作家，包括北投的黃春明、龍潭的鍾肇政、美濃的鍾鐵民、吳錦發等人。

這些屬於非正課，學員需要自費的戶外活動，邱妙津總是興趣

那一年原住民文化洗禮（1990，莊華堂提供）
1990年我透過劉其偉的協助，走過一段崎嶇的浸水營古道，來到南大武山下的老七佳
部落廢墟，這是本班第一次的原住民接觸經驗。

她曾經這樣天真可愛（1990，莊華堂提供）
妙津的創作天份，是班上二十位成員中最高的，卻最早離開我們。

缺缺。唯一參加的一次是1990年的秋天，小說高級班成員在彰化市籍老作家李篤恭導遊下，遊彰化賴和故居與鹿港鎮多處古蹟。那一次鹿港行程，我看到另一個邱妙津天真可愛的面向。

後來我想，妙津會破例參加這一次活動，可能是因為她是彰化人。

高級班成員遊鹿港天后宮（1990，莊華堂提供）
一年中這一班辦了六次戶外活動，照片右三為邱妙津，中為莊華堂，攝於鹿港天后宮大殿。

高級班課程結束之前，我要班上的朋友每人選擇一位指導老師，將來繼續跟老師長期接觸。邱妙津跟我說，她想跟林燿德。我說最好不要，她問為什麼？我說，你們的同質性太高了。我希望她選擇一位本土作家，讓她的小說逐漸伸入台灣的泥土裡──雖然我不了解妙津，但我深知她缺乏的正是台灣本土的養份。

此後邱妙津沒有音訊一兩年。有一次我參加臺北的街頭運動，

看到一個矮小的記者，身上背了兩台專業相機，晃當晃當的跟著一群攝影記者橫衝直撞，一看之下居然就是妙津。原來她進入新新聞當記者，我想這樣的生活歷練，讓她有許多機會接觸母土，對於她將來的小說創作，應該有很大的助益。

妙津是天才型作家，她在80到90年代之交，快速崛起於台灣的都會文壇，成為一顆閃亮的明日之星，當時我預判，未來小說創作的成就應該在李昂、朱天文之上。

但是天不從我願，一年後我聽說她去法國留學了。我有不祥的預感，妙津可能回不來了，巴黎這樣的花都大城，對於妙津這樣的作家是牢籠，那是關天才「囚徒」的地方。

妙津在遺著《蒙馬特遺書》中有一段話這樣寫：

> 我對我的生命意義是真正誠實與負責的
> 儘管我的肉體死了，形式的生命結束了
> 但是我並不覺得我的靈魂就因此被消滅
> 無形的生命就因此而終止。

這是典型的邱式文字，它讓許多都會的年輕世代，以及同志瘋狂著迷。我不懂這樣的話──她跟我們都不一樣，因為她是「邱妙津」，她就是這樣強調自我的存在，一個讓人無法理解，也從來不想理解別人的天才小說家。如果她不是選擇於1995年的夏天，做出那樣的事情，妙津將會留下更多優秀而動人的作品。我的哀慟不只是一個年輕生命的倏然消逝，我的哀慟是當年我費盡苦心說服妙津參加這個班的時候，我已經預見台灣將生成一個曠世的女性小說家，而這個班可能讓她避免天妒英才。

是故，我一直不想面對這件事，因為我早有預感，卻無法赫阻

我的預知死亡紀事。如果,當年我們能夠多花一點時間與關懷;如果,當年我已經有小劇場的歷練,知道怎麼處理同志情結;如果……,也許……。

　　對於1995年夏天如煙消逝的青春生命,那是終生無法彌補的遺憾!

方群

作者簡介

　　方群，本名林于弘，臺北市人，1966年生，臺灣師範大學國文研究所博士，現任臺北教育大學語文與創作學系教授，《臺灣詩學學刊》主編。創作曾獲：臺灣省文學獎、聯合報文學獎、中央日報文學獎、時報文學獎等重要獎項，並入選各種選集。著有詩集《進化原理》、《文明併發症》、《航行，在詩的海域》、《縱橫福爾摩沙》、《海外詩抄》、《經與緯的夢想》。論文《臺灣新詩分類學》、《九年一貫國語教科書的檢證與省思》、《初唐前期詩歌研究》、《光與影的對話：語文教學新論》、《群星熠熠——臺灣當代詩人析論》等。

耕莘與我——從耕莘開啟的文學大道

　　三十餘年前的青衫少年，到三十餘年後中年男子，在耕莘青年寫作會的日子，是我正式邁向寫作之路的重要里程碑。

　　1980年代前期的臺灣高等教育仍不重視現當代文學，而這些民間藝文機構便是當時熱愛文學人士的根據地。除了名師的提撥指點，也有同道的激勵互動，一盆又一盆的熱火，點燃也照亮了那片曾經晦暗的天空。

少年終會老去，但文學的靈魂永生不滅，祝願耕莘青年寫作會繼續堅持挺立，繼續向值得期待的未來永不斷奔跑……

我的辛亥革命
──從耕莘起步的文學歲月

　　我的辛亥革命，發生在民國74年，那年的我，仍是未滿二十歲的熱血青年。

　　民國71年我進入臺北市立師範專科學校就讀（之前是女師專，我是男生第四屆，該校後來改制為臺北市立師範學院、臺北市立教育大學，現在則與北體合併，改稱臺北市立大學）。至於當初背棄高中選擇師專原因其實是一言難盡，但選我所愛、愛我所選，之後也就只能如未過河的卒子拚命向前了。

　　1980年代初期的臺灣仍未解除戒嚴，對體制的各種衝撞仍在持續中，保守的師專校園與外界是遠遠隔絕的，身在博愛特區的小小校園，周圍滿佈明暗哨的憲兵便衣日夜守候巡邏，沒有風吹，自然也不會草動。

　　至於校園內的生活，則是塞得滿滿的課程與活動，我們雖是來自四面八方的英雄好漢，但五年的師專訓練，就是要把這群年輕人調整成一群徹底奉行國家命令的純粹執行者──不要問國家能為你做什麼，要問你能為國家做什麼。

　　四處碰壁的校園沒有太大的空間，離警備總部不遠的圖書館是解放心靈的殿堂，由閱讀而寫作，由觀看而行動。每一個熱愛文學的心靈，都渴望能找到彼此相近的心跳頻率，在不被認可的環境內，我們都期待見到類似的圖騰。於是在一次偶然的機會裡，看到了耕莘青年寫作會的招生傳單，一個跨越藩籬的機會，就此展開。

　　那個時期的大專國文教育，仍是以古典文學為主，現代文學是上不了檯面的配菜，而在校園無法滿足的，只好向外索求，沿著羅

斯福路我向前邁進,走向那個點燃文學火焰的里程碑。

　　初到耕莘文教院便震懾於它竟然是天主教耶穌會的組織,想要到達位在四樓的寫作會,還得穿過一系列莊嚴肅穆的設施與建築,想當年一群不知天高地厚的文青,就在這神聖的地方肆無忌憚地大放厥辭、高談闊論,有幾次甚至引來神父與修女的側目,但終究是包容的上帝,寬恕了我們。

　　寫作會是附屬於教會的組織,成立於民國55年(竟然和我同年),是臺灣現存最具歷史的文學社團之一,創會者是美籍的張志宏神父,而從1976年起,便是大家更為熟悉的陸達誠神父,四十個年頭過去了,陸爸依然是陸爸,他堅持了宗教的歸屬,但是在寫作會的運作上,他更包容、成全了文學的繽紛遼闊。

　　來到了耕莘寫作會之後,那些原本只出現報刊書冊的名字,會活生生地出現在你眼前:余光中、向明、洛夫、瘂弦、司馬中原、三毛、杏林子、蕭蕭、陳義芝、白靈、向陽、陳幸蕙、簡媜……,這一系列排開的名單,是多麼的夢幻?然而所費不貲的學費,卻也是窮學生難以負荷的費用。國中畢業以後,我便離家獨立生活,每個月省吃儉用留下幾百元的生活費,並無法負擔這筆額外的費用。在生存與夢想間,我需要能夠平衡的能力,於是附屬於寫作班的文學獎,成了我不能失敗的戰場。參加寫作班是為了參加文學獎,參加文學獎是為了獎金,而有了獎金,我才能繼續參加下次的寫作班,如此的良性互動也好,這樣的惡性循環也罷,我的文學素養與創作能力透過這片校外田園的養分,而有了更充足的成長。

　　只可惜這段美好的歲月並不太長,師專畢業後,隨即到馬祖北竿服了兩年的兵役,接著是三年往來淡水的夜大奔波,然後是碩士、博士,一路工作,一路讀書,三十年的光陰,如今竟彷如轉瞬。

　　五十年就這樣過去了,耕莘依然是耕莘,不老的陸爸依然不老。看著一群又一群候鳥來來往往,我們的飛越天南地北,橫過五

湖三江，歲月染白了頭上的青絲，但滔滔不絕的後浪仍源源不絕，洶湧的波濤仍匯聚在羅斯福路與辛亥路的交叉口。

辛亥路一段二十二號四樓，那個座標將永遠鎖定，留下的除了記憶，還有更多更多的感謝，在那個一切都艱困的革命年代。

陳謙

作者簡介

　　陳謙，本名陳文成，1968年生，佛光大學文學博士，曾任電視編劇、專業出版經理人，現任教於臺北教育大學語文與創作學系。1992年加入耕莘寫作會，已出版詩集《山雨欲來》（1992）、《灰藍記》（1994）、《臺北盆地》（1995初版；2002再版）、《臺北的憂鬱》（1997）、《島》（2000）、《給台灣小孩》（2009）等六部。並有散文集《滿街是寂寞的朋友》，旅遊文學《戀戀角板山》）、《水岸桃花源》，短篇小說集《燃燒的蝴蝶》，論文集《文學生產、傳播與社會：解嚴後詩刊選題策略析論》、《反抗與形塑：台灣現代詩的政治書寫》，文評集《詩的真實：台灣現代詩與文學散論》等十三部。作品曾獲吳濁流新詩正獎、文建會台灣文學獎、臺北文學獎、礦溪文學獎等十餘獎項。

當時24歲的我，24年後的耕莘

　　那是1992年的夏天，踏入社會的第一份正式工作，是我毛遂自薦到前衛出版社工作，那時前衛位居金門街，斜對面二樓是詩人顏艾琳任職的號角出版社，發行人是陳銘磻，巷子裡彎進去兩個右轉可以看到爾雅出版社，那時的隱地並不寫詩，感嘆出版環境變遷的順逆，是我們經常環繞的話題。汀州路上的王貫英圖書館，是我下班或中午休憩時經常去處，而不知從那時開始，我的散步地圖就沿著汀州路往公館方向，來到一處叫作耕莘寫作會的地方，只是沒想到一直到2016年的今天，二十四年來始終如候鳥般不時飛回停駐。

　　我那時剛在服務的前衛出版社自費出版了第一本詩集《山雨欲來》，是當初流行的新二十五開本，深藍加黑底的封面構圖呈現了那時稍稍憂鬱的性格傾向，由於自費一千本，花了我當時約二個半月的薪水，也由於松霖印刷將這本書處理得並不妥善，竟也令我立下宏願成為一位專職出版人迄今，真所謂禍福相依。

　　在寫作會報了名，參與黃英雄老師指導的編劇寫作班，寫作對我來說我只有幾次聽演講的經驗。記得第二次上課時，我帶著我剛出版的詩集想捐給寫作小屋，心想在寫作小屋中，我的書能與余光中、鄭愁予、白靈等著名詩人的詩集一塊兒排列，該是多令人歡欣鼓舞的事啊！接下我詩集的祕書是玉鳳姐，後來用葉紅作為筆名，24歲的我在她看來能出版詩集，在當時也許真是一件少見的事。後來她找我辦讀書會，請我企劃活動，不知不覺我已成為她身旁一堆年輕小跟班的一員，後來陸續開設的各種寫作班，我也樂於當輔導員當義工順便免費聽課，這對於當時經驗尚稱拮据的我助益不少。

　　我的第一次演講也是在玉鳳姐的鼓舞下上台，那時是1995年，

記得講題是「詩的情懷與創作」，站在講台上，感覺所有人彷彿都在發抖，經驗滿是神奇。之後亦接任《旦兮》雜誌主編，也在這份保守的刊物上作了不少編輯上的嘗試，試圖聯繫耕莘文學的薪火，雖說一度想以文學期刊型態對外發行未果，但都是美好而可貴的經驗。1997年在此機緣下，由楊友信，白靈，白家華和我創立河童出版社，該出版社一直營運到2001年因為葉紅遠赴上海生活才中止。而葉紅在2004年上海辭世，2006年葉紅家屬以及寫作會創辦「葉紅女性詩獎」彰顯女性主體與思想，迄今已十年，對世界華文創作貢獻卓著，更提供女性創作者一個伸展的平台。

24歲的我到耕莘迄今24年，耕莘寫作會是一處溫暖的候鳥灘，永遠歡迎你我駐足停留。因為有人，有愛，也因為耕莘永遠的精神象徵，陸達誠神父——陸爸。

羅位育

作者簡介

　　羅位育，曾任國中、高中國文教師、耕莘寫作班講師。創作文類為小說、散文與新詩。慣以微嘲的筆調來描述現代人所遭遇的各種問題，企圖在這個紊亂脫序、不確定的滾滾濁世中，提供給讀者一個冷靜的想像空間，開發各種可能的議題。

作品

　　【散文】
　　　　1.等待錯覺：皇冠文學出版公司，1994年出版
　　　　2.有限關係：幼獅文化公司，1998年出版
　　　　3.各就各位：有鹿文化公司，2011年出版
　　【小說】
　　　　1.鼠輩：躍昇文化公司，1990年出版
　　　　2.熱鬧的事：聯經出版公司，1990年出版
　　　　3.食妻時代：麥田出版公司，1993年出版
　　　　4.天生好男人：麥田出版公司，1995年出版
　　　　5.貓吃魚的夢：麥田出版公司，1997年出版

6.不歇止的美麗回光：麥田出版公司，2001年出版
7.我不是第一個知道的〈小說精選集〉：東村出版／遠足文化，
　2012年出版

耕莘與我

　　多年以前，因著楊昌年教授招手，引我進入耕莘暑期寫作班，我的耕讀生涯展卷了。昔日，我就風聞這所寫作搖籃。二十歲時，我們一群玩耍的朋友當中，某位才女參加了耕莘暑期寫作班，還笑言：「練文字功去」。朋友們欣賞她的才華，不過，沒人有本事陪她練文字功。那時，我也是寫作搖籃外的路人甲，一向覺得自己的文字秤不出多少斤兩，拿筆指天畫地？就不必費心了。直到大學躬逢楊昌年教授的新文學課程，在老師高明的推搡點撥之下，忽然聽見自己小小的心聲：「不妨練練文字本事吧。」某一暑假，老師手一指耕莘寫作會，我彷彿聞悉當年朋友笑談的回聲：「我要去耕莘暑期寫作班練文字功。」這就奔赴耕莘，來瞻仰當年那位友人練文字功的地方。此後多年，我在這間寫作會搖籃過從許多良師益友，也能稍寫出一些閱世的眼界。良師誠告寫作的大道和祕境；益友彼此推敲創作的足與不足；而成為寫作人的愜意之處，不在於自己是否筆刺錦繡，而是悅樂發現眾家作品中的智珠。

　　耕莘寫作會處處游於藝。

走入寫作會

多年前六月，師大校園，夏蟬正是頻頻呼喚，在滿園知了聲中，楊昌年教授對我笑說：「耕莘寫作會有暑假寫作班課程，我是小說班導師，你來報名上課。」

唧！一聲蟬嘶破空。這亂耳的知了聲彷彿提醒我：聽仔細了。

喔。這是我腦袋內第一句回聲。我沒發出來，而老師猶在瞇眼笑，顯然相信我早已入心。還真是。能讓老師召喚入班修習文學功夫，算我孺子可教吧，竟有些蟬蛻新生的飄飄然。

飄飄然中，忽然回想二十歲前，我那群好玩耍的朋友當中，有位文青向來詞鋒機敏而不尖刻；心思剔透卻不遠人。他一口璣珠妙語，正是生活吉光的片羽，常常搔到大家內心小小的犬儒感，入耳還真痛快。某暑假前夕，他快活地說，準備參加耕莘寫作會的暑假寫作班課程，想要練練文字功夫。他雖沒出聲邀請大家一起大步前往這所寫作人才的搖籃，不過，我猜他或許有心招呼我們並肩的。然而，朋友們你知我知，我們讀書大多不求甚解，又首次聽聞耕莘寫作會，當然是寫作搖籃外的路人甲乙丙，自認筆下文字秤不出多少斤兩，所以，無人應諾啦。暑期將結束，我致電問候他是否遇見知音，電話那頭傳來爽朗笑語：「很精彩，各路老師學員高手過招，我光顧著聽課寫筆記都來不及，課程快結束了，卻還沒交出隻字片語，欸，你應該也能寫一些的，怎麼樣，要不要代筆呀。」真是說笑了，我也隨之戲言：「好啊，如果你想要文字耍笨的話。」

我始終沒能讀到他的文字吉光，不過，我相信他開始善舞文學長袖了。之後，我們這群人也各耕各的生活田，不再時時起興玩耍，然而，他的「耕莘課程很精彩」之說，聲聲入耳，讓我有些動

心。我也滿愛作書蟲的，大多自己往小書肆鑽去，甚少呼友推敲閱讀心得。雖然聽過「以文會友」這句佳話，但是，那是文人的雅興，而我一直是寫作班外的路人，所以，耕莘離我仍遠。直到昌年老師的寫作班召喚，我忽然發現，「耕莘寫作會」早在轉身之處了。

　　這年暑假某個早晨，我拈筆微笑，站在耕莘文教院大禮堂報到台前，既認真又怡然地領了學員證，立就一步踏入禮堂。路人甲，開始成了耕莘寫作會的一名家人了。

　　長年以來，耕莘寫作會就像個家，很多人在此喜逢哥兒們和姊妹淘；同時，它也正是一間書院，歡迎眾人到此下馬引吭。誠如我的老友所喜的：「各路老師學員高手過招」。許多精彩的課程，講師說得眉飛，讓我聽得色舞，眼亮心悠了，不時想起十七世紀法國思想家巴斯卡之《沉思錄》所言：「人不過是會思考的蘆葦。」。是啊，人生脆弱一如蘆葦，但是，思考，讓人凝視脆弱。有堂戲劇課的影像畫面，格外令我動容，是某位老師播放一部法國紀錄片，片中，從頭到尾，無語，就只呈現天際各色雲朵風中翻舞的姿態。雖然，導演的美學造詣，我不太明白，不過，那近十分鐘的雲舞，我認為，恰巧隱喻了創作靈感的踴躍狀態。

　　寫作會中，各行佼者齊心撐起一片文學天空，令人感動稱快，更有一位大家長——會長，陸達誠神父，尤其讓人心儀，許多人親切地稱他陸爸。說起陸爸，眾人必然如數家珍，或談他的手風琴演奏；或感佩他於短時之內叫出大家的名字，讓人溫暖縈懷；或景仰他的深厚學養等等，我就不贅述。倒是有件小插曲，可算是我和陸爸的另類耕莘趣緣。

　　我曾任事於耕莘暑期和春秋兩季寫作班的輔導員，一次暑期課程結束後，陸爸雅贈每位輔導員一項禮物。我獲得馬奎斯的名作《百年孤寂》，陸爸把書鄭重放在我手中時，微笑低聲：「我是位

育中學畢業的」

　　啥！

　　我當下沒意會過來，直到返座開書時，乃見書名頁上，陸爸清秀端正的字跡寫著：「位育：我在上海念的高中即位育中學。」

　　我樂笑了好一陣子。

林群盛

作者簡介

　　林群盛，曾任遊戲企劃，插畫設計，動漫產業相關企劃，總監，劇本作家，電競教練等。現為角立出版社總編輯，以及Poetry Atelier負責人。

　　出版詩集《超時空時計資料節錄集Ⅰ：聖紀豎琴座奧義傳說》、《超時空時計資料節錄集Ⅱ：星舞絃獨角獸神話憶》、《輕詩系01：限界覺醒！超中二本》等。曾獲「創世紀三十五周年紀念詩獎」等獎項。

耕莘與我

　　1984年參加耕莘寫作班。同班同學有小說家凌明玉等人。

　　1989年獨立舉辦現代詩研習班〈幻獸詩會社　獨角獸詩苑〉，為期一週，全程使用動畫與漫畫的範例進行教學，每日固定觀賞一部動畫長片。隔年續辦一屆。

　　1994年擔任寫作會常務理事。與白靈，葉紅策劃籌組「耕莘詩黨」，網羅寫作會會員所有的現代詩創作者。並開始於寫作會刊物《旦兮》連載耕莘詩黨的日常漫畫與現代詩隨筆。隨筆內容多半為離奇的現代詩鍛鍊法。隔年返美，受到當時的科技限制，繼續以解析度偏低的傳真方式供稿。

1995年獨立舉辦現代詩寫作班。並與同時期另一組的導師劉中薇共同企劃互動課程。

1996年與新詩組學員共同策劃詩的聲光，並於寫作會大樓地下劇場演出。

2000年接受葉紅專訪「另一則小王子的故事」，收錄於西子灣副刊。

2007年擔任第一屆葉紅女性詩獎評審。

2010年多次以學員身份返回已無現代詩組的耕莘寫作班，繼續尋找喜歡現代詩的學員。

2011年於文學導航班陸續發現葉語婷與許亞歷等詩人的存在，並半推銷性的慫恿對方出版詩集。葉語婷於2013年自費出版了詩集《一隻麋鹿在薄荷色的睡眠裏》。許亞歷則被詩人許悔之主持的有鹿文化發掘，於2014出版了《這個‧世界‧怪怪的》。

幾乎是星光

80年代的暑假也許跟今年一樣悶熱，但永遠比現在忙碌。

除了聯文文藝營，復興文藝營，數所大學文藝社合辦的文藝營可以無縫趕場，更有數個奇妙的營隊可供選擇。例如「全國大專院校文藝性社團負責人座談聯誼大會」，光看名稱似乎是什麼吃吃喝喝的行程，實際上跟一般文藝營一樣，該有的都有。而營隊以外，對我來說，絕對不能錯過的就是耕莘寫作會的暑期寫作班了。

跟現在相較，以前的期間可說是驚人的長。光是文藝營或許就長達一週以上，耕莘暑期寫作班更是豪華極致。課程由早上八點開始，下午五點結束，晚上不定期有追加活動，週一到週日連續無休，這樣綿延一個月左右，中間還穿插了一場文藝營，以及一到兩次的戶外課程。同期寫作班的成員，就算不同組別，結業前這一百多人也都熟一半以上了。

文藝營的場合，同組的人雖朝夕相處，晚上則是混組四人一間房，公式約略是：第一天晚上，是交換作品討論。第二天晚上，開始會有別的房間的人來聊文學。第三天，說不定哪一組的老師帶出去夜遊談一整晚創作。第四天以後，基本上是排練後天或大後天的表演內容。再來的夜晚，就會變成別棟宿舍的女生也跑來，整個晚上出現好幾場激烈的辯論，隔天總有幾個人喉嚨啞掉。結業後，慣例相約隔年再見，各奔東西，僅靠通訊錄寫信給對方。一場文藝營總是有個幾百人，那幾個夜晚就算談得如何熱絡，一個房間能塞的人總是有限。運氣好遇上回信快的，一個禮拜或許能收到兩次回信，但多半隨著時間，往返頻率慢慢拉長，若隔年沒再遇上，也只能就此結束。

　　寫作班的情況自然不同，能連續一兩個月每天從早到晚來上課的，約莫都是同一個城市的人。偶有為了上課，清晨四五點就得起床趕車的熱情學員，也畢竟是少數。午餐雖各自外食，但附近價格親民，能覓食的地方也就那幾個，一坐下來旁邊就是同期的學員，每天三堂都是不同的作家，兩週過去，能想到的作家都來過一輪了，便不難以這樣的開場白搭訕：「啊，剛剛那堂我睡著了，可以借看一下妳的筆記嗎？」「我聽不太懂老師的鄉音，妳聽得懂嗎？」「這次寫作班的文學獎妳有投稿吧，能借我看一下嗎？」就算第一天不認識，幾十天下來都知道對方家裡小貓小狗的名字了。結業後靠著每週聚會或每月聚會，總是能聯絡上好幾年。

　　這樣親密的氛圍也造就了耕莘的另一特色，每次結業後，學員中那些得了寫作班文學獎的，表演晚會上讓人印象深刻的，平常就很熱心的，多半都會被培養成下一屆的輔導員，甚至當上總幹事。而擔任輔導員或幹事的好處，就是當期寫作班能免費參與，比起文藝營的報名費用，一整個月的寫作班費用對學生當然是一筆負擔，更增加了誘因與競爭。

　　忘了為什麼我沒有積極的爭取輔導員的職位，倒是下課後就往辦公室跑，纏著白靈老師問東問西的，或是抱著一堆詩稿，跟不想走的同學一起聊到不得不一起吃晚餐的地步。上了幾年的寫作班，就這樣也跟辦公室內的祕書長熟起來了。

　　我們那時都叫祕書長玉鳳姐。寫作會辦公室多半只有玉鳳姐在。一邊窩在旁邊寫東西，一邊跟她聊天，更經常硬塞給她一堆詩稿看。某一天，不知道是怎樣的機緣，玉鳳姐突然神祕兮兮地從抽屜摸出一疊詩稿，要我看。

　　「你覺得這些詩怎樣？」

　　「不錯啊，是誰寫的？」

　　「是我啦！」

「真的假的，我以為妳只會寫簽呈！」

忘了有沒有被打，但在那之後，玉鳳姐就開始把藏起來的詩拿出來發表。耕莘寫作會的會員，那時幾乎有六成以上都是寫詩的，儼然就是個大型詩社，我們在寫作會大樓的地下室舞台辦過小型的「詩的聲光」，開了幾屆只有現代詩的寫作班，甚至還成立了「耕莘詩黨」這樣聽起來很可疑的詩社。

幾年後畢業，服役，出國。暑假回國時仍習慣每天往寫作會跑。又過了幾年，玉鳳姐卸下了多年的祕書長重擔，去了大陸。曾經坐我左邊的女生出了第一本小說。老是喜歡坐角落位置的另一個女生去了法國，然後再也沒有回來，日記被出版成書。幾個當過輔導員的人則出了詩集。脫離學生身份的我無暇再參加暑期寫作班，也慢慢的越來越少回耕莘，又過了幾年，玉鳳姐去了更遙遠的地方，留下了一個營運至今，也是唯一的女性詩人獎。接著，讓人無法置信的，寫作會新大樓被拆除了。

可能是不知道能跟誰抱怨，也可能是單純賭氣，在那之後遠離了耕莘好幾年。只是那麼偶爾的假期，或許悶熱，或許微寒，去了幾次現在的寫作班。不是站在台上，而是坐在台下。那麼恰好或刻意的，選了最後面右邊的位子。那個位子筆直劃出去，便是通往被拆除的大樓，寫作會辦公室的空間。

連閉上眼回想都不需要，似乎只要再過幾秒，就會有誰推開辦公室的門，繼續那些熟悉的日子，聊好幾小時的現代詩，聊到啞嗓為止。

楊麗玲

作者簡介

曾任職報社、電影及廣告公司,現專事寫作、遊藝現代水墨、油畫。曾獲耕莘文學獎、聯合文學小說新人獎、中央日報文學獎、台灣文學獎、國軍文藝金像獎、公視百萬劇本推薦獎、國家文藝基金會小說創作暨長篇小說專案補助等;已出版《分手的第一千零一個理由》、《戲金戲土》、《翻滾吧阿信》、《艋舺戀花恰恰恰》、《山居‧鹿小村》……等三十餘部作品。

耕莘與我

「妳──就是楊麗玲?」在等待上課前,忽有一位女子坐到我前方的椅子上,面對我說。

我疑惑地望著她。

「呵呵,怎麼看起來笨笨的?」那女子笑稱她在〈自由時報副刊〉上看到我的小說。

喔,啊怎樣?忘記她又絮絮說些什麼,但這個片段一直留在記憶裡。那時候的我,約莫確是看起來笨笨的吧?又害羞又緊張,在耕莘上課,連舉手發問,聲音都會發抖。

後來我才知道，那篇小說就是我的處女作（即之前結業時獲耕莘文學獎小說首獎的作品）、也是我生平首次見報的作品，而當時的自由副刊主任詹錫奎先生也因為刊登這篇小說後，有職缺時找我進自由副刊擔任編輯──我既非學新聞、或文學相關科系，也沒有任何文化工作經驗，報社敢用我、而我竟也敢去？真是冒險啊！

　　人生變化微妙！

　　當初，何曾想到會有這些際遇呢？相信許多耕莘人和我一樣，因為遇見耕莘，人生也翻轉了！年復一年，文學愛好者如候鳥般來來去去，風雨、陽光、歲月荏苒，無論展翅飛去多遠，念念不忘的，耕莘，一直都在，心繫，安然。

文學於我是、非不分
——我與耕莘真有些事

　　你說，原來文學是這樣？

　　是這樣嗎？

　　是這樣！

　　呃，或許，也不一定非得是這樣？

　　那麼——又該是怎樣？

　　許多寫作者或許自幼就熱愛文學、或學生時代就是文藝青少年？

　　但我不是，我只是一個成天跟著姐姐混跡出租店、亂看雜書的懵懂兒，各種言情小說＋尼羅河女兒、凡爾賽玫瑰、諸葛四郎、老夫子、機器貓小叮噹……之類的漫畫，是我人生最初的啟蒙，在路邊廢棄的書報堆裡，撿到一本破破爛爛的《六祖壇經》和缺頁的大英百科全書第6、7集，也搬回家當故事書看……。嗯，我是這樣長大的。

　　我對瓊瑤、嚴沁、依達、倪匡、古龍、金庸……挺熟悉的，國中以前就幾乎看遍他們的書，至於族繁不及備載的張愛玲、馬森、白先勇、王文興、七等生、鍾肇政、李喬、袁瓊瓊、蕭颯、朱西寧、朱天心、李昂……以及許多世界名著、大文豪等等……嗯？是接觸耕莘寫作班後，才突然茅塞頓開——呃，總之是二十六歲那年吧？在耕莘寫作班上課時，我第一次知道這些人、以及這些人的作品——你說，那才允為備受肯定的「純」文學。

　　是這樣嗎？我充滿疑惑，卻又興奮、激動，一堂又一堂的精彩課程，台上的老師們談笑風生、語言珠璣，仰之彌高、聽之彌深，中西流派的各種文學思潮、台灣文學的發展、鄉土文學論戰……，

在茫然的眼前，打開一扇扇新奇的窗，我試圖攀向窗外，探索新世界，姿勢笨拙而緩慢。

如果你說，參加耕莘寫作班改變了我之後的一生，絲毫不誇張。

在此之前，我沒想過要寫作，也不知道自己未來該幹麼？沒有所謂的生涯規畫，只是從學校畢業了，找到一份不怎麼樣的工作，表面看來很正常地朝九晚五，也彷彿受到老闆器重，實則對社會、職場嚴重適應不良。你說，我是因為熱愛文學而開始寫作嗎？嗯，應該不是這樣。真實的我，對所謂「純」文學和「非」文學，觀念一點也不純，而且依舊是、非不分。

寫了生平第一篇拙稚的小說，竟獲得期末舉辦的耕莘文學獎首獎，的確是大鼓勵，對當時人生方向飄忽的我來說，「寫作」這樣的事，似乎讓內在的衝撞不安找到出口，就像於茫茫大海中抓到浮木，下意識地緊緊攀住，免於滅頂。

來不及「慢慢來」。

為了大量閱讀那些初聞乍識的「純」文學、理論、評論……，為了練習寫，我需要更多時間，於是斗膽辭掉工作，靠著微薄積蓄，仍按月給家裡交回「薪水」，每天帶著便當出門，以免被識破——如果那個冬天，你碰巧在臺北市隨便哪個路頭街尾發現一位怕冷、兼之為免被熟人撞見而戴安全帽當頭盔的年輕女子趴在摩托車上認真閱讀、奮筆疾書、未到中午就飢腸轆轆一邊扒吃著冷便當……嗯，你沒認錯，那就是我！

我的寫作，是這樣邁出第一步。

沒想到會一路走到現在。

靠著書寫維生，除了所謂的「文學創作」外，我也接案子，替企業或個人作傳、寫發展史、寫奮鬥故事，從全世界最重要的高活性（癌症藥）原料藥廠、到台灣最早的廚具業龍頭；從麻糬、酵素到巧克力；從重度身心障礙者及其父母、照顧者的心酸血淚、到卡

內基為什麼成功……，我接觸、書寫了許多不同面向的文字，得過一些獎、也有小說被拍成連續劇，迄至目前約出版三十幾本書，能不能稱為「作家」呢？別人是有這麼稱呼，但我比較常自我介紹是「文字工作者」。

你說，文以載道，不該為他人服務，然而，我絲毫不以為憾，且因能為他人完成寫書心願，同時豐富見聞、擴大視野而感到欣慰、充實。

感恩老天爺賞飯吃。書寫，滋養了我的心靈與生活，也幫我養大孩子、房子，還養了一片小小的土地在山居鹿小村，我在這裡，學做村婦、耕讀、書畫後半生。

不必懷疑，這一切的最初，正是源起於你，從耕莘開始。

陳銘磻

作者簡介

陳銘磻，曾任國小教師、電台廣播節目主持人。雜誌社總編輯、出版社發行人。電影編劇。耕莘寫作會主任導師、救國團復興文藝營駐隊導師。獲二〇〇九年新竹市名人錄。大愛電視台〈發現〉節目主持人。以〈最後一把番刀〉獲中國時報第一屆報導文學優等獎。曾獲金鼎獎最佳出版品獎。《香火》《報告班長》《部落‧斯卡也答》為電影原著。著有：《賣血人》《最後一把番刀》《父親》《陳銘磻報導文學集》《日本文學地景紀行12冊》《片段作文》《情緒作文》《國門之都》等百餘部。

現任臺北柯林頓補習班國中國小作文老師。

耕莘與我

耕莘寫作會十四年的教學過程，讓我得有機會重拾小學課堂任教的經驗，因緣際會，我也從教學相長中認識不少喜愛寫作的學生，常常，在馬路上或臉書交友欄遇到喊我「老師」的年輕朋友，絕大部分都說是「耕莘的學生」，可我卻常喊不出對方大名，覺到十分愧疚。這一點真的不若陸達誠神父的好記憶，好用心。

　　提到「耕莘寫作會」任誰都會聯想起陸神父和白靈老師，他們兩位不僅是寫作會的靈魂人物，對於文學教學與教育，誠摯的熱忱深刻影響我在耕莘服務期間的態度，我想應該就是「熱心」和「奉獻」吧！我就是這樣想，也依循他們兩位的精神，才把自己從矛盾的散漫情緒中找了回來，成就個人對文學教學的些許認知。

　　社會教育和學校教育流失文學已久，而耕莘始終沒遺失對文學教學的執著意志，這使我念念不忘，引以為豪。

耕莘，是一座寫作大學

　　翻遍發表過的千篇文章，竟然找不著任何一篇有關描寫我在耕莘寫作會擔任班導師、主任導師期間的報導紀錄，或許確曾寫過，但已遺忘或遺失了也說不定。總之，就是沒有這方面的資訊。究詰遠因，大概是我認為那不過只是一項受委託的任務，必須認真執行的工作罷了，實在不足以多加著墨說明的緣故吧！真正在乎的，反而是我到底有沒有盡責達成對任務要求完美的目標。這樣說，不正表明我確實是個喜歡文學活動的狂熱分子。沒錯，我是這樣的人。

　　1988年4月，是我正式踏足耕莘寫作會的最初，擔任新聞組指導老師，那已是寫作會成立二十二年之後的事了。不久，我又在詩人白靈和祕書長翁詩彬的邀請下，把「編採」這個當代新興又熱門的寫作課程帶進寫作會，動機很單純，就是順應社會需求，隨時代創新，擴大已然面臨逐漸萎縮的文學活動市場。

　　當然，編採班或編採研究班陸續成立後，果然應驗奏效，每一期報名人數多則上百人，少則也有六七十名，幾度凌越耕莘寫作會暑期班全盛時期的文學人口，更為耕莘大樓帶來紛沓熱鬧的場景。直到1989年7月，我接任第二十四屆耕莘暑期寫作班主任開始，編採班終於登堂入室，跨足「直搗」耕莘每一年最受世人矚目的暑期班活動，成為新寵的組別。

　　執意這樣做，算不算冒犯了這個擁有悠久歷史與輝煌聲譽的寫作會的規矩？多年來，我心裡一直嘀咕這個問題，深怕以文學領軍掛帥的耕莘寫作會，其優良的傳統會被我搞砸。

　　實驗結果，加上承受自會長陸達誠神父、理事長楊友信、白靈老師，以致後來的總幹事黃玉鳳的厚愛與支持，超過十年以上時

間，我藉由理事長給予的，象徵最高榮譽的頭銜「主任導師」，把原本單純以文學寫作為目標的耕莘寫作會，加進更多元的寫作因子，除了編採寫作，獨立出報導文學一組，再加歌詞寫作班，兩性人際關係研究班、兒童文藝營，甚至打破傳統，運用當代主流意識的聳動標題，做為每一個班別的招生訴求。「耕莘，是一座寫作大學」、「文學的快樂夏令營」、「與眾神在文學花園相遇」、「文藝心靈的祕密花園」、「看見音樂在草原上飛」、「人文與心靈的飛翔年代」、「文學與眼睛耳朵的婚宴」、「讓文字與音樂共舞」、「文學之海 快樂出航」、「給想像一把梯子」、「唯文學可以帶我如何跨過人生」等。

　　至今我仍無法想像，在那個思維保守又矜持傳統的年代，是陸達誠神父的心胸夠開闊，還是膽識夠大，他從未「諄諄訓勉」告誡我，我是否偏離耕莘寫作會創立幾十年來的常軌太遠了？我有沒有對文學活動的經營「離經叛道」？他只是純然保持一貫靜默、和善的態度，讓我無止盡的揮霍創意，直到邁入二十一世紀的第二年才告結束。

　　離開耕莘寫作會也有十五年了，正值寫作會五十歲大生日，本該同喜同賀，可我並不會刻意懷念起那個書香滿溢，文學氣息濃厚到不行的地方。懷念易於使我心痛，使我不捨，總感覺我在耕莘那段歲月，把寫作會活動搞到「翻天覆地」的田地，覺到十分歉疚，心裡淌淚不止，所以只能把那段不論美好或魯莽的記憶冰封到心底看不見的某處，久久未曾開啟。

　　然，我始終記得陸神父充滿智慧的謙和笑容，對學員殷切的關懷態度；記得白靈老師有求必應的溫暖熱心，對我執行任務的相助力挺；當然，也記得從未拒絕我誠摯邀約前來寫作會上課的楊昌年、司馬中原、羅位育、莊華堂、黃英雄、許悔之、李潼、林文義、瘂弦、高信疆、平路、亮軒、曾昭旭、洪小喬、劉克襄、焦

桐、簡媜、蕭蕭、阿盛、吳晟、東年、吳念真、小野、吳鳴、林秋離……等難以數計的作家老師，豐富了寫作會堅強的講師陣容與優質的課程，還有，協助壯大寫作會的祕書與幹事群，楊友信、李秋萍、黃玉鳳、黃九思、胡春生、吳錦珠、田玉珏、陳謙、陳淑卿、葉俊甫、劉夏泱、許榮哲等，為寫作會無私的奉獻。

　　歲月悄然窗前過，五十年了，出入耕莘大樓學習文學寫作的莘莘學子不知凡幾，一座被許多文學人記在心裡的文學殿堂，能在不重視文學的台灣社會屹立半個世紀，我曾參與其間，特別感到與有榮焉。祝福這座文學殿堂順利邁向第二個五十年。

凌明玉

作者簡介

　　國立臺北教育大學語創所碩士。曾任出版社文史線編輯、童書繪本主編。目前為耕莘青年寫作會寫作課程編排與導師。熱衷看電影、日劇，抱著兩隻貓滾來滾去。

　　創作文類以小說為主，兼擅散文與少兒傳記故事。小說多書寫城市疏離人群，探索人性幽微心境，尤以細膩筆觸呈現女性於婚姻、愛情與性別上之轉變與掙扎。散文書寫範疇有城市觀察、看不見的小人物、家族記敘等等。多本少年傳記成果斐然，多記名人故事，以受孩童歡迎之導演和創作者之成長與奮鬥做為題材。

　　曾獲林榮三文學獎、宗教文學獎、打狗鳳邑文學獎、新北市文學獎、吳濁流文藝獎、國藝會文學創作補助等獎項。著作有小說《愛情烏托邦》、《看人臉色》，散文集《不遠的遠方》、《憂鬱風悄悄蔓延》、少兒傳記《動畫大師－宮崎駿的故事》、《我是爸媽的照相機》等書。少兒傳記多次獲得「好書大家讀」年度好書獎。

耕莘與我

　　有時候，覺得自己在耕莘很寂寞。這份寂寞是來自每年團拜的時候，聆聽老會員緬懷過去寫作會的榮景，他們提及的人事好陌生，坐在會場經常渾身不自在，總覺得自己是另一個時空的闖入者。這幾年，我的想法改變了。開始仔細聽取這些令人留戀不捨的往日情景，試著記憶更多過去的美好時刻。或者，那是因為我終於能逐漸明瞭，未來，我也將篤力描述目前的繁花盛景，試圖讓後來的人，感受我在耕莘曾經感受的溫暖點滴。

轉動光，因為夢想

　　那幾年，離開高雄抵達臺北，有如異鄉人找不著心靈歸屬，直至來到羅斯福路耕莘寫作會。

　　那個對未來仍然一片混沌的年代，沒有太多虛無的夢可做，充其量只是愛好藝文的青年，直到在耕莘寫出第一篇小說〈複印〉。記得原始版本是三千字的作業，楊昌年老師喜歡，他搖著紙扇，倏而展開，倏而收起，宏亮的聲音在夜間教室迴盪，「寫得真是好哇。」他要我站在講台上，分析結構，臉好燙，心好亂，那一瞬，覺得自己真的寫出小說了。

　　還記得，重感冒，嗓子啞啞的，整個夜晚都是恍惚的時間。下課時，又在電梯巧遇，老師說那篇作業幫妳投到聯副吧。不知哪來的膽識，想也不想便回，不想投副刊，準備寫長了去參加文學獎。老師聽了，一貫哈哈大笑說很好哇。後來，才發覺那是在耕莘，品嘗了寫作的甜美，或者也是老師給我的膽識。於是，一直寫到現在。

　　在耕莘作為學生經歷很短暫。上了兩期課程，開始擔任輔導員，後來依照當時的祕書長黃玉鳳也是女詩人葉紅的規畫，培訓我作為講師。不清楚是否為SOP流程，接著參與各項會議，練習編排課程，跟班跟課，彷彿師徒模式，手把手教我文壇應對。甚至超越文友近乎姊妹的交集，關注日常，陪我就醫，我們有說不完手帕交的悄悄話。現在，有時我也這麼對待學生，不過這大概得有不求任何回報的傻勁。

　　曾經一度想放棄寫作，放棄回到耕莘，那幾年精神狀況很糟，經常睡不著，五天沒有睡眠，是葉紅姊押著我去看醫生，有些話已

在追思會小冊子說過,她是我永遠的大姊姊、手帕交,她看見了我不知道的另一個我。她老是眨著大眼睛要我堅持寫作,不要放棄,但她自己卻沒有堅持下去,真是不夠意思,但我也罵不到她了。

難以遺忘的作家還有袁哲生,他離開的幾個月前,在耕莘講了一堂課,參與一場座談。記得他靠在四樓樓梯轉角慢慢捲菸,徐徐吞吐,在迷濛的煙霧中說著,「在臺灣寫作好像丟一顆石子到大海裡,聽不見聲音……」那聲喟嘆好像隨即將要捲進深不見底的無望之海。彼時我讀到的訊息卻是,哲生已出版兩本小說,獲得諸多重要文學獎的肯定,他對自己要求卻如此嚴厲,寫作真是一刻也不得放鬆啊。隔年四月哲生卻猝然為自己畫上句號。葉紅的離開也在四月。艾略特說的沒錯,四月真是殘酷的月份。

我約莫於84年加入耕莘,剛好參與寫作會平穩期與下坡期,90年代還勉強維持一個寫作班和暑期文藝營的運作,耕莘人暱稱陸爸的陸達誠神父必會來參與開課儀式,在課間翻開他的小筆記本勉力記下學員名字。招生人數青黃不接持續五六年,陸爸總是很憂心,耕莘如何繼續,文學教育如何繼續。這期間,也是自己生活最為紊亂的幾年,長輩老病需照盼,生育子女,工作幾番更迭,不只一次,明明日子七零八落,家人不解為何我還要花時間在耕莘;但看到陸爸清癯身影,也說不出離開言語,只能,以淺薄的能力陪著一起,彷彿便能稀釋看不見的憂愁。

千禧年之後耕莘有巨大的轉變,像是目前耕莘的藝文總監許榮哲加入,復興了文藝營,還有李儀婷負責的幹事會培養了許多傑出人才,不單是優秀的新銳作家,如黃崇凱、朱宥勳、神小風、李奕樵、黃文俊等等,還有行政的主力幹部,像是許皓甯、黃致中、何京致、玉吐……不但活動能力靈活多變,組課和講課也虎虎生風,耕莘下一個文學盛世已開始浮現出美好輪廓。

在耕莘的時間轉眼越過二十年,宛如指顧間,不禁想到日劇

《半澤直樹》。直樹的父親對他說：「你以後做什麼都行，一定要珍惜人與人之間的交往，不要做那種機器人的工作。」懷著復仇心態進入銀行業的直樹每每在怒火燎原之際，父親的叮嚀彷如微風讓他冷靜看待醜惡人事。或許不久之後，我終究也會離開這個如此珍惜「人與人之間的交往的工作」，除了幹過幾年編輯，我能擁有的全部，就是在耕莘的時光，它甚至不是正職，投資報酬率幾乎是零，卻給了我超越一份工作的成長與說不清的愛。

我很明白自己不是天才型的創作者，也教不出天才型的學生，但因為在耕莘長期教寫作，遇見了那麼多真心喜愛文學，並且在創作路上遲到的朋友，他們讓我懂得文學的溫度來自於熱切夢想，以及持續努力的力量。教學動力有如半澤直樹被許多體制或惡質話語打擊時，始終不放棄在地上滾動的小螺絲，不起眼的螺絲來自於體貼的心意、傾聽的時光、打從心底認同一個人一件事一個地方的精神。

我想，許多曾在耕莘學習成長的文學同好，捨不得離開這裡的原因，除了創作傳承，更多的是，寫作會會長陸達誠神父，親愛的陸爸從不對我們傳道，而是讓我們更堅定對文學的信仰。一個教會體系的文學團體，五十年的歷史，多麼欣喜，這其中，有我深深烙印的一頁。

所有參與過耕莘課程的青年學子，同樣也存在五十年輝煌的光譜之中，走過夢想長路這星星點點脈絡，讓我們相信自己，相信這個眾人所描摹的美麗圖騰，將會矗立於羅斯福路上，轉動著光，為夢想導航。

許榮哲

作者簡介

小說家、編劇、導演。

台南下營人。台大生工所、東華創作所雙碩士。

曾任《聯合文學》雜誌主編,現任「走電人」電影公司負責人。

曾入選「20位40歲以下最受期待的華文小說家」,目前於綠光表演學堂、台灣文學館、台灣科技大學,擔任小說|劇本|電影|桌遊等講師。

文字作品有《迷藏》、《小說課》等十餘種,有「六年級世代最會說故事的人」的美譽。曾獲時報、聯合報、新聞局優良劇本獎等獎項。

影視作品有公視「誰來晚餐」等,曾獲台灣大哥大微電影最佳紀錄片等獎項。

耕莘與我

1999年,我25歲,研究所剛畢業,錢多事少離家近地留在學校當研究助理,心底想的卻是我要離開這兒,成為另一個人,雖然我還不知道那應該是怎樣的一個人。

約略是一個木棉花開滿羅斯福路的時節,我百無聊賴地騎著黑色迅光125

從台師大附近的耕莘文教院晃過，意外地瞥見了當年度的耕莘青年寫作會招生簡章。簡章上，像夏夜螢火蟲一樣亮出來的是那些我從沒聽過的小說家、詩人，這些離我比草履蟲仰望織女星還要遙不可及的夢幻稱謂。

　　正是那一天，我決定以一種一刀兩斷，頭也不回的方式，徹徹底底逼自己離開，成為另一個人。

　　後來，我在耕莘得到第一個文學獎、第一次擔任文學講師、第一次組織文學營隊，陪著耕莘走過最艱困，也最美麗的一段時光……我真的如願變成另一個人。

　　世界沒有耕莘，世界依然轉動；許榮哲沒有耕莘，許榮哲如夢一場。

沒有耕莘，如夢一場

1998年，我一邊在台大寫碩士論文，一邊去台視上編劇課。

論文的題目叫「灰色、模糊、動態規劃於水庫之即時操作與運用──以石門水庫為例」。

那時，距離921大地震，還有一年多。

當時，我每天跟朋友討論劇本，寫劇本，對未來充滿了想像。

那時，我還沒聽過導演李安後來常掛在嘴邊的一句話：「編劇是地獄的行業」。

當時，我一直在編劇的領域受挫，但我還不準備放棄，因為編劇老師告訴我，我是編劇界的天才，而我也這麼認為。

後來，我來到耕莘青年寫作會，心中的念頭是，利用寫小說來磨練自己的文字能力。因為意外得了耕莘文學獎小說第二名，改而相信自己是小說界的天才，轉而瘋狂寫小說。

關於我的文學路就是這樣開始的：我在耕莘得到第一個文學獎，第一次擔任文學講師，第一次組織文學營隊……我真的如願變成另一個人。

我幾乎可以這樣說，世界沒有耕莘，世界依然轉動；許榮哲沒有耕莘，許榮哲如夢一場。

但故事還沒結束，2006年，耕莘一年一度的新春團拜（陸神父會發給每個人一個百元紅包），一群耕莘人聚集在烏來的文山農場。沒有往年的新春愉悅，只有陸神父憂傷的眼神，以及他不停掛在嘴邊的「救救耕莘」。

那幾年，連最具指標性的耕莘暑期文藝營的人數，都從最輝煌時期的一百八十人，一路降到只剩十來個，下一次恐怕連班都開不

成了。

很多人安慰陸神父：「這不是耕莘的問題，而是大環境的問題，文學是沒落的貴族，我們必須面對。」

當時我在聯合文學雜誌工作，雖然對這樣的論調感到憤怒，但卻無力改變一些什麼。從此，陸神父憂傷的眼神深深的烙印在我的腦海裡，揮之不去。

隔不久，當年的祕書謝欣純帶著陸神父的憂傷和難題來找我。欣純有一種天真過了頭的特質，口頭禪是「我也這麼想」。很不幸的，我和她一樣天真，口頭禪是「OK的啦」。

於是不管欣純提出什麼要求，我都OK的啦。於是不管我提出什麼點子，她都說我也這麼想。於是我們一邊OK，一邊我也這麼想的開始動手了。我找來和我們同樣天真的8P（我說「這不是工作，而是夢想」，他們也點頭說「這的確不是工作，而是夢想」），用距離現實最遠的想像力，離地五百呎幻想出了第一屆的「搶救文壇新秀再作戰」文藝營。

冒著被臭罵的風險，我們到處去網路貼文，連最會罵人的小說家張大春的部落格都貼了。因為我們想像著：每一個文學網站都躲著一個潛水冒泡的朱宥勳。

不管對方允不允許，我們騎著摩托車，載著一堆DM，到臺北縣市每一家圖書館，一家一家放招生DM。管它圖書館規定如何，明放不行就暗放，暗放不行就偷放。我們想像著：每一家圖書館都窩著一個恨死讀書的神小風。

努力還不夠，最重要的是天真。天真的相信每一次的努力，都將獲致一個可怕的收穫。

最後，天真的我們成功了，第一屆的搶救文藝營來了一百零八人（神奇的數字）。陸神父說：「這是耕莘的第三次文藝復興，第一次是朱天文、朱天心帶來的小說年代；第二次是白靈、許悔之帶

來的新詩年代;第三次是⋯⋯」

第三次是天真的年代。

越軟弱,就必須越天真。天真是當時我們唯一的武器。

轉眼之間,十年過去了。

這幾年,耕莘青年寫作會幾乎可以用脫胎換骨來形容,從剛剛落幕的第十一屆「搶救文壇新秀再作戰文藝營」,到一年兩期的「劇本創作班」、「女性文學班」、「文學進階班」,口碑好,期期爆滿。

然而這之間最大的收穫並不是營隊的成功,而是「天才」的匯集。

我永遠記得十八年前,我孤伶伶的一個人來到耕莘,一個人孤伶伶地待了下來,一個人發著寂寞的光,我多麼渴望擁有另一個天才夥伴啊!沒想到這件事在十八年後成真了,歷經十一屆的文藝營,我們從將近兩千位學員中,挑選出最優秀的一百位成為夥伴,像海賊一樣的夥伴,我們決定一起搭上耕莘這艘船,出海去尋找文學的寶藏。

從此,我們不再是孤獨的單兵作戰,而是華麗的傾巢而出。

耕莘幹部訓練時,我對台下的天才夥伴們,說了這麼一句玩笑語:「最近我腦海中,不停浮現『統一天下』這幾個字」。表面上,這是一句玩笑話,然而玩笑底下,是⋯⋯我真真確確的感受到了一股洶湧而來的巨大力量。

力量最初的源頭是──天真。

從「救救耕莘」到「統一天下」,耕莘徹底的改頭換面了,然而不管怎麼改,總有一些地方是永遠不變的,如果真有那麼一個地方,我希望是「天真」,因為天真無所畏懼,於是也就無所不能。

李儀婷

作者簡介

　　李儀婷，東華大學創作與英語文學研究所碩士畢業。曾任廣告文案、耕莘寫作會總幹事、男人幫男性時尚雜誌編輯。現任耕莘青年寫作會駐會導師。

　　作品曾獲林榮三文學獎、梁實秋文學獎、吳濁流文學獎、宗教文學獎、國家文化藝術基金會創作補助、文建會出版補助等。著有短篇小說集《流動的郵局》、情慾小說《10個男人，11個壞》、劇本《風雨中的郵路》等。

耕莘與我

　　2000年以前，我的日子裡只有日夜顛倒的創作，也許是因為當時居住在台中，也也許是我只顧著低頭埋首於文字之間，從未抬頭看看外頭的世界是如何轉動，所以我從來不知道耕莘為何物。直到2000年開始，我到花蓮唸書，一個意外，結識了當時擔任耕莘總幹事的許榮哲，就這樣糊里糊塗把我從創作的井底，拉進入耕莘青年寫作會，展開了長達十六年的緣分。

　　耕莘就像一個大家庭，家人間只有相互關懷與支持。尤記得我初進入耕莘辦活動，玉鳳姐知道我遠從花蓮上臺北，沒地方居住，還免費騰出山上的房子，讓我去她家長住，只為了不要讓我在辦活動之餘有後顧之憂。

「當你真心想做一件事時，全世界都會來幫忙。」耕莘就是這樣一個地方，大家庭裡的每一份子都相互扶持，我想，我在耕莘的這緣分，還在不停繼續滋長。

那一年，炙熱的青春

　　2000年的那年夏天，就好像生命自己會轉彎似的，把我從一處荒野，推進了耕莘寫作會的大門。

　　那一年，我初初進入寫作殿堂，在面對未來是一未知數的芒草堆裡，我就像背後有一雙神派的手似的，被推著接下了耕莘的隊輔。然後隔一年，又彷彿冥冥中注定似的，接下了總幹事的位置。

　　就我對自己的認知，即便是在青春洋溢的年紀，我的個性中就是充斥著理性，是一個對任何事物都並不怎麼熱情的人，但這注定似的安排，卻讓我意外的燃起青春的火焰。

　　當時，我覺得我應該是瘋了才接了這些職務。因為當時報名參加耕莘暑期班的學員人數，比輔導員還少，而且那時我還遠住花蓮，為了接下輔導員工作，還天真的找了一台提款機，用信用卡刷卡預借現金。然後為了省錢，去找了一間沒有對外窗，不開燈就全然黯黑的旅館投宿。然而縱使已經盡力找了最便宜的住宿了，一天的住宿費還是高達1000元。我一住就是二十天，而那擔任輔導員能拿到的所得，卻只有2000元，付出和回收的，真的是天差地遠。

　　那時真是不要命了，也不管未來還不還得起，就膽大包天的把未來的錢都投資進去。

　　我以為我和耕莘的緣分，僅止於那兩年的暑期營隊，因為在那之後，我專注於創作，只有在過年舉辦團拜時，才會回去看看老朋友，看看寫作會裡，我最喜歡的陸爸（會長）。

　　然而每一次回去，都是一次的傷心，因為當時的寫作會面臨寒冬，人才的流失，與課程招生困境，在在讓陸爸對寫作會的未來憂心。因此每一次的聚會，陸爸總是憂心匆匆的問眼前的大家，寫作

會該何去何從，該如何挽救耕莘寫作會的頹勢。

悠悠五年過去了，2006年的團拜，當時抱著既想去看看陸爸，又害怕會看到陸爸哀傷的臉，心情扭捏的去到新店文山農場（當時團拜在那兒舉辦）。我永遠記得當時陸爸在團拜結束前，最後所說的一句話：「救救耕莘。」至今，我仍記得陸爸的臉，雜揉了多少盼望與憂傷。

面對一個人的憂傷，你無法解決的時候，只會讓人喘不過氣，然而面對陸爸這樣一個溫暖的人的企盼，你就只會永遠把他的掛念放心上。

果不其然，就在同一年的5月，一個偶然的機會，耕莘的祕書欣純、我以及比我早一年進耕莘的榮哲，共同規劃了以「搶救文壇新秀再作戰」之名的文藝營，邀請了當時一同出道寫作的好友兼新銳作家擔任導師群。

那一年營隊之役打得漂亮，活動辦得轟轟烈烈，招收到一百多位學員。我們邀請陸爸當時來到現場開訓致詞，陸爸一上台，激動地向台下的學員和在場的工作人員說：「這是耕莘寫作會的第三次文藝復興。」

那一年所創造的文學高峰，一直持續到現在，十一年過去了，至今每一年營隊的人數，都維持在頂標150人上下，造就了不少寫作人才，因為那些學員後來也陸續成為全台灣炙手可熱的新銳作家，成績非凡。

不能說耕莘文藝營給了這些學員什麼樣的養分，但至少開了一扇窗給初初進入寫作的學員，讓他們知道寫作之路雖然漫長，但並不孤單，因為在這個大家庭裡，總會有朋友相隨。

這麼多年來，耕莘寫作會已經成為我人生最重要的風景了，回顧從前的點滴，總會想起那一年，預借現金，入不敷出，回收和支出不成對比的青春歲月，那真是我最火熱的一年。也還好有那樣一

個開端，才能有後來的一切。只是我當時說錯了一件事，那就是我以為我付出遠遠超過我回收，但其實我錯了，我只不過是付出少少的幾萬元旅館住宿費，卻回收這輩子都回收不完青春記憶，以及源源不絕的人才，光就這些，是那些錢無法比擬的。

　　遙舉一杯酒，敬我火熱的青春。

楊宗翰

作者簡介

　　楊宗翰，1976年生於臺北，現為淡江大學中文系助理教授。著有評論集《台灣新詩評論：歷史與轉型》、《台灣現代詩史：批判的閱讀》、《台灣文學的當代視野》，主編《逾越：台灣跨界詩歌選》、《跨國界詩想：世華新詩評析》等。作品入選《中華現代文學大系 II》（詩卷、評論卷）、《台灣文學三十年菁英選：評論三十家》等。

耕莘與我

1994年：高三升大一，初入耕莘寫作會。
　　　　認識白靈等欲把金針度與人的文學良師，以及結交至今的人生益友。
1995年：黃玉鳳擔任耕莘青年寫作會祕書長、《旦兮》雜誌主編。
　　　　開始嘗試投稿，遂不時可在《旦兮》及耕莘文學獎的不同文類，看見我幼稚的習作。
1996年：黃玉鳳任耕莘文學劇坊總監並監製「詩的聲光」。
　　　　我成為寫作會輔導員，並參與林煥彰詩作〈十五・月蝕〉演

　　　　出，地點在耕莘小劇場。
1997年：從輔導員再度轉換為學員，參加楊昌年教授開設的首屆作家班。
　　　　我因此膽敢跟已享文名的凌明玉、管仁健等人以「同學」相稱。
1998年：赴台中攻讀碩士學位，與寫作會失聯。
2004年：黃玉鳳於上海辭世，我也徹底斷了與寫作會的最後聯繫。

人不耕莘枉少年
——以寫作會為中心的文學私地圖

　　以時間而論，與同世代眾多早慧的創作者相較，我的文學啟蒙
相當遲緩；從空間而觀，雖自幼居住在臺北文山區，我也是很晚才
知道「台灣韓波」詩人黃荷生、小說家朱西甯住家，以及曾遭警總
包抄的「神州詩社」皆步行可至。時間與空間都不站在平凡的我這
邊，幸好還有辛亥路上的耕莘青年寫作會為人生定錨，讓慘綠少年
得以認識文學之繽紛多彩。

　　想報名參加文學活動，最初起於自己對「作家」身分的好奇。
高二獲得《明道文藝》與《中央日報》合辦的全國學生文學獎首
獎，頒獎典禮上我才初次見到評審黃永武、鄭明娳等「學者作
家」；高三穿著卡其校服直奔圓山飯店，在聯合報系主辦的「四
十年來中國文學會議」上，更首度看到高行健等「海外作家」；同
年參與在陽明山華興中學旁一所教會的台灣文藝營，換成第一次認
識這麼多「本土作家」。上述零星接觸經驗，顯然無法滿足我亟欲
認識「作家本質」的渴望。偏偏自己雖對台上侃侃而談的作家們充
滿敬意，卻只是低頭抄筆記一族，從不敢貿然提問或索取簽名。像
這樣本性孤僻、寧願抱字取暖的人，高三升大一前夕卻想跟人合辦
「植物園」現代詩社及詩刊，簡直是自找麻煩。詩社要怎麼組？稿
子該怎麼約？文壇長什麼樣？不是校刊的文學刊物該怎麼編？……
千頭萬緒，無一通曉，只好先報名聯合文學文藝營跟耕莘寫作會活
動，多少帶著賭氣兼賭運的心態。當時的聯文偏重短期密集講授，
耕莘則是長期互動課程，我遂選擇成為一屆聯文生、四年耕莘人。

　　年紀太輕、識見太淺、膽子太小，我跟作家們還是搭不上話，

幸好在別處另有收穫。興隆路住家雖離公館不遠,但直到進了耕莘,我才知道這一帶竟有許多祕密基地——可以毫不誇張地說,剛升大學時我的文學私人地圖,完全是以耕莘寫作會為中心來繪製。若唐山書店算是老窟,甫創辦的女書店便是新巢,再加上耕莘所設「寫作小屋」,連結起來便是座偌大書房,負責餵養我知識,一新我視野。小屋所藏上個世紀70、80年代詩集甚多,除了提供我自行閱讀補課的資源,亦開啟我日後蒐購文學舊書之動機。連「植物園」成立後的第一次聚會,都是向耕莘商借小屋舉行。迄今我仍記得,後來遠赴南非的第二期主編林怡翠、不幸早逝的封面設計劉信宏,與大夥或坐或躺在塌塌米上的身影。「植物園」的定期聚會隨後雖改往波西米亞人咖啡館,依舊位於耕莘文教院後巷,直到該店搬往長安西路現址。

除了地理位置上的文學私地圖,以寫作會成員為中心的「耕莘人地圖」對我更顯重要。因為參加耕莘,遂得以認識許多欲把金針度與人的文學良師,以及一批結交至今的人生益友。我的九〇年代文學旅途,正是在陸神父、楊昌年、白靈、陳銘磻等師長呵護甚至縱容下開展,也有幸獲得已享文名的凌明玉、管仁健等「同班同學」指正扶持。其中擔任寫作會祕書長暨《旦兮》雜誌主編的黃玉鳳(詩人葉紅),對我個人而言堪稱亦師亦姐,她更具體示範了何謂耕莘人的多才多藝。二〇〇四年某日突然接到玉鳳姐於上海辭世、即將舉辦追思會的電郵,我在震驚錯愕之餘,也徹底斷了與寫作會的最後聯繫。

此後我便成為耕莘失聯份子,不曾再踏入寫作會一步。路過那棟被拆除的大樓時,亦不免自嘲關卿何事、莫生感嘆。當過輔導員、得過文學獎、演過小劇場……我的人生中有不少與耕莘相關的小事,甚至曾因為寫作會要在聖本篤修道院舉辦文藝營,生平才首度造訪淡水。豈能料到二十年後,我竟有緣在淡江大學任教?人不

耕莘枉少年，很慶幸在90年代初識文學的「青春期」，我也曾經那麼耕莘。

徐正雄

作者簡介

　　筆名八爪熊，1970年生，泰山高職補校畢，半個農夫，半個街友，偶爾是文字工作者。曾獲耕莘文學獎新詩、小說首獎，漂母杯文學獎、林園文學獎、大武山文學獎、三重文學獎、北縣文學獎、中央日報文藝營小說獎、聯合報年度新人展……等阿里不達約四十多個徵文獎項，文章散見中國、聯合、自由、更生、蘋果、福報、華副、金門副刊各大報。著作有《八爪熊打工記》、《尋找天體營》、《開朗少年求生記》、《打工大王》、《飄浪之女》、《斷電、走路、閉嘴——三場生命實驗》等五本，平日喜歡四處旅遊、當義工、嚐試新鮮事物，喜歡自由不受拘束。

耕莘與我

　　我在耕莘青年二十多歲時進入，那時我和耕莘差不多年紀，剛退伍在一家KTV端盤子，是個只看影視版獨鍾《民生報》的傢伙。

　　來來去去的喧嘩，只讓我看見滿地狼藉的寂寞，繁華掏空我的心，使我空虛不已，我想改變自己，用學習一種陌生新事物的方式，當時剛好在報紙上看見耕莘文教院寫作班招生訊息，便報了名，為此轉了行，到隔壁五星飯店過著

比較安逸穩定的生活，依然還是端盤子，低賤卻生龍活虎的工作，讓我有豐富的題材。

　　耕莘，教我如何把那些不堪變成大家心靈的菜，那已是民國83年的事了，轉眼之間，我竟也寫了22年。

寫作路上的貴人

　　傍晚七點，和朋友準備進電影院，白靈老師忽然來電，說：今年是耕莘寫作會50週年，希望我可以寫一篇二千字左右的文章。

　　老實說，當下我想拒絕，因去年便悄悄做了決定，要暫時停筆，好好沉潛一番。現今文字滿天飛，我覺得更應該謹慎用字。拒絕的話剛要出口，就被老師熱切的期望給壓下，還提到我出第一本書時，為我作序的往事，老師問我：那是什麼時候的事啊？掐指一算：那已經是2000年的事了。

　　聊著聊著，我的血液開始升溫，慢慢沸騰起來，老師讓我想起民國83年，和耕莘寫作會初次邂逅的回憶。

　　從小不愛文字，活潑好動的我，一直做著服務業，從來沒想過，有一天會和文字結緣。民國82年，剛退伍，父母便送我一筆高達五、六百萬的債務，為了還債，我只好在KTV工作。

　　白天看來尋常的一條路，太陽下山後，搖身一變成了盆地通往酒池肉林的捷徑，我們收拾客人遺留的狼藉，同時也幫忙消化這個城市巨獸帶給每個人的滄桑。

　　置身如夢如幻如露的工作環境，感官容易變得麻木，得不斷尋找刺激，才能感覺存在。

　　某日，發現耕莘寫作班在招生，文學是什麼我不清楚，決定報名，只是想找一件新鮮事，就像買一個名牌包，儘管光華短暫，卻有一種重生的假象。

　　名牌包，當然掩飾不了自己的虛無和淺薄，上課時，大都在打瞌睡，偶有清醒，便隨意聽聽，南方朔、詹宏志……對我來說實在太艱深！簡媜、白靈、焦桐、蕭蕭……等老師的台階下，或可撿到

幾句牙慧。本以為三個月後,和耕莘將後會無期,不料,耕莘文學獎截止之後投稿的一篇小說處女作,居然得到評審王宣一老師的「負評」和優等獎,這樣正負加總的最終結果,就是讓我一方面懷著雪恥之心,一方面揣著數千元獎金,暗喜著繼續筆耕。

那篇截止日後交的小說,是當時耕莘寫作會祕書玉鳳姐(詩人葉紅),專程派人補送給評審老師,我的寫作之路得以啟程,玉鳳姐功不可沒。

小說得獎,其實運氣居多,之後陸陸續續投稿,卻處處碰壁,得靠著寫作會的同學、老師鼓舞,才有勇氣持續前進。

民國87年,終於得到耕莘小說、新詩雙料首獎,還有中央日報文藝營小說獎。當年的耕莘小說評審是羅位育老師,新詩評審是焦桐老師,至於中央日報文藝營小說獎的評審之一,則是須文蔚老師。彼時,我在聯合報繽紛版累積了一些文章,卻苦無出版機會,決定放手一搏!把剪報影印,同時投稿皇冠、希代、高寶……等出版社,後來希代和高寶與我連絡,當時的社長是朱寶龍先生,他請我到內湖商談,去後才知,原來希代和高寶是同一位老闆,令我十分尷尬。

那天,坐在辦公室和朱寶龍先生面對面,他帶著一副深度眼鏡,渾身充滿文人氣息,全程帶著微笑與我交談。他說:你的文章和我女兒朱凱蕾很像,輕鬆幽默!後來,由編輯鄭婉好接手,她問我:「怎麼會把稿子投給我?」我說:「金石堂一本常年盤據冠軍的書叫:《綠化心靈》,編輯就是妳,所以就投給妳了。」

鄭編輯說:我的稿子太雜,建議我挑工作那一方面去寫,才有出書的可能。為了寫書,我找了一份兼職工作,那年我已27歲。

書寫完,想請人作序,我果然是初生之犢,臉皮似牛,一堆稿子就大喇喇寄到中國時報給焦桐老師。其實那期,老師只來耕莘上過一、二堂課,根本不知我是誰,但,老師畢竟是老師!焦桐老師

用三百字稿紙回信：「正雄兄，在下忙著研究所論文，無暇作序，大作完璧歸還……。」我有點失望又難掩開心，老師給我寫信耶！

其後，我又拜託了白靈老師和須文蔚老師作序，白靈老師對我還有點印象，儘管忙碌，還是爽快答應；至於須文蔚老師就很無辜，得勉強從數年前三天兩夜數百人的文藝營記憶中，搜出我這號人物，我不啻找須老師作序，還傳真出版合約請老師檢視有無問題，須老師無怨無悔無一不允。

隔年，《八爪熊打工記》上市了，賣了四、五千本，出版社要我乘勝追擊，可惜我肚子裏的墨水來不及補充！隔年，某天一位自稱耕莘寫作會員的陳謙先生，說他在書店看了我的書，想請我為他的出版社寫一本新書，彼時，身邊尚有一些旅遊經驗文章，便和陳謙先生簽約，他花了不少錢和心思出版新書，也令我感激不盡。

為了寫作，在許多不同工作之中流浪，後來，受到錢櫃雜誌總編輯譚俊立先生幫助，到該雜誌當資料工讀生。幾年內，陸續在中國時報浮世繪版、自由時報花編副刊、聯合報繽紛版投稿，累積了不少職場文章。一天，從自由時報轉來一封讀者來信，是新苗出版社的邀約，希望我為他們寫一本書，於是，我就把這幾年來發表過的職場相關文章給他們，新書首刷二千七百本，那是2003年的事了。

之後，寫作遇到瓶頸，六年沒有作品，2009年，將一份書寫母親的稿子投到「寶瓶出版社」，幸得總編輯朱亞君小姐青睞，隔年出版《飄浪之女》一書，獲得台語天后江蕙、作家彭樹君、演員蔡振南的推薦。該書得到寫作會楊友信大哥和一些讀者的鼓勵，中國時報資深記者（作家）邱祖胤先生，更幫我作了大篇幅的報導，長久的辛酸和等待，最終結成甜美的果實。

四年後，更參加新北市文化局辦的北台灣作家集徵選，在十七位作者中，幸運入選四分之一名額，出版了《斷電、走路、閉嘴，

三場生命實驗》一書。出完這本書，我真的覺得空了，決定停筆好好沉潛一番，沒想到，幾個月後，白靈老師會來邀稿。

當年，白靈老師每次見到我，必定特別關心、鼓舞一番，老實說，這招還蠻有效的，才讓我這個俗人粗人素人，真以為自己可以，又推著自己往前走了幾步。或許，二十二年出五本書，算不上傲人成績，若你知道我的文學夢，初始都是用錯字和注音符號織就的，就知道，這有多麼戲劇性。

我沒有文采，只有斑斑血淚的生活。

謝謝一路上給我溫暖的師長、朋友、陌生人，沒有他們的慈悲，我無法走到這裏。如今，我將手中的筆換成鋤頭，換張稿紙繼續耕耘，或許經歷一些風雨後，我將訴諸文字回報大家。或許，我埋下的種子永遠不會發芽，那也無妨，至少在我年輕的時候，曾經給過自己機會，不顧一切去追尋自己的夢想，讓自己的回憶，閃閃發光。

輯　五

故事的開端有光引路
——新生代作家的耕莘緣

寫作帶給我的煩惱雖然
多，快樂也從來沒有消
失過。

——Killer

朱宥勳

作者簡介

1988年生，耕莘青年寫作會會員、清大台文所碩士，現為專職作家，及《祕密讀者》編輯團隊成員。已出版小說集《誤遞》、《堊觀》，長篇小說《暗影》，評論散文集《學校不敢教的小說》。

在寫作小屋裡滾動出來的事

其實，第一次進入寫作小屋的時候，我根本不知道我是來幹嘛的。

那是2006年，第一屆「搶救文壇新秀大作戰」營隊之後。從十年後的現在看回去，我們很清楚知道這是富有歷史意義的大事，無論是對台灣的文壇、還是對耕莘來說。但當時我坐在小屋的地板上，想著邀請我們來到這裡的email，上面說，營隊的導師們想把學員聚集起來，組成一個文學團體，也許以後可以一起發行刊物、辦活動之類的。當時我高三，心裡對這些事情半信半疑：憑我們這些小朋友，真的可以嗎？就算可以，有人要看嗎？我只是想寫作而已啊，要搞這麼大的事情，會不會有點誇張啊？

要到很久很久我才知道，我們實際上能做到的，比我們以為的還要誇張很多。

這十年間，我就一直在寫作小屋的木地板上滾來滾去，不知不覺滾完了整個大學時期。那是兩週一次的「小說批鬥會」，或營隊工作會議、分享課程。我們還是在地板上圍成一個圈，一面是舞蹈教室的那種鏡子，對面則是塞滿幾百本舊書的滑軌書櫃，裡面有《聯合文學》創刊號。有時伸手亂翻，拿到的時候只覺得，天啊，1984年呢，那年頭的文學雜誌裡還有汽車廣告，不過二十年後，耕莘寫作會的文學活動卻已盪到谷底。

我們則剛好站在谷底反彈的點上，榮哲、發條從無到有，把新一代的「耕莘寫作會幹事會」（也就是寫作小屋裡的我們）帶起來，加上當時還沒有暖男這個名詞但實際功能就是暖男的翊峰、總是坐在圈子外冷笑但人氣超高的伊阿言，還有不知道為什麼總有長者之感的志薔把拔，由他們和我們逐週累積的聚會、逐年推進的文

學營隊歷練中，打開了新一代耕莘寫作會的局面。現在，如果你在台灣遇到四十歲以下的小說寫作者，一半以上都跟耕莘有過一段因緣，或者根本就是耕莘出來的。

這種「半壁江山」的情勢，最早可能是從一個小遊戲開始的。因為大家都還剛開始寫，耕莘內部的氣氛也很鼓勵大家投文學獎（我們從一開始就不玩那種擁邊緣自重的假掰文青遊戲），所以大家就一直寫東西投給「批鬥會」，彼此互砍，砍完之後再修稿投出。我們那時約好了，只要有誰得獎，就要想辦法在得獎感言裡，加上一句暗語，讓外人莫名其妙、我們卻能一眼認出同伴。但想來想去，都沒有想出要放哪句暗語，最後就賴皮、後設地放了這句：「雖然我們的暗語尚未決定……」如果去翻那一兩年間的得獎作品集，三不五時就會看到這句話閃出來。

於是，投著投著，就投出了賴志穎、徐譽誠、洪茲盈、徐嘉澤、貓眼娜娜、黃崇凱、神小風、Killer、林佑軒、李雲顥、黃致中等作家，產能與產值之高，也在頭幾年引起了「文學獎補習班」之譏。不過當我從投稿者，一路到現在開始擔任文學獎評審以後，再回頭看當時耕莘寫作會的養成過程，真的可以很篤定地說：耕莘寫作會才沒有針對文學獎做什麼特訓，我們能夠四處攻城掠地，只是因為大環境的平均水準太差，以至於我們聚集一群認真寫、彼此打磨的寫作者在一處時，自然而然所向披靡。當其他寫作者還囿於成見，堅持「創作是很個人的事」的時候，我們已經無意間演化出類似國外「寫作團體」的機制了，從一開始這就是新型態的文學養成機制與傳統天才論的對決。多年後，在美國作家詹姆斯‧傅瑞的《超棒小說再進化》裡，聽他再三告誡年輕寫作者，若想要越寫越好，必須拋棄「沒有人懂我」的幻想，也必須找到真正願意對你說真話的寫作團體的時候，我的第一個念頭就是：這就是耕莘的小說批鬥會啊！

　　而除了培育出作家以外，我覺得耕莘最近十年來更重要的另一項成就，是培育出大量有sense、有執行力的文學推廣人才，整個耕莘寫作會基本上就是一個取之不盡的人才庫。一年兩度的營隊，讓寫作會成員有了一次次從企劃到執行，扎實跑過所有活動流程的經驗。而網路、資訊人才的加入，更讓耕莘有著其他文學團體難望項背的「空軍戰力」。這些耕莘成員近年來開枝散葉，影響力已經超出耕莘寫作會幹事會原有的預想之外了。一連串藉由週末，小規模舉辦的「創作工作坊」模式在耕莘成功後，現在有許皓甯、鄭仔倢、莊硯涵等成員，已經在臺北、台中等地自行舉辦類似的活動。台中的曉明女中、溪湖高中、惠文高中等學校，也分別向耕莘招募過「傭兵」，由數名寫作會成員南下為他們策劃執行寫作營隊。同樣出借傭兵的狀況，還有「聯合文學文藝營」，由我們的成員前往設計、主持文學活動。而在網路方面，「每天為你讀一首詩」和「病態美學」這兩個近期火熱的粉絲頁，幕後的操盤手也都是寫作會成員。在我和朋友創立近年擾動文壇的書評刊物《祕密讀者》時，也從寫作會「出借」了李奕樵、杜佳芸、林巧棠、白譽瑋等程式與設計人才。

　　這或將是最初，我們想要成立「文學團體」時不會想到的。我們都以為，「文學團體」最好的成就將是出產好作家，或至少是培育好讀者。但耕莘寫作會幹事會做到的，實際上比這都更誇張一點：我們練出了一個真正意義上的「文化建設」團隊，比任何文化主管機關都還要有機動力、有戰力，能在稀少的資源下屢屢打出驚人的成績。2006年，第一次踏入寫作小屋，開始在這裡滾動的我，確實不知道我們接下來要幹嘛。

　　因為嚴格說起來，沒有人知道。沒有人知道我們接下來可以把事情幹到這種局面。我們過去是、現在是、我想以後也永遠會是，一個讓自己也讓別人驚呼「太誇張了吧」的團體。

神小風

作者簡介

　　本名許俐葳。東華大學創作與英語文學研究所畢業，參與第一屆「搶救文壇新秀再作戰」文藝營，之後任耕莘青年寫作會總幹事，並出版小說《少女核》、散文《百分之九十八的平庸少女》等書。

樹洞與星群

　　託寫作會的福，我很早就脫離了「沒有同伴」的孤獨狀態，得以拎著自己的稿件，踏進寫作小屋，在每兩周一次的作品批鬥會上，收割那些珍貴的「讀後感」，而這一切，不過只是一個寒假營隊的延續。那是2006年的「搶救文壇新秀再作戰」文藝營，由許榮哲、王聰威、高翊峰、李志薔、張耀仁、伊格言、甘耀明、李崇建組成的「小說家8P」所主導。當時，除了曾被駱以軍視為珍寶的「後輩」，帶到文大課堂上來演講的張耀仁以外，我不認識他們之間的任何一個──自然也沒讀過誰的小說。這樣說對他們或許有些不公平，更正確的說法是，我其實什麼作家或作品都不熟，也談不上熱愛文學。當時的自己，就只是單純的想要寫點什麼而已；因為想要寫作，於是大學唸了文藝系，進去之後卻發現沒有多少人可聊，大一時和我要好的女同學，對寫作毫無興趣，很快就轉到外文系去了。上課交了作業得不到任何回應，往刊物上投稿也總是落選，獨自寫著只有自己看的小說，像敲著一扇緊閉的大門，卻不知道裡頭究竟有沒有人在。後來我不免也好奇，其他跟我年齡相近的寫作者們，都是用什麼樣的方式去敲那扇門的？像這樣東敲西敲，我參加了第一屆的「搶救文壇新秀再作戰」文藝營。參加過的人大抵都能明白，相較印刻或聯合文學等其他營隊，這並不是一個「大師級」的活動；不是上對下「你應該如何如何寫」的內力傳遞，而是「我們可以如何如何做」的交通往來，把講台下的我們當成一個「可以寫」的人來對待。像朋友似的親切招呼，隨口就聊起一本對自己至關重大的書，坦承到幾乎無私的熱情。那簡直是種魔法，在他們的談話裡，我第一次感覺到自己獲得寫作的資格。

當然我並沒料到，那其實是8P最後一次「合體」的公開活動。當時坐在我旁邊，屢屢被榮哲或翊峰點名的，是還只是高中生的朱宥勳，已展現他敏銳且思路清晰的特質。他們早已相識，我則險險的在最後滑壘，藉由認識他們而認識文學。8P解散了，繼續各自的寫作生涯，卻是耕莘青年寫作會的開始，由許榮哲擔任總監，延續了往後一連串的文學活動。現在想來，那就是所謂的「轉型」吧，如網路據點一再轉移陣地，那是無名小站正火紅的時代，明日報新聞台逐漸走向末流，卻仍有一些文藝青年如洞穴般埋藏在裡頭，安靜書寫著。如房慧真、湖南蟲、孫梓評，當然還有秀才燒水的袁哲生，只是人不在了。也是很久以後，我才發現定期在那留言板上留話，喊他老大的「小威」，就是小說家王聰威。以及，往後在某一次的營隊裡，總予人寬厚體貼印象的「暖男」小說家高翊峰，在講台上聊著自己的寫作，提起這位大哥，很突然的就掉下眼淚。

基於這些零碎印象，文學對我來說，從來就不是「單獨的存在」，而是一種集合。寫作本身是再個人不過的事情，但在那過程裡，必定參雜了其他——有某個人伸出手，拍拍你的頭，說：「你OK的。」那個身影太過溫暖，偶爾參雜了些許激情，促使你想要往前，追著前方那些巨大的背影，跟上去，哪怕一步也好。

每個寫作者都是自己的樹洞，朝著天空丟擲聲音，而寫作會最大的效用，便是成為一個基地台，吸收周圍各式各樣孤獨的聲音，樹洞被相互連結，打造一個乾燥溫暖的空間，期盼有人前來，和自己一起寫。包括後來才漸漸熟識的宥勳、洪茲盈、賴志穎等人，以及對各種知識都嫻熟無比，帶著一夥人閒逛溫羅汀書店，被大家暱稱為「行動央圖」的黃蟲。他們的寫作風格迥異，對書的愛好也不同；像星圖，標記著我對寫作者的各種想像。離開營隊後，每兩周一次，我們會聚集在位於耕莘文教院四樓的寫作小屋——至今我還想不出有哪裡比它更適合交談的地方：矮桌、軟墊、整面書牆，以

及我們都很愛的乾淨木質地板。一開始人不多，我們聚成不規則圓圈，時常聊到一半就會有人脫隊，開始躺在地上滾來滾去，哀嚎自己又槓龜了或者小說卡關等種種問題。吃完午餐，我們轉移陣地，到附近的咖啡館續聊，或者打開筆電各自寫稿。我總想像這裡是鬥陣俱樂部的後台，我們在這裡休息打屁，是為了從那些對話裡獲取多一些登台互毆的力氣，好心甘情願的承受下一個拳頭。乍看之下像是魯蛇間的取暖討拍，但有很長一段時間，我以這樣的寫作會為傲，因為每個人都是那麼飢渴，卻又那麼真誠。

當然，並不總是熱鬧平和的時候，寫作會當然也不是寫作的「唯一」保證或資格；如有人這麼想，那真是誤解了什麼。隨著時間過去，這個文學團體如同細胞增殖般變得益發龐大且強壯，舉辦過各種或大或小，目標族群皆不同的文藝營，讓文學不再是件高不可攀的事，而是生活的一部分。然而在這十年裡，有些人淡出、退會；也有人因為爭執或不適應而主動離開，回到各自的世界持續寫作、發表，繼續和孤獨對抗，或者從此消失，去過另一種截然不同的生活。

那樣很好，也挺不錯的。只是偶爾，我會搜尋那些曾經熟悉的名字，見到他／她發表在網路上的一行字或一首詩，彷彿拿天文望遠鏡朝夜空探測，發現久違的星星又回到了自己眼前，安靜閃爍。

那樣很好。我們是樹洞，也是星群，在迎來下一次艱難時刻之前，遙遠的告訴彼此：「只要活著，就可以繼續寫作。」

黃崇凱

作者簡介

　　1981年生，雲林人，台灣大學歷史學研究所畢業。曾任耕莘青年寫作會總幹事。做過雜誌及出版編輯。與朱宥勳合編《台灣七年級小說金典》。著有《靴子腿》、《比冥王星更遠的地方》、《壞掉的人》、《黃色小說》。

寫作小屋的回憶

　　寫作小屋位在耕莘文教院的四樓邊間，內鋪和室木地板，一側的活動書櫃置放滿滿的書，大多是曾經的寫作會成員的著作。我在那裡閒晃的時候，這些著作就跟作者一樣漸漸封存在書櫃裡，少有人翻開。聽說林燿德當過寫作會導師，邱妙津也來上過寫作課，已經是文學史人物的朱西甯也是寫作會最早的講師之一。我來得太晚，他們都死了。

　　寫作小屋並不拿來寫作，至少我從沒在那裡寫過任何東西。大多時候我出現是為了兩星期一次的作品批鬥會，以及開各種活動的會議。第一次到耕莘文教院是為了協助籌備「搶救文壇新秀再作戰」文藝營，此前我常常路過耕莘卻從來沒踏進一步。最重要的原因是許榮哲和他參與的小說家讀者8P。

　　再稍稍往前推，我之所以認識8P起因於他們當年在《野葡萄》文學雜誌舉辦「搶救文壇新秀大作戰」，參加者需投稿小說一篇，初選十名作者經由8P面試，篩選出四名參賽者，分配給兩人一組的導師，經過三個月的交流指導，最後再評選各自交出的小說決定誰是最終新秀，並獲得出書機會。這個比賽突破當時素人只能靠參加各種文學獎競賽才得以被看見晉身為新人的管道。而我是那時在面試關卡被刷掉的參賽者。

　　在那之後，我仍繼續參加各種文學獎，偶爾僥倖中獎，大多槓龜收場。與此同時，我開始在《野葡萄》、《聯合文學》幫忙撰寫資料性的方塊文字，做這個那個評審或對談記錄整理工作。就這樣成了第一屆「搶救文壇新秀再作戰」文藝營的工作人員。

　　那時我沒寫過什麼、沒讀過多少文學作品，還沒從學術大夢中

醒來，只當成是嗜好或興趣來耕莘寫作會跟大家鬼混聊天。第一次的文藝營過後，為了延續這些好不容易聚集的文學薪火和接下來的相關活動，我莫名其妙成了寫作會總幹事，卻完全不知如何是好。

我對「寫作會」的想像是有個固定空間（類似辦公室或會議室），有專員處理各種行政事務（其實文教院每個職員要處理的事務多得不得了），我們只要去那裡清談、打屁就好了。實情是，我們的寫作會小辦公室只能容納兩三人在裡頭且堆放不少雜物，所有教室都得提前登記商借，唯一比較自由使用的只有寫作小屋（只是那裡沒桌椅很難寫東西）。寫作會就跟文學一樣抽象地存在於頭腦中。

我記得那幾年，深夜時分的MSN會有好幾個視窗彈出，總有一個是寫作會導師李儀婷，其他則多是寫作會的朋友，每個視窗或多或少都在談論文學。那時我非常焦慮，因為我沒得過任何重要文學獎項、沒出過書，並且到了讀研究所才開始往寫作偏移。我看著彼時剛從高中畢業的朱宥勳、還在讀大學的神小風等人，年輕而鋒芒逼眼，往往覺得我其實沒有能力跟他們產生任何實質意義的交流，更別說以總幹事的身分帶領什麼人做什麼事。

我能做的只有認真出席每兩週一次的作品批鬥會，認真讀過每一篇寫作會成員投給大家指教的稿件，認真說出我最誠懇的意見。我始終覺得自己有所欠缺，得更努力地補上那些我不知道的作家和作品，試著寫出一點什麼來。

不只一次，我曾想過，唉這輩子要成為個什麼了不起的作家或寫出什麼厲害的作品大約是無望了，可是我願意跟這群人一起混下去，繼續讀到他們從文字長出來的奇花異果，即使只能在一旁跑腿、幫忙處理廚餘也沒關係。彼時我的生活陷於各種困頓景況，論文寫不出，感情失敗，家庭失和，我總是躲回文學的巢穴，在虛空中編織不可能的想望和幻覺。

　　寫作畢竟是個人戰役。每個人都在跟自己眼前的世界搏鬥，即使世界無動於衷，我們屢敗屢戰。寫作小屋像是一處休息站，我們從各自的世界歷險歸來，在那裡交換情報、心得，或者單純坐著聽聽別人的故事。接著又回到各自的冒險，與生命這條惡龍拚搏。

　　然而隨著文藝營越辦越多屆，一批批的新人加入，我卻漸漸疏離了。這或許也是自然的。一個團體需要不斷有新浪才能起波瀾，舊浪有的死在沙灘，投胎再成新浪也未可知。

　　但我不時想起那些在寫作小屋討論誰的習作的景況，在那裡開會、幫忙做文藝營美工道具、摺文藝營海報和文宣品，看著誰在光滑的木質地板或坐或躺或滾來滾去，門口長滿雨季過後蕈菇爆長般的鞋子。離開寫作小屋，我們到各家咖啡館續攤，聊著新近的文學話題、嫌棄或讚美誰的作品，直到回去跟自己相處，寫出一點東西，再到寫作小屋跟大家討論。好像我們寫作，只是為了延長或增加更多跟這些朋友相處的時光。

　　那時我們都還帶著素人的天真，純粹地對那些距離遙遠的作品和作家有著溫情與敬意，或直白的嫌惡和厭棄。文學地圖正在緩緩開展，不知哪一條路線、那塊大陸或島嶼將會被發現，那是我們的啟蒙時光、學習年代。在勤於擷取、操練各種寫作技藝的過程中，我們不知不覺長大，一如所有的成長故事，總要以朋友的離聚、道路的選擇來迎接成年時刻的鐘聲。

　　如今我已活過邱妙津的年紀，也比林燿德逝去時要老了，或許有天會活得比朱西甯更久。那也沒什麼。文學萃取了他們的生命，他們寫過的作品都代替他們活了下來，靜靜地站在寫作小屋的書架上，等著誰打開。

賴志穎

作者簡介

　　1981年生，臺北人，臺灣大學學士及碩士，加拿大麥基爾大學博士，科學家，也擁有喜好藝術的心，在合唱界出沒。目前在加拿大蒙特婁植物園從事博士後研究，研究主題為環境基因體學及生物資訊學。小說作品曾獲寶島文學獎、林榮三文學獎、全國台灣文藝營創作獎。曾出版小說集《匿逃者》及《理想家庭》。

耕莘與我

都說寫作的人要有作者意識。然而出過兩本書，到現在我還是讀者意識較強，樂於欣賞好作品甚於寫作，老話一句，當讀者比當作者幸福。

然而，2004年到2008年間，我的確有涉入文壇之感，因為參加了三次印刻文學營（2004年起開始三屆），寫作班（至少兩梯次，後來還在寫作班授課過一次），一次「搶救文壇新秀再作戰」文藝營，去參加了一次原住民文學研討會，見到不少作家的風采。這些年當中，作品被文學獎肯定，偶爾在報刊雜誌上刊登文章，出了小說集，也認識了一些前輩平輩作家文友及編輯，最重要的，有兩年多的時間可以寫作。如果作家和作品砌起了文壇這個虛擬又實際的空間，那四年多之間，我的確貢獻了一些磚瓦。

跟耕莘產生關聯，是2006年初的事，跟貓娜柯延婷及徐譽誠（徐大）報名耕莘舉辦的「搶救文壇新秀再作戰」文藝營。但我跟貓娜及徐大並非憑空認識，這都得算到印刻和寶島文學獎的頭上。

2004年，印刻在台南舉辦了第一屆全國台灣文學營，我和天母書廬的洪姐相約前去，清晨獨自到台南時，成大還籠罩在一片淡藍的氤氳。這並非我首次想參加文學營，但去文學營總得帶作品，這年我終於寫出一篇符合當代精神的小說，所以便報名繳交。我去文學營的心態比較像追星，幾年下來讀了不少台灣小說，見過的作者只有白先勇和朱國珍，在那邊我終於見到了蘇偉貞（小說組導師）、舞鶴、朱天心、唐諾以及宋澤萊等人，如此的密集度已夠讓我狂喜迷亂，最後覺得不虛此行（得到一堆簽名），這是為什麼我後來又連參加兩年的原因。

　　當時我沒手錶沒手機很難搞，只好帶個鬧鐘擺桌上，於是就被貓娜盯上，當時MSN還活著，文學營後就靠那個聯絡。那年我仍在讀碩班，天天跟實驗打仗，焦慮不能畢業（十年後我還是天天跟實驗打仗焦慮）所以常常上線哭�)，導致貓娜現在偶爾還會問候畢基亞好嗎？那是我當時搏鬥的酵母菌，現在早就不知道放生到哪去了。

　　印刻文學營給我第一個校外的文學獎，我用了筆名，只告訴幾個朋友，把獎領回來，自覺人生足已。頒獎現場見到了評審之一的季季老師，她問我小說中的場景該不會是摹寫某地吧？我說是呀。她也住在那附近，覺得場景描述很真切，原來我們是鄰居呢！

　　當時，陳牧宏說了一個老醫師年輕時解剖到同學屍體的故事，這故事讓我忘不了，就演繹成〈紅蜻蜓〉，投到2005年的寶島文學獎，結果讓我跌破眼鏡。頒獎時第一次跟徐大見面，真正熟起來卻在當年的印刻文學營。那年我跟貓娜相約去參加幼獅寫作班，寫作班要學員交作品給導師，我跟她就互相砥礪對方每兩周以一個主題寫一篇作品，最後當然沒辦法每次都成，但也寫了不少，第一版的〈獼猴桃〉出現在當時，拿去投了還沒改制的台灣文學獎槓龜，就先凍在那邊。這年中我也掙扎地畢業去成功嶺當完補充兵，成了無業草莓，接下來兩年多家裡蹲準備留學，時間變多沒事就寫作。這年，第一屆林榮三文學獎開始舉辦，這段時間也出現了所謂的「獎金獵人」的稱號，指責那些汲汲營營參加各大小文學獎的作者。有趣的是，當時一名非常重要的獎金獵人也寫了一篇文章指責這樣的現象，不過他寫完還是又默默拿了好幾個獎呢！

　　此時，貓娜問我和徐大想不想去參加一個高爭議性文學團體以耕莘的資源舉辦的「搶救文壇新人再作戰」文學營，內容跟傳統的文學營差別很大。我對主事的作家滿陌生，但在貓娜的慫恿下，我跟徐大就去了。我印象比較深的是李崇建啟發了我對於汪曾祺小說的喜愛。文學營的重頭戲是討論林榮三文學獎得獎的小說作品，那

一篇〈阿貝，我要回去了〉，我跟徐大被分在高翊峰的團隊，因為
他的解讀，在討論的過程中漸漸轉為正方，覺得這是一篇有趣的反
高潮作品。這個營對讓我結識了洪茲盈、黃崇凱、神小風、海羽毛
及朱宥勳等文友，以及耕莘熱心的祕書謝欣純。大約是2006年的7
月，耕莘希望我能參加寫作會每兩周舉辦的「文學批鬥會」，討論
每個成員的作品，我反正沒事就去了，我提供的作品是當時修改中
的〈親子丼〉，因為已經把修改好的〈獼猴桃〉拿去參賽了，所以
從來沒在此處討論過。在那邊的兩三個月內，真心喜歡一起討論作
品的朋友，也聽話地參加了耕莘文學獎的散文項目並拿了個佳作。
後來因為某些權責問題我不想參與，加上寫作會某人似乎不大高興
〈獼猴桃〉得了林榮三文學獎的首獎，我就漸漸淡出了。這年我還
是繼續參加幼獅寫作班，認識了熊瑞英。2007年參加的幹部訓練營
及司馬庫斯之旅應該是我最後一次跟耕莘的互動了。

　　因為寫作會，我跟徐大開始對於定期討論彼此作品這件事有了
些想法，所以2007年的3月開始，我跟徐大、洪茲盈、貓娜、沈靜
茹以及熊瑞英，組了一個類似耕莘形制的讀書會，每個人的義務是
輪到當主辦人時得訂一個主題以及確認時間地點。我們讀各自的作
品，也讀別人的作品，開始每兩周一次，後來成為每月一次，偶爾
邀請嘉賓參與，竟然也從2007年一直持續到了今天，出國後我成為
讀書會中日夜顛倒的視訊頭像，雖然貓娜漸漸從讀書會淡出，後加
入的徐嘉澤在這幾年也幾乎從不缺席，從開始到現在也已經八年
了。八年間我們竟還共同出版了一本乏人問津給高中生的小說讀本
《漫步小說林》呢！耕莘之於我，最重要的就是讓我們建立了自己
的讀書會且發展了十分堅固的友誼，並讓我結交了好幾位至今仍聯
絡不輟的文友。即使在國外的這幾年發表量減少很多，每每讀到朋
友們的新作，我的讀者意識就開始發作，閱讀著大家出版的新作是
一件很幸福的事情呀！

洪崇德

作者簡介

　　1988年生於台灣嘉義，台灣然詩社社員、耕莘青年寫作幹事會成員，淡江大學微光現代詩社創社社長。目前為淡江大學中國文學研究所碩士生。2014年11月起，與友人共同經營有FB詩歌粉絲專頁：「每天為你讀一首詩」。

耕莘是我永遠的家

> 網路上的名詞解釋詞條：「抱大腿，現代體育運動中，抱大
> 腿特指實力不強的運動員在團隊項目中攀附實力強勁的隊友
> 以獲得勝利。在娛樂圈中，抱大腿是指一些剛剛出道或未出
> 道的藝人依靠其他有一定名氣的明星上位，獲得名氣。」

想想當年我還年少，二十出頭歲，是那樣青春爛漫到不知所以
的年紀。時時有著虛無的想像，當最後一絲離家就讀大學的興奮被
消磨殆盡，我在載浮載沉的生活裡抓到了幾根零星的浮木，也就這
樣活到了現在。

開始是參加搶救文壇再作戰的營隊，在那之前就想著要參加看
看。幾個不同的文學營隊裡看過不少作家，有的課程喜歡，有的不
喜歡。但這名字多麼響亮──「搶救文壇」，再怎麼樣都不能讓我
稍減一分的好奇，即使知道裡面的講師跟我認識的寫作者大多都
是從事散文小說的寫作亦是如此。在這個營隊裡，我擁有了許多全
然不同於以往的體驗，寫作是一門技術我明白，但我從未見過這樣
一群鬥志昂揚的人們，曾經認識的都是單打獨鬥的天才，這裡卻是
團結萬分，一同努力實踐所有文學或非文學的，種種想像的一支軍
隊。每個人都是很好的戰士，而當他們被組合起來，卻可以實現彼
此的願望。

每個人望許願池裡投錢時，都或多或少的不敢期待心想事成。
但在這裡，你的夢，會有一群人跟你一起實現，只要你肯努力。

很簡單，也很理所當然的。營隊結束後我加入了耕莘青年寫
作會。

　　他們擁抱了我，就像今日我如何擁抱其他比我晚進的成員。我想起以往一次次宛如人性黑暗面集體解放、也集體治療的夜談如何安慰著我，也想起許多個好壞之間，我們所共同經過的事情：為因意外而早逝的仕珍集體失語。為憤怒而不期而遇，與我在立法院外共同怒吼的致中與奕樵。在太陽花學運期間幾乎集體出動參與並且激情的議論……

　　我想起那個每當我心情格外不好，就會打來電話的阿衛。當然，還有傳訊息過來的小路、文俊和進韋。

　　我其實不明白該怎麼談論我與這個組織的感情。一開始我以為文學是一種信仰，然後這個滿足了所有網路上瘋傳的邪教組織條件的團體就像是一群在彼此信仰內部交換信物與切口，生活在地下世界的狂信徒。後來我發現，不知不覺中這些越來越少見面的人早已默默構成了我生活中不可或缺的基座。沒有他們，就沒有今天的我。

　　我沒有辦法在一篇短短的文章裡細數所有的名字，可是我知道，我記得，每一個你們曾經給了我什麼。給過我什麼。

　　言簡意賅，是因為有些話我們永遠說不完，也說不夠。但我知道，只要我願意，你們就是我的大腿。只要我願意，耕莘青年寫作會就是我永遠的家。

　　對你們亦然。

Killer

作者簡介

　　法律系畢業，耕莘青年寫作會第一屆「搶救文壇新秀再作戰」學員，長年處於狀況外的狀況，當過不成功的法律人，還有討不到錢的銀行討債員。寫過十三本羅曼史小說，三本BL小說，目前專攻網路愛情小說，著有《勇氣》、《青春待續》、《不作夢的戀人》及輕小說《闇之國的小紅帽》、《銀河綁匪守則》、《完全省錢戀愛手冊》、《夜行騎士》。常在小說裏寫一堆戲劇化的場景，其實本人生活非常平淡無聊，不寫作的時候就瘋狂迷戀美國影集、做一堆看似熱血的蠢事。

　　個站：第八格〈http://killers.pixnet.net/blog〉。

　　粉絲頁：Killer的完全白痴哈啦手冊〈https://www.facebook.com/krskrs〉

累積能量的地方

　　參加「搶救文壇新秀再作戰」文藝營的時候，其實是我人生最迷惘的時候。

　　身為法律系畢業生，參加考試考執照似乎是人生唯一的出路，但我迴避了這條路，直接進入銀行上班，到後來更是連銀行的工作都辭掉了，待在家裏想要專職寫作。

　　辭職是因為不想再把人生花在不擅長也不喜歡的工作上，整天就在抱怨上司抱怨客戶中度過，辭職後卻覺得自己是全世界最愚蠢最衝動的人，辜負了父母的栽培，不知天高地厚真以為自己可以闖出一條路來。

　　為了避免自己天天關在家裏越來越封閉，我選擇了參加文藝營，想要增加文學素養。

　　第一次參加的是一次大型的文藝營，學員有好幾百個人，講師的陣容也非常壯觀，全都是文壇大老，講題聽起來也都非常嚴肅，只是內容卻是不著邊際，甚至有人前半句跟後半句完全連不起來，讓我深深懷疑自己到底去幹嘛。

　　不過，在那次文藝營裏，有一堂課是八個年紀跟我差不多的老師一起講課，講課內容也生動有趣多了，讓我打消提前回家的念頭。

　　所以到了第二年，聽說那八位老師要主辦小型的文藝營，我就立刻參加了。這就是我跟「搶救」相遇的起點。

　　其實一開始，並不是很能接受營隊強調「熱血」的主軸。基於一點自以為是的社會經驗，不由自主地就把「熱血」和「魯莽、天真」畫上等號。

　　但是言之有物的精彩課程也讓我受益良多，因此加入了寫作會。

　　剛參加的時候還是有點猶豫，夥伴很多都是文學獎常勝軍，大家讀的書是大江健三郎和馬奎斯，還有村上春樹。像我這樣專寫總裁與小祕書，或是大學生青澀戀情的作者，在寫作會裏能做什麼呢？

　　不過，光是每兩個星期的聚會，討論伙伴們的作品，討論文學名作，順便聊聊近況，就帶給我莫大的安慰。讓我知道我不是孤獨的一個人，還有很多朋友都在迷惘中找尋方向。

　　而且我聽到了足以改變我人生的一句話：「繞遠路不是浪費時間，是為了累積能量。」

　　在那之前，我一生都在人生最正確的一條路上掙扎前進，怕自己走得太慢，會被世界永遠丟在後面。甚至沒有時間也沒有勇氣停下來想一想，「最正確的道路」到底是不是真的正確。

　　但是看到那麼多的伙伴勇敢地找尋自己的道路，為自己發聲，或是試著戰勝自己的恐懼，才覺得眼界終於打開了。

　　所謂的熱血並不是不知死活往前衝，而是明知前方很艱難，做好心理準備繼續前進。因為有了伙伴，連帶著自己也有了勇氣。

　　寫作是孤獨的，不但如此還要面對各種雜音：「寫作能做什麼？」「靠寫作會餓死」之類的。因為進了耕莘，讓我得到力量對抗這些雜音，所以一路寫到現在。至今寫作帶給我的煩惱雖然多，快樂也從來沒有消失過。

　　我們常笑寫作會是邪教，但這個邪教不會主動灌輸會員任何東西，只是陪伴我們，讓我們自己去尋找。而且，雖然我已經是老人了，總是可以不斷在這裏找到新的東西。

　　我想，完美的邪教莫過於此吧。

李雲顥

作者簡介

　　1985年生，天蠍座。出版過詩集《雙子星人預感》、《河與童》。

耕莘七年

　　退出耕莘寫作會已一年矣，而距離2007年年初我剛加入則將近八年。在耕莘七年的時間，我自青年蛻變為成年，出版了兩本詩集《双子星人預感》、《河与童》，生命內核有靜水深流的變形。耕莘捏塑了我的身體與生命。雖然它們還會繼續再變的。這七年中，有迷惘，有魅惑；有自由，有密室；有漩渦，有果園；有勳章，有雷電。我在耕莘追懷感受的不是自己轉變成怎樣厲害的人，而是遇見幾位厲害的人。

　　第一位是許榮哲老師。在文藝營期間聽他上課就讓人心裡暢快，嗨翻。以前從來沒遇見過這樣用力用生命在演出的老師。他曾開玩笑說他是九把刀的偶像（實情也是），而榮哲老師的確和九把刀共有熱血的激情。他的經典課程「小說的八百萬種死法」一直以來都是「搶救」文藝營的第一堂課，對我而言那堂課也象徵了我在寫作會學習如何品讀、賞析小說的開端。如果沒有老師，我將不可能領略嚴肅文學的奧義。榮哲老師的課總是很爆笑，但又非常紮實有內容有思想。在加入寫作會後的迎新，在陽明山福音園，他為我們開設的進階課程「黑暗之心」，講授芥川龍之介的〈竹藪中〉、羅沙（João Guimarães Rosa）的〈第三個河岸〉、三島由紀夫的〈孔雀〉、村上春樹〈挪威的森林〉……等小說，襲捲我雷殛我使我陷入大恐怖之中。他幾句話就能勾勒故事梗概，再幾句就得以傳達出嚴肅文學的精髓：人性、存在、榮耀、死亡、虛無、真實、美、惡……。他就像是中國古代的說書人，但又在內熔接西方現代主義的神髓。我剛進入耕莘時，他早已橫掃台灣各大全國性的文學獎，但他仍然一樣謙虛對任何同行與學員，包括我。他曾經特別

寄e-mail讚許我的小說，我在當時深深受到感動。那時，我的人生
志願就此立下：我要當一名小說家！除了教寫作，他也培養文學講
師。有次試教因為我太怯懦，不敢控制全場，任由影片播放而群眾
渙散，當場被他罵一頓。不過事後他竟向我道歉，並告訴我挨罵的
理由。榮哲和翊峰一樣，喜歡大家直接叫他名字，不用加老師。他
總是沒有老師的架子與威嚴，卻無條件地把他嫻熟的手藝與技術毫
無保留地交給你——只要他有能力，學員有熱情向他請益；他一點
兒都不害怕自己的技藝被偷竊、被模仿、被超越。

　　第二位，李儀婷老師。在寫作會前期每兩周的批鬥會幾乎每場
都到，與學員感情最親密的老師——批鬥會就是作品討論會，成員
自由繳交作品，不限文類，兩週一次聚會被在場的其他成員給予作
品建議與心得——我是過了很久之後才知道她和榮哲老師是情侶
的。她倆人非常傳統典型：榮哲老師像爸爸在外狩獵（演講、研發
活動），儀婷老師像媽媽在洞穴裡織布匹、顧小孩（點評批鬥會、
照顧學員的心）。她們的確就像學員的爸爸媽媽一樣。我還記得
剛加入寫作會時我非常憂鬱，22歲的年紀，我猶豫要不要去看精神
科，告訴她我的身心狀況。她說：如果需要，我願意陪你去。後來
我婉拒了並說謝謝，但衷心感激。加入批鬥會期間，我一直明問暗
示：那你們（指8P）都賺多少錢啊？為什麼你們一直得好多獎但
都不出書？聽來白目又挑釁，但其實我只是窮怕了、對財務焦慮過
了頭，遲疑著是否要把小說家當作一生的志業，又恐懼活不下去。
不過儀婷老師還是願意舉許多自己實際的例子給我聽。事後回想，
她對我這個口拙的年輕傻小子寬厚包容，我內心只有無法言說的嗚
謝。我仍記得榮哲儀婷的婚禮，那婚禮就像小說一樣，那天充滿戲
劇橋段，歡欣鼓舞，氣球在入口處滿出來。當天我負責打燈，做一
個「小小兵」，在內心我不斷歡呼與翻跟斗。儀婷與榮哲親自策畫
的筵席趣味橫生，替身梗、寶藏梗滿天花雨……許許多多相處的回

憶湧上心頭，但與這些情感經驗一同浮現的，還包括儀婷老師創作的，像是徘徊在謬思領地良久而被邀請入詩神的豪邸，與之交手過且喝下魔藥而寫就的短篇小說：〈走電人〉、〈躺屍人〉。

　　大家都叫他「黃蟲」──的黃崇凱則是第三位，我在耕莘最感謝的人。他是平輩中我最尊敬的寫作者，沒有之一。（其實他也算是半長輩啦，他出道甚早，依資歷其實應該歸在六年級。）我最印象最深刻的，是第一次迎新在陽明山福音園時，我帶了一本袁哲生的《寂寞的遊戲》，而他好像也帶了這本（或是他沒帶但袁哲生是他最愛的作家我已經忘了），我們便聊將起來。他總是照顧後進，常給我的小說許多建議，雖然「小時候」還沒習慣耕莘批鬥會的直白作風常常嚇得臉都白了臉頰羞紅有時臉又綠了。作品被評論時簡直是三長兩短五顏六色七葷八素全身十五個吊桶。不過，他還是很看好我，頻頻催促我趕快寫、多寫點、快出小說集。在《聯合文學》擔任編輯時，他時常發稿給我。我怕丟了他的面子，便開始讀了很多（軟性的）文學批評乃至（硬性的）文學理論。希望「聯文選書」小方塊我能有好的表現。他和我一起去採訪吳晟，雖然稿子沒有寫得很好，他仍幫助我，幫忙修改我的稿子（被改的當下當然覺得很想死）。事過境遷重讀，才察覺還好有黃蟲幫助我。我曾借住他家，我去參觀他的書房，早上起床他放了Louis Armstrong，一邊研磨咖啡給我喝。他送我余華《許三觀賣血記》，和我討論文學，雖然常常被他罵。我一直記得那早晨。我一直記得。從小到大從來沒有「學長」這樣關懷熱心對我，對此我將一輩子銘刻在心。我覺得他是個集矛盾特質於一身的人，我在想，怎麼會有人那麼外向打點安頓好耕莘的各項人事物，為師長輩8P做許多事，又能極其安靜地閱讀寫作。怎麼有人那麼熱愛八卦交換情報又同時如此正義凜然。為何他看起來如此豪邁狂野但文字卻如此細緻幽微？如今的他已被譽為「台灣小說七年級第一人」，回想起以前他常常靠杯時

運不濟的，他的懷才不遇忿忿不平，現在來看總感覺他實在太神了太鬼了太高強又太親切了。與他曾有的相逢我一直放在心上。這樣就夠了，這樣就好了。

　　退出耕莘寫作會已一年矣，但仍我想起作者李雲顥的誕生。那一天，風好大，我和朋友Henco（陳晏瑩）在劍潭站搭公車準備上山到福音園。我想起那個夜晚大家講各自的身世，那些難以探觸的內心。我想起小餅乾和即溶咖啡。青春的迷失與命運的抉擇。我想起有點生鏽的飲水機和握在手上太久而有點變形的紙杯。我想起耕莘大樓一樓正在做禮拜的教會大門。我想起自友愛到陌路。與破碎與守靈。我想起太過煽情的小說草稿。名字與深淵。徘徊與不告白。我想起寫作小屋的木質地板我曾在裡面滾來滾去。我想起營隊的大通鋪。夢拋棄著夢，喧囂拋棄著沉默，抵抗抵抗著不抵抗，命運操控著夢想……而美德又再來，我將祝福。

黃致中

作者簡介

　　曾任科技工程師，後來發現更愛寫作而轉行。漫遊在純文學與大眾文學的邊界，總是寫些不乖的作品。喜歡以工程思維拆解作品的構築原理，並在不同媒材的比較閱讀中更加確定了唯有文字才能做到的事。純文學作品曾獲台中、新北市、竹塹等文學獎，大眾文學作品曾獲金車奇幻小說獎，已出版長篇小說《夜行：風神鳴響》。曾任耕莘青年寫作會副總幹事、《大眾小說創作坊》、《現代詩創作坊》講師等。現任FB粉絲專頁《每天為你讀一首詩》編輯委員。

黑暗的長廊遠端有光

我常會想，如果五年前做了不同的選擇，現在的我會怎麼樣。

那年第一次看到「搶救」文藝營的宣傳，身為剛從工程領域掉出來的人，文藝營三個字根本不曾存在我的人生泡泡裡。那是個我會標示為異類，甚至起生理排斥的存在——想想那時會打開搶救的頁面，多少也標示了我是被逼到了什麼程度，文藝營或寫作課程怎樣都好，來個什麼打破困境；而另一方面，是因為這份文案看起來不太一樣。

太訴諸感性的文案對我常是反效果，空泛地訴說夢想或美好時光，只會讓我覺得你就是想要我掏錢吧，那就直說好嗎？但那並非如此。那份網宣給我的印象是：製作者思慮清晰，懷著把這文案當一份精心包裝的炸彈丟出去的心意；然後這些講師好年輕，沒比我大幾歲，卻已資歷顯赫。我幾乎能透過文案看見他們桀驁不馴的笑容——儘管只是一份火柴人動畫的BBS網宣，當然沒附照片。

對於剛辭去工程師、專心寫作的我而言，參加營隊的費用是需要慎重考慮的。是一旦去了就得把每一分價值榨出來、如果講師只講些屁話我會很生氣的那種壓力。我把它反覆看了兩三遍，「搶救文壇新秀再作戰」，真夠狂妄。想說啊，管他的。就當被騙吧。

結果那是我在辭職專心寫作後最刺激的三天，每堂課、每個瞬間都是各種驚奇。講師們不講廢話，直入正題，密度高到我快要來不及作筆記——我很後來才知道這件事有多珍貴。最深刻的一個印象：當營隊進入尾聲，看著那年搶救的五位導師侃侃而談、對學員做最後的勉勵時，我第一次發現我最想要的夥伴——先前一直以為不可能出現的——就站在台上呢。我現在找到他們了，但可怕的

是：不可能了。我永遠無法經歷那些他們曾一起經歷的事件，不可能以同樣的姿態站在現在的他們身旁。我只能去找未來的他們──在此刻還沒那麼強、那麼罩，還在徬徨跌撞、試圖劈出一條道路的，像我一樣的他們。

我加入了耕莘寫作會。

還記得入會第一天的迎新夜談，就跟後續好幾年的夜談一樣拖很久，逼人起身上廁所。我走過嶺頭山莊長長的走廊，又走回去，認著黑暗廊道的遠方那扇透著光與人聲的門，門後有人在說話，或許有東西吃，儘管待久了會想出來透透氣，走過一圈終究會回到那房間。

後來想想，這幾乎總結了我的寫作會印象。迎新結束後，我無數次走過耕莘四樓長長的走廊，聖母像右邊是木頭地板的寫作小屋，左邊是小辦公室，那些透出亮光與人聲的門，有談論、笑聲，有人喊我的名字，問我最近讀了什麼特別有趣的書？又寫了什麼？幾乎就像某種祕密的招呼方式。於是我喘口氣，以回到家的方式放下背包，加入交談。

從那至今五年，就像打斷骨頭重新長，把工程師轉為有工程師特色的文青。搶救文藝營起了頭，後續成長過程都在耕莘寫作會裡。28歲開始學寫詩，學著讀、學著寫、各種沒讀過的作品與沒經歷過的感動。這裡不逼人、不趕人、來去自如，但或許沒有比讓一群充滿野心的年輕寫作者自由切磋並交換情報更簡潔有效的成長方式了。基本規則是：付出多就得到的多，愈謙虛好學、不怕打臉，愈有可能獲得爆發性的成長。五年前我憑自己練筆，感覺大概練到了七十分左右，而寫作會給了我之後往上成長的十幾分，可那十幾分卻是我憑自己在家裡摸不出來的。如果沒有遇到這群人，我可能會停在七十分左右起起伏伏，偶爾爆發跳到八十分，也就僅此而已。而此刻我已大致找到了明確的寫作模式與方向，如果獲得什麼

肯定，可說那都是寫作會的這群朋友帶給我的。

說來有趣。有人說寫作是孤獨，每個寫作者都是自身星球的孤寂住民，星球上有各自的書櫃、筆記本與打字機。某方面確實如此。所謂「寫作團體」的有趣之處在於：我們本質上是一群孤僻的傢伙，不算很好相處，甚至脾氣也不好，各有各的雷點且沒打算妥協。這樣的一群人竟然關在同個房間裡，而且不是幹些溫和無害的、吃吃喝喝聊八卦之類的活動，而是攤開彼此的作品相互肉搏。聽起來還沒發生社會案件似乎已謝天謝地，但這正是寫作會給我最大的幫助。因為說到底，沒有創作者能全然客觀地看待自己的作品。建立完善的理論體系能盡量消除自身偏愛並更好地預期讀者反應，但所謂「完善的理論體系」從何而來？自然是從大量的閱讀與回饋經驗中累積得來。修改模式、微調參數、得到更接近正確的讀者模型，並藉此完善自己的創作理論。

因而我們儘管孤僻，卻需要彼此。類似的寫作者團體在國外並不少見，《超棒小說這樣寫》曾笑稱「寫作者就像鵝，天生喜歡相互團聚」。而在各種團體風行的美國，該書總結了三種常見的寫作團體：第一種，各種稱讚取暖、每個作者都是天才。「碰到這種團體，閃得愈快愈好，它會毀了你」。第二種，各種艱澀的理論堆砌，聽了半天只有雲山霧罩，連對方喜不喜歡都無法確定。「它不會毀了你，但也幫不了你，就只是浪費時間。」第三種，願意說真話的團體。喜歡哪裡，討厭哪裡，為什麼，直話直說。「碰到這種，請務必珍惜。他們才能讓你寫得更好。」

很高興我遇到的是你們。寫作是在漫長的黑暗廊道上獨行，而你們就是盡頭門後透出的光。門打開，有人喊我的名字，問我最近寫了什麼？

我把部分的自己交出去，看著寫作小屋的鏡子，準備好下一場戰鬥。

林進韋

作者簡介

　　耕莘青年寫作會成員。

　　入會時間：第四屆搶救文壇新秀再作戰。

　　喜歡閱讀，尤其是出乎意料的情節發展。

　　不喜歡太容易被看破手腳的作品，程度僅次於被客運椅背頂住膝蓋的坐立不安。

　　目前就職於出版業。雖然並非夢想中的工作，卻是喜歡且努力便能達成的理想。

　　我想寫作也是一樣。

沒有人能遇見平行時空的自己

　　2015年，12月，令人意外的是這時臺北還不算太冷。握著盛滿暖熱拿鐵的馬克杯，青年將剛寫完的行銷文案存檔，另外新增一份空白文件置放在桌面，什麼也不做，就這麼盯著電腦螢幕。十分鐘過去，在沒有人提問的情況下，青年閉上雙眼並問了自己一個問題：

　　「你，是怎麼來到這裡的？」

　　2009年，2月。輔仁大學。

　　相較於其他拖著行李箱出現、甚至還有父母前來送行的高中生學員，身為大學生的少年不自覺地訕笑著，畢竟他可是一個隨身背包便搞定一切；這也是拜過去幾次營隊經驗所賜。他想起去年底拿出幾張鈔票繳費時腦子轉過的幾個念頭，像是這筆約莫半個月打工薪水的錢可以多買幾張CD、幾雙鞋，或是件每每走過專櫃時便會望上一眼的風衣外套，但按下轉帳按鈕時卻也沒猶豫太久，「給我來點特別的吧！」彼時少年是帶著這樣的心情向ATM許願的。

　　只是他沒想過這個願望居然跟了他這麼久。

　　如果要論耕莘青年寫作會中創作力最為低落者，我應該是屬於名列前茅的幾位；時常嚷嚷著要寫小說，幾年過去卻連一篇五千字的都沒有、全數斷頭；兩週一次從未間斷的作品批鬥會永遠不曾出現我的作品，也只是象徵式的出席、嘴裡吐不出像樣的評論建議。曾經問過自己，文字作品量如此貧弱（等於零）為何不乾脆退會算了？沒有契約沒有牽掛更沒有依賴到像是抓住維持生命的最後一根稻草不是嗎？仔細想想，當初究竟是被什麼給吸引住了呢？

　　多半是因為這裡的人都是神經病吧。

絕對是神經病。

你永遠可以在這裡找到願意聽你說話的人，或是為了四天三夜的營隊活動陪你熬夜設計晚會遊戲；每天晚上總有人在熬夜寫稿；臉書訊息問的第一句永遠都是「最近在寫什麼小說？」而非常見的「最近在忙什麼？」。我們不太這樣問的，也許是確信彼此依然在寫作的漫長路上走著。

持續寫作的目標是什麼？其實每個人都不太一樣，也許文學獎也許以出書為己任、也許渴望藉由文字的力量改變那些不應該存在世上的不公不義、也許只是暫時找個並不那麼執著的目標，藉此享受擁有夥伴的滿足感；但我不是。

我只是喜歡被怪咖圍繞、蒐集一大票的怪咖朋友罷了。

像是偶然被選進資優班的普通學生，總是惶惶然看著寫作會的人們同時害怕自己過於普通，而在羨慕著他們所擁有的才氣縱橫時，卻也忍不住想著：「也許、也許只要繼續待著我也能成為努力的天才吧。」這樣期許著自己。

退伍後選擇的第一份工作，是出版社的行銷。

面試時免不了會被問起，為何會從大學主修的生命科學系，繞了一大圈進入總被戲稱為「夕陽產業」的出版業？儘管總以「興趣」二字簡單帶過，但並非不願意講清楚，而是寫作會對我的影響並不是短暫的面試時間可以闡述的事。

就像一千字的篇幅無法詮釋與一群怪咖們工作多麼幸福、當你尚未完整陳述僅只拋出幾個關鍵字便有人理解並回應的默契、永遠都有人提出你從未想過兼具大膽與創意的做法，而在許多任性，像是擅自決定營隊晚餐將是全體工作人員與學員（大概一百多人）一起吃雞排大餐，或純粹滿足個人奇想而舉辦的第一次第二次第三次聖誕夜談活動時，他們也只會注視著、用眼神中的微笑告訴你：「就這麼做吧。」

如此地無所畏懼。

青年走進2009年一間位在臺南、月租四千元不含水電的獨立衛浴套房，那裡有個少年趴在未完成的實驗報告及尚未研讀的期刊論文上靜靜睡著，電腦螢幕閃過第四屆搶救文壇新秀再作戰的BBS文宣。

青年說，你將會遇到一群很神奇的人，雖然他們腦子不太正常，但都是好的那種。你的生活將與現在完全不同，遠離學術研究、實驗論文。我知道你大概會覺得我瘋了，但你的工作職稱是出版社行銷，你一點都不熟悉，卻很願意學習，因為那群不正常的人熱衷於文學創作；是的，就是你當作消遣而閱讀、從沒想過其實擁有改變世界力量的東西。而你邁進出版業時想的就只是，希望讓更多人能夠看見他們的文字，如此而已。

希望少年聽進去了。

然後記得在隔天的週末假日，按下轉帳按鈕。

獻給每一個人。

然後如果嘉澤老師有看到的話，還是請您講一下當初怎麼會邀請我加入寫作會的，感謝。

許皓甯

作者簡介

　　1988年出生，中醫師，曾自發性待業一年，連續承辦各校文學營。新詩
小說散文曾稍有創作，作品曾獲中興湖文學獎、全國學生文學獎、喜菡文學網
小說獎、全國醫學生聯合文學獎等。期待作品和自己的關係，像廣闊草原上奔
跑的兩隻快樂的狗。近期作品為粉絲專頁〈病態美學〉。

耕莘與我，有時還有出包

陸爸好、各位新舊成員大家好：

我是第七屆成員皓甯，第一次知道傑出會員這件事，是在我參加第七屆搶救文壇新秀再作戰的時候，晚會三對三之後，徐嘉澤老師上台領獎，他那年得獎無數，跟現在一樣，他那時說他得獎的原因，是因為他比榮哲帥。我覺得在一個以寫作為依歸的團體，這樣火力強悍這樣自在，真帥！

那次搶救其實我沒有參加完，沒有排練晚會，沒看到開閉幕式，我第一天處理我爸住院的事，第三天有自己的營隊要負責。

我後來還是成為寫作會成員，有時我不清楚，是我偶然寫作偶然得獎，還是因為我參加搶救之前，就協助去年的搶救活動長設計活動。

幾年過去了，中間偶然寫作，偶然得了微不足道的小獎，但我與寫作漸行漸遠，活動則越辦越兇。

剛剛接到儀停老師電話，誠惶誠恐受領本屆傑出會員，我說不是吧我超過一年沒有寫作了！儀停老師說你現在在哪？我說我在台中當學生會的活動顧問啊！儀停老師說啊啊啊啊啊，我不管總之你要想辦法！

我說好，讓我先寫致詞，再連絡在場的可靠夥伴，幫我念致辭。

這一刻彷彿隱喻，我或許因對活動設計的種種熱情，而有這得獎瞬間，而今我的困境，我的解套方案，全部全部，都像一場流動的主持中，一個偶然卻必然的出包，以及隨之而來的奮力圓場。

而我每每反覆的恐懼來源，是辜負及不可逆的傷害。

　　比如活動結束，主持人致謝詞，忘了一個低調卻盡力的工作人員；比如某個晚會活動，成員機關算盡，終局時仍敗給不可知的命運；比如結訓影片播放時，開頭三秒，喇叭忘了打開；比如召集了大量工作人員前來試跑，自己是負責人，卻硬生生的完全睡過頭。

　　當然我也曾經嫉妒，台上講者發光發熱，我在營本部處理下一個流程，聽到一首哀傷的歌曲，突然好想好想回家，讓一切停下來，心想若我把辦活動的心力回歸寫作，說不定也能站上講台，唱作俱佳。

　　但更多時光裡，暗處的我們看著學員明朗的眼睛，會覺得站上舞台發光不錯，但能架設舞台，讓講者與觀眾相遇，這樣的我們真好，我喜歡這種時候的我們，辦活動從來沒有真正的超級英雄。

　　因此，這個傑出會員，不是頒給我的，它頒給每一個在文學營隊或文學講座　幕前幕後無聲起落的，替文學舉旗扛轎設局造勢的，器材庶務美編財務出版社小編印刷廠排版，或許總有一天會全然無名的，所有幕後人員。

　　今天，我暫代你們受獎，我希望我們能讓某些無以名狀被看見，我希望你們能被所有學員看見，我希望你能被自己看見。

　　我是第七屆成員，本屆總幹事許皓甯。自始至終，我還在辦活動的路上，感恩讚嘆這個世界！謝謝寫作會！謝謝奕樵幫我念稿，愛你喔！

　　謝謝陸爸，你說要有寫作會，便有了寫作會！

　　最後。

　　這致辭稿或許太長了，不過如果還過得去，現在可以掌聲了。

　　謝謝大家。

（全文出自2015耕莘青年寫作會傑出會員頒獎典禮致詞）

孔元廷

作者簡介

　　耕莘寫作會第九屆「搶救」文藝營成員、成大醫學系四年級學生，喜歡閱讀、寫作，喜歡跟寫作會的大家聊天的感覺。

奇異的寫作戰隊

　　參加耕莘青年寫作會之前，我其實並沒有想過文學真正應該長成什麼樣子。

　　還記得某一次，在阿盛的散文裡讀到，自己當年在耕莘文教院教散文寫作。因此在某次北上的途中，我順便經過了位於台電大樓附近的耕莘文教院。然後偷偷地走進來還拍了幾張照片。畢竟當時的文學對我來說，還稍嫌老派了一點。因此我當時對耕莘文教院還有一些很特別的感覺，但是我沒想到的是，接下來的幾年，我還真正的進入了耕莘文教院裡。

　　事實上，對我來說，與耕莘的相遇大概是我這一輩子第一件感到幸運的事。於此之前，文學對我來說是一個很摸不透的概念。我不知道什麼才是真正應該被欣賞的文學，而什麼則只是因為大家不懂而因此大肆稱頌的作品與作家。甚至那是一個，我會在校園裡面逢人便說，我自己還滿喜歡文學的，那樣自得意滿的日子。

　　耕莘改變了我許多，在進來耕莘之後，我對於文學的許多概念都有被重新顛覆，像是「文學是很主觀的」這樣的迷思就被耕莘的各位破解了，或是某些作家其實並沒有那麼值得細細研讀，而小說、散文、新詩等等都有其創作的特定手法與象徵意義，也是耕莘裡的朋友教我的。

　　其實我仍舊記得第一次參加耕莘營隊的震撼，當時我抱著自己是一個文青的想法來參加這個營隊，進來之後卻發現，不但周遭的參加夥伴有些也是實力堅強之外，所有的耕莘青年寫作會工作人員每一個看起來都身懷絕技。而當時甚至在某個很特別的情況下，我聽到了某個我之前在報紙上看到得獎的寫作者。直到那時，我才發

現這些人是這麼的有趣。而我跟我的隊輔提到我對小說跟散文有點興趣後，其中一個隊輔就推薦了我一本我到現在仍舊很喜歡的書。而另一個隊輔夥伴也給我的作品許多建議。

　　直至今日，我對於耕莘依舊是有一份情感在的，或者可以更具體一點，我很喜歡這一些在耕莘青年寫作會的夥伴們，我常常會想，或許我們真的就是一組奇異的寫作戰鬥團體，但是有了這些夥伴之後，真的有種安心感、歸屬感。有些時候我仍可以想像臺北的文教院的四樓中庭、大辦、小辦、小屋以及各間教室的樣子（雖然現在小屋已經拆掉地板了），但是這與建築物、與耕莘青年寫作會這幾個冰冷的字無關。耕莘對我來說，是我們這群夥伴的代稱。

　　耕莘對我來說極其重要。即便我是一個沒有辦法時常北上的南部學生，耕莘的大家依舊給了我許多。

張鳳如

作者簡介

　　生於1992年盛夏，文化大學中文系文創組畢。

　　喜歡文學及電影。它們使人心臟柔軟地過生活，發現好的事物便覺得奢侈，邊走邊練習誠實與誠懇，善良勇敢地過日子。

看得最遠的地方

在耕莘青年寫作會裡，我是一個逃不走的人。

最開始的相遇，是在五年前的文學營隊之後，那一年我高三，在信箱裡收到一封入會邀請信，我想不到不去的理由，就這樣參加了迎新，遇上了這些人。由此開始，與大家展開一次次我想逃卻始終逃不了的拉鋸。

這些人都是厲害的人，珍貴的人，很好的人。我跟他們一樣喜歡文學，卻不像他們一樣認真；因為這樣，每次參加活動前總是猶豫很久，就算去了也躲躲藏藏，用大部分的時間聽大家說話，自己一句話都不講。每每看到他們光彩迸現的瞬間，就在旁邊安靜地驚嘆，然後想，我跟你們不一樣，這不是我該來的地方。

他們像一個美好的遠方的風景，這個遠方是海，波光潋灩，海浪溫柔浮亮，是我不覺得自己到得了的地方。我太害怕被他們發現我到不了了，於是開始努力讓自己的生活與他們無關，活動漸漸不去了、營隊工作也不接，以為自己可以神不知鬼不覺淡出，可是沒有，仍然有一些零星的訊息或電話，總是可以鑽進生活的縫隙裡找出我，他們不會問我怎麼了，只是約我出來見面；用很爛的方法把我拐到簡餐店裡聊長長的天，只為了勸我一起辦營隊。

我懷疑他們早就知道我躲藏的祕密了，可是還是小心翼翼繞開我想逃的原因，只能軟軟弱弱地逼。一直到很後來我才發現，他們是真的很喜歡我吧，沒有誰因為我的躲藏而真的不見，還一直想著把我抓出來。我花了三年的時間反覆從這裡逃走，也反覆失敗，最後終於心甘情願留下來。留下來了，才能得到這些珍貴的片段：

多年後的某次聚餐結束，在餐廳門口準備離開，我鼓起勇氣對

身邊的奕樵說：「你想看我寫的東西嗎？」然後看見他聽完我的話之後立刻變得閃亮的眼睛。那個上午在批鬥會我才剛剛明白，就算我寫得再差，也沒有人會因此不理我的。在致中簽書會上逼迫他用韓文寫字並畫上彆扭的愛心，看他困擾的表情。兔子在某個深夜裡對我說「我擔心妳的生活嘛。」，我把這句話當成咒語，在覺得艱難的時刻反覆背誦。有一年夏天，一群人跑到淡水，三更半夜在漆黑的海邊對明年的自己輪流許願。有人寫給我卡片，送給獅子座的我這樣一句話：「綠野仙蹤裡的獅子，在我看來，也就只少那麼一樣東西而已。」……

　　現在我覺得自己也很好了。我還是一個在文學上不認真的人，卻再也不想逃了。因為這些人，我知道文學的價值，它讓人更能夠體貼地為人著想，它讓人溫柔、讓人心靈強壯、讓我遇見他們，知道「更好的樣子」是什麼模樣，這些人是我十八歲以後的生活裡，最想抵達的、看得最遠的地方。

　　我知道慢慢走，就可以走到你們身邊。

莊硯涵

作者簡介

　　不務正業心理人。喜歡面朝大海，春暖花開，但也覺得岸邊的沙雕與海風非常美好。

耕莘與我

開始寫這篇文章時，我看著螢幕上的標題「耕莘與我」，著實有好一段時間靈感盡失。

對我而言，耕莘是現在進行式，是日常生活中片刻的積累。這樣的主題，彷彿要為「耕莘」、為「我」，或者為「耕莘與我」做出定調。但還活著的事物，如何能被定調呢？倘若我說了一段愉快的故事，「耕莘與我」便會被讀者視為一段愉快的記憶，然而無論是單純的快樂、悲傷或惆悵，抑或悲喜交雜的敘說，相較於事實，都顯得太過單薄。我不願意用單薄來概括事實。

以下是我在耕莘生活的兩則切片。希望透過兩則切片的組合，能更趨近於無限遠處的真實。

「愛」

在這裡，我談了一場戀愛，得到一首屬於自己的情詩。分手以後，得到夥伴的拍打餵食，有些時候愛是透過拍打，而非餵食來呈現，這一點著實讓人哭笑不得，但親切和藹如我，只能面露微笑，樂在拍打中。

愛和關係有許多形式。來到這裡以前，對於愛、對於自己，我所知道的都極為有限，我帶著自己的無知抵達，在與夥伴的對話和互動裡，逐漸形成關於自己的愛之真相。我曾經從溫柔的人手中接過蛋糕，也曾經感受踏實做自己的友誼關係，與很不一樣的人們相遇，體驗他們獨特的愛的方式，將之收容在我的生命裡。

我並不特別擅於書寫，或者擅於活著。在這個世界上，也經常

找不到獨屬於我的事物。然而，在耕莘的時光給予我溫柔爛漫的質地，讓我有機會接觸到各種各樣的人事情感，最終回歸自身，成為更飽滿圓熟的人。有些時候過熟了，也總有人願意把我吃掉，讓我有再一次年輕的機會──特別是在這種時候，會讓我感覺，能在這裡佔據一個位子，確實是件幸運的事。

「戰友」

並肩作戰之於我是種浪漫。在這裡，我見過許多人一起並肩作戰，或許是在營隊、或許是在工作坊，又或許是面臨某次文學獎截稿日期，當我看見大家進入工作模式的時候，總為其中的熱情、歡快與凝聚力所渲染。僅是置身其中，就覺得自己的心也輕盈了起來。

就像營火吧，靠近就覺得溫暖，彷彿能聽見輕快的音樂在耳邊響起。這裡有開不完的營火晚會，每個人都跳著自己的舞步，卻奇異的達成和諧。有時候，大家會圍繞著營火，討論一些深奧嚴肅的事情，這時也仍然有人會在一旁撥弄樂器，枕著草地看星星。我也能加入他們，一起慵懶的睡去。

不那麼慵懶的時候，我也練習上台，試著說好一個故事，這就是我與大家並肩作戰的時刻。上台以前，頻繁的備課、驗課、交換意見並進行修正，一系列流程讓我充分意識到我們是一個團隊，要一起面對工作坊的考驗，成敗榮辱與共。過程中疲累，盡力，即使心中充滿不安，依然得在台上表現出「我很行噢」的樣子。一邊辛苦著，一邊卻覺得真好，真幸運有這樣的機會和大家一起努力。

這正是耕莘給予我最美好的：有機會遇見彼此，在草地上一起玩耍。即使哪一天要道別了，也可以面帶微笑，祝福彼此抵達理想的遠方。

林巧棠

作者簡介

　　1989年生，台大外文系，台大台文所，耕莘青年寫作會，祕密讀者編輯委員。曾獲時報文學獎散文首獎、時報文學獎書信組優選、林榮三小品文獎、臺大文學獎等。作品曾刊登於《聯合文學》「新人上場」單元。在《女人迷Womany》網站主持專欄【Herstory】。

故事的開端有光引路

　　耕莘寫作會形塑了我成為一個更明白的人。剛入寫作會那幾年我正處於生命的低谷，父母離異，與男友分手後陷入一場絕望的單戀，為了畢業後的出路煩惱，後來又逢研究所考試失利……日日都有雨水打進眼睛。總覺得前方無光，或者其實有光，但迷茫如我怎麼樣也看不見。

　　是寫作救了我。

　　本來我是不相信自己能寫的。直到我認識了一群人，他們相信我可以。

　　參加搶救時我已經大三，當初只是單純地被課程吸引，而且在寒假舉辦的文藝營很少，我抱著姑且一試的心態報名。雖然念的是外文系，我卻覺得自己再平凡也不過，距離作家的夢想不曉得有多遠。我老是在門外摸索，卻怎麼樣也摸不到門把。

　　過去我也舉辦過好幾個營隊，以為幾天幾夜活動該有的內容不過就那樣嘛，沒抱著多少期待，公車上和同行友人有一搭沒一搭地聊天。不過，直到播放開訓影片、榮哲老師上台說話後，我就知道自己錯了。錯得離譜。

　　這絕對是我見過最瘋狂的營隊——從台上老師到身旁小隊輔，從書展負責人到清理廚餘的工作人員，每一雙眼睛裡都閃著熱切的光芒，急著想告訴你文學的豐富與美好。只要你肯開口問，每個人都樂意分享他熱愛的作家與作品，毫不藏私。

　　入會之後，榮哲和儀婷老師都曾在我對寫作感到惶惑不安時鼓勵我。得林榮三小品文獎時我大五，正準備重考研究所。榮哲老師在臉書上說：「你們寫下的每一個句子，都黃金般延展了自己與耕

莘的夢。」這句話被我抄下，至今仍貼在書桌前。

　　和會內成員最貼近的就是導師儀婷了。不過由於成員太多，在無事的情況下我實在不好意思接近老師。不過，我特別喜歡看她的育兒日記，某次在臉書上讀到寫三三的某篇文章，觸動了心底深處的分離焦慮。「三三，媽媽要告訴你，不管媽媽在哪裡，即便是在工作，媽媽都有把三三放在心上，而且媽媽一直都是一邊努力工作，一邊想著三三哦！」

　　我一時哭到不能自已。

　　幸好當時儀婷老師在線上，而我也不知哪來的勇氣，逕自向她說明讀後的感動與悲傷。老師立刻給我關懷與建議，還問了許多問題：「讀的時候你有什麼感覺？在哪個部分停下來哭泣？」我也毫不保留地回答了。無論是老師的反應或是自己的勇氣，都讓向來慢熟且害怕談心事的我很驚訝。儀婷老師的溫暖真誠我永遠不會忘記。

　　接下來的兩個人，對我而言都是光一般的存在。雖然高型男已擁有眾多粉絲，也許不差我這幾行字，但我還是想說：每次去營隊，最期待的事之一就是見到翊峰老師。他的擁抱很厚實，很溫暖，總是告訴我「不要放棄，繼續寫，期待你下一篇作品。」即使他對每個能寫的人都這麼鼓勵，我依然在心裡偷偷認為自己有那麼一丁點特別。

　　還有陸爸。除了課本和小說之外，我對天主教沒有太多認識，可是如果這世界上真的存在神，他的的確確是我見過最接近神的人。他笑起來時整個人都在發光。他所到之處只有太陽。

　　（本文為刪減版，全文請見：https://www.facebook.com/notes/chiao-tang-lin/故事的開端有光引路/1176630322366334）

許芳綺

作者簡介

　　七年級生，國立彰化師範大學畢業。白日為職業教師，夜裡為研究生（但是常常睡著）。目前覺得人類是最有趣的生物，也最惹厭煩。

寫作小屋

　　走出台電大樓捷運站，趁著兩側無車時快速穿越車道，跨過停車場，再穿越另一側車道。在轉角處拿出手機，播出幾組號碼，採買對門的摩斯漢堡、紅茶、各種點心，然後拎進大樓。轉彎，小跑步至廊廡深處，偷懶搭乘電梯直上四樓。（神父笑著說，啊妳也是有需要的人）。再穿過深藍色與原木色所構築出的走廊，穿過露天陽台，抵達聖殤像前轉向右手邊的木門。門上頭掛著「寫作小屋」四字。推開它，小玄關堆著各色鞋子，屋裡全是得來不易的夥伴們。他們可能或站或坐，或肉體橫陳；可能高談闊論各種想法，或細聲交談別後以來的生活瑣事。

　　能夠得到耕莘這群夥伴們全是意外。大一那年，友人Ｓ詢問是否要一同參加一個名字聽起來很怪，但是內容應該很有趣的文藝營（至今仍然覺得「搶救文壇新秀再作戰」實在是相當，呃，生猛有力）。那時沒多想這也許是個神祕的不法組織，只是摸摸口袋中的餘錢，說，好。沒想到，交出去的不只是那一次的營隊費用，更交出了往後數年的課餘時光、精神氣力。時間將短暫的營隊生活無限延長，將當時的隊友們慢慢地變成自己身邊的人生戰友。眾人們對文學的偏心與熱情，柔軟異常的體解與關懷，讓看似孤獨的文學得以令人耐下性子好生對待，找出其中趣味。

　　當然有趣的並不只是與文學間的討論，於我而言，亦喜歡那些由寫作小屋延伸出去的地景與時光。事實上，在每次週末上午的小說批鬥會以後，續攤吃飯、宅溫羅汀間的各家大小書店、泡咖啡館成為了解臺北的起點、親密話題的開端。此時文學的課題稍退，各人的人生功課逐一浮現；相聚的友人大多是彼此商量心事的對象。

想想那些寶愛的創作稿件與自珍的靈思都可以讓眼前此人攤看、評議，究竟還有什麼心事不能夠與之詳談？於是攢著各人有限的時間，我們出沒於多鬆與貓薄荷（真可惜後來收了）、波黑米亞（後來換了）、路貓、葉子、海邊的卡夫卡；舊香居、政大書城（哎）、水準、茉莉或是更遠的小小書房與台灣文學館。

　　然而當眾人先後褪下了聖光充滿的學生身份，為了糊口而進入職場，前往寫作小屋的次數則減少許多，聚首時間亦隨各人生命動向而有所增刪。有的人持續創作、出版，在文壇發光發熱；有的人在其他領域發展，自有一片新地。那間讓許多人打滾的寫作小屋，則在幾年後某次驚人的颱風雨侵襲下，被吹得滿室狼藉，等待修繕。當時我曾獨自前往被吹壞的寫作小屋，從門上小窗看向屋內，裡頭未退去的積水、深淺不一的水漬、亂堆的木板。想想相聚有時、轉向有時，但耕莘所聚集起來的能量總是會一再回到文學，不曾遠離。

玉吐

作者簡介

　　玉兔，本名李翎瑋，1990年生，桃園人。女生。異性戀。臺大法律系刑法組研究生。臺大大陸社前社員。耕莘青年寫作會總幹事。曾獲耕莘青年寫作會傑出會員、臺大文學獎、林榮三文學獎等。

大地那頭有人在叫我

耕莘青年寫作會舉辦「搶救文壇新秀再作戰」文藝營十餘年，辦成一個傳統，不只對外，也對內成為年度盛事。每年大家都在宣傳期間想盡各種花招，書店參訪、作家訪談，總之全體動員，熱鬧滾滾開始招生。

有好一陣子的宣傳定式是，請成員以「曾任搶救文藝營學員」的身分，寫一篇推薦參加此營隊的文章，類似許多時下流行的「使用者見證」那樣。

那時候被邀稿，我想了很久，把文章題目定為「大地那頭有人在叫我」。覺得自己在這片土地上隻身行走了很久，其實不知道要去哪裡，直到來到這個地方，參加這個營隊，進入寫作會，我才發現原來在大地那頭一直有人在叫我，輕輕呼喚，等我走進來。它要許諾我，給予我此生一直渴求的事物。

那是真的。剛剛加入寫作會的我十八歲，寫那篇文章時的我二十二歲，如今我二十五歲。我的人生有重要的一個部分在耕莘度過，而那個呼喚我的聲音沒有一天停止。

十八歲的我覺得寫作很寂寞，參加很多文藝營，我來到這裡，第一次發現寫作不止是靈感像流星稍縱即逝，不止是安安靜靜點一盞燈泡一杯茶與自己說話，而是有固定舉辦的批鬥會，怎麼寫、怎麼讀，通通都可以攤開來講，這裡有人聽得懂，這裡有人陪你討論。原來文學不背棄任何一個孩子，原來熱熱鬧鬧地寫作是可能的，文學是一扇門，走進來是一個樂園，大家一起跳舞。是耕莘許諾我想要的文學給十八歲的我。

二十出頭時的我大學念到一半，還不知道自己未來的方向。在耕莘暑期的營隊「高中生文學鐵人營」之後交到了一批會成天出門

去玩、去外宿，聊天玩鬧通宵的朋友。在學校裡跟著朋友一起四處散步，縱使是深夜的夜路，影子被路燈拉得很長，也不感到害怕。是耕莘許諾我想要的友情給剛過二十歲的我。

二十三歲我依然在耕莘，那年暑假又是在營隊，找到人生第一段穩定的感情。那年我大學畢業，覺得自己有幸從自己喜歡的系畢業，有幸擁有喜愛我的家人朋友，也慢慢在發展我的文學視野，生命就差找到一個心念相通的伴侶。是耕莘許諾我想要的愛情給二十三歲的我。

二十四歲，生活跌落谷底，整整一年多的時間都在與憂鬱症搏鬥，又逢手術，養病養心養身，整個世界都是灰色。生命來到沒有路走的處境，四面楚歌，苦不堪言。那時常常數日無法下床走路，心境、體重、健康狀況一同垂直跌落。一直接到從遠方捎來的關懷與善意，小卡片，補充營養的小點與飲品，男友與夥伴們接力陪伴，耕莘的活動也依然邀請我參與，不問表現地繼續讓我在會內擔任重要幹部。是耕莘許諾我此世一直苦苦追求的人世間的溫暖，給二十四歲的我。

也差不多是那時，夢到陸爸。在夢中我擁抱陸爸，問，陸爸，人生走到很痛苦很痛苦的絕境該怎麼辦。陸爸笑一笑，說，記得你仍然被照看著。

我記得。我記得我被照看著。我記得是大地那頭一直有人在叫我，在生死的幽谷之間，把我喚回來。是耕莘把我喚回來，它持續許諾我，許諾我那麼多，讓我活下來，幸福快樂。

陸爸在某一年的團拜唱了一首歌，其中一句歌詞是，你為什麼對我這麼好。

謝謝耕莘青年寫作會。我不知道為什麼你們對我這麼好。但我記得我被照看著。我記得我被呼喚。我記得我被許諾的一切。謝謝在大地那頭叫我的人。深深感激。

輯 六

閱讀美麗人生
——其他作家的耕莘緣

一位位導盲者，有人領我
摸頭，有人帶我撫耳；新
詩是頭，散文是身體，小
說是腿，報導文學是耳，
兒童文學是鼻子，戲劇是
尾巴，還有古典文學的家
牙，讓我看見文學之象。

——邱霽

黃九思

作者簡介

　　民國77年參加耕莘寫作會秋季班小說組，80年起陸續獲得三項耕莘文學獎：第十一屆新詩第二名、第十三屆劇本優等、第二十二屆小說優等。在耕莘擔任執行祕書的時間是81至82年以及88至94年，共九年。曾主編《旦夕》、《希望之光永不滅》、《給孩子一片天》等耕莘叢書。

　　早期創作以奇幻小說為主，多刊登於自立早報，近年來之陪病記、夢遊記、偽詩詞等隨筆則發表在〔九思的傳說〕部落格。

耕莘與我

　　剛開始到耕莘服務，是接替晏若仁擔任「寫作門診」助理，這工作我做了數不清多少期，每當遇到學員繳交篇數太少的時候，我就會補上自己的作品充數，因此增加許多與老師一對一討教的機會，特別感謝林燿德、杜十三、吳鳴、葉姿麟、梁寒衣、羅位育等多位作家，在門診時的指點與鼓勵。

　　民國80-81年林秀美、李秋萍、胡翠屏相繼離職，葉紅找我一起接任耕莘祕書，兩年後她已能獨當一面、游刃有餘，我便只負責旦夕編輯。到了88年的某四個月，寫作會又換了三位祕書，陸爸再度找我回去上班，直到民國94

年離職之後，仍協助辦理葉紅女性詩獎，頭幾年負責整理稿件，現在只幫忙管理網頁。

在耕莘工作期間，從起初因為生疏，到後來過度忙碌（除了原本的小說、散文、新詩、編採、編劇之外，還要負責執行新增的課程，例如：歌詞創作、兒童文學、科幻文學、NPO文宣人才培訓等等，工作量超過我可承受的範圍），以致犯了許多錯，得罪不少人，有賴師生們的寬容與協助，使各項活動得以順利進行，藉此機會致歉與感謝！

起起伏伏耕莘路

　　以往耕莘暑期寫作班的學員人數每屆均有一百多人，但民國86年不知為何驟降為五十人左右，而且連續三屆都是如此。為了增加招生人數，89年暑期班，首度嘗試將上課時間從早上至下午，改成下午至晚上，結果創下129人的高紀錄，可惜之後報名狀況一年不如一年，到了94年，竟然只有26人。95年許榮哲與秘書長謝欣純商議後，毅然決定將營隊改至寒假舉行（第一屆在5月試辦，第二屆起均在寒假），邀請「小說家讀者」成員：高翊峰、王聰威、李崇建、甘耀明、李志薔、張耀仁、伊格言，與李儀婷帶領「搶救文壇新秀再作戰文藝營」促使耕莘轉型成功，年年爆滿。今年不只是耕莘五十週年，也恰逢「搶救新秀文藝營」十週年，特選錄當初串連九位講師著作及部落格名稱，以「向文學之路〔啟程遠行〕」為題，所寫成的旁聽心得。

　　　　搶救文壇新秀再作戰
　　　　雖只有《稍縱即逝的印象》
　　　　我們卻彷彿中了《上邪》
　　　　即使下了這班《神祕列車》
　　　　仍不停《奔馳在美麗的光裡》

　　　　透過《生命的眼睛》
　　　　持續與世界大師捉《迷藏》
　　　　捕捉不只32個臉孔
　　　　走出人性錯綜的《甬道》

> 寫下比歷史更真實的《寓言》
> 不論是否豔光四射頻得獎
> 我們都已不再是《甕中人》
>
> 深願如此《沒有圍牆的學校》
> 《之後》仍會啟航
> 而重聚的你我
> 早已掙脫《家，這個牢籠》
> 　　或阻擋你飛翔的其他障礙
> 至少能〔用一個故事來換〕
> 換得師生們的眼睛一亮

　　如今，前幾屆的學員已陸續成為作家、編輯，並擔任講師；當年著有《我的32個臉孔》的蔡銀娟，因為身為李志薔的夫人而來當志工，現已是《候鳥來的季節》和《心靈時鐘》的導演；許榮哲則因為擅於分享《折磨讀者的祕密》，變成六年級最會《偷故事的人》，而耕莘文藝營已榮獲文藝青年票選第一名。

　　至於學員人數亦曾忽多忽少，近年則經常額滿的晨間婦女寫作班，也培育出吳妮民、許亞歷、楊婕等多位作家；招生狀況相對穩定的晚間文學創作班，更產生了姜天陸、白家華、管仁健、凌明玉、徐正雄、劉梓潔、馬千惠、王姿雯、劉思坊等數十人，他們和搶救新秀再作戰的學員一樣，出了不少書，或者得了文學大獎。我無法想像，文學界若是少了耕莘，將是多麼嚴肅乏味的風景。

　　雖然我們遠離了「文學已死」的黑暗時代，但卻進入了眼花撩亂的電子時代，紙本書或許會日漸減少，但文學將在網路世界不斷發光發熱，而耕莘也會配合潮流適度轉型，為文學愛好者持續提供養分與溫暖。

邵霖

作者簡介

黃惠真，筆名：邵惠真、邵霖、小舟。

經過耕莘師長們調教多年，得到耕莘文學獎小說首獎、散文首獎、新詩評審獎後，才有「畢業」的感覺。也得過臺北市公車首屆徵詩、臺北縣文學獎……等，曾以許多筆名發表詩文圖畫於多種報刊媒體，出過散文集。這幾年的隨筆、塗鴉，散見於〔黃篤生的書法藝術〕、〔九思的黃氏珍藏〕及〔小舟的迷航〕部落格。

耕莘與我

「耕莘青年寫作會」是有魔法的。

證據一：

在二十幾年前，我第一次跟著哥哥去參加耕莘團拜，因為哥哥說很好玩，可以領紅包、吃蛋糕、看表演、猜燈謎、還有機會拿獎品。

剛到時「大教室」（舊址有間能容納兩百人的演講廳）還一片空曠冷清，我就先在一旁大書桌寫兩對春聯。寫完後一抬頭，看見圍觀的人群，還有他們轉身進入的場地，竟已排好數十張摺疊桌椅，天花板懸掛著彩紙燈謎，四周增

添金紅飾品，充滿春節喜氣。這一切，如魔法一揮即就！

後來我才知道，會員們各個身手矯健，一抵達會場便齊心合力，瞬間布置成功。

證據二：

講師們有點石成金術。

讓原本從事美術編輯、文筆普通的我，在因眼痛半退休時，改學寫作，竟也能得文學獎、賺稿費，開啟人生的第二春。

於是我了解，只要是活人就可能寫作，只要寫作就可能活著。

證據三：

不可思議的文藝營，激發出我意想不到的潛力。

嗜靜寡言的我，因擔任散文組輔導員，連帶得化身為活動主持人，也帶領戲劇表演，身兼製作人、編劇、美術設計的夢幻身分。

因此我發覺，若是為了服務他人而上台講話，就不會緊張得心臟跳到舌頭上。

證據四：

入會後永遠是「青年」。

像白靈老師、楊友信理事長、九思哥……都不會老耶！因為有陸爸爸發壓歲錢？

耕莘寫作之路

　　那晚，我一爬上公車，便把疲憊擱在清冷的座位，

　　讓沉重的眼鏡於掌中安歇，閉目，感覺路線的進展。

　　該是轉向新生了？抬起眼皮確認，竟望見圓燦燦的煙火！金黃與焰紅的層層奔流，翠綠與銀白的朵朵列陣。

　　那是——？眼鏡說，是車燈、街燈、紅綠燈獻給近視眼的驚喜！從此，每趟夜間車程，都是慶典。

　　這篇〈夜夜花火節〉是參加「九十一年臺北公車暨捷運詩文徵選」榮獲小品文首獎的拙作，描寫的即是從「耕莘」下課回家的豔遇。

　　那次出席頒獎典禮，見到向陽與廖玉蕙兩位老師，在評審群中現身，使我倍感親切與榮幸！臨時被請上台致詞的我，正可藉機謝謝兩位，以及其他曾在耕莘授課的師長們。

　　那回得獎的十年以前，向陽老師主編的自立副刊，採用了我試探性的新詩與隨筆，使我逐漸走向寫作正路。

　　當天，廖老師常以讚許的關愛神情望著我，讓我獨自站在台上時，有個目光投射與傾訴的好對象，而不至於茫然失措。

　　那種像是在說「真是個好小孩」的鼓勵眼光，另一位熱切賦予我的作家，是白靈老師，在散文課發作業時。此後還有楊昌年老師，也曾不厭其煩地逐字逐句、三番兩次為我批改習作，詳細地指出其中的優、缺點及改進要領，像這樣令我欽佩、感動、受益良多的引導者，還有蕭蕭、羅位育、焦桐、歐陽柏燕……等多位師長。

　　更不能遺漏的是陳銘磻老師，創立「號角出版社」並舉辦徵

文，讓我們這些學生有機會和名作家一起出書。出版社與報社的多位編輯陸續支持，讓我的寫作路越走越穩。

也不能忘懷的是向明、楊樹清前輩的提攜後進，簡媜高人的精妙風格，陳幸蕙、夏婉雲師的溫情指導，能親臨受教於這些作家導師，何止三生有幸！

耕莘寫作班的課程，讓我曾如盲人摸象的書寫，遇到一位位導盲者，有人領我摸頭，有人帶我撫耳；新詩是頭，散文是身體，小說是腿，報導文學是耳，兒童文學是鼻子，戲劇是尾巴，還有古典文學的象牙，讓我看見文學之象。

謝謝耕莘的師長們，你們是比煙火更燦爛、華美，而且永恆的學者之光。

廖桂寧

作者簡介

　　廖桂寧，用右手拿筆持筷的左撇子，設計的從業人員，貪心於各項事物，所以硬說自己效法蘇東坡：一手拿畫筆一手拿文筆。現實是，無論哪一筆，目前都需要努力再努力。2008年中和庄文學獎散文類成人組佳作、第四屆臺北縣文學獎散文類佳作、第一屆新北市文學獎小品文第三名、耕莘文學獎。

耕莘與我

　　最初只是好奇，那個熱心會開書單給我的網友angle，在耕莘開課都教些什麼，循線前往（像是追蹤狂？），卻展開一條綿綿長長的緣份。2004兒童文學、2005說文解影，然後參與了對我來說很重要的一班：女性書寫研習班，2007那年，明玉老師問我要不要當輔導員，到現在我都很感謝當時的機會，如果不是輔導員，我無論來上幾次，一貫的下課就匆匆走人，從來不認得同班同學。女性書寫研習班很迷人，除了老師們不藏私的傳授寫作祕技，對我來說，迷人的是耕莘的傻氣，明明只是寫作班，但導師就是會做多餘的事。2009年，明玉老師決定女書班要有一個讀書會。延伸的讀書時光像是同樂會，有同好一起讀書、分享生活經驗及閱讀心得，比上課更輕易的交到了好朋

友，常常只是唉唉叫而已，珍麗姊姊美味的手工蛋糕就會出現，在讀書會裡，我們不只讀書、看電影、作業互評，更曾經完成故事接力遊戲、縫製布書衣、串珠、蝶古巴特手提袋。擅長捕捉生活小事的珍麗還因此寫了一篇串珠不簡單的文章，刊登在聯合報繽紛版。週二下午的小屋時光，是無可取代的記憶。覺得該充電時，我會看著週三文學導航班的課表，問自己：報名否？

也是碎拼圖

　　就從〈碎拼圖〉開始吧。

　　人生中第一個文學獎，因為耕莘女性書寫研習班。週二有課，空檔時間去飲水機倒茶，習慣性掃瞄佈告欄，中和庄徵文資訊在眼前。取材要與中、永和相關，那讓我懷念起外婆，興起挑戰的念頭。文章完成後寄給導師，本來只是想聽她往常給意見的方式，決定是否投稿（這篇不錯啊。或是：嗯，寫得不夠好哦，再想想），誰知她一看便問：「是打算參加徵文的嗎？」識破我的企圖後，她突然提高標準的挑剔了文章結構，修改過程中，我第一次認真理解課堂上那些一再被提出的象徵、伏筆、譬喻，究竟是怎麼一回事。那次經驗讓我開了竅，寫出一篇〈碎拼圖〉，踏上拼圖之旅。

　　我的學習旅程是一張拼圖。拼圖初始，得把邊界找出來，而我的起始點，從迷路開始。前往第一堂課的路途，是很重要的記憶：從基隆路左轉，走過長長的辛亥路，目標終於出現眼前，我忍不住在路口罵自己笨蛋，因為，左轉羅斯福路的話，早就到了。

　　還好，人生裡有了文學，能套用川端康成《雪國》經典的起頭：「穿過縣境長長的隧道，便是雪國。」那長長的路程之後，文學大門向我開啟；也能引用作家許榮哲對文學的描述：兩點之間的捷徑，是曲線。路痴成為隱喻，多美。

　　我那擅長拼圖的朋友曾說：「拼圖最有趣的部份，在於挑戰。從眼前那些乍看毫不相干的碎片中找尋關聯，拼湊出完整風景時，成就感是無可言喻的。」我懂我懂，這跟閱讀一樣，老師傳授的寫作技法，成為閱讀的外掛程式，作者為何這麼寫？放了什麼物件？以這種視角書寫的理由？我揀取蛛絲馬跡，循著線索前進。當下的

自己比從前多懂一點時，都像挖到寶物般開心。寫作，讓我成為更好的讀者。想成為心儀作者的知音，開啟每本書之前，我都幻想自己張開了最大的網，要接住作者投出的每一顆球，聽見表面之下的低迴暗語。

　　仔細辨認眼前每個元素，形狀、顏色與圖紋，不放過細微線索才能組裝成片，總從生活經驗尋找寫作題材，從內在不斷挖掘，潛入童年，抓取落水記憶，回往離別的當下，透過寫，我意識到自己的在意；有時化身為相親對象、職場上討厭的人，以他們的視角寫極短篇，過程中獲得作惡趣味，但完成後，我卻突然懂了什麼，為當時無法寬容對方而感到難過。因為寫作，我慢慢去試著理解，絕對善與絕對惡之間，那廣大的、被稱之為人性的灰色地帶。

　　不是總那麼順的，有時會卡住，無論如何都找不到關鍵的碎片，無法進行下一步；而拼圖好像會無限延展，每完成一部份，就會發現更多尚未完成的部份。關於人生、關於閱讀、關於寫作，我還在拼。

許亞歷

作者簡介

　　許亞歷，1984年生、台大哲學系畢業。平日為自由教學者，擅長與兒童玩耍、交流。從小致力於三事：感受、想像、打破限制。相信文字的可能性和人的可能性一樣無可計數，最佳的探測方法只有不停實驗和擦撞，能走到越陌生的地步，越好。

　　曾獲2009臺北詩歌節影像詩優選，著有《這個、世界、怪怪的》；現為《幼獅文藝》專欄作家。

耕莘與我

【　　】1 你喝咖啡用什麼裝呢？
　　　　（A）馬克杯　　（B）高腳杯　　（C）乾杯　　（D）旋轉咖啡杯
【　　】2 你往哪樣的碗中擲進骰子？
　　　　（A）瓷碗　　（B）保麗龍碗　　（C）不鏽鋼碗　　（D）鐵飯碗
【　　】3 你將文字寫入何種容器？
　　　　（A）詩　　（B）散文　　（C）小說　　（D）以上皆非，試申論之：

【　　】4 你為什麼來？
　　（A）找自己　（B）打發時間　（C）負傷
　　（D）「我是可以寫的人嗎？」

【　　】5 你為什麼寫？
　　（A）找自己　（B）打發時間　（C）處理傷口
　　（D）「我是不為什麼而寫的人嗎？」

【　　】6 你為什麼繼續來？
　　（A）放逐自己　（B）時間起了泡泡　（C）申請除疤手術
　　（D）「我寫。」

【　　】7 你必須繼續寫。
　　（A）贊同　（B）附議　（C）不能更同意
　　（D）直到世界末日

【　　】8 你屬於哪一派閱讀方式？
　　（A）正襟危坐　（B）岳母刺青　（C）π
　　（D）發展為摺紙遊戲

【　　】9 你會如何形容自己？
　　（A）草　（B）大象　（C）恐龍妹　（D）筆

【　　】10 你怎麼描述寫作中的自己？
　　（A）含羞草　（B）盲人　（C）時而迅猛龍、時而雷龍
　　（D）紙或複寫紙

重考的日子

　　2009年春天早晨，我站在耕莘大門口，對街是荒廢的文成重考班樓屋，擋著風景、阻下時間。時間在牆身不甘地搔抓，文成二字幾要卸盡。無人重考的房舍，空洞洞的，彷彿全世界的重考生都在他方得到學籍，準備下一次的畢業去了。只有我在這裡。

　　和情人分開後，我離開工作，從原有的規律鬆脫下來，報名了女性書寫班，當作別無所求的日子裡唯一的正事。開課日早晨，在大門前對自己發問：「想得到什麼呢？」失去學籍的孩子也是這樣嗎？封鎖在時間進不來的重考班，漫漫等待。

　　第一堂課結束，我感覺身體滿盈輕快，散步到附近的午攤點一碗麵線。吸飽佐汁的麵線依舊維持清白內斂，入口後卻一一解放。太陽探上小小的摺疊桌，我攤開方才的講義，看了又寫、寫了又看，日光把碳印字、手寫字照得溫暖透明，一呼吸，它們便懸浮起來，盪轉出美麗的折光。那是一席桌面擺得相當豐盛、吃得很久的午餐。

　　後來我喜歡穿著白襯衫、揹墨綠大書包，仿學生樣地坐進窗邊第二排的位置，在上課前翻展筆記本，讀看零散的隨筆。置身於彼此熟識的舊生中，我似賣乖的闖入者，將斷句雜語靜靜擺攤，自賣自買，直到老師站上講台，我對摺紙頁，一側記錄聽講、一側寫下受聽講觸發的靈感。

　　漸漸的，零碎化為完整。在那間教室裡，我不再因處於不安而寫，文字終於不只由恐懼推動。養成書寫習慣，我像落單的迴紋針找到新的挾合，重新與另一事分享緊緻的關係。

　　轉至文學導航班時，荒廢樓房的拆除工程恰好啟動。夜裡機械

車具已歇，但仍可從四樓的平台望見圍欄內堆置的土塊、大片的帆布蓋著挖鑿至一半的黑洞。新的閱讀也由此開始，精讀經典如同對工地瞭望，理解了磚瓦的原貌，而老師揭開了那塊帆布皮，於是一部部作品的基座、作家的起點，陸續往心中開鑿，我發現自己成為一個能容納更多的人。

隨著上課期數增累，文學向我展示的面貌也越加深廣。看過老師動情，在朗讀關於母親的作品時泣淚；見識老師長年反覆品讀的書冊，磨舊的紙頁貼著滿滿的字條；聽老師訴說夜中翻書的遐思如何化作篇章。文學來自日常，又復歸日常，對於文學的有機，我的確喜歡極了。和第一堂課後那碗麵線一樣，單純尋常、饒富變化，讓人不捨僅只片面理解它，願意與它永久交集。

新大樓高高築起，看來離竣工日不遠了，時間並沒有被誰阻擋。想起第一次作業檢討，小說家凌明玉導師說的「找到文字的容器。」而我現在明白，文字的容器也是時間的容器，當文字以最適宜的姿態儲放，所有易逝物事便能合身地穿上時間，沿續下去。

「想得到什麼呢？」回到最初大門口的提問，這段近似重考的日子裡，我得到了一個善待的形式，學會善待自己，善待世界的荒廢、拆除與重建。

葉語婷

作者簡介

葉語婷，中央大學畢業，曾獲葉紅女性詩獎，撰寫人間福報截角片語專欄，2013年出版詩集《一隻麋鹿在薄荷色的睡眠裏》。

耕莘與我

畫面靜下來，空的窗台，恰巧讓行人流進眼睛。

經常是這樣，女書班，外加一場讀書會。下午結束後，大家就沿著羅斯福路走，不太隨意，而是直接走向鄰近的書店。

和耕莘的感覺，也是從這裡，慢慢建立起來的。

閱讀，吃飯，聊天。我總喜歡把自己拉到很遠的地方。櫥窗裡，這個人屬於秋冬定番，那個人，絕對是夏季才會出現的款式，有些人則是說話不要加上多餘的配件。

也許就是因為大家都喜歡文字，所以即使猜測，也給我一種舒適感，這份舒適繼續堆疊，大家說著昨天看了哪些電影，今天得要早點回家，明天開始就要翻開那本，推薦很久，但卻一直沒有閱讀的書。

寫到現在，愈堆愈高桌面的紙張，一個恍神撞到桌角，壓在最底的，耕莘

的畫面散了一地。

　　我以為生活是影印的，但仔細觀察紙張，那些和自己，一起寫作的臉孔，墨的濃淡，仍存在著細微的差距。

　　趕忙跟自己道歉的同時，窗外又有新的雲，流進眼睛。

明明是個基本樂理都不懂的人

　　如果用音樂形容，應該是三拍節奏，有小鼓，鋼琴，頓點停在反對的瞬間。

　　「才不是這樣呢。

　　也不是那樣。

　　都不是都不是。

　　我說了，不，是，這，樣。」

　　女性書寫課堂，坐在椅子上，猜想自己應該是微笑的。

　　和耕莘的緣分在更早以前，那時是去領獎。頒獎典禮與「玩詩合作社」共同合作，會場充滿詩的異想。那時的耕莘留在印象裡，是一個小型馬戲團般，熱鬧帶著昏黃色調的袖珍屋。

　　幾乎是同時，參加了「搶救文壇新秀再作戰」。現在回想，當時像是參加了動漫營，為什麼可以這麼熱血，自己也不明白，即使是現在還記得隊輔神小風坐在台上說，「我不再是當時那個弱者了」，好一段時間我也常常用這麼奇怪的語氣說話。

　　但真正讓我想要留下來，是凌明玉老師的女性書寫班。

　　當時老師選出四位同學上台，作為文學獎評審，討論同學的文章。在研究所組了瓦解詩社以後，才發現自己如此好戰──台上每人說一句話，我都想反駁，但無法真的，突然站起來表明立場，所以只能自己架設聚光燈，再扮成搖滾樂手，用力刷吉他，用力打鼓，用力吼叫。

　　奇怪的是，我竟然在聲嘶力竭後留下了。

　　和明玉老師，以及學員進行讀書會，逛二手書店，互相聊創作。節奏慢慢舒緩，這段生活成為間奏。

一直到後來遇見，同樣是耕莘出身的群盛老師。

星期三晚間的文學導航課，大家正匆忙的收拾講義，群盛老師走向我，對我說了兩句話。UNPLUG不是都會有那種，貝斯手試彈幾下，頭低低的，踧踧的。那時候我剛把燈光調好，來不及站穩，然後燈就暗了。

「妳甚麼時候出詩集？」

「蛤？」

「我說，妳甚麼時候要出詩集？」

2013年，我的第一本自費詩集《一隻麋鹿在薄荷色的睡眠裏》出版，和獨立書店溝通，也走了幾場活動。直到現在，都會覺得如果不是在耕莘，不是遇到這些老師和同學，不是那時突然的對話，「詩集」兩字掉到地上，空氣中的水氣彼此碰撞，紅色的光束筆直地射向觀眾席。

會不會，我就真的，跑去組一人樂團了。

鄭淑娟

作者簡介

鄭淑娟，A型白羊的混和體，常常被自己的矛跟盾煩死。
正職：主婦；副業：研究所學生；兼職：代班華語教師。
耕莘文學獎佳作。

耕莘與我

一開始把寫作課當成每週散心的日子，上午滿足精神慾望，下午滿足物質慾望，逛街吃飯去。就這樣上了兩、三期的課，直到某一期人數爆滿，剩下輔導員的位子，為了聽課，也只好從了。

由於是趕鴨子上架狀況，本來就不熟悉輔導員的工作，剛好又碰上新成立了讀書會，整個手忙腳亂的。多虧了當時的夥伴桂寧相助，反正要花腦筋的事她做，賣笑的事我負責，不管學員提出什麼匪夷所思的問題或要求，絕對不准露出不耐或鄙夷的表情。

我們討論過，賺錢的工作可以任性，大不了走人，對不起的只有自己，義工性質的工作，表現差了，砸的可是別人的招牌。在耕莘當輔導員的那些年，我總是處於修行的狀態，覺得頭頂隱隱顯現佛光。

　　除了我之外，女兒也跟著我一起到耕莘玩，擁有一群忘年的同學，而且還是女書班讀書會最年輕的記錄保持人，雖然她只是在地板上滾來滾去。也很想來耕莘上課的她，今年高一了，終於在暑假如願參加了高中生鐵人營，以後她在耕莘的朋友，年齡層應該會降低許多。

跟自己說話

　　忘了是什麼時候來耕莘上課了，只記得那段日子，老是在半夜跟自己說話。重複提問、回答，直到腦袋塞爆了，就盯著空白的天花板列起清單來。那時心裡裂了個大洞，為了填補它，清單長得看不見盡頭，終究沒法睡了。

　　為了治療失眠問題，決定將那些雜亂的念頭寫下來，因此參加了幾個寫作課程，身處在這樣的場合，總覺得有股濃濃的違和感。身邊擁抱文學大夢的熱血青年，還有私淑班中準備撰寫回憶錄的長者，書寫乘載了他們的神聖使命，卻要擔負著我亟欲丟棄的消沉意志，拙劣的寫作能力硬是要套上剛學會的技巧，活像中國節目裡操著生澀捲舌音的港台藝人，做作到連自己長什麼樣子都不知道了。

　　在報名「女性書寫研習班」前，早已不抱期待，純粹因為禮拜二上午是個對主婦很友善的時段而來。第一堂課，明玉老師請大家說說來上課的原因，我便忙於編造一個聽來比失眠更有氣質的理由。這時，有個聲稱旅居法國的學員發言了，她說交往過諸多國籍的男友，想把自己的經歷寫成「有質感的」情慾小說；另一個打扮光鮮的少婦，坦言為了改善在同儕的讀書會上，老是插不上話的窘境；還有部分媽媽，是為了指導小孩的課後作業，而來增進自己的寫作實力的。

　　突然發覺寫作原來是件可以輕鬆以待的事，適合運用於生活中各個實際的層面，用來治療失眠也很合理吧。卸除壓力之後，呼吸也順暢了許多，課堂上的字字句句在身體裡流竄，順著課程進度，跟著不同老師的文本分析，一步步踏進作者開闢的疆域，除了地面上的山川河流，也不曾忽略地窖暗道，城池的全貌就在探尋中慢慢

浮現。

　　領略幾次令人驚艷的閱讀過程後，我開始習慣從老師那兒偷書單，只要老師順口提了哪本書好，就想辦法找來看，意外地開啟了新的眼界。一本好書，不管是細細思索的過程，豁然開朗的剎那，低迴品味的時刻，每個環節都給予不同層次的享受。

　　後來轉至文學導航班，讀了些比起女書班質、量都要重一些的書，思索也更深刻，然而讀得愈多，下筆變得更難了。要學著怎麼把那些喃喃自語的清單拆解成框架、學著邏輯一致、學著精準的表達……不斷推敲斟酌，寫著寫著就陷進黑洞裡了。

　　這時候耕莘的夥伴們總是最佳求援對象，討拍也好、大聊八卦也好，互相分享最近看了那些書、讀讀彼此的作品，給點好朋友才說得出口的毒舌建議，讓短暫迷航的自己，回歸原始航道。

　　至於跟自己說話，那已經是很久很久以前的事了。

黃子庭

作者簡介

　　黃子庭，理工科系畢業的太太，沒有學以致用這件事。平常喜歡看書看日劇看電影繞著操場一直走一直走。樂於幫家人準備三餐，家事想做再做不用急，因為沒人跟我搶。最討厭人家問我在家做甚麼？不會無聊嗎？

耕莘與我

　　去耕莘上課之前，我的世界除了家人還是家人，每天陪著一雙兒女混日子，從來沒有拋家棄子的經驗，一直到小兒子上幼稚園才解放了我。從城市的邊緣坐著長長的捷運列車來到市中心的耕莘文教院，在離峰時間空曠的捷運車廂內搖晃著，覺得自己好幸福啊！在耕莘女書班上課是我唯一的上課經驗，不像同學們在不同的寫作班遊走，我就是慣性的到耕莘來，我喜歡明玉老師親切的指導，也喜歡不同的講師不同的課程安排，我喜歡同學們彼此輕鬆無負擔的交往，喜歡一個人隨意地走逛這舊城區，沒有擁擠的人潮，充滿濃濃的人文氣息，累了隨處都有咖啡廳可以安坐，可以跟同學約會聊天，雖然每次都得像仙杜瑞拉一樣趕時間回家接小人買菜煮飯，也因為這樣更珍惜這滿足身心靈的週二耕莘之旅。

閱讀美麗人生

　　我是一位全職主婦，每天的生活必然是環繞著孩子與家事。總是在數算日子，渴望著孩子進入幼兒園後可以擁有的安靜日常。這日常除了家事採買之外，我可以走進久違的電影院看一場電影、去書店翻翻書、到健身房紓解僵硬的筋骨、到學校擔任志工認識新朋友，還有就是找喜歡的課程吸收新知。就這樣我透過報紙的開課訊息來到了耕莘文教院。

　　「閱讀自己，美麗再現」多美的一句廣告標語啊！我報名了2009年秋季的女性書寫文學研習班。對我來說這是夢幻般的時光，每週二上午十點到十二點，聽不同的老師講述不同的主題，關於散文、小說、電影、小品文等。袁瓊瓊老師說其實妳不認識妳自己、從發現自己來發現世界；凌明玉老師從耽美與感官認識日本文學中的女性；李儀婷老師播放電視劇《人間四月天》談借力使力的魅力；繼續報名2010年春季班，許榮哲老師講述小說的想像力鍛鍊與視差練習；胡淑雯老師從子宮與經血談身體與書寫，從壞掉的女人了解小說中的女性……秋去春來一路從2009年來到現在，從不懂文學為何物的我，藉由每一堂課的學習，明白了文學的美麗與迷人。

　　一個人的時光，我喜歡閱讀。以前不知道如何選書，總是亂看一通，藉由上課老師的推薦與補充，從日本文學著手，川端康成、三島由紀夫、村上春樹、向田邦子、角田光代、吉本芭娜娜、山本文緒……等；有一陣子老師們不約而同推薦艾莉絲　孟若、瑞蒙卡佛、馬奎斯、卡夫卡……，當然還有兩岸眾多作家們的作品，我就像一隻書蟲，每天每天不停地啃蝕著一本又一本文學書籍，小時候曾夢想家裡有一面書牆，購置了書櫃卻又不知如何填滿它，如今

已然是不同的風貌了。

　　最開心的莫過於認識了擁有共同話題興趣的好朋友了。同為全職主婦的困境、孩子教養的經驗交流……等，聚在一起天南地北的聊著，讓一直都是孤軍奮戰的我有了討論的對象與出口，有人懂你的心情真是一件開心的事。因為對文學的共同信仰，人跟人之間懂得保持適當的距離，可以讓友情延續得更長久。

　　家有一位正值青春期的女兒，無可避免的親子衝突困擾我許久，這期間很多朋友必然感受到我的憂心，也不吝於花時間聽我訴說並適時提供方法舒緩我焦急的心緒。曾幾何時我的閱讀興趣竟產生了潛移默化的效果，女兒開始接觸我的書櫃，找出了自己未來想學習的方向，我建議她參加2014年的耕莘文藝營，透過營隊導師與輔導員的引導，開啟了她不同的視野，也結交了很多好朋友，接著更積極參與了耕莘青年寫作會的活動，樂於付出時間與勞力協助活動進行。親子之間有共同的話題與興趣，也會互相交流好書資訊與讀後感想，每當購入新書還得通知對方以免重複購買。女兒循著我的腳步來到耕莘文教院，我們走出同一個捷運出口，看進相同的風景，沉穩的灰色調建築、羅斯福路上火紅的木棉花、溫羅汀巷弄裡的小店小公園與二手書店，相信這條閱讀的道路可以一直走下去，陪伴孩子與我往後的每一個生命階段。

鐘佩玲

作者簡介

　　鐘佩玲，人生上半場循升學、工作的軌道規矩地走著，接續踏入婚姻、育兒，平凡卻忙碌的家庭生活。因喜愛寫作與閱讀，於耕莘女性書寫研習班補修文學學分。繽紛版發表的散文〈鼠日子〉收編於聯合報《愛的圓舞曲》精選集，是目前寫作的小小成績。

耕莘與我

　　台灣最美的風景是人，耕莘最美的風景也是人。

　　其一是明玉老師。她常說：「這世上除了妳們自己，再也沒有人比我更愛妳們的作業。」我能想像，她擱下正在進行的小說創作，在靜謐的夜裡捧著我們的文章反覆閱讀。二三十篇作業中，有的語意含糊，有的邏輯顛倒，有的連標點符號的用法都不清楚，然老師總能耐心逐一拆解，針對每篇文章的題目、結構、收尾等給予有效的建議；又怕我們這群寫作菜鳥心靈受挫，講評時亦不忘提出各篇優點，並為大家的作品尋覓發表舞台。數十年來，有許多同學奪得大小文學獎，成為文壇新星，明玉老師可說是女書班的「夢想導師」。

　　另一是女書班長珍麗，她說起話來就像講故事般有趣，文章自然是報刊的

常客；北方大娘性格的她，卻有一顆溫柔細膩的心，總是主動參與班上雜務：訂書、收錢、排解糾紛、關照新生、經營讀書會……，還常帶來好吃的便當菜及糕點與大家分享，彷彿將維繫同學間的情感視為自己的重責大任。記得有一次，我的作業未受老師青睞，課後於茶水間碰到她，看我神情沮喪，她立即說了好多鼓勵的、溫暖的話語，其實她的文章亦沒獲選，那一刻我忽然非常感動，覺得文章寫不好也沒什麼大不了的。

與女書班的兩位守護天使相遇，是我在耕莘最幸福的事！

小花

　　2010年冬，我在一個小型私人寫作班學習，繳了作業，得到的評語竟是「平淡」兩字。

　　我非常訝異，又費心寫了幾篇，然最後一堂課，老師雙手一攤，表示我無可救藥。記得中小學時，我是作文比賽的常勝軍，初嚐被放棄的滋味，除了沮喪，更多的是疑惑。

　　隔年春天，於網路上知悉耕莘文教基金會設有女性書寫研習班，對在黯黑隧道中獨自摸索的我，恍如一道瑩瑩微光。

　　踏入耕莘，才知城市裡竟藏著如此有趣的天地，來自各方的作家，輪番供應豐盛的文學套餐：詩、小說、散文、戲劇等。他們不僅是文字魔術師，更是一流的說書人，當他們提起自己的故事，眼神總閃著燦亮的光芒，令我特別著迷。

　　女書班亦有作業課，起初，老師給我的評語有：平順、平實、平鋪直敘、四平八穩⋯⋯怎麼都跳不出個平字；反觀屢受老師讚賞的同學們，有人一上午就能完成一篇奇想小說，有人的作品每月見報，號稱繽紛版女王，還有人初試啼聲即摘下文學獎；文學花園內爭妍鬥艷，我像攀在牆邊，一株不起眼的小花。

　　漸漸明瞭，寫作方面我沒有過人的天賦，學生時期的作文訓練早跟不上現代文學創新多變的腳步，而多年柴米瑣屑的生活亦使我感官遲鈍，言語無味。原來，筆下的文字就像一面鏡子，反映人生，我不禁有些哀嘆自己順遂卻普通的成長背景。

　　察覺自己的問題，方才認真看待寫作，我拿出求學時代土法煉鋼的精神，課堂上老師教導的：文章核心、細節鋪陳、韻律節奏、時空跳躍、虛構技巧、情感拿捏⋯⋯不管多繁複難懂，先全數記下

來再說；課後加入讀書會，與一群文友吱吱喳喳，日積月累中拓展
了閱讀領域，也增長生活見識；最重要的，將每學期的作業列為年
度大事，寒暑假即開始尋思題材，努力在腦海中打撈記憶的碎片，
練習捕捉乍現的靈光於隨身筆記；偷工作與家務的間隙，用鍵盤敲
下粗拙的句子再逐字琢磨，無論多忙必按時交作業。

終於，有一回講評收到了「平實有味」，總算在「平」中熬出
了點滋味，我抱著作業本偷笑了好久。爾後，陸續有數篇小品在報
上發表，另有一則收錄於文章精選集，讀者回響更予我莫大的鼓
舞：有人喜歡我溫馨歡樂的筆調，有人從我的往事中獲得共鳴，有
人說我的文字能讓她感到平靜（嗯，「平」靜）；近日還有人探問
耕莘女書班的課程，說下學期要當我的學妹。

如今，身為職業婦女的我依舊過著平實的每一天，寫出的文章
仍常老派又乏亮點，但接觸文學後，我原本封閉的世界彷彿裂開一
道縫，從那兒往外探，我開始能感覺季節流轉的風，發現躲在屋簷
上的貓咪，分辨不同鳥類的叫聲，聽見捷運車廂內情侶的細語……
那些瑣碎、可愛、微妙的細節雖不足與外人說，卻是我尋常日子
裡，一朵朵淡雅的小花。

畢珍麗

作者簡介

　　八年多前外子遇上一椿官司，家庭陷入混亂，我因此處在日夜無法安寧的日子裡。

　　女兒幫我繳了第一筆寫作班學費，開啓了我生命裡的祕密花園。我書讀得不多，卻在寫作世界裡找到了寧靜的空間，當法院的傳票威脅我們時，文學成了我心情躲藏的世界。

　　曾獲外省台灣人協會想家故事徵文入圍、耕莘文學散文首獎、新北勞工局促進友善職場散文佳作、糖尿病教育基金會三獎、吾愛吾家散文三獎和佳作、生命藍海基金會佳作和入選。

耕莘與我

　　有誰把寫作班當成國民義務教育上呢？這是我一生始料未及的事情。

　　老實說，我連大學門都沒挨過，學寫作會不會有點搞笑？

　　八年多來週二我會帶著中午的便當一起出門，去耕莘好像到朋友家一樣自在，上午聽課，中午借一下微波爐午餐就解決啦！下午還有讀書會讓我們充實文學根基，好像上班賺錢養家一樣的必要，週二是我一星期中心靈最自在的一

天。老師對我們的提點更是無私的讓人感動，同學們的關係也很有國中時的那種氛圍，很單純也很輕鬆，這是文學給我的禮物。

　　唯一讓我覺得對不起江東父老（老師）的是，上了那麼久課，居然就只是這樣（徵文比賽也只敢在淺灘戲戲水），還是賴著這被我戲稱是小班的「女性書寫研習班」，好像就是不敢攻進大班（週三文學導航班）去。細想除了時段有些衝突，幾位好同學的相伴也是難捨的緣分。如果有一天災難解除了，我會像站在頒獎的舞台上大聲的說：「首先要感謝耕莘……」（讓我先拭去眼角的淚水……）

躲藏

　　剛進這間教室的時候，我比海綿還不如。看著一位位大作家走上講台，說著我完全陌生的文學。

　　總以為想說什麼，就老老實實寫出來唄，需要複雜的繞著彎說嗎？那時我的心靈得有一個去處，於是我像寄居蟹找著了新殼一樣，安穩的窩著。

　　張愛玲說過，成名要趁早，來得太晚，快樂也不那麼痛快。對於五十多歲的我來說，明擺著就算成名了，也是一樁憾事。更何況先天不良，後天又不易調養的我，這裡應該只是身心覓得安住的所在。

　　還記得第一次的作業講評，老師開始只說了三句話，第四句話便翻到下一位同學的作品去了。我清楚知道自己心跳血壓都失去了正常值，臉頰溫度也經不起測量。那差點讓我中風的三句話，至今想不起來老師都說了什麼，那一堂課我幾乎只剩下這裡還可以躲藏的念頭嗎？

　　第二次作業給老師過目時，她給了我一個禮物，但是必須自己設法取得。她要我把1370個字的作業刪改剩1000字內，便允諾向報社推薦。這種像遺棄自己親生骨肉的事情，凡是寫作的人應該都經歷過。我的手指在鍵盤上按下刪除，內心像孩子走丟了一樣。

　　大半夜裡字數剩下999個字，再朗誦一遍之後，突然發現眼角潮濕了起來。三星期後繽紛版上配著一副插畫，居然真的刊登出來了，作者是用了五十多年的我的名字。第一次這樣大鳴大放的看到屬於我的聲音刊登在主文，也是那一刻嚐到躲藏世界裡竟然有美妙的滋味。

　　我是因為苦難進到這裡，原以為這樣靜靜的待著就好，當不了被讚嘆的人，能作一個鼓掌叫好的人，也該是美事一樁。想不到此刻竟遇到另一番風景。

　　如何能寫出刊登在副刊文章的念頭，不知何時開始悄悄躲進我心裡，彷彿那樣表示自己躍進一大步。

　　一篇73個字的最短篇實現了窩在心底的美夢，至此才敢大大方方跟人家說：「我在上寫作班。」十幾期課下來，我明白文字淺白的樂趣，也想通了拐彎抹角書寫的必要，更嚐到了美文描述的背後給人的療癒效果。

　　那個災難仍舊纏繞著不肯離去，每當情緒被逼到牆角的時候，找一本書翻開把自己夾進去。或是遊魂似的在捷運車廂裡豎起耳朵，聽週邊的聲音，像情報人員搜尋線索，看每張陌生的臉孔，彷彿這些人都能拋一根繩索給我，讓我找到可以書寫的題材，讓我鑽進他們的故事裡。這樣的過程像極了尋寶遊戲，我是如此幸運走進了這間教室，讓自己慢慢變成海綿。

　　八年一溜煙的過去，在躲藏中可以抱著被看見的期望，我想起了張愛玲說：「短的是生命，長的是磨難。」

林苓慧

作者簡介

平日喜歡一個人晃盪書店、影院、河畔，41歲來耕莘女書班開始學寫作，一些作品刊登在聯副、家婦版、自由花編版與福報家庭版，退稿信收得很多。

得過「2013吾愛吾家徵文」散文佳作，「2013新月文學獎」散文組非穆斯林組第二名。

最喜歡日本作家山本文緒，期盼自己能如她寫出坦率直白，直刺人心的作品。

耕莘與我

耕莘與我之二三事：

之一：在耕莘人生中第一次作品登上聯副，第一次得到文學獎，在過去只是做做白日夢而已。

之二：同學說我的作品如乙一有黑白二種風格，每當作業集發下來，會先找找我又寫了甚麼，甚至不必看名字，只要看內文就知道是我寫的。我厚顏將之視為文章具個人特色之讚美。

之三：每週參加女書班讀書會是必要的，煩躁時來這兒讀有趣的文章，跟

同學說說話，心情會變好。同學們都具有共同特點：愛好自由、不
喜干涉他人隱私，善傾聽，簡單一句「我懂」勝過千言萬語。

之四：畢珍麗同學堪稱女書班吉祥物，一直都在，看見她便感安心，又是
聯副繽紛版女王，看見她創作不輟，便能激勵自己從退稿的灰心泥
沼中站起來，繼續寫。

之五：一次上課遲到，進教室時赫然發現李宗盛怎麼來了？！原來是作
家高翊峰。他語調低緩音量不大，但要命的幽默，常害我笑得太
大聲。

文學的我

　　旅行的時候，台胞證職業欄上寫著「家管」，即便離開職場已逾十年，我的心底依舊有被蜂螫刺痛之感。

　　明明當初是自己心甘情願的選擇，也未曾後悔，踏實的當個主婦。然而對徹底失去自我身分這回事實在無法釋懷，只是「某太太、某媽媽」，再也沒人需要記住我的名字。家務勞動如流沙如薛西弗斯推石，太陽升起，一切歸零從頭再來，日子久了，感覺自我慢慢消融，靈性乾涸，我成了一個不存在的人。

　　2011年踏進耕莘文教院參加女書班，想一睹喜歡作家的廬山真面目，對於寫作技巧學習倒在其次，感興趣的是作家如何成為一個作家，他的創作心態，他如何看待人生，他喜歡讀些甚麼，如何寫出一部作品等等作家日常。

　　上課過程中十分享受，暫且脫離柴米油鹽的無間地獄，甩掉膚淺無關痛癢還得小心翼翼的人際應酬閒聊。在這有我喜歡的直達靈魂深層的對話，透過作家之眼，洞悉人性，寬容對待一切善美醜惡，既冷靜又自由。彼此頻率磁場相通，無須多費唇舌多做解釋，討論文學、談論作家，藉由老師們的介紹，閱讀的層次與眼界都豁然開闊，時常會被幾個句子深深擊中，趕緊筆記下來，由衷地感到文學帶給我的喜悅。那些長期內心累積對自我不滿，對生活的怨氣，早將自己拋擲入最深的絕望海底，不抱任何期望的活著，皆在字裡行間得到撫慰，文學能療癒心靈，我知道自己來對了地方。

　　第一次要交作業時，漫無頭緒不知從何下筆，遂將自己當時消極懶散毫無野心的生活狀態寫成一篇〈懶日子〉，坦率自己就是個喜歡獨自安靜看日劇看書、散步過日子的不合時宜者。未料竟獲宇

文正主編讚賞，得到聯副採用，當下真是驚喜狐疑參半：「這樣寫真的可以嗎？」下課後有同學來到我座位前說：「我很喜歡你的文章，讀來坦率輕鬆沒有壓力。」真是全新的美妙體驗，我的作品得到共鳴，而我的名字要被登在日日捧讀的副刊上面。

在耕莘，寫作無比的自由。想怎麼寫都可以，不想寫只讀作品也很好，對於作業講評，看法不同也不必照單全收。凌明玉老師常有如X光掃瞄般看穿我作品裡深埋著太宰治般虛無與自棄，無所遁形。寫作時泅泳內心潛意識，瞥見真我，彷彿終能撥開層層迷霧，看清楚自己的樣子，即便已年過四十。所有過往人生所迷惑憎恨痛苦的糾結，其實早在文學中映照解答了。

依然是個喜歡往人少甚至無人小徑走去之人，渾然忘了時間流逝，全神貫注熱情投入之寫作瞬間非常美好，盡力創作一件小小的作品，微不足道但完全屬於我的生命軌跡，我已然在耕莘找到了文學的我。

翁士行

作者簡介

翁士行，政大外交系、文化中文所畢業
作文老師
國小教科書編撰委員與課文作者
國小教師手冊「寫作加油站」作者
幼教用書「故事小劇場」作者

耕莘與我

感謝每一位在耕莘教過我的老師，也感謝所有的輔導員、工作人員及志工同學。因為有你們，我的視野更遼闊、生命更美好。我也愛我的同學們，因為有你們一路相伴，文學的路上不孤單。

民國100年，我第二次來耕莘上課，我努力書寫期末作業，提早傳給凌明玉老師，她寄來的每一封指導信件，至今我仍保存著。對她，我心中的感謝超過文字所能表達。宇文正老師的真性情流露在一堂堂精彩的女書課程裡，而老師給我的鼓勵，該是我成年後聽到最美麗動聽的話語。

今年，我上了一期黃英雄老師的劇本班。課堂裡的即席寫作練習，頗具挑

戰性。我們曾於短短二十分鐘內完成廣告劇本，那夜，我帶著成就感離開，覺得自己「很有能量」（學黃老師說的）。非常感謝黃老師給我指導與鼓勵！計畫將自己寫的兒童故事改寫為劇本，應該會挺有趣的。

　　以前可能沒有像我們這樣的學員，一期接一期的參加，偶有離開，又會回來，大家感情越來越好（尤其感謝珍麗姊），與耕莘也越來越密不可分。但是，這麼一來，可難為了老師們，每一期得準備不同的教學內容。辛苦了！在此向各位老師致上十二萬分的謝意！請繼續支持鼓勵我們喔！

紙蝴蝶

　　十幾歲時，家在景美，出入臺北市區，總要經過「耕莘文教院」，感覺她有一股神祕力量吸引著我。多年後，當我搬回景美時，已是兩個孩子的母親，依然會路過木棉道上的「耕莘文教院」。

　　這時期，只有夜深人靜才得以坐在書桌前，白晝間暫時隱身的種種，深夜裡宛如燈火般，明亮得教人不敢直視，我試著書寫，想像寫完了，它們可以幻化成紙蝴蝶離我遠去。然而，這想法竟為自己製造了另一個鬱悶……。

　　彷彿是醞釀多年的宿命之旅，我終於來到「耕莘文教院」寫作班，夜間課程，一週一次。開始上課時，心神不寧的轉著，惦記著家裡兩個小孩，無處安身立命之感纏繞著我……。看著課堂上老師及同學們自然散發出平靜的文人氣息，而我，完全是個局外人。

　　夜裡試圖翻轉，仍深陷困境，不是說「書寫就是生活的流動」，何以卡在深深的夜裡。不出所料，耕莘的期末作業，交了白卷。記得期末一兩堂課是作業討論，沒有參與感，悻悻然踏出耕莘，做了逃兵。

　　後來，偶然讀到簡媜的書上寫著：「創作是一種自我覺醒的過程，所有外在的配備都不如從你內心底層發動起的顛覆力量來的可怕……。」才知道，少了自我覺醒的過程，再好的師資、課程，對我也是虛無縹緲。

　　十餘年又過。

　　我再回「耕莘文教院」，報名參加週二上午的女書班課程。這次終於可以專注的上課。在這裡我第一次聽到海明威的「冰山理

論」,第一次讀到福斯特的《小說面面觀》,第一次聽作家談如何
為人物塑型、如何找小說題材……。我感謝每一位老師,為我們打
開一扇扇觸摸文學的窗,拉近我們與作家、作品的距離,使我逐漸
領會到文學的趣味,也持續一點一滴的讓文學滲透、餵養著。

　　一天,凌明玉老師鼓勵大家參加耕莘文學獎,我回家拼拼湊
湊,寫出人生第一篇兩千字散文〈守護〉,是關於母親的故事,讀
了不下數十遍……。完成後,我慎重的將稿件放進紙袋,親自送到
耕莘四樓辦公室。我知道無論得獎與否,寫作與我的距離越來越
近了。

　　不久,我被告知〈守護〉得了佳作,陸續又有幾篇文章被刊登
於報紙副刊上……,但更可貴的是歲月自己創造了生命的質變,屬
於我的紙蝴蝶並沒有遠離,美或醜,都被珍惜、珍藏,承載著自覺
與記憶。曾想,若是它們能產生「蝴蝶效應」,讓讀者也得到療
癒,豈不美好?

　　夏曲尾聲,我在「耕莘文教院」報名女書秋季班,完成後緩緩
走到一樓庭園,陽光穿梭花草流水間,心中盤旋思索著一個故事,
一個關於我的「祕密花園」的故事……。

邱湘惠

作者簡介

邱湘惠，1982年生，國北教大台文所畢業。溫情有餘，思辨不足；聰明有餘，智慧不足。習慣沉浸在自己營造出來的假象氛圍裡，並常常入戲太深。

可以讀是種幸福，可以寫是另種幸福。文字有種魔力，總是讓人又笑又哭。柯裕棻說，寫作也許是一種修補術。我完完全全是認同的。

耕莘與我

會知道耕莘寫作班是因為一個自己非常迷戀的女孩。2006年夏天，在她的無名網誌裡得知她在耕莘寫作班上課的訊息，記住這件事情後就再也沒有忘記，一直惦念著耕莘這個名字，想著如果有一天可以北上生活，也要嘗試著走她走過的路，看她看過的風景。從那之後，去耕莘上課彷彿變成了是一件非做不可的事情，被嚴肅地列入我的人生清單裡。

真正跨進耕莘的教室已經是離開那個夏天後又經過六年的時間。2012年，生活有了巨大的變動，新的工作還給了我正常的作息時間，開始思索著將此計畫付諸行動的可能性，那年秋天恰好遇上第一季文學導航班的開課，迅速

上網報名之後就天天帶著期待的心情等著上課日子的來臨。

正式開課後，生活裡也因為有了期待而充滿趣味，兩年多的時間很快，但累積而來的感動與成長還要陪我走很長很長的路。

日常生活裡的微光

　　2012年的秋天報名了耕莘的文學導航班，這是第一次參加文學寫作課程，對於這樣的課並沒有替自己預設任何立場，也從沒想過自己想要從中得到何種收穫，真心覺得，不管接觸到什麼，都是一種收穫，也是一種成長。

　　台上的老師總是不停地釋放各種關於閱讀、寫作與想像的訊息，說穿了其實就是一種觀看世界與自我觀看的方式，有些是自己曾經想過的，有些則是從未思考過的。有時接收到的是一種令人感動的共鳴，有時接收到的則是一種自我質疑的衝擊。但不管是前者還是後者，不管是好的感覺或是壞的感受，都是一種逼自己思考的方式。

　　我喜歡上課不亞於閱讀，這兩者在某種程度上來說其實是相似的，都是一種和外界連結的方式。而上課與私下閒聊最大的不同在於，它是有主題性的，它是有邏輯性的，除了教你如何想像，還教你如何駕馭想像。每週三的文導班課程對自己來說是一種折磨，這麼說並不是指課程無趣且浪費時間；相反地，這兩小時與其說是課程，更像是一種逼自己重新檢視自我重新破殼的儀式。對自己而言，寫作在某種程度上算是種自戀自憐的行為，但卻不能只剩下這些，寫作不是閉門造車的工程，它是一種與外界對話的方式。我們必須對話，用自己的方式和自己對話和他者對話和世界對話。

　　每個創作者內心肯定都有許多想說的話，但如何去組織它們，運用它們，使其成為「有效的細節」，而不只是無意義的段落，這些都是需要練習的，畢竟寫作不能淪為純粹發牢騷的場域。但想學會寫作要先學會閱讀，學會從別人的文字裡感受世界也感受自己。

閱讀本身是很個人很私密的行為,在耕莘這個空間裡,閱讀卻不再是個人的事情,當老師在講台上講述自己的閱讀經驗時,思緒的流動不再是封閉的,而是可以相互印證相互交流的。自己閱讀難免有所侷限與盲點,透過老師的帶領,得以離開自己的框架,體會到更豐富的文本訊息。

我想,在這裡學習到的不純粹是寫作的技巧,更是思考的方式與看世界的角度。於我而言,平淡無奇的日子因為這一天的存在而變得充滿期待,每個上課的禮拜三都是驚喜,每個講台上的老師都是驚嘆號。

〔附錄〕耕莘青年寫作會大事紀
（＊本大事紀以民國紀年，加1911即西元）

55.07.01　成立「耕莘暑期青年寫作研習會」
　　　　　創辦人／美籍天主教耶穌會會士張志宏神父

55.07.01　本會秘書由朱廣平擔任

55.07-08　開辦第一屆「暑期寫作研習會」教授／宋海屏、司馬中
　　　　　原、朱西寧、林海音、張秀亞、余光中、孫如陵、蔡文
　　　　　甫、朱白水、何廣揚、張志宏、謝冰瑩
　　　　　課程／文選與習作、英文報導文學、新文藝及習作、現代
　　　　　問題討論等。蔣勳、喻麗清等以學員身份參加

55.11.29　成立「寫作俱樂部」

56.07-08　第二屆「暑期寫作研習會」教授／宋海屏、王文興、余
　　　　　光中、張秀亞、謝冰瑩、林海音、王藍、項退結、陳百
　　　　　希、羅光、吳經熊、顏元叔、朱白水

57.07-08　第三屆「暑期寫作研習會」

58.07-08　第四屆「暑期寫作研習會」

58.09.01　本會秘書朱廣平請辭由喻麗清接任

59.07-08　第五屆「暑期寫作研習會」

59.09.　　舉辦清泉、萬里旅遊

60.02.15　本會創辦人張志宏神父不幸於中橫健行遇車禍罹難

60.03.06　成立「張志宏神父獎學金」，後改為寫作班基金

60.04.01　鄭聖冲神父接任本會主任職
　　　　　執行秘書喻麗清請辭由何志韶接任

60.07-08　第六屆「暑期寫作研習會」由鄭聖冲、項退結主持

60.11.15　會員高大鵬以「巨鐘」榮獲時報短篇小說獎第一名

60.11.16　召開寫作會年會

　　　　　邀顏元叔談「民族文學」並辦徵文比賽頒獎

61.07-08　第七屆「暑期寫作研習會」

61.08.01　「文教通訊」創刊，報導寫作會與院內文教活動

62.07-08　第八屆「暑期寫作研習會」

63.07-08　第九屆「暑期寫作研習會」

64.07-08　第十屆「暑期寫作研習會」

64.09.01　執行秘書何志韶卸職（共任四年半）由郭芳贊接任

64.09.07　開辦「寫作會秋季班」策劃人／郭芳贊。

　　　　　白靈…等學員參加

65.01.10　本會正式訂名為「耕莘青年寫作會」

65.06.06　會員白靈榮獲全國優秀青年詩人獎

65.07.01　訂定「耕莘青年寫作會」會章

65.07.05　第十一屆「暑期寫作研習會」班主任／郭芳贊，

　　　　　導師／侯啟平、羅青、朱西寧、皇甫河旺，

　　　　　教授／楊牧、魯稚子、洛夫、侯健、顏元叔、司馬中

　　　　　原、高天恩、瘂弦等

65.07.10　新聞組輔導員羅葳主持「廣播製作速成班」並至世新電台

　　　　　實驗

65.08.05　秘書郭芳贊與潘佩佩在聖家堂由羅光總主教證婚

65.09.10　本會主任鄭聖冲神父卸職，由會士陸達誠神父接任

65.11.08　「耕莘詩歌朗誦週」國內各大專院校詩社聯合演出

65.12.20　會員吳融容作品「霓虹雨」討論會

65.12.24　本會參加耕莘聖誕園遊會，張春榮、李飛鵬協助策劃

66.01.28　會員應鳳凰作品「阿貴」討論會

66.02.18-19 本屆耕莘週末文藝營

66.07.07　第十二屆「暑期寫作研習會」班主任／郭芳贊，

　　　　　　　教授／羅青、朱炎、閻振瀛、蔣勳、高信疆、魯稚子、
　　　　　　　姚一葦、王禎和、陳映真、段彩華、黃春明等

66.07.16　陸達誠開講「馬塞爾存在哲學與文學關係」專題

66.09.03　本屆執委會主席由李飛鵬擔任

66.10.11　耕莘文學講座「中國文學」主講人／王文興、顏元叔、葉
　　　　　　　慶炳、張漢良、邱燮友、李殿魁、張秀亞等

66.12.10　本屆執委會主席由陳義華擔任

67.01.01　王文興演講「鄉土文學的功與過」迴響熱烈

67.03.18-19　週末文藝營於新竹天主教社會服務中心舉行

67.05.21　「青年作家座談會」討論：影響我寫作的因素

67.07.5-30　第十三屆「暑期寫作研習會」班主任／白靈，副主任
　　　　　　　／謝綺霞。教授／張系國、韋政通、瘂弦、史作檉、王
　　　　　　　藍、夏元瑜、王文興、顏元叔等

67.08.01　會員夏婉雲榮獲洪建全兒童文學獎第一名

67.09.10　本屆執委會主席由祁志凱擔任

67.11.12　會員白靈與夏婉雲在耕莘由陸神父證婚

67.12.2-3　本屆耕莘週末文藝營於淡水聖本篤活動中心舉行

67.12.10　六十七年度作品比賽揭曉：
　　　　　　　小說組第一名林保淳、第二名李錦鈺、第三名陳淡芳；
　　　　　　　詩歌組第一名蘇蕙莉、第二名黃智溶、第三名林智敏；
　　　　　　　戲劇組第一名林伯宇、第二名郭麗貞、第三名尚孝純；
　　　　　　　哲學散文組第二名張豫偉、張元茜、第三名徐鳳挺

68.03.06　本屆幹事會總幹事楊振忠、副總幹事陳淡芳擔任

68.03.07　胡秋原演講「我的文藝觀」

68.04.01　本會執行秘書郭芳贄升任副會長
　　　　　　　執行秘書由夏婉雲接任

68.05.11　鹿橋演講「創作經驗談」

68.05.20　赴新竹參觀少年監獄

68.06.01　本會助理秘書由謝志騰擔任

68.07.4-31　第十四屆「暑期寫作研習會」班主任／陸達誠、副主任
　　　　　／夏婉雲。教授／鄔昆如、朱白水、汪其楣、范葵、沈
　　　　　謙、尉天驄、陳其祿、子敏、司馬中原等

68.07.06　「抗議文學座談會」主持人／周玉山等

68.07.07　「海外學人座談會」主持人／高信疆；主講人／徐訏、葉
　　　　　維廉、王孝廉、葛浩文

68.09.03　本屆幹事會總幹事楊友信、副總幹事蔡明吟擔任

68.10.06　會員白靈榮獲國軍文藝長詩銀像獎（金像獎從缺）

68.11.11　思果由港來台領中山文藝獎、陸神父邀來本會漫談「創作
　　　　　與生活」

68.12.19　歡送白靈赴美留學

68.12.25　會員談衛那作品「兒童作文欣賞輔導」榮獲金鼎獎

69.02.02　「文學座談」主持人／凌晨、三毛

69.02.04　執行秘書夏婉雲請辭。聘馬叔禮為專任指導老師

69.02.06　本會與聯合報合辦三毛回國後首次演講

69.04.03　「東坡快報」創刊、主編／楊樹清，報導寫作會活動及文
　　　　　教消息

69.02.14　會員白靈榮獲時報文學獎新詩首獎

69.05.17-18　本屆耕莘週末文藝營於金山青年活動中心舉行

69.05.28　「宗教座談會」主辦／楊樹清，有印度教、理教、佛
　　　　　教、基督教、天主教、回教代表參與

69.06.18　郭小莊演講「我的演戲經驗」

69.07.03　陳履安主講「歐美日選舉」

69.07.4-31　第十五屆「暑期寫作研習會」班主任／馬叔禮，
　　　　　導師／朱西寧、魏子雲、管管、羅青

69.07.27 「三三集刊」鐘鼓三年紀念茶會

69.09.18 本屆幹事會總幹事高聰明、副總幹事陳月華擔任

69.09.26 六十九年下期寫作會始業式、迎新晚會

69.10.03 「旦兮」創刊，發行人／陸達誠。「旦兮」之名得自馬
叔禮老師、語自尚書：「卿雲爛兮，糾縵縵兮，日月光
華，旦復旦兮。」取其象徵旭日東昇之意

69.12.05 本屆幹事會總幹事由洪友崙擔任，任期一年

69.12.20 六十九年下期寫作會結業晚會

70.01.10 聘任趙可式修女為本會執行秘書半年

70.02.01 新竹五指山郊遊，夜宿寺廟

70.02.15 本會為紀念張志宏神父逝世十週年，舉行追思彌撒，
王敬弘神父與會長陸神父共同主持。張秀亞、王文興、
朱廣平、夏祖麗、朱昆槐…等四十餘人參加。會後籌募
「張志宏神父紀念文集基金」

70.02.28 會員俞美霞策劃「中國美學」系列講座

70.03.06 七十年上期寫作會始業式。教授／余光中、黃春明、司馬
中原、朱西寧、許博允、洛夫等

70.03.21 馬叔禮開講「時代話題」系列講座

70.05.16-17 本屆文藝營於淡水聖本篤活動中心舉行

70.06.01 張志宏神父紀念文集「葡萄美酒香醇時」出刊
由陸達誠神父、趙可式修女合編

70.06.28 七十年上期寫作會結業式，晚會

70.06.30 趙可式修女請辭秘書職

70.07.04 第十六屆暑期寫作班始業式，班主任／馬叔禮，
導師／李昂、楊昌年、小野、管管

70.07.04 「青年作家漫談」主講人／吳念真、小野、丁亞民

70.07.10-12 本屆暑假班文藝營於八里聖心女中舉行

70.07.16 雜誌座談、雜誌展。主講人／漢聲雜誌－姚孟嘉、婦女雜誌－崔家蓉、三三雜誌－朱天文

70.07.18 出版座談、書展。主持人／純文學出版社－夏祖麗、爾雅出版社－隱地、楓城出版社－廖文遠

70.07.22 「戲劇的表演」蘭陵劇坊。吳靜吉、金世傑、卓明共同主持

70.07.31 第十六屆「暑期寫作班」結業晚會，作品頒獎

70.08.10 第一期耕莘文集「志宏文集」出刊，主編／趙仁華、陳雪鳳

70.08.15 本屆執行秘書由謝志騰接任

70.09.12 秘書謝志騰在耕莘舉行婚禮

70.10.04 七十年下期寫作會始業式。教授／高信譚、楊昌年、琦君、董黛麗、張曉風、王邦雄等

70.10.09 馬叔禮演講「時代話題」系列專題

70.10.11 馬叔禮榮獲聯合報小說大獎

70.10.25-26 本屆秋令營於新店花園新城舉行，由楊昌年主持「小說宿構討論」

71.02.01 本屆總幹事陳養國、副總幹事管家琪擔任

71.02.10 第二期「耕莘文集」出刊，主編／陳心玲、應芝苓

71.02.12 本會成立永久會員制度

71.03.06 七十一年上期寫作會始業式。教授／張拓蕪、李昂、郁慕明、魏子雲、蔣勳、吳宏一、黃永武、尼洛等

71.03.13 雜誌座談、雜誌展。主講人／崔家蓉、秦慧珠、劉淑華、陳祖彥

71.04.3-5 本屆文藝營於石碇天主堂舉行，李昂、小野等參加

71.04.10 本會秘書謝志騰領洗，由袁國柱院長主禮

71.05.09 「台灣古禮巡禮」由林衡道教授率隊解說，參觀竹南、獅

頭山、竹東等地

71.05.09　會員李曼韻榮獲第二屆全國學生文學獎

71.05.23　「香山牧場郊遊」由陳養國帶隊、應芝苓嚮導

71.06.13　七十一年上期寫作會結業晚會

71.06.14　第三期「耕莘文集」出刊，主編／管家琪

71.06.15　會員王幼華獲吳濁流文學獎

71.07.04　第十七屆「暑期寫作班」始業式。班主任／馬叔禮，
　　　　　教授／管管、張曉風、司馬中原、洛夫、項退結、張佛
　　　　　千、莊本立、高信譚、張京育、孫如陵、王海波、李殿
　　　　　魁等

71.07.09　陸達誠神父開講「存在哲學與文學創作」專題

71.07.09　本屆暑期班文藝營於新店花園新城舉行

71.07.30　第十七屆「暑期寫作班」結業晚會，作品頒獎

71.09.18　七十一年下期寫作會開課，教授／徐露、朱白水、顏元
　　　　　叔、毛樹清、馮青、林文月等

71.09.20　耕莘文叢「葡萄美酒香醇時」再版出刊

71.09.26　「迎新晚會」戲劇組公演張永祥作品「借牛記」劇

71.10.03　七十一年下期導師：詩組／白靈、散文組／林文義、小說
　　　　　組／魏子雲、戲劇組／黃以功，以密集授課方式，頗著
　　　　　成效

71.10.9-11　本屆文藝營於淡水聖本篤活動中心舉行

71.12.26　七十一年下期寫作會結業式，戲劇公演

72.03.05　七十二年上期寫作會始業式，教授／曾昭旭、蔣勳、唐魯
　　　　　孫、林良、焦雄屏、琦君、洛夫等

72.03.05　本屆總幹事由俞美霞擔任

72.03.15　周弘道神父主持「文學的翻譯」系列講座

72.03.23　會長陸達誠神父開「人生哲學」系列講座

72.4.30-5.1 本屆文藝營於淡水本篤活動中心舉行，導師：小說組／
　　　　　　楊昌年、散文組／林文義、新詩組／白靈

72.06.05　七十二年上期寫作會結業式、晚會

72.06.10　第四期「耕莘文集」出刊，主編／俞美霞

72.07.04　第十八屆「暑期寫作班」始業式，班主任／馬叔禮，
　　　　　　教授／張曉風、王大空、丹扉、王海波、魏甦、李牧、
　　　　　　尹雪曼、尼洛、瘂弦、林文月、方瑜、黃永武

72.07.29　第十八屆「暑期寫作班」結業晚會，作品頒獎

72.09.01　本會秘書由翁詩彬接任

72.10.01　七十二年下期寫作會迎新始業式，教授／席慕蓉、華
　　　　　　嚴、季季、嚴友梅、張漢良、曾西霸等

72.10.01　本屆幹事會總幹事由馮顯溥擔任

72.10.02　「作者、編者、讀者」座談
　　　　　　主講人／管管、向陽、蘇偉貞、李瑞騰

72.10.15-16 本屆文藝營於淡水聖本篤活動中心舉行

72.10.18　周弘道神父主持「經濟趣談」系列講座

72.11.01　陸達誠神父開「人生哲學」系列講座

73.01.08　七十二年下期寫作會結業晚會

73.03.03　七十三年上期寫作會始業式，教授／白先勇、梁丹丰、郭
　　　　　　小莊、李文、羅門、蓉子、賴聲川、亮軒、管管等

73.03.03　本屆總幹事由應芝苓擔任

73.03.23　會長陸達誠神父開講「人生哲學」系列講座

73.03.24-25 本屆文藝營於新店花園新城舉行，寫作指導：詩組／白
　　　　　　靈、散文組／蕭蕭、小說組／戈壁（楊昌年）

73.04.15　探訪樂生療養院由應芝苓帶隊

73.05.01　會員廖春美榮獲洪建全兒童文學獎圖書故事第一名

73.05.20　「淡水、三芝藝術巡禮」訪李再鈐（銅雕）、侯金水、孫

超（結晶釉）

73.06.03　七十三年上期寫作會結業晚會

73.07.02　第十九屆暑期寫作班始業式，班主任／馬叔禮，
　　　　　教授／司馬中原、高大鵬、林清玄、王邦雄、郭小莊、
　　　　　李立群、丹扉、曾昭旭、小野、亮軒、馬森等

73.07.6-7　本屆暑期班文藝營於再興中學舉行

73.07.25　第五期「耕莘文集」出刊，主編／俞美霞。
　　　　　第十九屆暑期寫作班結業晚會、作品頒獎

73.09.20　幹訓營於烏來天主教堂舉行，由總幹事應芝苓主持

73.09.28　會員李坊良榮獲七十三年度教育部金鐸獎

73.09.30　本屆幹事會總幹事由李麗珍擔任

73.09.30　七十三年下期寫作會始業式，教授／高陽、司馬中原、林
　　　　　文月、趙玲玲、洛夫、方瑜、王大空、敻虹、劉千美、
　　　　　土更生、廖輝英等

73.10.12　會長陸達誠神父開「人生哲學」系列講座

73.10.13-14　本屆文藝營於新店花園新城舉行，詩組／羅門、散文組
　　　　　／林清玄、小說組／魏子雲、戲劇組／林雪

74.01.06　七十三年下期寫作會結業式、作品頒獎

74.01.06　會員莊華堂與葉媛媚在耕莘舉行婚禮

74.01.25　警廣電台主持人李文女士贈本書刊雜誌三百餘冊

74.02.26　春節團拜，義賣晚會由陳養國主持

74.03.02　七十四年上期寫作會始業式，教授／王文興、林清玄、楊
　　　　　昌年、蕭蕭、蔡源煌、賴聲川、曾西霸、黃永武等

74.03.02　本屆總幹事由陳慈峰擔任

74.03.14　會員周玉山「大陸文藝新探」榮獲國家文藝獎、教育部青
　　　　　年著作獎、中國文藝協會批評獎

74.03.15　陸達誠神父開「基本哲學」系列講座

74.03.23-24 文藝營於陽明山嶺頭山莊舉行，詩組／白靈、散文組／
　　　　　　林錫嘉、小說組／司馬中原、戲劇組／林雪

74.04.20　綜合文學座談，第一屆耕莘文學獎頒獎：
　　　　　　小說類第一名鄭郁櫻、第二名趙中興、第三名翁翠娟；
　　　　　　新詩類第一名林寶芬、第二名羅任玲、第三名吳西東；
　　　　　　散文類第一名江秀桃、第二名彭淵燦、第三名曾繁鎮；
　　　　　　戲劇類第一名（缺）、第二名張　逸、第三名陳惠玟

74.05.10　「聲之美」系列專題，主講／李文、李季準、楚雲

74.06.09　七十四年上期寫作會結業晚會

74.07.04　第二十屆暑期寫作班始業式，班主任／馬叔禮，
　　　　　　教授／趙玲玲、林清玄、司馬中原、管管、陳曉林、洛
　　　　　　夫、隱地、郭小莊、方瑜、黃永武、葉慶炳、王文興等

74.07.05　「說唱藝術晚會」策劃人／田士林

74.07.13　本屆暑期班文藝營於木柵再興中學舉行，詩組／向陽、散
　　　　　　文組／楊昌年、小說組／蘇偉貞、說唱組／吳國良、哲
　　　　　　學組／陸達誠

74.07.14　本會秘書翁詩彬與會員邱秀年在耕莘舉行婚禮

74.07.19　「相聲發表會」主持人／王振全、白原

74.07.30　第六期耕莘文集「日月且徘徊－紀念張志宏神父創辦寫作
　　　　　　會二十週年專刊」出刊，主編／邱秀年、袁善培

74.07.31　第二十屆暑期寫作班結業晚會、作品頒獎

74.08.25　「詩的表演會」策劃人／白靈、黎雪美
　　　　　　主辦／民生報，於國父紀念館花園廣場演出

74.09.10　會員藍博洲榮獲中國時報文學獎小說評審獎

74.09.10　本屆幹事會總幹事由莊華堂擔任

74.09.22　七十四年下期寫作會始業式，教授／司馬中原、小野、鄭
　　　　　　明娳、沈謙、鄔昆如、曉風、羅門、蓉子、黃建業等

74.09.28-29 本屆文藝生活營於桃園角板山復興山莊舉行
　　　　　詩組／白靈、散文組／林錫嘉、小說組／司馬中原、戲
　　　　　劇組／陳雨航

74.09.30　文學座談，與談人／司馬中原、林錫嘉、白靈、陳雨航

74.10.01　本會成立「長青會」由歷任總幹事、幹事組成。

74.12.14　「詩的聲光」正式演出於耕莘大禮堂，多位會員參與

74.12.10　本會「文學講座」於復興廣播電台楚雲主持之「迴旋
　　　　　曲」節目播出七次

74.12.11　第二屆耕莘文學獎頒獎：
　　　　　小說類第一名陳瑩連、第二名王祝美、第三名白蘊華；
　　　　　散文類第一名郭美慧、第二名羅任玲、第三名梁妍絨；
　　　　　新詩類第一名洪秀貞、第二名羅任玲、第三名吳西東；
　　　　　戲劇類入選徐琪、黎雪美

75.01.12　七十四年下期寫作會結業晚會

75.02.13　新春團拜晚會

75.02.25　本會幹事會總幹事由趙添福擔任

75.03.01　會員羅位育榮獲蕭毅虹文學獎散文第一名

75.03.02　七十五年上期寫作會始業式，教授／高信疆、黃春明、陳
　　　　　映真、瘂弦、賴聲川、羅青、李昂、蕭新煌、林良、林
　　　　　明德等；導師／司馬中原、白靈、林錫嘉、陳雨航

75.03.14　陸達誠神父喉部開刀，誤傷聲帶神經遭致失聲

75.03.22-23 本屆文藝營於陽明山嶺頭山莊舉行
　　　　　導師／司馬中原、白靈、林錫嘉、陳雨航

75.04.10　作家司馬中原捐贈本會書刊三百餘冊

75.04.27　文學座談，第三屆耕莘文學獎頒獎：
　　　　　小說類第一名（缺）、第二名蕭正儀、第三名洪秀貞；
　　　　　散文類第一名（缺）、第二名陳芝蓮、第三名潘美玲；

　　　　　新詩類第一名（缺）、第二名顏國禎、第三名羅任玲；
　　　　　戲劇類第一名洪秀貞

75.05.01　會員朱榮智榮獲中興文藝獎文藝理論獎

75.05.04　「關渡賞鳥活動」由劉克襄帶領

75.06.04　會員張春榮獲第六屆全國學生文學獎大專散文組第一名

75.06.15　七十五年上期寫作會結業晚會

75.06.29　本會「立體文學日」作者手稿、照片資料展，由趙添福主
　　　　　辦，「黑夜裡」戲劇公演，由何秀枝導演

75.07.04　第二十一屆暑期寫作班始業式，迎新茶會，教授／簡
　　　　　媜、馮青、向陽、向明、梁丹丰、張拓蕪、邵僩、沈
　　　　　謙、陳幸蕙、金士傑、亮軒、林清玄、朱西寧等

75.07.05　「說唱藝術晚會」主持人／王振全

75.07.06　「詩的聲光欣賞」主持人／白靈

75.07.10-11 本屆暑期文藝營於木柵再興中學舉行
　　　　　新詩組／白靈、散文組／林錫嘉、小說組／馬叔禮、戲
　　　　　劇組／陳玉慧、說唱組／王振全

75.07.31　第二十一屆暑期寫作班結業才藝晚會，文學獎頒獎

75.08.10　馬叔禮老師離職，任本會專任導師共六年半

75.08.27　會員黎雪美榮獲教育部劇本創作獎於藝術館推出舞台劇

75.09.15　陸神父至三總、榮總二次喉間手術，聲音恢復六成

75.10.05　七十五年下期寫作會迎新，始業式，教授／龔鵬程、司馬
　　　　　中原、劉克襄、陳義芝、馮青、蕭蕭、杏林子、黃凡、
　　　　　杜十三、楊憲宏、張永祥….等

75.10.05　本屆幹事會總幹事由張基、副總幹事官舜弘擔任

75.10.25-26 本屆文藝生活於福隆基督教青年會舉行

75.11.07　會員莊華堂策劃「卓別林默片專輯」

75.12.13　邀請台北市長許水德談「台北的未來」

75.12.13	召開第一屆會員大會，選出理事八位／白靈、陳養國、周玉山、洪友崙、談衛那、袁善培、楊友信、祁志凱
75.12.27	公推白靈為值年理事
76.01.06	第七期「耕莘文集」出刊，主編／翁詩彬
76.01.11	七十五年下期寫作會結業晚會
76.01.13	第四屆耕莘文學獎頒獎： 新詩類第一名張遠謀、第二名林于弘、第三名顏國禎； 散文類第一名羅位育、第二名黃琬芸、第三名莊華堂；
76.02.05	新春團拜晚會
76.02.16	會員官舜弘開辦「寫作潛能開發班」
76.02.28	本屆總幹事官舜弘、副總幹事蔡義謙、梁競懿擔任
76.02.28	俞美霞策劃「美學系列講座」主講人／漢寶德、李霖燦、姜一涵、傅佩榮、王安祈、陳其鈴、顏崑陽、柯慶明
76.03.02	七十六年上期寫作會始業式，教授／三毛、漢寶德、李霖燦、顏崑陽、張大春、楊昌年、劉光能、朱秀娟、余光中、余玉照、陳曉林、郭小莊等
76.03.02	會員陳雪鳳創辦「勤寫小組」
76.03.02	會員談衛那首創「文思泉湧」習作法，效果良好
76.03.05	會員朱珍珍任台視公共電視節目主持人，來本會錄「大家談」節目
76.03.10	祁志凱、翁詩彬、李麗珍應中視「大家一起來」節目錄影播出
76.03.21	文藝營於淡水聖本篤活動中心舉行並參觀淡水古蹟
76.03.23	「寫作門診」開診，助理／晏若仁，會診大夫：新詩組／陳義芝、散文組／林錫嘉、小說組／楊昌年
76.05.02	「大稻埕古蹟探訪」由林衡道教授帶領解說
76.05.12	會員喻麗清榮獲中國文藝協會散文類文藝獎章

76.06.07　會員王智富策劃「藝術欣賞之旅」

76.06.09　會員田春枝舉辦「山地藝術」系列講座

76.06.12　會員莊華堂主持「藝術電影專輯」

76.06.18　警廣安全島節目主持人羅蘭女士訪問會長陸神父

76.06.28　七十六年上期寫作會結業式，公演舞台劇「上下之間」，
　　　　　第五屆耕莘文學獎揭曉：初級會員組／第一名楊麗玲、
　　　　　第二名陳麗娟、第三名曹振宇，正式會員組／第一名羅位
　　　　　育、第二名莊華堂、第三名陳慶輝

76.06.29　「台灣傳統建築之旅」由楊仁江建築師率隊解說

76.07.06　第二十二屆暑期寫作班開課，班主任／陸達誠，副主任／
　　　　　謝綺霞，教授／邵玉銘、朱西寧、無名氏、李殿魁、張
　　　　　大春、瘂弦、亮軒、阮大年、鄭明娳、蔡源煌等

76.07.08　「青年作家座談會」主講人／林燿德、許悔之、王添
　　　　　源、葉姿麟

76.07.11-12 暑期文藝營於再興中學舉行，詩組／蕭蕭、散文組／喻
　　　　　麗清、小說組／黃武忠、戲劇組／卓明

76.07.15　「詩的聲光欣賞」主持人／白靈

76.07.16　「雜誌主編座談會」主講人／李瑞騰、古蒙仁、丘彥明

76.07.23　「副刊編輯座談會」主講人／瘂弦、梅新、劉靜娟

76.07.25　第二十二屆暑期寫作班結業式

76.08.03　會員俞美霞策劃「中國藝術欣賞」系列講座

76.09.01　執行秘書翁詩彬升任秘書長，執行秘書由吳麗仙接任，林
　　　　　秀美擔任秘書

76.09.15　耕莘新大樓四樓由本會接管，動工裝潢添購設備取名
　　　　　「耕莘文化中心」，正式對外提供場地服務

76.10.09　「大陸三十年代文學」系列講座，主講人／何寄澎、王文
　　　　　興、何欣、尹雪曼、周玉山、瘂弦、黃碧瑞、朱西寧、

楊昌年

76.10.02　本屆總幹事由吳麗仙擔任

76.10.02　七十六年下期寫作會始業式，小說組／張大春、散文組／
　　　　　簡媜、詩歌組／陳義芝、報導文學組／心岱

76.11.7-8　本屆文藝生活於萬里天主教達義康樂中心舉行

76.11.10　耕莘文集「葡萄美酒香醇時」三版出刊

76.12.28　第二屆會員大會，選出理事八位：白靈、張基、周玉
　　　　　山、陳養國、何志韶、洪友崙、蕭正儀、黃少立
　　　　　侯補五事五位：楊友信、蔡義謙、莊華堂、曹振宇、祁
　　　　　志凱，公推白靈老師為值年理事

77.01.01　旦兮雜誌雙周刊經新聞局登記合格，擴增為四版
　　　　　發行人／王敬弘院長，社長／陸達誠神父

77.01.08　「三、四十年代文學回顧」座談會
　　　　　主講人／瘂弦、秦賢次、貢敏、尉天驄

77.01.15　七十六年下期寫作會結業式

77.01.15　第六屆耕莘文學獎頒獎：
　　　　　小說類第一名姜天陸、莊華堂（兩位並列）；
　　　　　散文類第一名莊華堂、第二名羅錫卿、第三名孫建業；
　　　　　詩歌類第一名李瓊婷、第二名蘇瑞琴、第三名顏國禎；
　　　　　新聞類第一名王妙玲

77.02.01　首辦「寫作會招生說明會」當場報名極為踴躍

77.02.23-24　幹訓營於陽明山嶺頭山莊舉行

77.02.25　春節團拜晚會

77.02.27　與光復書局合辦「邁向公元二千年的靈動」系列演講

77.03.03　七十七年上期寫作會始業式、迎新會

77.03.03　「中國現代文學」專題，主講人／張放、陳映真、尉天
　　　　　驄、瘂弦、周玉山、葉穉英等

77.03.03　本屆幹事會總幹事鍾隆豪、副總幹事蘇瑞琴擔任

77.03.03　會員談衛那《文思滿書香》第二冊《創作之鑰》版權捐設
　　　　　「談寒光文藝獎」基金

77.03.26-27 文藝營於陽明山嶺頭山莊舉行，小說組／東年、散文組
　　　　　／簡媜、詩歌組／陳義芝、新聞組／古蒙仁

77.04.02　「藝術電影專題欣賞」討論會，主持人／莊華堂

77.04.06　本屆散文組組刊《火鍋集》誕生

77.04.19　「寫作門診」開診，主治醫師：小說組／吳念真、散文組
　　　　　／陳幸蕙、詩歌組／白靈、新聞組／陳銘磻

77.05.04　會員羅位育榮獲新生報小說獎第二名

77.05.05　「海峽兩岸文學的互動」座談會
　　　　　主講人／瘂弦、陳曉林、洛夫、李牧

77.05.24　綜合座談「耕莘、耕心、更新」由幹事會主辦

77.06.10　SONY72吋電視放影投射系統啟用

77.06.14　七十七年上期結業式、第七屆耕莘文學獎頒獎：
　　　　　小說類第一名楊佳蓉、第二名陳瑞釵、第三名簡余晏；
　　　　　散文類第一名陳瑞釵、第二名孫建業、第三名陳建宏；
　　　　　新詩類第一名俞肇瑜、第二名莊華堂、第三名李秀燕；
　　　　　新聞類佳作簡余晏

77.07.01　幹訓營於彰化靜山退省院舉行選出姚其中為總幹事

77.07.06　第二十三屆暑期寫作班開課，班主任／陸達誠、副主任
　　　　　／翁詩彬，教授：馬森、陳映真、尉天驄、齊邦媛、何
　　　　　寄澎、張錯、劉還月、張大春、吳念真、林燿德、王邦
　　　　　雄、陳瑞貴、王敬弘等
　　　　　導師：詩組／蕭蕭、散文組／吳鳴、小說組／東年、報
　　　　　導文學組／陳銘磻

77.07.08　「新銳作家座談會」主講人／林黛嫚、翁嘉銘、羅位

育、莊華堂、方群、蕭正儀

77.07.12　「副刊及文藝雜誌的互動」座談，主講人／瘂弦、馬森、向明、李瑞騰、楊青矗

77.07.14　「共融之夜」賀陸爸五三華誕晚會，主持／祁志凱

77.07.21　「詩的聲光欣賞」主持人／白靈

77.07.26-27 本屆暑期班文藝營於新店花園新城舉行

77.07.29　陸達誠應邀參與聯合副刊「哲學與人生」座談會

77.08.02　馬叔禮於知新藝術生活廣場開講「小說長城之夜」連續十二場，迴響熱烈

77.08.10　會員羅位育榮獲教育部散文首獎

77.08.15　會員羅位育、姜天陸、陳春秀榮獲首屆春暉文學獎

77.08.27　老會員共融營於桃園、永安海濱公園舉行，並召開第二屆第八次理事會議

77.08.31　本會執行秘書吳麗仙請辭由林秀美接任

77.09.25　會員談衛那《宏宏的甩竿》改編成公共電視劇

77.10.01　耕莘小說集《印象河》新書發表會，主編／張基、莊華堂，主持／祁志凱、蘇瑞琴

77.10.04　七十七年下期寫作會始業式，導師：小說組／張曼娟、散文組／吳鳴、詩組／羅智成、編採組／陳銘磻

77.10.04　本屆總幹事姚其中、副總幹事胡夏蓮、蕭重塈擔任

77.10.06　「後現代主義」系列講座，主講人／羅青、齊隆壬、蔡源煌、沈清松、廖咸浩、張世豪

77.10.12　白靈老師榮獲中興文藝獎

77.10.15　「新銳作家座談會」談台灣當代小說前瞻，主講人／鹿憶鹿、羅位育、葉姿麟、姜天陸

77.10.20　會員夏婉雲榮獲新聞局圖書類金鼎獎

77.11.5-6　本屆文藝營於淡水聖本篤活動中心舉行

77.11.10　「家庭與婦女」總編陳艾妮捐贈本會書刊七百餘冊

77.11.10　陸達誠神父於大華晚報發表「靜思集」系列專欄

77.11.10　「文學與政治座談會」
　　　　　主講人／李瑞騰、周玉山、蔡詩萍、呂正惠

77.11.14　「青年座談會」談女作家筆下的世界，
　　　　　主講人／夏婉雲、洪秀貞、羅任玲、蕭正儀、林黛嫚

77.11.16　值年理事白靈榮獲梁實秋文學獎散文第一名

77.11.23　「小說創作研究班」招生說明會，反應熱烈

77.12.01　邱妙津榮獲中央日報六十週年文學獎小說獎第一名

77.12.01　姜天陸以「最後稻穗」獲中央日報短篇小說第二名

77.12.05　馬叔禮、李麗珍、莊華堂應台視「夜來客談」節目錄影談
　　　　　本會藝文活動的經驗

77.12.17　「青年座談會」談台灣文化現象的觀察，
　　　　　主講人／羅位育、莊華堂、翁嘉銘、陳玲芳、楊麗玲

77.12.23　第三屆會員大會，選出理事三十一位：值年理事／白
　　　　　靈，常務理事／蔡義謙、張基、蕭正儀、陳雪鳳、祁志
　　　　　凱、楊友信、何志韶、姚其中、郭炎奎、翁詩彬，侯補
　　　　　常務理事／李麗珍、陳德欽、趙添福，理事／王愈智、
　　　　　官舜弘、胡夏蓮、夏婉雲、徐陳彩鷺、羅任玲、江寶
　　　　　琴、林利華、白蘊華、李宜之、周玉山、蘇瑞琴、孫建
　　　　　業、翁嘉銘、藍淑瑀、翁翠娟

77.12.25　公佈實施「耕莘青年寫作會」章程

78.01.07　首辦「小說創作研究班」策劃人／莊華堂，
　　　　　指導教授／林燿德、東年、蔡源煌、楊昌年、馮青、陳
　　　　　雨航、七等生、季季、王幼華、李喬、李篤恭、許振
　　　　　江、張大春、宋澤來、廖咸浩等

78.01.17　七十七年下期結業式，第八屆耕莘文學獎頒獎：

　　　　　新詩類第一名（缺）、第二名蕭宗信、第三名洪美娟；

　　　　　散文類第一名（缺）、第二名胡夏蓮、于國平、第三名

　　　　　黃麗芳；

　　　　　小說類第一名（缺）、第二名羅任玲、第三名歐陽柏燕

78.02.15　新春團拜、燈謎晚會由莊華堂主持

78.02.18-19 本屆幹訓營於瑞芳九份舉行

78.02.20　小說創作研究班舉辦「鹽水看蜂火」由莊華堂領隊

78.03.07　七十八年上期始業式，導師：小說組／馬叔禮、散文組／

　　　　　陳幸蕙、新詩組／蕭蕭、編採組／陳銘磻，

　　　　　本屆總幹事郭炎奎、副總幹事黃鳳雪、游秀月擔任

78.03.14　「名片賞析」系列　策劃人／翁詩彬，

　　　　　影評人／梁良、張昌彥、景翔、劉藝、曾西霸

　　　　　78.03.18 副刊主編座談會 主辦／小說創作班，

　　　　　主講人／羅智成、沈花末、詹錫奎

78.03.18-19 文藝營於宜蘭頭城基督教女青年會聽濤營舉行

78.04.8-9　「彰化鹿港行」主辦／小說創作組，訪作家、古蹟

78.04.15　「邁向公元二千年的靈感」系列演講

　　　　　主講人／蓉子、梁丹丰、曾昭旭

78.05.02　「現代藝術專題」系列講座，策劃人／翁詩彬，出席藝術

　　　　　家／劉其偉、黃光男、王建柱、袁金塔、張柏舟

78.05.10　名詩人余光中贈書本會近千冊成立專櫃

78.05.12　文建會與師大合辦之文藝創作研習班第二屆文學獎揭

　　　　　曉：本會會員蕭正儀得散文第一名、小說第二名、戲劇

　　　　　第三名，楊麗玲得小說第二名、戲劇第三名、蘇瑞琴得

　　　　　詩佳作

78.05.13-14 首辦文藝創作營於淡水聖本篤活動中心舉行

78.05.31　本會秘書長翁詩彬請辭

78.06.06　「美的座談會」愛情之美、生活之美、藝術之美、自然之
　　　　　美，主持人／白靈，主講人／簡媜、杜十三、陳幸蕙

78.06.09　七十八年上期結業式、第九屆耕莘文學獎頒獎：
　　　　　散文類第一名歐陽柏燕、第二名于國平、第三名周蘭蕙；
　　　　　小說類（前三名從缺）佳作：蘇文彥、林華彬；
　　　　　新詩類第一名吳明烈、第二名周蘭蕙、第三名羅文駿；
　　　　　編採類第一名李必粹、第二名劉文吉、第三名周蘭蕙

78.06.10　「文藝界聲援天安門民主運動座談會」
　　　　　出席作家／王敬弘、司馬中原、朱西寧、瘂弦、王邦
　　　　　雄、尼洛、馮青、白靈、鄭明娳、羅智成、周玉山、陸
　　　　　達誠、馬叔禮、劉春城、莊華堂等

78.06.16　王愈智接任本會秘書

78.06.25　「大龍峒古蹟巡禮」／訪孔廟、進士第、保安宮、四十四
　　　　　崁等地，由周守真先生率隊解說

78.07.6-26　第二十四屆「暑期寫作班」班主任／陳銘磻，
　　　　　教授／瘂弦、黃武忠、陳雨航、胡茵夢、李赫、談衛
　　　　　那、蔣勳、鄭明娳、白靈、楊憲宏、亮軒、張昌彥，導
　　　　　師：新詩組／焦桐、散文組／陳幸蕙、小說組／溫小
　　　　　平、編採組／陳銘磻，寫作門診老師：新詩／陳煌、小
　　　　　說／羅位育、散文／吳鳴、編採／陳銘磻，本屆試辦現
　　　　　場寫作指導五堂共20小時

78.07.15　賀陸爸五四年華誕晚會「耕莘短劇」由陳雪鳳策劃

78.07.26　第二十四屆暑期班結業，文學獎頒獎：
　　　　　新詩類／第一名陳麗花、第二名周曉梅、第三名林華
　　　　　彬、廖文麗，佳作林志鵬、林明謙、陳麗芳、謝惠君；
　　　　　散文類／第一名謝惠君、第二名林志鵬、第三名林嫻
　　　　　如，佳作蔡依雲、陳麗珍、王湘健；

小說類／第一名（缺）、第二名汪淑芬、第三名李悅
寧、陳淑芬佳作、陳麗花、黃慶雪；

新聞類／第一名楊保嬌、佳作曾士娟、鄭幸美

78.07.29-30 第二十一期寫作會幹訓營於烏來天主堂舉行，
推選胡春生為下屆總幹事

78.08.18　第三屆第八次理事會議

78,08.29　潛能開發系列（五）／觀察訓練班開課

78.09.25　會長陸達誠神父遠赴比利時進修法國哲學一年，
會長職務由值年常務理事白靈代理

78.09.28　知性之旅系列活動開始

78.10.01　《CALL 119》新書發表會，本書為陳銘磻老師帶領第20期
編採組學員集體創作，結集成冊。

78.10.04　寫作會第二十一期上學期始業式，教授：張昌彥、蘇偉
貞、馬叔禮、白靈、朴十三、馮青、陳銘磻、吳鳴、古
蒙仁、許悔之等，導師：小說組／馬叔禮、散文組／愛
亞、新詩組／林燿德、編採組／景小佩

本期專題「兒童文學」系列講座，主講人：嚴友梅、羅
青、林明德、官舜弘、李潼、朱秀芳、陳月文

知性之旅：王春洋、姚其中、張文、曾喜城

78.10.7-10 說研究班：玉山八通關高山創作寫生

78.10.28-29 淡水聖本篤文藝營

78.11.05　耕莘散文集《等在季節裡的容顏》出版茶會

78.11.11.　小說研究班：後勁左營嗊吧年創作寫生

78.11.26.　理事會議於巨龍山莊召開

78.12.28　第四屆會員大會，選出值年常務理事／白靈，常務理事／
蔡義謙、周玉山、莊華堂、談衛那、何志韶、祁志凱、
晏若仁、蕭正儀、羅任玲、李宜之、郭德欽、官舜弘、

　　　　　楊友信、楊振福、胡春生、郭炎奎

79.02.17　金山幹訓營

79.02.25　陽明山國家公園野外團拜

79.03.04　知性之旅第三梯次活動開始

79.03.07　寫作會第二十一期下學期開課，教授：簡媜、羅任玲、
　　　　　莊華堂、姜天陸、陳煌、黃武忠、談衛那、陳平芝、莫
　　　　　渝、杜十三、歐陽元美等，導師：新詩組／白靈、散文
　　　　　組／林文義、小說組／馬叔禮、編採組／陳銘磻，本期
　　　　　專題之一：「戲劇」系列講座，主講人：黃建業、劉靜
　　　　　敏、楊萬運、周逸昌、李永萍、聶光炎、馬森、閻振
　　　　　瀛，本期專題之二：「名著導讀」系列講座，主講人：
　　　　　齊邦媛、洛夫、楊昌年、羅青、陳映真、周玉山，知性
　　　　　之旅：康錔錫、阮昌銳、官舜弘、姚其中、張璨文

79.03.31　陽明山嶺頭文藝營

79.05.06　戶外賞鳥教學／陳煌

79.06.15　第二十一期結業式暨第十屆耕莘文學獎頒獎：
　　　　　小說類：首獎／黃英雄，優等獎／陳美環，
　　　　　佳作／謝其濬、葉雨梅；
　　　　　散文類：首獎／茅怡真，優等獎／楊熾麟，
　　　　　佳作／劉洪貞、楊秀娟；
　　　　　新詩類：首獎／（缺）優等獎／林華彬，
　　　　　佳作／茅怡真、陳崑榮；
　　　　　編採類：報導優等獎／陳思穎、佳作／吳錦珠；
　　　　　採訪優等獎／胡翠屏，佳作／莊華堂；旦兮編輯獎／吳
　　　　　錦珠、陳如晶、朱定邦、湯信峰、許玉敏

79.07.06　第二十五屆暑期寫作班開課
　　　　　班主任／羅位育、副班主任／俞美霞，

小說組導師／羅位育、輔導員／楊森源，

散文組導師／陳幸蕙、輔導員／林宜昭，

新詩組導師／許悔之、輔導員／林則良，

編採組導師／陳銘磻、輔導員／白家華，

教授：陳映真、傅佩榮、楊昌年、白靈、向明、蔣勳、心岱、陳信之、康來新、老瓊、簡媜、曾永義、黃美惠、曾昭旭、王邦雄、周玉山、林文義等

79.07.17-18 花園新城文藝營

79.07.25 第二十五屆暑期寫作班結業暨文學獎頒獎，

小說類：首獎／林群盛，優等／謝美筠，佳作／馬度芸、邵陽宜璋；

散文類：首獎／林群盛，優等／蔡祝育、佳作／黃桂芳；

新詩類：首獎／石麗蓉、優等／林群盛、佳作／謝美芸；

編採類：優等獎／俞梅芳、邱顯謙

79.07.29 知性之旅易名為采風之旅，全新系列開始

79.09.03 會長陸達誠神父充電完成歸國

79.09.15-16 魔鬼幹訓營於陽明山福音園召開

79.09.22 財團法人耕莘文教基金會成立酒會

79.10.05 第二十二期寫作會上學期及第一期編採研究班迎新會，教授：馬叔禮、蕭蕭、羅位育、初安民、陳龍安、許台英、林清玄、林文義、陳幸蕙、吳英長、簡媜、張昌彥、白靈、周玉山、陳義芝、沈謙等

79.11.3-4 陽明山嶺頭文藝營

79.12.18 第五屆第一次會員大會，選出31位理事，理事改為兩年一任

80.01.13 巨龍山莊理事會，選出理事長：楊友信，秘書長：黃英雄，常務理事：白靈、周玉山、晏若仁、何志韶、劉玉

純、胡翠屏、李秋萍、張綠蓉、蘇瑞琴、徐陳彩鸞（末三位侯補）理事：官舜弘、蔡義謙、白家華、莊華堂、陳德欽、羅任玲、陳崑榮、吳麗仙、羅位育、施寶玉、陳真、杜忠富、趙天福、張基、祈志凱、林宇宏、吳錦珠、簡財

80.01.27 黃英雄獲金環獎劇本首獎

80.02.22 會員團拜大會，共有新舊會員63人參加

80.03.01 秘書林秀美辭職，由總幹事胡翠屏接任

80.03.06 第二十二期寫作會下學期始業式。

80.03.9-10 新詩組首創蝴蝶會在九月份舉行

80.03.13 中視「愛心」節目訪耕莘文教基金會葉衛民先生，寫作會陸神父，白靈、楊友信、黃英雄、張綠蓉、盧永裕等出席

80.03.19 常務理事／各理事委員年度活動計劃報告

80.03.21 耕莘四樓教室整修，寫作小屋遷移至401室

80.04.09 市政電台在台語節目中介紹耕莘

80.05.04 《耕莘詩選》出版，276頁。計選出本會新詩作者48位，共75首詩

80.05.4-5 福隆YMCA文藝營

80.05.06 張老師月刊訪談陸神父及本屆暑期班班主任許台英、羅位育、俞美霞、白靈、孫大川等人

80.05.11 耕莘組團參加「繞著地球跑」

80.05.18 小說組辦讀書會（每週六晚間七點至九點）

80.06.12 第十一屆文學獎評審會，決審委員／楊昌年、齊邦媛、沈謙新詩類第一名陳崑榮、第二名黃九思、第三名馮立瑄；散文類第一名劉洪貞、第二名李慧君、第三名黃惠鈴；小說類第一名趙秀英、第二名林慶昭、第三名高振鋒；編採類佳作吳錦珠

80.06.14　第二十二期寫作會結業與文學獎頒獎

80.07.05　第二十六屆暑期寫作班開課，本期標題：「超越標籤、
　　　　　奔向源頭」，班主任／許台英、副班主任／羅位育，導
　　　　　師：散文組／吳鳴、新詩組／許悔之、小說組／陳雨
　　　　　航、採編組／景小佩、兒童戲劇組／陳筠安，教授：傅
　　　　　佩榮、李純娟、簡媜、蔡詩萍、向陽、歐茵西、劉克
　　　　　襄、白靈、黃美序、龔鵬程、孟東籬、貢敏、孫大川、
　　　　　陸達誠、尉天驄、林文義、司徒芝萍、南方朔、李艷
　　　　　秋、高大鵬、瘂弦、羅森棟、王德威、陳銘磻、俞美
　　　　　霞、莊華堂等

80.07.11　風城文藝營，於新竹納匝肋修院舉行；第二天參觀工研院
　　　　　及科學園區，總幹事：黃冠升。

80.07.23　第二十六屆暑期班文學獎得獎名單於旦兮第五十七期揭曉
　　　　　新詩類：首獎／朱慧娟，優等／李怡志，
　　　　　佳作／陳燕慧、池叔樺；
　　　　　散文類：首獎／王祥芸，優等／蔡僑如，
　　　　　佳作／孫運瑜、吳世弘；
　　　　　小說類：首獎／毛希勉，優等／孫運瑜，
　　　　　佳作／姚憶僑、林士蕙、李國華；
　　　　　編採類：首獎／干寶猜，佳作／潘美妗；
　　　　　童劇類：首獎／江明慧，優等／吳純真，
　　　　　佳作／徐佩玲、干寶猜

80.07.28　陸神父赴加探親一個月

80.08.08　幹事會選出總幹事吳錦珠，副總幹事杜忠富、趙秀英

80.08.19-27 藝術市場分析講座

80.09.15　桃源谷登山活動

80.09.16　聯合報第十三屆新人獎揭曉，會員方群及學員楊寶山獲獎

80.10.04　第二十三期寫作會上學期始業式，教授：林文義、心
　　　　　岱、黃武忠、陳銘磻、尤清、白靈、張啟疆、蕭蕭、楊
　　　　　昌年、林燿德、王邦雄、孫陽等，本期專題：「戲劇與
　　　　　文學」系列講座，主講人：馬叔禮、司徒芝萍、黃美
　　　　　序、貢敏、劉靜敏、南方朔、黃英雄、曾昭旭

80.11.01　耕莘實驗劇團正式成立，團長為陸達誠神父，藝術總監為
　　　　　黃英雄，行政總監為黃玉鳳

80.11.23-24 淡水聖本篤文藝生活營

80.12.28　第五屆第二次會員大會，會中由甫成立的「耕莘實驗劇
　　　　　團」演出新版《耕莘詩選》中的部份詩作。

81.02.17　新春團拜，燈謎由楊永寶出題。

81.03.06　第二十三期寫作會下學期始業式，導師：小說／楊昌
　　　　　年、散文／羅位育、新詩／白靈、編採／陳銘磻，教
　　　　　授：馬叔禮、歐銀釧、曾西霸、李殿魁、吳鳴、心岱、
　　　　　詹美涓、蕭蕭、林錫嘉、管家琪、沈謙、郜瑩等。
　　　　　本期專題：「與諾貝爾談心」系列講座，
　　　　　主講人：黃永範、薛柏谷、陳長房、瘂弦

81.04.24　耕莘實驗劇團參加81年大專院校暨社會話劇比賽，於國立
　　　　　藝術館演出「雷雨之夜」

81.04.25　陽明山衛理福音園文藝營

81.05.12　常務理事會，出席陸神父、楊友信、白靈、何志韶、祁志
　　　　　凱等13名常務理事與會

81.06.03　第二十三期寫作會結業式暨第十二屆耕莘文學獎頒獎：
　　　　　新詩類：首獎／李湘如，優等／黃瓊雅，
　　　　　佳作／張心萍、張友馨、王德成；
　　　　　散文類：首獎／馬自嫻，優等／姜聰味，
　　　　　佳作／李湘茹、何淑津、劉懿禎；

　　　　小說類：首獎／謝孟錫，優等／段純純，

　　　　佳作／呂福坤、游弘祺、田玉玨、楊振明、黃玉鳳；

　　　　編採類：首獎／陳詩燕，佳作／吳錦珠、田玉玨

81.07.06　第二十七屆耕莘暑期寫作研習班始業式，學員105人。

　　　　本期標題：「文學與眼睛耳朵的婚宴」班主任：陳銘磻，

　　　　導師：新詩組／許悔之、小說組／張靄珠、

　　　　散文組／羅位育、編採組／李瑋，

　　　　教授：陳映真、曹又方、亮軒、林明德、瘂弦、阿盛、

　　　　雪柔、李赫、劉還月、蕭言中、陸達誠、蘇拾平、陳美

　　　　瑜、楊樹清、江兒、白靈、黃英雄、朱天心、李潼、溫

　　　　小平、吳晟、林清玄、眭澔平、楊憲宏等

81.07.11　耕莘劇展（演出啞妻和午夜徬徨）暨仲夏午后之舞

81.07.18-19 淡水文藝快樂營，總幹事：吳錦珠

81.07.25　第二十七屆暑期班文學獎得獎名單於旦兮第六十七期揭曉

　　　　新詩類：首獎／傅朝文、優等／林秀玲、葉佳鑫、閻美

　　　　瑜，佳作／孫運瑜、呂蕙年、秦棣；

　　　　散文類：首獎／王銀華、優獎／吳秀霞、盧怡姿、楊淑

　　　　慧，佳作／易秀琴、黃春滿、曾尚慧、陳淑貞、高志明；

　　　　小說類：首獎／吳秀霞、優等／洪智偉、黃春滿、鄭秋

　　　　蓉，佳作／吳禮強、吳佳真；

　　　　編採類：優等／鄭世琴、陳庭宇

81.07.26　慶祝陸神父膺任輔大宗教系系主任

81.08.01　姜天陸獲聯合報文學獎短篇小說第一名，黃英雄獲第三

　　　　名。耕莘文化中心全面整修，寫作會秘書與文教活動組

　　　　合併於新辦公室，以利互相支援

81.09.01　黃玉鳳接任執行秘書

81.09.4-6 耕莘實驗劇團於耕莘文教院地下二樓「耕莘小劇場」演

出實驗劇「煉獄」

81.10.03 耕莘實驗劇團應中國筆會之邀於台大視聽館演出「詩的
聲光」

81.10.06 第二十四期寫作會上學期「給想像一把梯子」始業式，
導師：小說組／羅位育、散文組／白靈、
編劇組／黃英雄、編採組／李瑋，
教授：心岱、吳念真、東年、阿盛、馬叔禮、貢敏、張永
祥、許悔之、張啟疆、陳銘磻、劉克襄、蕭蕭、簡媜。
本期專題：「詩的十萬燈火」系列講座，
主講人：余光中、林亨泰、楊昌年、瘂弦、羅青

81.11.7-8 陽明山聖嘉蘭文藝營，總幹事：田玉玨。

81.11.28 黃英雄榮獲編劇協會「魁星」獎

81.12.01 旦兮雜誌改版，16開，雙月刊

81.12.15 第六屆第一次會員大會，改選理事

81.12.18-20 耕莘實驗劇團演出「聽說你家是龍穴」

81.12.28 理事長改選會議，選出理事長：黃英雄、副理事長：楊
友信，常務理事：白靈、晏若仁、羅位育、翁桂穗、洪
友崙、蔡義謙、胡春生、陳德欽、吳錦珠、田玉玨、黃
玉鳳，理事：陳雪鳳、趙天福、官舜弘、何志韶、莊華
堂、蕭正儀、黃麗容、張綠蓉、趙秀英、周玉山、林秀
美、歐陽柏燕、胡翠屏、劉玉純、杜忠富、馬自嫻、王
麗嬌、陳文蓓

82.02.01 「旦兮」新一卷二期出版。本期專題：「詩的聲光」。
「文學與我」徵文揭曉：第一名從缺、第二名林秋秀、
第三名／沈文訓、陳謙、佳作林阿勉、劉洪貞

82.02.15 新春團拜

82.02.27 白家華榮獲1993年吳濁流文學獎新詩類正獎

82.03.15 第二十四期寫作會下學期「奔向智慧的源頭」始業式，
導師：小說／葉姿麟、散文／陳幸蕙、新詩／向陽、編
採／楊樹清、編劇／貢敏。教授：小野、心岱、朱天
心、李安、李瑞騰、林文義、亮軒、簡媜、羅任玲等。
本期專題：「中國哲思與文學」系列講座，主講人：王
邦雄、沈清松、林清玄、林鎮國、曾昭旭、傅佩榮

82.04.01 「旦兮」新一卷三期出版。本期專題：「從梵谷出發」為
配合本專題，特舉辦四場「藝術巡禮」活動，4.17及4.24
放映梵谷傳，5.8及5.15幻燈欣賞及造形創作，由陳德欽、
杜忠富主持。

82.05.1-2 陽明山聖嘉蘭文藝營

82.05.24 耕莘實驗劇團於藝術館演出「艾麗絲夢遊記」。

82.05.26-30 耕莘實驗劇團於耕莘小劇場加演數場「艾」劇。26-27兩
天免費招待台北市三百名學童。

82.06.01 創辦人張志宏神父紀念文集第四版問世，封面重新設
計，增加兩篇文章。

82.06.01 「旦兮」新一卷四期出版。本期專題「生活及創作」。

82.06.18 第二十四期寫作會下學期結業暨第十三屆耕莘文學獎頒獎，
小說類：首獎／沈文訓，優等／劉懿禎，佳作／黃菊秋；
散文類：首獎／陳勁辰，優等／吳蕙君，
佳作／吳湘竹、黃玉鳳；
新詩類：首獎／黃玉鳳，優等／陳建村，
佳作／陳泳同、林碧雲、吳湘竹；
劇本類：優等／黃九思；報導文學類：佳作／劉文吉。

82.07.01 十位作家在本會演講的內容，用文字記錄成書，書名
《溫柔的世界》，由大村出版社發行，陳銘磻主編。記
錄者均為老會員。此十位作家為王邦雄、曾昭旭、林清

玄、孟東籬、亮軒、陳義芝、陳幸蕙、黃武忠、梁丹
丰、吳鳴。序文由白靈撰寫。

82.07.04　第二十八屆耕莘暑期寫作班始業式。本期標題：「親炙典
範、構築人生」班主任：白靈，導師：新詩組／蕭蕭、小
說組／林佩芬、散文組／阿盛、編採組／楊樹清、哲學組
／陸達誠，教授：柏楊、閻振瀛、劉還月、齊邦媛、高大
鵬、鄔昆如、杜忠誥、傅佩榮、李亦園、皇甫河旺、鍾肇
政、孫越、渡也、蔡源煌、羅位育、姜天陸等

82.07.9-10　花園新城快樂文藝營，總幹事：應漢斌。

82.07.17　第二十八屆暑期寫作班結業式，文學獎得獎名單：
小說類：優等／陳勁辰、洪宗賢、謝協圃，
特別獎／薛琇文；
散文類：首獎／劉曼君，優等／陳曉玫、楊淑慧，
佳作／趙春蘭、劉盈；
新聞報導類：首獎／林佩珊，優等／陳雅君、石恬萃，
佳作／程桂娟、張湘蓉；
新詩類：首獎／黃宏政，優等／黃才容、翁文章，
佳作／梁宏明、薛琇文、楊淑慧；
哲理小品類：優等／林秀玲，
佳作／黃文華、聞珮言、陳家齊。
結業式「文學劇場」演出「我們走在時光的川流裡」沈
文訓編導

82.08.01　「旦兮」新一卷五期出版，本期專題：「第十三屆耕莘文
學獎得獎作品」。

82.08.05　開辦文藝創作研究班第一期。本期偏重於散文之研讀、習
作、討論、雙向溝通。邀請高大鵬、羅青、申湘龍、羅
位育、白靈等作家指導，至十月底止。

82.10.01 「旦兮」新一卷六期出版，本期專題：「第二十八屆耕莘暑期文學獎得獎作品」。

82.10.05 第二十五期寫作會上學期始業式，導師：小說組／梁寒衣、散文組／吳鳴、新詩組／向明、編採組／陳銘磻，教授：林文義、楊樹清、詹美涓、白家華、劉克襄、東年、簡媜、劉還月、李瑋、羅任玲等。

　　　　專題：「心理學與文學」系列講座，

　　　　主講人：柏楊、王溢嘉、胡因夢、趙可式、楊昌年

82.11.04 文藝創作研究班第二期。不分文類。邀請蔡康永、齊隆壬、楊昌年、陳璐茜、羅位育等指導。

82.11.27-28 陽明山嶺頭文藝營，總幹事：翁桂穗。

82.12.01 「旦兮」新二卷一期出版。本期專題：「四次元看劇本」之劇作理念及演員心聲。

82.12.4-14 耕莘實驗劇團於國家劇院實驗劇場演出十場「四次元的劇本」，由黃英雄編劇、導演。

82.12.20 第六屆第一次會員大會，頒發傑出會員獎給羅任玲

83.02.01 「旦兮」新二卷二期出版。本期專題：「生魂與覺魂」

83.02.23 會員春節團拜

83.03.03 寫作會第二十五期下學期始業式，導師：小說組／王宣一、散文組／簡媜、新詩組／焦桐、電影組／張昌彥，教授：曾西霸、齊隆壬、王志成、陳義芝、愛亞、陳幸蕙、林文義、曹又方、楊照、葉姿麟等，另闢「寫作工作坊」六節：由黃英雄、白靈、羅位育指導。

　　　　專題：「文學與社會」系列講座，主講人：林永福、南方朔、詹宏志、龔鵬程、司馬中原、齊邦媛

　　　　始業式中「文學劇場」演出契訶夫原作「坐牢」。由張雅琴編導，翁桂穗製作。

83.03.03-5.26 文藝創作研究班第三期。本期偏重極短篇及小說。邀請
　　　　　齊邦媛、沈謙、張春榮、簡媜、陸達誠、羅位育等指導。

83.04.9-10 「淡水深度之旅」文藝營

83.05.03　耕莘實驗劇坊於國立藝術館演出「劇作家和他的爺孫
　　　　　們」，黃英雄導演

83.05.4-8　「劇作家和他的爺孫們」在耕莘小劇場加演五場，免費招
　　　　　待殘障基金會朋友。

83.06.01　「旦兮」新二卷四期出刊。本期專題：「極短篇專輯」有
　　　　　孫大白、林秋秀、黃菊秋、熊怡雯、林柏蒼、高志明等
　　　　　人作品。

83.06.06　第二十五期下學期結業式並頒發第十四屆耕莘文學獎，
　　　　　小說類：雙首獎／邵惠真、熊怡雯，
　　　　　優等／徐正雄，佳作／高志明、黃彬慈；
　　　　　散文類：首獎／林素芳，優等／薛好薰，
　　　　　佳作／王覺興、李美綾、陳志銳、黃玉鳳；
　　　　　新詩類：首獎／李美綾，優等／吳湘竹，
　　　　　佳作／林秋秀、陳菁萍、陳志銳、吳彥成；
　　　　　故事大綱類：優等／曹淑瓊，佳作／黃彬慈

83.06.09-8.25 文藝創作研究班第四期。邀請袁瓊瓊、張上冠、陳超
　　　　　明等指導。

83.07.05　第二十九屆耕莘暑期寫作班始業式，
　　　　　本期標題：「從生命關懷出發」班主任：陸達誠，
　　　　　導師：中國哲學組／王邦雄、新詩組／白靈、散文組／
　　　　　阿盛、小說組／袁瓊瓊，
　　　　　教授：心道法師、陳映真、侯文詠、鄭向恆、丁松青、
　　　　　隱地、丘秀芷、傅佩榮、楊照、聞天祥、黃文範、瘂
　　　　　弦、孟樊、馬叔禮、黃碧端、蓉子、羅青等

83.07.8-9　花園新城快樂文藝營，總幹事：田玉玨。

83.07.15　白家華榮獲台灣新聞報西子灣副刊年度新詩正獎

83.07.21　第二十九屆暑期寫作班結業式。文學獎得獎名單：

　　　　　小說類：優等／黃健原、高慈孺、楊順興，

　　　　　佳作／葉宣響、蕭令杰；

　　　　　散文類：首獎／許嘉琪，優等／莊喜美、葉宣響，

　　　　　佳作／洪淑玲、黃蕙心、楊絢、陳若白、徐惠琳；

　　　　　哲學散文類：首獎／楊淑慧，優等／黃蕙心、高慈孺，

　　　　　佳作／陳若白、馬南璇

83.09.02　劇本創作班開課，由黃英雄指導。

83.09.20　耕莘實驗劇團獲話劇比賽社會組演出團體獎季軍

83.09.22-12.8 文藝創作研究班第五期。邀請楊昌年指導。含四次學
　　　　　員作品檢討。

83.10.01　「旦兮」新二卷六期出版。本期專題：「第二十九屆暑期
　　　　　耕莘文學獎作品專輯」。

83.10.05　第二十六期寫作會上學期研習活動始業式，
　　　　　導師：電影組／易智言、小說組／葉姿麟、散文組／阿
　　　　　盛、新詩組／許悔之，教授：馬叔禮、王邦雄、曾昭
　　　　　旭、簡上仁、王溢嘉、楊昌年、簡媜等。
　　　　　主題：「文學與童年故鄉」

83.11.19-20 淡水聖本篤文藝營，總幹事：蘇子喬。

83.12.01　「旦兮」新三卷一期出刊。本期增至32頁。封面改用銅
　　　　　版紙。本期專題：「戲劇公演」、「耕莘詩黨」刊出白
　　　　　靈、阿慾、李綾、陳謙、葉紅、林群盛、方群、漢駱、
　　　　　白家華、羅任玲、沈文訓等之詩作。

83.12.7-15 耕莘實驗劇坊在國家劇院實驗劇場演出「幻想擊出一支
　　　　　全壘打」十場。本劇改編自第十四屆聯合報文學獎得獎

　　小說。黃英雄原作並編導。

83.12.19　第七屆第一次會員大會。改選理事，選出新理事31人，並由會長指定12位為常務理事。

83.12.28　理事長改選會議，選出理事長：楊友信、副理事長：田玉玨，常務理事：黃英雄、白靈、陳德欽、胡春生、晏若仁、彭心潔、康弘昌、翁桂穗、黃玉鳳、蘇子喬，理事：白家華、湯家玉、李美綾、趙天福、杜忠富、陳文蓓、林群盛、黃九思、劉玉純、蔡義謙、周玉山、莊華堂、鄭光男、官舜弘、陳謙、陳德欽、黃惠真、張綠蓉

83.12.22　文藝創作研究班第六期。邀請蔡康永、雷驤、劉克襄、羅位育等指導。

83.12.22　「作家班」由楊昌年指定優秀研究班學員參與。

83.12.28　第二十六屆寫作會上學期研習活動結業式。

84.02.01　「旦兮」新三卷二期出刊。本期專題：「寫作工作坊」、「耕莘詩黨 II」

84.02.13　春節團拜，由黃九思、邵惠真兄妹製作精彩燈謎

84.02.21　開辦白天上課之「文學入門婦女班」及「散文班」。

84.0310　第二十六期寫作會下學期始業式，
　　　　　A組導師：李殿魁、B組導師：陳銘磻，
　　　　　教授：平路、應平書、向陽、方梓、蕭蕭、梁弘志、焦桐、溫小平、梁良、李赫、簡媜等。
　　　　　主題：「跨越世紀末的門檻」系列講座，
　　　　　主講人：狄剛、李家同、阮大年、邵玉銘、傅佩榮

84.03.16-19 聯合報副刊連續四天全版刊出「耕莘青年創作展」，登出林素芳、葉紅、熊怡雯、邵惠真等之作品。

84.03.30　秘書長葉紅詩集「藏明之歌」獲文建會出版獎助金12萬

84.04.01　「旦兮」新三卷三期出刊。本期專題：「文壇新銳十

八」。刊出楊昌年指導之作家班學員作品，共計十八人：
鍾正道、李綾、黃彬慈、劉若蘭、林素芳、張禎珍、凌
明玉、朱賢貞、孫大白、沈春秀、白志柔、管仁健、吳佩
珊、楊宗翰、熊怡雯、俞淑雯、王明鵑、王覺興。

84.04.01　會員張淑美「老蕃王與小頭目」獲第三屆九歌現代兒童文
學獎首獎

84.04.13　文藝創作研究班第七期。邀請尤俠、易智言、朱天文、平
路等指導。

84.04.22-23 陽明山聖嘉蘭文藝營

84.05.11　開辦「中國古典小說」專題講座，楊昌年主講。

84.05.23　白天上課之「散文班」第二期開課，阿盛指導。

84.06.06　「文學入門婦女班」第二期，由葉紅等指導。

84.06.16　第二十六期寫作會下學期結業暨第十五屆耕莘文學獎頒獎：
小說類首獎／范儀君，優等／李美綾，佳作／陳志銳；
散文類優等／范儀君、王覺興，
佳作／吳瑞璧、陳志銳、薛好薰、徐正雄；
新詩類優等／葉美玲，佳作／陳志銳、王覺興、徐正雄

84.06.20　「旦兮」新三卷四期出刊。本期專題：「第十五屆耕莘文
學獎得獎作品」。

84.06.24　耕莘暑期寫作班三十週年記者招待會。

84.07.05　第三十屆耕莘暑期寫作班始業式，
本期標題：人文與心靈的飛翔年代，班主任：陳銘磻，
導師：散文組／阿盛、小說組／羅位育、編採組／李
瑋、戲劇組／黃英雄，教授：曹又方、戴晨志、陸達
誠、亮軒、向陽、廖玉蕙、楊小雲、柯錫杰、履彊、楊
憲宏、梁良、吳淡如、蔣家語、吳念真、路寒袖、樂為
良、陳永豐、梁丹丰等。總幹事：吳錦珠。

84.07.19　研究班學員凌明玉獲第十一屆聯合文學巡迴文藝營文學獎
　　　　　小說首獎

84.07.21　第三十屆耕莘暑期寫作班文學獎頒獎，下列得獎作品收錄
　　　　　於「旦兮」新三卷六期：小說優等／葉至軒；散文佳作
　　　　　／黃鈺程、許正平；編採優等／陳志銳、張慧怡。

84.10.03-12.29 秋季寫作班「文學以海的遼闊等你」
　　　　　講師：方群、楊樹清、白家華、尤俠、向陽、楊麗玲、
　　　　　葉紅、王宣一、張開基、詹宏志、履彊等。
　　　　　導師：白靈、羅位育、楊昌年、陳銘磻。

84.10.30　會員黃英雄獲國軍文藝金像獎戲劇首獎

84.11.04-05 聖嘉蘭文藝營，總幹事：吳錦珠。

85.01.05　散文欣賞寫作班。指導老師：阿盛。

85.01.05　第二期編採研究班，24堂課及成長營。導師：陳銘磻。

85.02.25　新春團拜，由黃九思、邵惠真製作燈謎

85.03.06　耕莘春季寫作研習班「跟文學大師握手」。主講人：南
　　　　　方朔、楊耐冬、張上冠、林水福、劉光能、陳長房，講
　　　　　師：辛鬱、陳幸蕙、田玉玨、愛亞、張春榮、白靈、溫
　　　　　小平、應平書、許悔之、葉紅、田運良、羅位育，導
　　　　　師：林佩芬、向明、廖玉蕙。

85.04.13-14 淡水聖本篤文藝生活營。講師：陸神父、白靈、林佩
　　　　　芬、葉紅等。

85.04.18-07.11 中國現代文學名著析評。講師：楊昌年。

85.04.19-21 「詩的聲光」趙天福及耕莘文學劇坊，導演：陳文蓓。
　　　　　地點：耕莘小劇場。

85.06.07　第十六屆耕莘文學獎頒獎典禮：
　　　　　小說類首獎／葉美玲，優等／謝曉峰，
　　　　　佳作／蔡銀娟、歐陽柏燕；

　　　　　散文類首獎／吳美麗，優等／邱麗璉，
　　　　　佳作／魏秀娟、黃惠真、吳秀娟、王麗鳳；
　　　　　新詩類首獎／林俊宏，優等／張瓊止，
　　　　　佳作／徐正雄、劉宜蓉、鄭淑仁。
　　　　　得獎作品收錄於「旦兮」新四卷五期

85.07.04-20 第三十一屆耕莘暑期寫作班「花團錦簇的文藝華圃」。
　　　　　班主任：陳銘磻。導師：小說組／歐銀釧，散文組／阿
　　　　　盛，報導文學組／張典婉，人文哲學組／陸達誠，戲劇電
　　　　　影組／王瑋。講師：亮軒、林明德、楊昌年、楊小雲、凌
　　　　　拂、張錯、蕭蕭、蔡素芬、吳梅嵩、向陽、羅位育、吳
　　　　　鳴、許悔之、馬競達、王墨林、王榮文、林崇漢等。

85.07.11-13 關渡楓丹白露文藝嘉年華會，總幹事：陳若白。

85.07.20　第三十一屆暑期寫作班結業式。文學獎得獎名單：
　　　　　小說類首獎／楊宗翰，優等／凌子勳、林茹風、薛萬威，
　　　　　佳作／李美伶、周雨蠻、王亮予；散文類首獎／葉俊甫，
　　　　　優等／陳薇如、謝文珊、孫郁甯，佳作／林品秀、翁美
　　　　　珍、黃麗雲、鍾淑卿、楊兮鳳、郭玉如、張琦玉；
　　　　　新詩類首獎／商瑜容，優等／楊宗翰、林茹風、楊兮鳳，
　　　　　佳作／劉偉德、鄭雅竹、吳姿瑩、姚深琛、黃麗如；
　　　　　人文哲學小品類：首獎／楊兮鳳，優等／吳素枝，佳作
　　　　　／劉夏泱；報導文學類首獎／葉俊甫，優等／尹倩萍，
　　　　　佳作／磨哲生、楊兮鳳；戲劇電影類首獎／薛萬威，優
　　　　　等／簡立欣，佳作／劉宜蓉。
　　　　　部分得獎作品收錄於「旦兮」新四卷六期。

85.08.30　會員黃英雄獲文建會劇本甄選

85.09.17-12.10 文學入門婦女班，講師：陳幸蕙、楊耐冬、向明等。

85.10.04-12.18 第三期編採研究班，導師：陳銘磻。

85.10.09-86.01.10 文學潛能開發班，講師：白靈、羅位育、葉紅。

85.10.21-86.01.06 漫畫劇本寫作班「漫畫特權時代」。講師：尤俠、
　　　　　李沛、鄭國興、黃健和、顏艾琳、蔡詩萍、吳鈞堯、老
　　　　　瓊、洪德麟、羅位育。

85.10.18-23 耕莘劇團於耕莘劇場演出「獨家報導」，黃英雄編導

85.11.28　秋季班才藝之夜，總幹事：劉夏泱。

86.01.06　第十七屆耕莘文學獎頒獎典禮：
　　　　　小說類優等／楊宗翰，佳作／蔡美馨、陳愫儀；
　　　　　散文類首獎／王麗鳳，優等／李玉梅，
　　　　　佳作／高燕薇、李長怡、蔡美馨、劉長靜；
　　　　　新詩類首獎／陳明群，優等／蔡美馨，
　　　　　佳作／何明娟、周孟貞、陳香吟、鍾杰如、劉長靜；
　　　　　文學評論類首獎／楊宗翰。
　　　　　得獎作品收錄於「旦兮」新五卷二期。

86.01.10-04.06 第一屆耕莘藝術季，共有十個劇團於擴建完成的耕莘
　　　　　實驗劇場演出

86.02.28-04.29 第四期編採研究班「編輯深度與採訪領域」
　　　　　講師：李赫、安克強、陳銘磻等。

86.03.04-06.02 第六期文學入門婦女班。講師：楊耐冬、楊昌年、阿
　　　　　盛、白靈、羅位育、張春榮、葉紅。

86.03.07-03.09 耕莘實驗劇團演出「尋找佛洛伊德」，黃英雄編劇，
　　　　　黃美序導演

86.04.10-05.29 漫畫劇本寫作班。指導老師：陳玉勳、尤俠、柯翠
　　　　　芬、老瓊、鄭國興。

86.04.19-05.10 當代思潮與台灣社會系列講座。講師：黃瑞祺、林芳
　　　　　玫、王浩威、高宣揚、蔡錚雲。

86.05.01　秘書黃玉鳳請辭，由田玉珏接任。

86.06.02　第十八屆耕莘文學獎頒獎典禮：

小說優等／王麗鳳、陳瑤菡，佳作／邱淑芬、陳安琪；

散文優等／徐正雄，佳作／周威同、游璧如、薛麗萍；

新詩優等／周威同、張瓊止，佳作／田玉珏、何明娟、

梁清吉；文化評論優等／楊宗翰、田玉珏。

部分得獎作品收錄於「旦兮」新五卷六期。

86.07.03-19 第三十二屆耕莘暑期寫作班「文藝心靈的秘密花園」。

班主任：陳銘磻，導師：散文／阿盛，小說／歐銀釧，

報導文學／張典婉，戲劇電影／王亞維，漫畫劇本／尤

俠。講師：李幼新、邵僩、劉還月、管管、曾陽晴、梁

良、安克強、柯翠芬、蔡國榮等。學員51人。

86.07.11-12 文藝嘉年華會，地點：桃園德來小妹妹會。

86.07.19　第三十二屆暑期寫作班結業式。文學獎得獎名單：

小說類優等／蕭令杰、鄭文惠、邱淑芬，

佳作／陳芳毓、胡鳴家；

散文類首獎／邱郁茹，優等／蔡靜萍、王貞婷、陳薇

如、陳怡瑾，佳作／高惠華、徐佩茹、姚文琦；

新詩類首獎／葉俊甫，優等／陳薇如、徐佩茹、陳芳

毓，佳作／王順利、蔡明璇；

報導文學類首獎／王貞雅，優等／葉俊甫、陳薇如。

部分得獎作品收錄於「旦兮」新五卷五期。

86.09.19-11.14 第五期採編研究班。講師：吳迎春、羅智成、孫小

英、陳銘磻、尤俠、封德屏、劉克襄、王桂花、吳素

娥、李赫、蘇拾平。總幹事：陳淑卿。

86.09.23-12.09 第七期文學入門婦女班，講師：張春榮、楊昌年。

86.09.27-12.29 新文學閱讀討論班。師資：李家沂、吳玲珠、林志

隆、莊雅仲、黃敏原、黃惠君、龔卓軍，導師：裴元領。

86.12.29　第十九屆耕莘文學獎頒獎典禮：

　　　　　小說優等／蕭令杰；

　　　　　散文優等／胡淑媛、陳安琪，佳作／田玉珏、洪曉菁；

　　　　　新詩優等／林芳妃、楊宗翰、陳芳毓，

　　　　　佳作／黃文成、蔡明璇、李奕璇；

　　　　　文化評論優等／田玉珏、蔡美馨。

　　　　　得獎作品分別收錄於「旦兮」新六卷四期、六卷六期。

87.01.05　秘書田玉珏請辭，由何嘉芳接任。

87.02.02-06 新世代快樂兒童冬令營。講師：凌拂、小野、管家琪、

　　　　　郝廣才、劉克襄、陳健一等。

87.02.20-04.10 第六期編採研究班「編採生態與實務演練」

　　　　　講師：林芝、焦桐、陳銘磻、陳銘松、許悔之等。學員

　　　　　成果編印為「旦兮」新六卷三期。

87.03.07-06.13 新文學閱讀討論討論班。講師：汪睿祥、林志隆、黃

　　　　　世銘等，導師：裴元領。

87.03.16-05.21 文學獎生態研究班「語言之狐‧題材之鬼」。導師：

　　　　　焦桐，講師：瘂弦、施叔青、曉風、羅智成、白靈等。

87.03.16-05.04 歌詞創作研究班「看見音樂在草原上飛」。導師：范

　　　　　俊逸，講師：李正帆、于台煙、鄔裕康、許悔之等。

87.05.03 陸達誠神父榮獲第一屆五四文藝獎，文學教育貢獻獎

87.05.21　第二十屆耕莘文學獎頒獎典禮：

　　　　　小說評審獎／邱淑芬、徐正雄，優等／田玉珏；

　　　　　散文首獎／田玉珏，優等／徐正雄、邱淑芬，

　　　　　佳作／陳安琪；

　　　　　新詩首獎／徐正雄，優等／許桂芳、邵恩雅，

　　　　　佳作／林芳妃、邾亦南、方純菁。

　　　　　部分得獎作品收錄於「旦兮」新六卷四期。

87.07.06-18 第三十三屆耕莘暑期寫作班「與眾神在文藝花園相遇」。
　　　　　班主任：陳銘磻，導師：散文／阿盛、新詩／許悔之、
　　　　　小說／羅位育、自然生態／劉克襄、歌詞／范俊逸，講
　　　　　師：瘂弦、楊昌年、廖玉蕙、平路、陳雨航、焦桐等。

87.07.13-14 聖本篤文藝嘉年華會，總幹事：陳若白。

87.07.18　第三十三屆暑期寫作班結業式。文學獎得獎名單：
　　　　　小說類評審推薦獎／楊愷樂；
　　　　　散文類優等／劉素芬、吳明麟、沈欣怡、張維珊、張郁
　　　　　佩、林龍達，佳作／李明珍、許伯藝、楊昀儒；
　　　　　新詩類首獎／劉夏泱，優等／許伯藝、李佳惠、余蕙
　　　　　芬，佳作／林香君、謝嘉文、陳怡穎、方文山；
　　　　　歌詞類評審推薦獎／邵恩雅，優等／方文山。
　　　　　部分得獎作品收錄於「旦兮」新六卷五期。

87.09.16　會員楊樹清獲聯合報報導文學首獎

87.10.02-11.20 現代散文創作研究班「萬態千姿百花紅」。
　　　　　講師：阿盛、焦桐、廖玉蕙、鍾怡雯、陳幸蕙等。

87.10.02-11.20 第七期編採研究班「編採版圖與出版實務」。
　　　　　講師：陳銘磻、阿盛、李赫、林雲連等。學員成果編印
　　　　　為「旦兮」新七卷一期。

87.10.30　會員楊樹清獲梁實秋散文首獎

87.11.07-08 萬里達義文藝營，總幹事：陳淑卿。

87.11.20　第二十一屆耕莘文學獎頒獎典禮：
　　　　　散文首獎／黃惠真，優等／蔡美馨、陳欣瑩，
　　　　　佳作／范美瓊、陳金美；報導文學優等／張毓吟。
　　　　　得獎作品收錄於「旦兮」新七卷二期。

88.02.01-12 兒童冬季文化生活營，共四班分兩梯次舉行。講師：楊
　　　　　茂秀、方素珍、凌拂、林世仁、管家琪、郝廣才、劉克

襄、劉其偉等。

88.03.01　秘書何嘉芳請辭，由黃九思接任

88.03.06-05.04 文學創作班「文學之海快樂出航」講師：許悔之、焦
　　　　　桐、應平書、陳祖彥、陳雨航、廖玉蕙、夏瑞紅等

88.03.16-05.06 歌詞賞析創作班「你敲敲敲動了我的心」講師：
　　　　　林秋離、陳秀珠、武雄、陳黎鐘、范俊逸、顏志文。

88.03.06-05.04 第八期編採研究班「編輯版圖的美麗與哀愁」
　　　　　講師：陳銘磻、方梓、吳興文、謝良駿、曹永錫等

88.03.16-05.06 美工設計創作研究班「美麗的靈動視覺」講師：林雲
　　　　　連、王富源、杜達雄、林萌、洪毓瑞、翁翁、郭榮正

88.04.10-11 福音園文藝營，春季班總幹事：吳佳臻。

88.05.04　第二十二屆耕莘文學獎頒獎典禮：
　　　　　小說首獎／邵恩雅，優等／許榮哲、黃九思；
　　　　　散文優等／曹致凡，佳作／李婷妮、游淑如；
　　　　　新詩首獎／湯惠蘭，優等／黃惠真、許榮哲，
　　　　　佳作／劉若蘭、游淑如；
　　　　　歌詞首獎／湯惠蘭，優等／邵恩雅、陳秋舫，
　　　　　佳作／陳麗玲、張瓊止、李於冀。
　　　　　得獎作品收錄於「旦兮」新七卷三期。

88.07.15-28 第三十四屆暑期寫作班「萬紫千紅的文藝花園」班主
　　　　　任：陳銘磻，導師：阿盛、劉克襄、許悔之、張典婉，講
　　　　　師：羅智成、亮軒、胡因夢、楊小雲、洪小喬、邵僩、歐
　　　　　銀釧、路寒袖、白靈、吳念真、陳大為等。學員46人。

88.07.23-24 陽明山童軍活動中心文藝營，總幹事：葉俊甫。

88.07.28　第三十四屆暑期寫作班結業式。文學獎得獎名單：
　　　　　小說類首獎／徐嘉穗，優等／葉俊甫、高淑芬，佳作／
　　　　　溫瑤鶯；散文類首獎／徐嘉穗，優等／楊宗樺、李京

佩，佳作／賴明秀、陳雅雯；新詩類評審獎／陳雅雯、
高淑芬，佳作／李京佩、楊秀瑰、林香君；報導文學類
佳作／高淑芬、張琦鈺、吳思鋒。

部分得獎作品收錄於「旦兮」新七卷四期。

88.10.08-12.03 第九期編採研究班「編輯，需要一種創意」。講師：
陳銘磻、李金蓮、王桂花、吳興文、李利國、周怡怡等。

88.10.11 跨世紀跨媒體文學創作班「唯文學可以帶我跨過人
生」。講師：白靈、向陽、雷驤、黃粱、鴻鴻、須文
蔚、張治國、陳謙、廖玉蕙等。

88.10.25 楊樹清「消失的衛星孩子」獲中國時報報導文學評審獎

88.12.14 會員方群「眾生」獲第二屆台灣省文學獎新詩首獎

88.12.14 會員白靈「一首詩的誘惑」（河童出版社）獲中山文藝獎

89.03.13-5.09 報導文學創作班「開拓報導文學人文新版圖」。講
師：高信疆、楊樹清、楊素芬、胡台麗、古蒙仁、田新
彬、陳銘磻、焦桐、劉克襄、馬以工、李利國、康原、
林明峪、陳映真、董振良。耕莘微型報導文學獎得獎名
單：首獎／藍嘉俊，評審獎／李秀容、張淑琦。

89.03.13-5.11 歌詞賞析創作班「讓文字與音樂共舞」。
講師：林秋離、陳黎鐘、范俊逸、武雄、陳揚。

89.05.03-6.27 第十期編採研究班「編輯是一種創造」。
講師：陳銘磻、陳銘松、尤俠、李金蓮、楊樹清、周怡
怡、江中明、彭蕙仙、魏淑貞、王桂花。

89.06.04 第一屆耕莘網路文學獎頒獎典禮：
散文類／金筆獎：李詠青，銀筆獎：李佳霖、劉若蘭，
鉛筆獎：鄭智中、黃心怡、徐正雄、黃基銓、汪中玫、
陳宗佑、黃郁筑、劉英華、周志美、黃逸卿；
新詩類／金筆獎：陳國瑛，銀筆獎：柯品文、吳東晟，

鉛筆獎：鍾明純、林豐藝、沈士茵、黃義雄、李孟哲、江月英、王文鋒、林政鑫、彭巧華、顧卓蘭。

得獎作品收錄於「旦兮」新八卷二期。

89.07.17-7.29 第三十五屆暑期寫作研習班「文學天空・想入飛飛」導師日間部：小說／蔡素芬、散文／凌拂、報導文學／楊樹清；夜間部：文學創作組／阿盛、編輯採訪組／陳銘磻。講師：亮軒、楊昌年、林明德、蕭蕭、龔鵬程、李瑞騰、羅位育、路寒袖、洪小喬、向陽、陳謙、吳晟、劉克襄、陸達誠、白靈、張典婉、林秋離、須文蔚、廖玉蕙、葉紅、李瑋、翁翁、吳興文等。學員共129人。

89.7.22-23 陽明山福音園文藝營。

89.07.29 第三十五屆暑期寫作班結業式。文學獎得獎名單：小說類首獎／徐瑋鴻，優等／廖安鈺，佳作／江月英、陳宗佑；散文類首獎／陳宗佑，優等／徐瑋鴻、廖安鈺，佳作／蔡佳玲、黃基銓、李怡瑩、林俊宏、王瑞婷；新詩類評審獎／張正、江月英，優等／陳秀絨，佳作／陳永昌、李怡瑩、陳宗佑、廖安鈺、邱婷；報導文學類優等／廖安鈺，佳作／王瑞婷。

得獎作品收錄於「旦兮」新八卷三、四期。

89.08.29-12.26 銀髮族寫作班。講師：凌明玉、林黛嫚、孫建業、江仁安、陳謙、劉克襄、張禎珍、吳鈞堯、管仁健。

89.09.04-10.26 散文賞析創作班「散文解密」。導師：林錫嘉，講師：沈謙、吳鈞堯、高大鵬、廖玉蕙、楊樹清、謝鵬雄、吳鳴、亮軒、鍾怡雯、林少雯。

89.09.19-12.12 好文學欣賞／寫作入門班「在好文學裡悠遊」。講師：凌明玉、白靈、平路、葉紅、吳鈞堯、紀小樣、尤俠、陳謙。

89.10.25-12.25 小說賞析創作班「小說密笈」。講師：羅位育、楊昌
　　　　　　　 年、蔡素芬、洪小喬、吳鈞堯、陳宗佑。

90.02.03　新春團拜，頒發傑出會員獎給陳德欽老師，以表彰他在兒
　　　　　　童教育、大自然生態研究及對耕莘活動推展的貢獻。

90.03.07　春季寫作研習會「文學原鄉之路」。導師：小說／陳雨
　　　　　　航、散文／陳銘磻、兒童文學／管家琪。講師：蕭蕭、
　　　　　　洪淑苓、艾農、駱以軍、葉姿麟、王宣一、羅蘭、廖玉
　　　　　　蕙、楊小雲、夏婉雲、凌明玉。
　　　　　　本期專題：「深度思考」系列講座，
　　　　　　教授：傅佩榮、余光中、李奭學、阮大年、李元貞

90.05.05-06 聖嘉蘭文藝營，總幹事：田玉珏。

90.06.06　與華文網合辦第二屆耕莘網路文學獎：
　　　　　　小說金筆獎／李欣怡，銀筆獎／簡秦芝，評審推薦獎／
　　　　　　施逸翔、李慶國、蔣佳琳，佳作／彭雅鈺、劉千嘉、江
　　　　　　江明、傅怡禎、許育維、林俊宏、唐台健、陳靜宜、黃
　　　　　　柏源、楊姍錚、黃琬婷；
　　　　　　新詩金筆獎／邱緒苓，銀筆獎／林秋秀，佳作／許哲
　　　　　　仁、呂建春、謝志文、吳尚任、曾琮琇、曾期星。
　　　　　　得獎作品收錄於「旦兮」新十卷一期。

90.07.09-27 第三十六屆耕莘暑期寫作班「文學保養場」。講師：葉
　　　　　　紅、向陽、李瑞騰、李奭學、陳璐茜、傅佩榮、須文蔚、
　　　　　　楊昌年、劉小梅、鄭慧如、蕭蕭、鴻鴻、張惠菁、張瀛
　　　　　　太、聞天祥、楊力州等。日間部學員63人、夜間部49人。

90.07.14-15 聖嘉蘭文藝營，總幹事：許榮哲。

90.07.27 第三十六屆暑期寫作班結業式。文學獎得獎名單：
　　　　　　小說類首獎／林瑋庭，優等／謝涵晶、湯為筌，佳作／
　　　　　　劉浩猷、孫語婕、吳明華、陳彥瑋。

散文類首獎／沈士茵，優等／陳諺玟、張丰慈，佳作／
高淑芬、張美玲、謝涵晶、許奎文。

新詩類優等／穆振域，佳作／周芊玲、吳明華、游璧瑜、
呂姿慧。得獎作品收錄於「旦兮」新九卷二、三期。

90.09.04-12.04 寫作進階班「文學氣味正蔓延」日間部，
講師：凌明玉、陳璐茜、彭樹君、林文義、劉洪順、吳
鈞堯、顏艾琳、艾農、陳謙。

90.09.21-12.28 寫作進階班「文學氣味正蔓延」夜間部，
講師：羅位育、須文蔚、郝譽翔、張瀛太。

90.12.28 第二十三屆耕莘文學獎頒獎典禮：
小說雙首獎／鄭婉琳、劉梓潔，優等／張夜瞳，
佳作／吳瑛瑛、李英美、蔡美錦、陳光晞；
散文首獎／朱瑞莉，優等／吳瑛瑛、李映琪，
佳作／蔡美錦、姜富琴、陳秀絨、姜漢儀；
新詩評審獎／廖珮如、邵惠真，佳作／張夜瞳、洪振原。
得獎作品收錄於「旦兮」新九卷四期。

91.03.12-6.11 文字廚房第一期。講師：劉洪順、梁寒衣、楊雅雯、
許木英。學員60人。

91.03.15-6.07 兒童文學研習班「童心田地」講師：管家琪、夏婉
雲。學員31人。配合教育部「家庭閱讀學習列車」舉辦徵
文比賽，閱讀心得類首獎／楊淑慧，優等／蔡俊寬、吳
瑞璧，佳作／吳瑛瑛、林麗華、儲孟菱。
童話故事類首獎／柯馥容，佳作／陳光晞、曾美慧。
得獎作品收錄於「旦兮」新十卷一期。

91.07.11-07.26 第三十七屆耕莘暑期寫作班「文學微波爐」。講師：
愛亞、須文蔚、白靈、蕭蕭、聞天祥、李喬、張國立、
楊力州、廖鴻基、葉李華、鴻鴻、王道還等。副班主

　　　　任：許榮哲，總幹事：李儀婷。學員48人。

91.07.20　新竹知性之旅，導覽：官舜弘。

91.07.26　第三十七屆暑期寫作班結業式。耕莘散文獎得獎名單：
　　　　評審獎／林靜嫻、陳煥文，優等／湯為筌、婁曉蘭，
　　　　佳作／慎娟、戈登、美景、一諾、吳瑛瑛、謝育娟。
　　　　得獎作品收錄於「且兮」新十卷二期。

91.08.27　與台灣現代詩網路聯盟合辦耕莘網路詩創作獎，頒獎
　　　　典禮暨《詩路2001年詩選》新書發表會於文建會藝文中
　　　　心舉行。邀請文建會主委陳郁秀頒獎。得獎名單：金
　　　　筆獎：織人，銀筆獎：荒蕪、余景，佳作獎：伍季、
　　　　Singingwind、星雪、榆、風之眼、紅格子、江凌青、鯨向
　　　　海、ZOY、葉蜉。

91.09.10-12.03 文字廚房第二期，講師：劉洪順、宇文正、梁寒衣。
　　　　學員48人。

91.09.13-12.06 「超次世代文學鍊金術學園」因人數不足而取消。

92.03.11-06.03 文字廚房第三期，講師：劉洪順、羅任玲、宇文正、
　　　　陳雨航、梁寒衣、侯延卿等。學員40人。

92.04.09-07.02 世界文學研習會春季班，講師：李奭學、顏艾琳、
　　　　郝譽翔、陳雨航、莫渝、凌明玉、白靈、胡衍南、劉虹
　　　　風、許榮哲、羅位育等。學員28人。

92.07.07-18 第三十八屆耕莘暑期寫作班「文學細胞試驗所」台北
　　　　場講師：羅任玲、林正盛、羅位育、張瀛太、宇文正…
　　　　等。學員26人。台南場因人數不足而取消。

92.07.08-17 第三部門文宣人才培訓班，講師：林芝、蕭蕭、林福
　　　　益、須文蔚、向陽、蔡文怡、李瑋等。學員48人。

92.07.10-08.18 親子寫作研習班，講師：楊佳蓉。

92.09.16-12.09 文字廚房第四期，講師：劉洪順、梁寒衣、侯延卿、

宇文正。學員21人。

92.10.08-12.31 世界文學研習會秋季班，講師：凌明玉、鍾文音、張
瀛太、張啟疆、胡衍南、袁哲生、駱以軍、李崇建、楊
佳嫻、許榮哲、羅位育。學員23人。

92.11.22 第二十四屆耕莘文學獎頒獎典禮：
散文類首獎／陳芷凡，優等獎／啟明‧拉瓦、張微玲，
佳作／項薇之、余秋慧、洪淳琦、賴閔聰；
小說類優等獎／陳柏青、何晉勳，
佳作／張俐璇、蘇善、葉爾雅、陳芷凡、李笠；
報導類優等獎／邱淑絹、李委煌、劉雅嫻，
佳作／黃秀花、陳柏州、黃世暐、蔡美馨。
作品集《希望之光永不滅》同日出版。

93.03.01-06.14 散文創作研究班，講師：楊昌年。

93.03.10-06.16 兒童文學研習班，講師：夏婉雲、凌明玉。

93.03.16-06.08 婦女寫作春季班，講師：劉洪順、夏婉雲、凌明玉。

93.03.18-06.24 「文學培養皿」創作春季班，講師：方群、顏艾琳、
唐捐、方梓、許榮哲、葉姿麟。學員24人。

93.04.10-11 科幻文學工作坊，講師：鄭運鴻、李知昂、蘇逸平、王
道還、黃海、高志峰、葉李華。學員64人。

93.05.08-09 春季文藝營「相約在雲端」，地點：烏來迷你谷山莊，
講師：楊昌年、黃英雄、羅位育。

93.06.24 春季班文學獎頒獎典禮，得獎名單：
新詩首獎／陳君涵，優等／朱天、黃婷儀，佳作／林芝
瑜、蔡忠漢；散文優等／鄒秀容，佳作／陳君涵；
小說首獎／陳君涵，佳作／蔡秀玲、蔡忠漢、吳明芳、
蔡俊寬；兒童文學優等／陳姿瑾。
得獎作品收錄於「旦兮叢刊」試刊號《捉捕月光》。

93.07.05-16 第三十九屆耕莘暑期寫作班「文心觀測站」，講師：張
　　　　　春榮、白靈、羅任玲、宇文正、林群盛、梁寒衣、李志
　　　　　薔、陳克華、劉中薇、王蘭芬、孫梓評、胡衍南、虹風、
　　　　　李知昂、許榮哲、裴元領、甘耀明、李儀婷。學員34人。

93.07.09 陽明山福音園文藝營，講師：羅位育、林群盛、宇文
　　　　　正。免費報名17人，實到學員7人，總幹事：包垂螢。

93.07.16 第二十五屆耕莘文學獎頒獎典禮：
　　　　　小說金筆獎／鄒秀容，銅筆獎／江泊萱、黃耀賢，
　　　　　佳作／洪立穎、程乙仙、吳莉萍、張瑞槿；
　　　　　散文銀筆獎／賴禹涵，銅筆獎／薛人瑋，佳作／黃耀賢；
　　　　　新詩佳作／江泊萱、薛人瑋。

93.07.17 舉行「葉紅追思會」，曾任基金會執行秘書、寫作會副
　　　　　理事長、耕莘實驗劇團行政總監的詩人葉紅（本名黃玉
　　　　　鳳）因憂鬱症於6月18日，選擇以自己的方式離開了人
　　　　　間。由白靈、翁桂穗、楊友信、許榮哲等邀請她生前好
　　　　　友共同來紀念她。並由凌明玉、陳謙、陳淑卿編輯《紅
　　　　　蝴蝶》紀念手冊，於當天發給與會人員共48人。

93.09.13-11.29 小說創作研究班，講師：楊昌年。

93.09.16-12.09 「文學培養皿」創作秋季班，講師：羅任玲、蕭蕭、
　　　　　羅位育、張春榮、楊佳嫻、宇文正。

93.10.01-01.14 婦女寫作秋季班，講師：黃英雄、凌明玉、梁寒衣、
　　　　　陳謙。

93.10.16 秋季文藝營「追索在動靜之間」，地點：烏來迷你谷山
　　　　　莊，講師：楊昌年、黃英雄、羅位育。

93.12.18-12.20 台北意象圖文創作獎，得獎作品展：
　　　　　新詩類優等／許容榕、余致毅，佳作／易璇、王馨，
　　　　　散文類優等／盧慧心、曾馨霈，

　　　　佳作／陳瓔霓、李祐任、梁可憲，

　　　　小說類優等／王馨，佳作／黃芝瑩、嚴君珩、梁可憲。

94.03.07-05.30 小說創作研究班，講師：楊昌年。

94.03.09-06.01 「說文解影」研習會，講師：馬叔禮、鍾文音、銀色快手、張昌彥、徐國能、李志薔、張耀仁。學員35人。

94.04.30-05.01 春季文藝營「面對恐懼‧建立信心」，講師：陸達誠、黃英雄、許榮哲、李儀婷、張耀仁、白靈。地點：陽明山聖佳蘭修院。學員32人。

94.05.01　耕莘文學叢刊《那一年流蘇開得正美》出版，包含散文研究班、小說研究班優秀學員作品、懷念葉紅專輯等。

94.06.04-25 社區書寫影像紀錄工作坊，講師：莊華堂、謝震隆、鍾文音、凌明玉、張文櫻。

94.07.05-15 第四十屆耕莘暑期寫作班「文學與你一同新生」，講師：方文山、白家華、杜十三、林慶昭、陳雪鳳、陳德霓、漢駱、楊樹清、許榮哲、王聰威、李志薔、高翊峰、林世仁、陳璐茜等。學員27人。

94.07.11-12 淡水聖本篤玩詩文藝營。參與作家：白靈、銀色快手、林群盛、徐正雄。學員17人。

94.07.16 第二十六屆耕莘文學獎，適逢寫作會成立40週年故擴大舉行，與聯合報副刊、億光文化基金會合辦「台灣之顏」徵文，頒獎典禮同日下午並舉辦「文學社團發展與社會」研討會。得獎名單：小說首獎／張曉惠，小說優選／何晉勳，佳作／郭宏昇、莊仁傑、文秉懿；新詩首獎／王浩翔，優選／林世明，佳作／謝霈儀、曾富祺、徐敏思；報導文學佳作／潘文鶯、洪慶宗、胡遠智。耕莘文學叢刊《台灣之顏》出版，內容包含得獎作品、40週年紀念文集、白靈專輯、研究班學員作品等。

94.08.15　寫作會年度檢討及規劃會議，出席者：陸達誠神父、白
　　　　　靈、陳謙、凌明玉、曲慶浩、謝欣純、黃九思。

94.09.13-11.29「女聲喧嘩」文學研習會，講師：凌明玉、鍾文音、
　　　　　顏艾琳、楊佳嫻、郝譽翔、宇文正、李儀婷。

94.09.19-12.12小說戲劇創作研究班，講師：楊昌年。

94.10.15-16「影像與女書　秋季創作體驗營，烏來迷你谷山莊，
　　　　　講師：凌明玉、李儀婷、黃英雄、周美玲。

95.02.17　新春團拜：新店文山農場

95.03.01-05.24「在地書寫・國際視野」創作班，講師：李瑞騰、陳
　　　　　黎、柯裕棻、李進文、須文蔚、駱以軍、向陽、焦桐、
　　　　　陳芳明、楊宗翰。

95.05.05-07第一屆搶救文壇新秀再作戰文藝營，地點：崇光女中。
　　　　　總策劃：許榮哲，總幹事：馬千惠。

95.09.08　第一屆葉紅女性詩獎頒獎典禮。首獎／王姿雯，優等／
　　　　　林佳儀，佳作／王瑜、許俐葳、陳祐禎、游如伶、劉立
　　　　　敏、藍惠敏。

95.09.09-12.09「諾貝爾文學獎專門店」講座，講師：許榮哲、楊佳
　　　　　嫻、郝譽翔、高翊峰等。

95.10.09-12.25小說創作研究班，講師：楊昌年。

95.11.11「說文學獎的壞話」座談會，與談人：李儀婷、林德俊、
　　　　　楊佳嫻、張瀛太、賀景濱、許榮哲等。

95.11.11第二十七屆耕莘文學獎得獎名單公布，小說首獎／黃崇
　　　　　凱，優等／洪茲盈，佳作／包垂螢、許俐葳、曹斐珊；
　　　　　散文首獎／黃崇凱，優等／鄭楷得，佳作／賴志穎、朱
　　　　　天、李芃；新詩首獎／許俐葳，優等／李佳靜，佳作／
　　　　　許芳綺、程乙仙、林雨樹；劇本首獎／陳期偉，優等／
　　　　　熊瑞英，佳作／高俊耀、蔡鎧安；報導文學優等／楊雅

琪，佳作／陳姿瑾；繪本優等／張杏如、林祖馨、詹夢莉、林蓉蓉，佳作／蕭裕奇。

95.12.30　研究班馬千惠「母城」獲第九屆台北文學獎散文首獎。

96.01.01　許榮哲接任文藝總監、李儀婷接任幹事會駐會導師、黃崇凱接總幹事。

96.02.10-12 第二屆搶救文壇新秀再作戰文藝營，許榮哲總策劃，講師：許榮哲、李儀婷、高翊峰、伊格言、李志薔、王聰威、張耀仁、林德俊、九把刀。地點：陽明山衛理福音園。

96.03.06-06.12 台科大合作課程「十五堂星期二的課：時尚文化講座」。地點：台灣科技大學。講師：成英姝、李俊明、林書煒、邱文仁、高翊峰、黃仁益、黃健和、劉中薇、蔣慧仙、盧淑芬、龍怡君。

96.03.10-11 幹事會迎新，地點：烏來迷你谷。

96.03.14-06.13 台科大合作課程「十四堂星期三的課：流行文學講座」。地點：台灣科技大學。講師：九把刀、可樂王、李志薔、李欣頻、李儀婷、高翊峰、張耀仁、莊益增、許榮哲、蔡銀娟、顏蘭權。

96.04.20-06.29 行動文學體驗班，李儀婷總策劃，講師：李儀婷、劉克襄、撒克努、蔡逸君、莊華堂、高翊峰。

96.06.16　女性詩歌季「女詩人的創作與生活想像」，顏艾琳、陳思嫻對談。

96.07.16-19 「耕莘小作家」文藝營，講師：凌明玉、陳謙、許榮哲、李儀婷。

96.07.21　女性詩歌季「少女詩人座談會」，X19全球華文詩獎得主黃翾及詠墨殘痕參與對談，玩詩合作社詩人孟少主持。

96.08.05　參加總統府前舉辦「文學台灣」園遊會，展示耕莘青年寫作會成果海報、葉紅女性詩獎、文學班課程宣傳，電腦

播放活動片段。

96.08.11 女性詩歌季「夏日讀詩會－葉紅詩作朗讀」。玩詩合作社詩人/X19全球華文詩獎創辦人許赫規劃及主持，花蓮吷工作室、台北詩人眯、孟少、陳思嫻、圓周及耕莘青年寫作會幹事會成員選詩朗讀演出。

96.09.04-11.13「女性書寫・書寫女身」女性文學創作班。講師：凌明玉、宇文正、李儀婷。

96.09.08 第二屆葉紅女性詩獎頒獎典禮，首獎／何亭慧，優等／王莎莎，佳作／ 妙沂、許俐葳、陳利嫻、鄭宇萱、蔡瑩瑩、洪碧婉。

「葉紅作品及台灣1950世代女詩人書寫」學術研討會。陳謙策劃。內容：演講「葉紅作品及台灣1950世代女詩人書寫」，主講人渡也；論文發表五場：〈評論轉型視野下的當代女性詩學〉發表人：楊宗翰、〈自己的花園—葉紅《廊下鋪著沉睡的夜》評析〉發表人：劉正偉、〈輕量躁鬱：葉紅《瀕臨崩潰的字眼感覺有風》中以身為眼的詩（私）語言結構〉發表人：解昆樺、〈身心介入的延伸－葉紅詩作的意象表達與身份認同〉發表人：陳謙、〈在閨秀婉約之外—50世代女詩人的家國政治書寫與現實關懷（以馮青、利玉芳為討論對象）〉發表人：趙慶華、〈浪漫主義的對立與昇華—評葉紅詩集《瀕臨崩潰的字眼感覺有風》〉發表人：顧蕙倩。

96.10.11-12.27台科大合作課程「網路文學」講座。講師：李取中、須文蔚、許榮哲、林德俊、敷米漿、水瓶鯨魚、周美玲、蒂芬妮、陳映蓉、九把刀、方文山、楊力州。

96.12.20 第二十八屆耕莘文學獎得獎名單公布，小說首獎／高俊、陳憶茹，佳作／何瑄、陳彥誌、曾祥芸；散文佳作

／鄭淑娟、陳彥誌、周美瑩；新詩首獎／曾祥芸，佳作
／胡遠智、陳文曦；劇本首獎／高俊耀，佳作／林彣、
葉乃菁、蔡鎧安、蕭婉貞。

97.01.01　許俐葳接任總幹事

97.01.19-20 高中生搶救文壇新秀再作戰文藝營，地點：台中市嶺
東科技大學推廣教育中心。許榮哲總策劃，台中市惠文
高中、嶺東文教基金會聯合舉辦。講師：許榮哲、李儀
婷、李志薔、伊格言、痞子蔡、朱詩倩。

97.01.26-28 第三屆搶救文壇新秀再作戰文藝營，真理大學合辦，
地點：真理大學。許榮哲總策劃，講師：李儀婷、李志
薔、伊格言、王聰威、甘耀明、方文山。

97.02.17　新春團拜

97.02.19-06.14 台科大合作課程「十七堂星期二的課：電影文學」，
地點：台灣科技大學。講師：許榮哲、詹正德、李崗、
聞天祥、李志薔、鴻鴻、林育賢、李儀婷、林正盛、李
天養。

97.02.21-06.04 台科大合作課程「十四堂星期四的課：藝文創意」，
地點：台灣科技大學。講師：許榮哲、馮光遠、博神羅
賓、黃文博、孫樂欣、馮翊綱、可樂王、小野、邱一
新、林育賢、火星爺爺、朱學恆。

97.03.04-04.22 女性文學創作班。講師：凌明玉、宇文正、李儀婷。

97.03.15-05.11 行動文學體驗班，東吳大學游藝廣場合辦。講師：李
儀婷、呂政達、黃文成、歐銀釧、侯雲舒。

97.04.20　許俐葳第一部小說《背對背活下去》新書同讀會。

97.05.20　許榮哲獲財團法人國家文化藝術基金會長篇小說創作發表
專案補助《漂泊的湖》新書發表讀書會，為台灣第一部
描寫921大地震的長篇小說。

97.05.24　女性詩歌季——「女‧詩‧人們」系列講座「女詩人的生
　　　　　活想像」，主講人：楊佳嫻。

97.06.07　女性詩歌季——「女‧詩‧人們」系列講座「女詩人的創
　　　　　作」，主講人：曾琮琇。

97.08.30-31幹部交接暨訓練，朱宥勳接任總幹事

97.09.23-11.25「越讀為本‧生活佐食」女性文學的十堂課，講師：
　　　　　凌明玉、宇文正、劉克襄、林德俊、李儀婷。

97.09.26-30女性詩歌季——大陸學者來台參訪交流，學者：陳仲
　　　　　義／廈門城市大學中文系教授、沈奇／西安財經大學教
　　　　　授，女詩人：萊耳(本名劉琴)、周瓚(本名周亞琴)。

97.09.27　女性詩歌季——兩岸女性詩學學術研討會，國立台北教育
　　　　　大學語文與創作系、佛光大學文學系所合辦。
　　　　　第三屆葉紅女性詩獎頒獎典禮。首獎／徐紅(大陸)，優選
　　　　　／劉欣蕙，佳作／林禹瑄、秦嶺(大陸)、張卉君、盧慈
　　　　　穎、鄒小燕(大陸)、鄭揚。

97.09.29女性詩歌季——兩岸詩人詩歌朗誦會，乾坤詩社合辦，地
　　　　　點：廣興食堂。與會詩人：管管、方明、向明、尹玲、
　　　　　羅門與蓉子、李瑞騰、白靈、顏艾琳、紫鵑、康逸藍、
　　　　　林德俊等，及四位來台大陸詩人：陳仲義、沈奇、萊
　　　　　耳、周瓚。

97.12.24第二十九屆耕莘文學獎得獎名單公布：小說雙首獎／黃
　　　　　昱升、蔡鎧安，佳作／沈璵璵、鄭端端；散文雙首獎／
　　　　　巫立文、畢珍麗，佳作／詹夢莉；新詩首獎／黃昱升，
　　　　　佳作／沈璵璵、李俊宏、王倩慧；短劇劇本首獎／葉乃
　　　　　菁、佳作／王彥珺、蔡鎧安、蕭婉貞。部分得獎作品收
　　　　　錄於耕莘文教基金會會訊第七期。

98.02.07-09第四屆搶救文壇新秀再作戰文藝營，輔仁大學外語學院

合辦，地點：輔仁大學。許榮哲總策劃，講師：李儀婷、
李志薔、伊格言、高翊峯、許榮哲、楊佳嫻、周美玲。

98.02.09　新春團拜

98.03.07-08烏來迷你谷幹事會迎新宿營

98.03.24-05.26「文字書寫練功坊」女性文學的十堂課，講師：李儀
婷、蔡素芬、林黛嫚、宇文正、凌明玉。

98.5.23-28 白靈、羅任玲、顏艾琳、許榮哲代表寫作會及葉紅詩獎
赴大陸訪問、交流。

98.07.17-19高中職暑期文藝營－私の書私塾坊，地點：陽明山嶺
頭山莊。朱宥勳總策劃，講師：顏艾琳、鄭順聰、駱以
軍、夏夏、林世鵬、彭瑞祥、神小風、Killer、海羽毛、
楊舒涵。

98.08.19-28「兩岸青年學生文學營」，地點：陽明山衛理福音園。
許榮哲總策劃，講師：李瑞騰、須文蔚、林于弘、顏艾
琳、羅智成、聞天祥、伊格言、李儀婷、鄭順聰。課程
外四次城市漫遊導覽，路線：誠品書店、士林夜市、溫
羅汀人文景點及陽明山竹子湖。

98.08.28　陸委會副處長蔡生當、耕莘文教院院長杜樂仁神父及寫
作會執行顧問白靈蒞臨指導。於耕莘408教室展示大陸學
生以台大周邊人文景點為創作主題之詩的明信片，兩岸
學生文學作品八十餘篇，並播放交流期間共同生活的點
滴，以及台灣學生幫大陸學生完成心願的過程。

98.08.22　耕莘華人女性詩歌季－兩岸青年詩歌沙龍，主持：楊佳嫻。

98.09.05-06幹部交接暨幹部訓練營，何瑄接任總幹事。

98.09.15-11.17女性書寫文學研習，講師：凌明玉、陳雪、袁瓊瓊、
李儀婷、宇文正。

98.09.25　第四屆葉紅女性詩獎頒獎典禮。首獎／胡茗茗(大陸)，優

選／林欣儀，佳作／胡宇(大陸)、李玉娟、楊瀅靜、鄭迪菲(大陸)、尹雯慧、葉語婷。

98.12.26　第三十屆耕莘文學獎得名單公布。小說首獎／楊美，佳作／沈艾瑾、劉佳瑩、楊雨亭；散文優選／林如娟、風城騷客，佳作／王姵旋、十四樓；新詩首獎／風城騷客，佳作／葉語婷、榮；短劇劇本首獎／JOE、佳作／洪裕閔、劉佳瑩、張曉菁。

99.01.16　黃崇凱《靴子腿》新書發表會。

99.02.06-08第五屆搶救文壇新秀再作戰文藝營，輔仁大學學生聯合會合辦，地點：輔仁大學。許榮哲總策劃，講師：李儀婷、李志薔、伊格言、高翊峯、許榮哲。

99.02.28　新春團拜

99.03.06-07嶺頭山莊幹事會迎新宿營

99.03.23-05.25女性書寫文學研習春季班，講師：李儀婷、凌明玉、宇文正、鄭栗兒、胡淑雯。

99.05.15-16詩的謎霧與脈礦——九份文學行腳營，許榮哲策劃，講師：李儀婷、黃崇凱、朱宥勳。

99.05.03-6.30白靈、羅任玲、顏艾琳、許榮哲代表寫作會及葉紅詩獎赴大陸訪問、交流。

99.07.09-11　第一屆文學鐵人營：72小時寫作不斷電（第1梯），黃崇凱總策劃，講師：許榮哲、神小風、Killer、黃崇凱、朱宥勳、何瑄。

99.07.16-18第一屆文學鐵人營：72小時寫作不斷電（第2梯）。

99.09.04-05幹部交接暨幹部訓練營，李奕樵接任總幹事。

99.09.28-11.30女性書寫文學研習秋季班，講師：袁瓊瓊、駱以軍、李儀婷、凌明玉、宇文正、林黛嫚、許榮哲、黃崇凱。

99.10.13-12.09「大陸青年作家來台駐點活動」，來台大陸作家徐

紅、柴春芽、高曉濤。活動總策劃許榮哲。

99.10.23　第五屆葉紅女性詩獎頒獎典禮暨讀享詩與樂的午後。建中國樂社、師大附中詩社、中華語文基金會參與詩與樂表演。得獎名單：首獎／周盈秀，優等／李成恩（大陸）、佳作／王珊珊、王美英、陳姵蓉、游淑如、許妝莊、王蕙晴。

99.10.26-12.28「文學導航，全面啟動！」文學創作班，講師：凌明玉、張惠菁、許榮哲、李儀婷、胡淑雯。

99.11.03-24 大陸青年作家創作坊「柴春芽系列」。講師：柴春芽、許榮哲。

99.11.04-100.01.20「從古典到現代」文學研究班，講師：楊昌年

99.12.31　第三十一屆耕莘文學獎得獎名單公布，小說首獎／劉佳瑩，佳作／林如娟、陳瑋雯、深色梧桐；散文首獎／吳綺民、佳作／陳姿含、劉佳瑩、朱天；新詩佳作／朱天、楊璇戀、謝宜靜、吳綺民；短劇劇本首獎／劉佳瑩、佳作／李定偉。

100.01.25-01.27 第六屆搶救文壇新秀再作戰文藝營，輔仁大學學生學習中心合辦，地點：輔仁大學。許榮哲總策劃，講師：李儀婷、李志薔、伊格言、高翊峯、許榮哲。

100.02.12 新春團拜

100.03.08-05.17女性書寫文學研習。講師：凌明玉、李儀婷、許榮哲、張惠菁、楊佳嫻、宇文正、神小風。

100.03.10-05.26文學創作研究班。講師：楊昌年老師

100.03.12-13嶺頭山莊迎新宿營

100.07.23-25 第二屆高中生文學鐵人營，地點：陽明山衛理福音園，講師：許榮哲、李儀婷、神小風、朱宥勳、Killer、徐嘉澤、李雲顥、何瑄。20位大陸浙江省新華愛心高中學

生受邀參加。

100.08.15~100.10.16 文學與社會──兩岸作家創作交流計畫。來台
　　　大陸作家黃梵、胡茗茗、周曉楓，許榮哲總策劃。系列
　　　活動：「兩岸作家創作坊」、「兩岸文學座談」、「兩
　　　岸作家對談」、「走讀文學」、「成果發表會」，白靈、
　　　夏婉雲、焦桐、顏艾琳、凌明玉、紫鵑、吳鈞堯、宇文
　　　正、方群、廖蕙玉、向陽、羅門、蓉子、江文瑜等多位台
　　　灣作家與三位大陸作家交流、切磋文學創作理念。

100.08.27-28 幹部交接暨幹訓，游坤義接任總幹事。

100.09.04-101.01.18 許榮哲、高翊峰、李儀婷及耕莘青年寫作會成
　　　員，共十位作家舉辦「麥田捕手讀書會」導讀經典作品。

100.09.06-11.08 「文學的發聲練習」女性書寫文學研習。講師：凌
　　　明玉、宇文正、朱宥勳、袁瓊瓊、林婉瑜、許榮哲、李
　　　儀婷。

100.09.08-11.24 文學創作研究班。講師：楊昌年老師。

100.10.23 第六屆葉紅女性詩獎頒獎──讀享詩與樂的時光。建中國
　　　樂社、中華語文基金會、耕莘寫作會幹部音樂表演與詩
　　　歌朗誦。得獎名單：首獎／鄧文瑜，優等／余景，佳作
　　　／彌唱、張雅芳、葉語婷、那朵(大陸)、周冠汝、忿語。

100.12.19 第三十二屆耕莘文學獎公布得獎名單。小說優選／張瀚
　　　翔、若木，佳作／杞人、芮亞；散文首獎／涂沛宗，佳
　　　作／寶援、翁士行、黃文俊、許繽方。

101.02.04-06 第七屆搶救文壇新秀再作戰文藝營，輔仁大學學生學習
　　　中心合辦，地點：輔仁大學。許榮哲總策劃，講師：李
　　　儀婷、李志薔、伊格言、高翊峯、許榮哲、林育賢、莊
　　　益增。

101.02.04　新春團拜

101.03.10-11嶺頭山莊幹事會迎新宿營

101.03.20-05.29女性書寫文學研習。講師：凌明玉、李儀婷、許榮
　　　　哲、黃崇凱、宇文正、劉中薇。

101.06.04-08.20兩岸小說創作坊。講師：許榮哲、黃梵（大陸作
　　　　家），視訊連線黃梵同場授課。

101.07.22-24第三屆高中生文學鐵人營，地點：聖心女中，講師：許
　　　　榮哲、李儀婷、神小風、朱宥勳、Killer、徐嘉澤，19位
　　　　學員是大陸浙江省新華愛心高中學生受邀參加。

101.08.25-26 幹部交接暨幹訓活動，何京致接任總幹事。

101.09.11-13女性書寫文學研習。講師：凌明玉、宇文正、姚時晴、
　　　　高翊峰、許榮哲、神小風。

101.10.03-12.26 文學導航班，講師：凌明玉、駱以軍、黃崇凱、林
　　　　于弘、鍾正道、王聰威、胡淑雯、楊佳嫻。

101.10.21第七屆葉紅女性詩獎頒獎－讀享詩與樂的時光。台灣師範
　　　　大學音樂系絲竹小集、師大附中薪飛詩社聯合詩歌朗誦
　　　　與音樂表演。得獎名單：首獎／夜魚，優選／徐紅（大
　　　　陸），佳作／小令、若爾‧諾爾（美國西雅圖）、曹惟
　　　　純、高自芬。

101.12.24 第三十三屆耕莘文學獎得獎名單公布。小說首獎／吳佳
　　　　綺，佳作／廖桂寧、加沛、SWINGWORDS；散文首獎／
　　　　廖桂寧，佳作／白臉貓、水淨、SWINGWORDS

102.01.28-30 第八屆搶救文壇新秀再作戰文藝營，輔仁大學學生學
　　　　習中心合辦，總策劃許榮哲，講師：李儀婷、李志薔、
　　　　伊格言、高翊峯、許榮哲、朱詩鈺、蔡銀娟。地點：輔
　　　　仁大學。

102.02.24新春團拜

102.03.05-05.07女性書寫文學研習。講師：凌明玉、劉克襄、許榮

哲、方群、宇文正、蔡銀娟。

102.03.23-24 嶺頭山莊幹事會迎新宿營

102.04.03-07.03 文學導航班。講師：凌明玉、李儀婷、許榮哲、吳
　　　　鈞堯、黃崇凱、鍾文音、朱宥勳、伊格言、顏艾琳。

102.07.01-09.23 兩岸小說創作坊，講師：許榮哲、黃梵。

102.07.23-25 第四屆高中生文學鐵人營，講師：許榮哲、李儀婷、
　　　　朱宥勳、神小風、Killer、徐嘉澤、李奕樵，地點：聖心
　　　　女中，18位大陸浙江省新華愛心高中學生受邀參加。

102.09.07-08 幹部交接暨幹訓，陳逸勳接任總幹事。

102.09.17-11.19 女性書寫文學研習，講師：李儀婷、凌明玉、宇文
　　　　正、李維菁、愛亞、高翊峰、林婉瑜。

102.11.19 會員王姿雯「情事」獲第九屆林榮三文學獎新詩首獎

102.10.02-12.18 文學導航班。導師：凌明玉，講師：許榮哲、駱以
　　　　軍、朱嘉雯、楊佳嫻、李信瑩、鍾正道、胡衍南、胡淑
　　　　雯。

102.12.01 第八屆葉紅女性詩獎頒獎──讀享詩與樂的時光，師大附
　　　　中薪飛詩社、國防醫學院絃樂社聯合詩歌朗誦與音樂表
　　　　演。得獎名單：首獎／李鄢伊，優選／廖佳敏，佳作／
　　　　林夢媧、亦非、黃岡、談雅麗、海烟、韓簌簌。

102.12.26 第三十四屆耕莘文學獎得獎名單，小說首獎／故我，佳作
　　　　／Orge、山姆加沛、颯清察；散文首獎／劉子瑜，佳作／
　　　　陳映廷、翁淑慧、林白女。

103.01.26-28 第九屆搶救文壇新秀再作戰文藝營，輔仁大學學生
　　　　學習中心共同主辦，許榮哲總策劃，講師：許榮哲、李
　　　　儀婷、鄭順聰、李志薔、伊格言、林正盛、巫錦輝。地
　　　　點：輔仁大學。

103.02.15 新春團拜

103.03.04-05.06 女性書寫文學研習。講師：凌明玉、李儀婷、吳鈞
堯、黃麗群、李進文、蔡素芬。

103.03.15-16 嶺頭山莊幹事會迎新宿營

103.03.26-06.11 文學導航班。講師：凌明玉、方群、王聰威、陳國
偉、易智言、許榮哲、楊佳嫻、李維菁。

103.03.29-30 大眾小說創作坊。黃致中總策劃，講師：Killer、小
夏、陳逸勳、黃文俊、莊硯涵、黃致中、洪浩植。

103.05.24-25 現代詩創作坊。許皓甯總策劃，講師：洪崇德、黃文
俊、李奕樵、白哲、許皓甯、黃致中、何京致、鄭琬融。

103.07.14-10.06 兩岸小說創作坊。講師：許榮哲、黃梵。

103.07.19-21 第五屆高中生文學鐵人營，神小風總策劃，講師：
許榮哲、李儀婷、黃崇凱、朱宥勳、神小風、李奕樵、
Killer、何瑄及陳逸勳。17位大陸浙江省新華愛心高中學
生特別來台參加。

103.08.12-09.04 新詩創作的八堂課，講師：黃梵、白靈。

103.08.26 「寫作的挑戰」講座，主持：凌明玉、主講：黃梵。

103.08.30-31 幹部交接暨幹訓，許皓甯接任總幹事。

103.09.16-11.18 女性書寫文學研習。講師：凌明玉、李儀婷、神小
風、吳妮民、方梓、黃崇凱、喜菡。

103.09.27-28 散文創作坊，黃文俊總策劃，講師：林佑軒、林巧棠、
李奕樵、陳慧潔、徐振輔、黃文俊、何京致、蔡易澄。

103.10.01-12.17 文學導航班。講師：凌明玉、林德俊、葉佳怡、黃
崇凱、朱嘉雯、張亦絢、駱以軍、許榮哲、胡淑雯。

103.11.22 第九屆葉紅女性詩獎頒獎暨「創作的時光」女詩人座談
會。與談人顏艾琳、顧蕙倩、周盈秀、葉語婷。得獎名
單：首獎／王怡仁，優選／江凌青，佳作／陳坤琬、張
雅芳、那朵、陳春妙、尹藍、小縫。

103.12.23 第三十五屆耕莘文學獎得獎名單。散文首獎／墨央，佳作
　　　　／翁建道、原為、夏云秋；小說優選／石遂、安姬，佳
　　　　作／左手的圓、曉葉、翁淑慧。

104.01.30-02.01第十屆搶救文壇新秀再作戰文藝營，輔仁大學學
　　　　生學習中心合辦。許榮哲總策劃，講師：許榮哲、李儀
　　　　婷、伊格言、高翊峰、黃崇凱，特別規劃「新世代文壇
　　　　青年高峰會議」由12位昔日學員而今日是作家座談。地
　　　　點：輔仁大學。

104.03.01 新春團拜

104.03.07-03.08嶺頭山莊幹事會迎新宿營

104.03.10-05.12女性書寫文學研習。講師：凌明玉、李儀婷、宇文
　　　　正、張耀升、韋瑋、方梓。

104.03.25-06.10文學導航春季班。講師：凌明玉、李維菁、袁瓊
　　　　瓊、鍾文音、陳國偉、張耀升、鍾正道、林婉瑜、朱宥
　　　　勳、許榮哲。

104.04.18-19自由書寫創作坊，游坤義策劃，講師：何京致、林巧
　　　　棠、游坤義。

104.07.17-19第六屆高中生文學鐵人營，朱宥勳策劃、講師：許榮
　　　　哲、黃崇凱、李奕樵、朱宥勳、神小風、Killer、林佑
　　　　軒。地點：輔仁大學，18位大陸浙江省新華愛心高中學
　　　　生受邀參加。特別規劃「六合一小學堂」，講師：黃千
　　　　容、洪浩植、黃文俊、夏天、徐振輔、許宸碩。

104.07.25-27 微電影拍攝工作坊。講師：許榮哲、走電人電影文化
　　　　事業有限公司團隊。

104.08.15-16 幹部交接暨幹訓活動，李翎瑋接任總幹事

104.09.22-11.24女性書寫文學研習。講師：凌明玉、神小風、黃麗
　　　　群、許榮哲、朱亞君、蔡素芬。

104.10.11 女作家座談「她們的內心戲」主持人：凌明玉，與談人：
　　　　吳妮民、許亞歷、楊婕。

104.10.07-12.23 文學導航秋季班。講師：朱宥勳、凌明玉、黃崇
　　　　凱、神小風、林佑軒、蔡宜文、楊富閔、吳曉樂、許榮
　　　　哲、陳夏民。

104.10.24-10.25 大眾小說創作坊。黃致中策劃，講師：Killer、黃致
　　　　中、黃文俊、莊硯涵、許宸碩。

104.11.28 第十屆葉紅女性詩獎頒獎暨「女詩人的時代挑戰」座談
　　　　會，與談人：馮青、顧蕙倩、葉語婷。得獎名單：首獎
　　　　／黃鈺婷，優選／易菲，佳作／汪郁榮、伊地、林儀、
　　　　陳怡安（馬來西亞）、心雨（中國大陸）。

104.12.15 第三十六屆耕莘文學獎，得獎名單：散文首獎／林佳樺，
　　　　佳作／趙小余、陳惠玲、李燕樵；小說優選／翁淑慧、
　　　　林芸萱，佳作／汪鈞翌、張蕙新。

105.01.29-31 第十一屆搶救文壇新秀再作戰文藝營，輔仁大學學生
　　　　學習中心合辦。講師：許榮哲、李儀婷、李志薔、高翊
　　　　峰、鄭順聰、伊格言、朱芷瑩等。地點：輔仁大學。

105.02.20 新春團拜。

105.04.08-07.01 劇本創作入門班，導師：黃英雄。

105.04.12-06.14 女性書寫文學研習。講師：凌明玉、李儀婷、吳妮
　　　　民、鄭栗兒、李進文、鍾正道、宇文正。

105.04.13-06.29 文學導航春季班。講師：凌明玉、朱宥勳、陳國
　　　　偉、陳雪、鍾文音、林群盛、李維菁、鍾正道、李信
　　　　瑩、黃麗群、許榮哲。

105.05.14 小說家座談《看人臉色》是在看沙毀，對談：凌明玉、許
　　　　榮哲、朱宥勳。

105.07.14-17寫作會50週年紀錄片發表會、七本文叢出版等系列活
　　　動、募款義賣會。
105.07.14-31在紀州庵舉辦耕莘青年寫作會50週年紀念特展。

〔附錄〕耕莘青年寫作會成員近六年（2010-2015）獲文學獎之得獎紀錄

2015年得獎紀錄

姓名	作品	獎項
鄭琬融	很多？	2015年x19全球華文詩獎優選
黃致中	天一閣鬼魂盜書始末	第3屆金車奇幻小說首獎
	雪殼	第4屆台中文學獎小說首獎
	一個工程師的地質年代記	第15屆竹塹文學獎現代詩首獎
許宸碩	內埤海灣	第38屆時報文學獎小品文不分獎次
林劼宏	失根的太陽花	第28屆月涵文學獎散文首獎
林依儒	5月25日紀念日	第7屆看見翻山越嶺後的美麗風景-自殺防治中心徵文比賽短文首獎
陳逸勳	潘恩的蹄	第17屆臺北文學獎小說優等
洪崇德	比天空還遠的地方──寫給西藏自焚僧人	第31屆五虎崗文學獎新詩首獎
小夏	執事中途救援組	第1屆尖端原創大賞翼想本組小說特別獎
黃文俊	往更靠海的地方而去	第38屆時報文學獎小品文不分獎次
夏婉雲	父親的陂塘	2015鍾肇政文學獎新詩類佳作
凌明玉	看人臉色	第11屆林榮三文學獎短篇小說佳作
李彤	青春千層夢	第14屆水煙紗漣文學獎現代詩佳作

2014年得獎紀錄

姓名	作品	獎項
鄭琬融	傀儡的父	第11屆台積電青年學生文學獎現代詩首獎
林劼宏	悟空與太陽花	第27屆月涵文學獎小說佳作
陳逸勳	煙霧瀰漫的時間	第31屆中興湖文學獎散文佳作
	遺失的關鍵之處	第8屆南華文學獎大專組散文首獎
黃致中	USB人	第14屆竹塹文學獎短篇小說第二名
蕭亦翔	走春	第34屆雙溪現代文學獎散文第二名

2013年得獎紀錄

姓名	作品	獎項
Killer	闇之國的小紅帽	2013角川華文輕小說大賞長篇銀賞
呂奇霖	抿	2013第4屆喜菡文學網散文獎佳作
林縷	圓	第4屆余光中散文獎參獎
	「……」──致尼金斯基（Vaslav Nijinski）	2013全國華文學生文學獎新詩組第二名
	綠蘿蔔	2013全國華文學生文學獎新詩組第二名
	背筐	《臺灣原YOUNG》徵文比賽佳作
林巧棠	陌識之家	第16屆臺大文學獎劇本組佳作
	沉默的健身房	第16屆臺大文學獎散文組佳作
	錯位	第36屆時報文學獎散文組首獎
	牠們的眼睛──〈致艾莉絲·沃克〉	第36屆時報文學獎書簡組優勝
李翃瑋	眾物之屍	第16屆臺大文學獎散文組佳作
洪崇德	他從北走到南…	喜菡文學網「幸福一百」徵文優勝
許皓甯	逆旅	第6屆全國醫學生聯合文學獎新詩組評審獎

黃文俊	你會說凱達格蘭語嗎？	第1屆華岡文藝獎新詩組優選
	有光的日子	第1屆華岡文藝獎散文組優選
	白色時光	第1屆華岡文藝獎小說組優選
	少女時代	第30屆中興湖文學獎現代詩組第一名
	沒有名字的人	第30屆中興湖文學獎主題徵文組佳作
	牡蠣男孩	第3屆打狗鳳邑文學獎現代詩組貳獎
	他們祕密遺忘都市更新	2013吳濁流文藝獎現代詩組貳獎
	十八歲出門遠行	2013花蓮文學獎新詩組首獎
	石頭書	2013花蓮文學獎石雕組優勝
莊硯涵	唇印	第19屆白沙文學獎小說組貳獎
張鳳如	欲雨	第1屆華岡文藝獎散文組優選
劉冠麟	舊日筆記	第26屆月涵文學獎新詩組貳獎
	父肖	第26屆月涵文學獎散文組貳獎
	不幸的牠	第26屆月涵文學獎主題文學組參獎
	楓林小徑	第26屆月涵文學獎清華記憶組優選
黃繼賢	微波晚餐	第6屆全國醫學生聯合文學獎小說組首獎
蔡易澄	隧道過後	2013全國華文學生文學獎散文組佳作
鄭琬融	魚音信箱	第7屆南華文學獎高中組首獎
林冠廷	北上	2013第10屆台積電文學獎小說組第三名
蘇圓媛	誤	2013第10屆台積電文學獎小說組佳作
	網	第3屆新北市文學獎青春組小品文佳作
許宸碩	那棟轟立於校園中央的紙大樓	2013竹塹文學獎短篇小說組佳作
黃致中	二手	第3屆新北市文學獎短篇小說佳作
陳書羽	甜牙齒的泡芙	第3屆新北市文學獎短篇小說佳作
陳慧潔	香詞	第3屆新北市文學獎短篇小說佳作

2012年得獎紀錄

姓名	作品	獎項
林佑軒	Funky	第14屆臺北文學獎小說首獎
林佑軒	有人溫泉滑洗凝脂，有人拔劍四顧心茫然，有人天陰雨溼聲啾啾	第25屆梁實秋文學獎散文創作類評審獎
林巧棠	最好的舞伴	第8屆林榮三文學獎小品文優選
黃文俊	這城市有雨，但適合走路	第14屆臺北文學獎現代詩評審獎
	告別式	第3屆紫荊文學獎台灣文學組現代詩首獎
	你說	第3屆紫荊文學獎醫學人文組現代詩首獎
	埋罐子	第3屆紫荊文學獎台灣文學組散文首獎
	那些無聲的日子	第3屆紫荊文學獎醫學人文組散文首獎
	消失的道卡斯族	第15屆夢花文學獎新詩組優選
	事情的真相，永遠只有一個	第35屆時報文學獎書簡組優選
	更加趨近於成熟	2012年文建會好詩大家寫成人組新詩創作獎佳作
	竹筒飯	2012花蓮文學獎食記組優選
	倒數	印刻超新星：2012全國台灣文藝營創作獎小說類首獎
	熄燈的日子	第8屆林榮三文學獎小品文優選
	鐘	第8屆台中文學獎散文組首獎
黃致中	便當人生	第8屆台中文學獎小說組佳作
朱宥勳	文學獎「可以」怎樣——從張大春〈從今告別文學獎評審〉說起	2011「台灣藝文評論徵選專案」藝文評論優選

朱宥勳	球形暗影	2012長篇小說創作發表專案補助
神小風	我們不應該再旅行了	第8屆新北市文學獎短篇小說組首獎
徐嘉澤	討債株式會社	第8屆華文世界電影小說獎首獎
	七日	2012竹塹文學獎小說組佳作
	無痛工程	101年教育部文藝創作獎教師組短篇小說項佳作
	綠仔	101年教育部文藝創作獎教師組童話項優選
	第三者	2012國藝會第二期一般性補助
許皓甯	五月二十六日	第4屆喜菡文學網小說獎推薦獎
	長頸鹿睡著了嗎？	第5屆醫學生文學獎小說組佳作
	枕頭	第29屆中興湖文學獎現代詩組首獎
	母親節快樂	第30屆全國學生文學獎入圍
林纓	綠燈	第3屆余光中散文獎四獎
	《噴嚏狂人》─致失婚、失業、患過敏性鼻炎的獨居叔叔	第30屆全國學生文學獎高中組現代詩佳作
	永不消失的煙火	原YOUNG‧巴萊─《臺灣原YOUNG》徵文比賽優選
	蛀	第9屆台積電文學獎小說組優勝
	美麗的大腳丫	第7屆懷恩文學獎兩代寫作組優勝
陳逸勳	爆笑和漏水無關	第30屆全國學生文學獎大專組散文佳作
李翎瑋	而今一切都已無法確認	第1屆台大法律系法律文學獎
	陌生人	第8屆林榮三文學獎散文佳作
洪崇德	靜坐	第28屆五虎崗文學獎現代詩組首獎
莊硯涵	流星	第1屆西子灣一口詩獎佳作
	有你的日子	印刻超新星：2012全國台灣文藝營創作獎散文類佳作
林佳霖	澡香	第4屆青衿文學獎散文組佳作

黃俊彰	每天	第九屆台積電文學獎新詩組優勝
杜佳芸	顏色	第27屆板青文學獎小說組首獎 （刊於幼獅文藝2012年11月號）
	親愛的妹妹	第27屆板青文學獎散文組首獎
	一起去旅行	第27屆板青文學獎新詩組第三名

2011年得獎紀錄

姓名	作品	獎項
王兆立	夢的公式書	2011全國台灣文學營創作獎小說組首獎
王君儀	一天開始	第29屆青年世紀文學獎高中組散文第二名
朱宥勳	用耳朵寫的當代生命史——讀黃崇凱《靴子腿》	2010「台灣藝文評論徵選專案」藝文評論優選
	記憶的豐饒或艱難——讀李永平《大河盡頭》上下卷	2010「台灣藝文評論徵選專案」藝文評論優選
神小風	吊橋少女	第28屆中興湖文學獎散文組第二名
	海邊的信箱	第11屆東華文學獎小說組第二名
	我想你要走了	第11屆東華文學獎散文組佳作
林佑軒	臺北八首，生死山水	第13屆臺北文學獎成人組古典詩佳作
	二十五歲	第14屆台大文學獎散文組佳作
	香江旅行	第14屆台大文學獎新詩組佳作
徐嘉澤	詐騙家族	九歌兩百萬長篇小說徵文入選
	極樂之道	第24屆梁實秋文學獎散文創作類評審獎
黃文俊	問候——寫給成大實習醫師林彥廷	第2屆紫荊文學獎新詩組第二名
	窺室	第2屆紫荊文學獎小說組第二名

黃文俊	誤點的儀式	第2屆紫荊文學獎散文組佳作
	當醫生變成病人	第7屆中山醫學大學醫學人文經典閱讀徵獎首獎
	理想與現實	第10屆白陽大道全國徵文比賽大專組佳作
	藥罐子	第32屆耕莘文學獎散文組佳作
蔡旭偉	標本	第1屆新北市文學獎小說組佳作
林佳霖	看見與被看見	第28屆中興湖文學獎小說組佳作
	又一次，1月26日	第29屆全國學生文學獎大專組小說入選
林巧棠	尋父啓示	第14屆台大文學獎散文組佳作
林徹俐	魚	第2屆紫荊文學獎散文組二獎
	擱淺	2011第6屆懷恩文學獎社會組第三名
游坤義	如果死亡有光	第24屆清大月涵文學獎散文組二獎
劉冠麟	各站停靠	第24屆清大月涵文學獎散文組三獎
陳逸勳	父輩	2011第6屆懷恩文學獎學生組優選
陳竹蕾	晴藍	第4屆角川華文輕小說大賞短篇組入選
	台灣人茱力的黑音時代	第6屆全球華文部落格大賞藝術文化組入圍
	怪奇海街同居誌	第4屆角川華文輕小說大賞長篇組入選
	逆轉鬥球星	第1屆新北市動漫畫原作劇本獎優選
許肇玲	下一站，美利堅！	行政院新聞局100年度最佳劇本獎佳作

2010年得獎紀錄

姓名	作品	獎項
黃崇凱	玻璃時光	第13屆大墩文學獎小說組第一名
	說話課	第6屆林榮三文學獎散文佳作
朱宥勳	墨色格子	第28屆全國學生文學獎小說組第一名
	九月家事簡	第28屆全國學生文學獎散文組第三名
林佑軒	醜男子	教育部文藝獎學生組散文項優選
	女兒命	第32屆聯合報文學獎小說大獎
徐嘉澤	困魚	第13屆大墩文學獎小說佳作
	風雨	第6屆臺北縣文學獎短篇小說類貳獎
	養山窗螢幼蟲的女人	教師組短篇小說項特優
神小風	我的志願	第28屆全國學生文學獎小說組第二名
	說謊的事	第28屆全國學生文學獎散文組第二名
黃文俊	夜未眠	第6屆中山醫學大學醫學人文經典閱讀徵獎首獎
	生命三書	第27屆中興湖文學獎新詩組二獎
	記憶者	第1屆紫荊文學獎散文組佳作
劉韋利	模擬城市	第12屆臺北文學獎文學年金輔助年金類入選
游坤義	往日來電，未接	第23屆月涵文學獎散文佳作

語言文學類　PG1606　耕莘文叢01

你永遠都在
——耕莘50紀念文集

主　　編/李儀婷、陳雪鳳、凌明玉
審 訂 者/白靈、夏婉雲、許春風、黃九思
責任編輯/徐佑驊
圖文排版/周政緯
封面設計/陳明城、陳德翰
封面完稿/蔡瑋筠

發 行 人/宋政坤
法律顧問/毛國樑　律師
出版發行/財團法人耕莘文教基金會、秀威資訊科技股份有限公司
　　　　　114台北市內湖區瑞光路76巷65號1樓
　　　　　電話：+886-2-2796-3638　傳真：+886-2-2796-1377
　　　　　http://www.showwe.com.tw
劃撥帳號/19563868　戶名：秀威資訊科技股份有限公司
　　　　　讀者服務信箱：service@showwe.com.tw
展售門市/國家書店（松江門市）
　　　　　104台北市中山區松江路209號1樓
　　　　　電話：+886-2-2518-0207　傳真：+886-2-2518-0778
網路訂購/秀威網路書店：http://www.bodbooks.com.tw
　　　　　國家網路書店：http://www.govbooks.com.tw

2016年7月　BOD一版
定價：450元
版權所有　翻印必究
本書如有缺頁、破損或裝訂錯誤，請寄回更換

Copyright©2016 by Showwe Information Co., Ltd.
Printed in Taiwan
All Rights Reserved

國家圖書館出版品預行編目

你永遠都在：耕莘50紀念文集 / 李儀婷, 凌明
玉, 陳雪鳳主編. -- 一版. -- 臺北市：秀威資
訊科技, 2016.07
　　面；　公分. -- (語言文學類；PG1606) (耕
莘文叢01)
　　BOD版
　　ISBN 978-986-326-390-6(平裝)

　　1. 耕莘青年寫作會　2. 文集

820.64　　　　　　　　　　　105011661

讀者回函卡

感謝您購買本書，為提升服務品質，請填妥以下資料，將讀者回函卡直接寄回或傳真本公司，收到您的寶貴意見後，我們會收藏記錄及檢討，謝謝！
如您需要了解本公司最新出版書目、購書優惠或企劃活動，歡迎您上網查詢或下載相關資料：http:// www.showwe.com.tw

您購買的書名：_____

出生日期：_____年_____月_____日

學歷：□高中 (含) 以下　　□大專　　□研究所 (含) 以上

職業：□製造業　□金融業　□資訊業　□軍警　□傳播業　□自由業
　　　□服務業　□公務員　□教職　　□學生　□家管　　□其它_____

購書地點：□網路書店　□實體書店　□書展　□郵購　□贈閱　□其他

您從何得知本書的消息？

　□網路書店　□實體書店　□網路搜尋　□電子報　□書訊　□雜誌
　□傳播媒體　□親友推薦　□網站推薦　□部落格　□其他_____

您對本書的評價：(請填代號　1.非常滿意　2.滿意　3.尚可　4.再改進)

　封面設計____　版面編排____　內容____　文／譯筆____　價格____

讀完書後您覺得：

　□很有收穫　□有收穫　□收穫不多　□沒收穫

對我們的建議：_____

_____

_____

_____

請貼
郵票

11466
台北市內湖區瑞光路 76 巷 65 號 1 樓

秀威資訊科技股份有限公司　　　收

BOD 數位出版事業部

···

（請沿線對折寄回，謝謝！）

姓　　名：＿＿＿＿＿＿＿＿＿　年齡：＿＿＿＿　性別：□女　□男

郵遞區號：□□□□□

地　　址：＿＿＿＿＿＿＿＿＿＿＿＿＿＿＿＿＿＿＿＿

聯絡電話：(日)＿＿＿＿＿＿＿＿＿＿　(夜)＿＿＿＿＿＿＿＿＿

E-mail：＿＿＿＿＿＿＿＿＿＿＿＿＿＿＿＿＿＿